请你吃颗小甜瓜

初小轨 著

北京时代华文书局

图书在版编目（CIP）数据

请你吃颗小甜瓜 / 初小轨著. -- 北京：北京时代华文书局，2021.6
ISBN 978-7-5699-4164-7

Ⅰ. ①请… Ⅱ. ①初… Ⅲ. ①长篇小说－中国－当代 Ⅳ. ① I247.5

中国版本图书馆CIP数据核字（2021）第 085698 号

请 你 吃 颗 小 甜 瓜
Qing Ni CHi Ke Xiao TianGua

著　　者	初小轨
出 版 人	陈　涛
责任编辑	田晓辰
执行编辑	郭丽丽
责任校对	张彦翔
封面设计	孙丽莉
版式设计	段文辉
责任印制	訾　敬

出版发行｜北京时代华文书局 http://www.bjsdsj.com.cn
　　　　　北京市东城区安定门外大街 138 号皇城国际大厦 A 座 8 楼
　　　　　邮编：100011　电话：010 - 64267120　64267397

印　　刷｜三河市嘉科万达彩色印刷有限公司　　电话：0316-3156777
　　　　　（如发现印装质量问题，请与印刷厂联系调换）

开　本	880mm×1230mm　1/32	印　张	11.75	字　数	350千字
版　次	2021 年 7 月第 1 版	印　次	2021 年 7 月第 1 次印刷		
书　号	ISBN 978-7-5699-4164-7				
定　价	49.80 元				

版权所有，侵权必究

目录
CONTENTS

第一章 一种永远不会离开你的感觉 / 001

第二章 你到底喜不喜欢陈回啊 / 013

第三章 被击碎的英雄梦想 / 040

第四章 北京是所有人的开始 / 053

第五章 一场乌龙的开房 / 064

第六章 诡异又神秘的新工作，到手了 / 080

第七章 完蛋，大老板害我夜不归宿 / 086

第八章 找人演你的女朋友还没完了，是吧 / 090

第九章 阴魂不散的人啊 / 097

第十章 纯洁陪凌少在办公室一夜未归 / 103

第十一章 从天而降的未婚妻 / 115

第十二章
关伟，关伟 / 124

第十三章
纯洁从陈回住处搬出 / 133

第十四章
无翼鸟理想国酒吧开业 / 137

第十五章
凌少把纯洁拎回家 / 145

第十六章
陈回为纯洁大打出手 / 149

第十七章
吻你是因为"关心员工" / 157

第十八章
凌少表白纯洁 / 168

第十九章
关伟爆出跳湖学妹死亡真相 / 194

第二十章
一夜后，于秀花一鸣惊人 / 207

第二十一章
凌少追随纯洁回老家 / 235

第二十二章
欲盖弥彰的爱情 / 260

第二十三章
自杀式陨落 / 288

第二十四章
协议背后 / 324

第二十五章
在一起 / 339

一种永远不会离开你的感觉

第一章

2018年夏天,纯洁20岁出头,毕业在即,在她犯愁离校后与男朋友关伟从此天涯两隔时,一个突如其来的跳湖身亡事件,将她强行滞留了下来。

当时纯洁站在寝室阳台上抽烟,痴痴地望着对面男生宿舍楼外正在随风飘荡的一条彩虹内裤,她感觉自己失败极了。

那条彩虹内裤,是她买给关伟的。

那是纯洁在大学城里东奔西走了一个下午,货比三家后才挑到的性价比之王。当她把它交到关伟手上时,关伟正急急忙忙地往学校的第二餐厅跑着,他明明已经看到了纯洁正朝着他飞奔过来,可他还是不肯减速,一边跑还一边朝她喊:"纯洁,你快点,两条腿快点倒换,去晚了的话,能看电视的位子又让那帮没课的人给占了!"

纯洁一边追一边在他身后气急败坏地喊:"你等等我能死啊?我有东西给你!"

"什么东西?"听到要有意外收获,关伟终于停下了脚步,他泄气地看了一眼近在眼前的第二餐厅,然后注意到纯洁手里的牛皮纸盒。

"好东西。"纯洁说。

"你别总是一天天瞎琢磨,然后送我一些不实用的东西。"关伟总是一副看穿了她的样子。

"实用!这次保准你能用得上。"

"你干吗突然送我东西啊?"

"你忘了今天是什么日子了?"

"什么日子?"

"你生日啊!"

"别胡说八道,我是白羊座,怎么可能在七月过生日。"

"你就假装是,反正我找不到别的由头了。"

"你看你,我说什么来的,一天到晚总是想些没用的,是不是怕我一毕业就把你给忘了?你哥我是不会的!走吧,陪我吃饭去。"关伟一把搂住纯洁的肩膀,他就喜欢纯洁一弯身子就能钻进自己怀里的感觉。关伟说,这是一个女人永远不会离开一个男人的感觉。

"我不去,我减肥。"说完,纯洁就把装着彩虹内裤的盒子往关伟手里一塞,脸微微泛红,刚想拔腿跑掉,就突然想起一件事,便转过身来,踮着脚尖趴在关伟耳朵上说:"可千万别在餐厅吃饭的时候打开看啊!"

事实证明,关伟永远不会听取她的任何建议。不然第二天去上课的时候,纯洁也不至于被他同寝室的一帮人起哄了半天。

关伟收到内裤后,不想给纯洁发短信表示感谢,他一如既往地从上铺翻下来,跑到阳台,他一蹦一跳地将自己穿上彩虹内裤的"风采"展示给对面寝室楼里的纯洁。

纯洁觉得很丢人,但她依然露出了老母亲般欣慰的笑容。

第二天,俩人在绕着学校的湖遛弯儿时,纯洁偷偷在侧边扯了扯关伟的皮带,她惊讶地发现,关伟并没有穿彩虹内裤,于是她猛地从他怀里挣脱出来,明确表达了自己的不满。

关伟点了一下纯洁的脑门儿,笑嘻嘻地说:"太花了,我不好搭衣服。"

"穿在里面的东西,你搭给谁看啊?"纯洁白了他一眼。

关伟嬉皮笑脸地挠挠脑门儿,一拍屁股兜发现没烟了,想向纯洁借,又有点不好意思,悻悻地拉了纯洁一把,要她坐下来,然后说:"纯洁,你听我说啊,那个内裤实在是太花了,不实用,我觉得让它当个纪念品挺好的。"

"怎么不实用了？你都不问问我，为什么要送你彩虹内裤。"

"为什么啊？"

"我让你问，你就问啊，你不会自己先猜猜嘛！"

"纯洁，你这样可就没意思了，咱不是说好了不玩矫情那一套嘛，可别这样啊。咱能这样整天黏在一起的日子可不多了，一毕业我就去上海了，余下的日子咱以平稳为主，找碴儿为辅。"

"你的意思是我在找碴儿？你去上海实习，和我商量了吗？等定下来了才通知我，是什么意思？怕我碍着你大鹏展翅？不能够啊，我李纯洁没有别的优点，就是大气。"

"好好好，纯洁宝贝最大气。但你大气归大气，说话也没必要踩一个抬一个啊！我都说了，是我家里人背着我办好的，我自己事先也不知道啊……"

"你撒谎，你就是提前和家里都定好了才通知我的，你毕业后不想和我在一个城市工作，我不介意，但我介意你认为我介意，你瞒着我做了这些肮脏的事情。"

"肮脏？"关伟"腾"的一下站了起来，面部的轮廓在月光下显得格外冷峻。突然，他裤兜里的手机震了一下——一条短信进来了，他瞬间变得烦躁起来，只是扔下一句"算了"就提着外套走了。

纯洁站在湖边气得瑟瑟发抖，在心里咬牙切齿地念叨着："我就数十个数。十个数以内，你回来，并且态度好点，这事就过去了。十个数数完你还没回来，你就……你就死定了！"

关伟没回来。

纯洁待在原地，胸口一抽一抽的，可还是下不了决心一走了之——纯洁怕关伟突然跑回来找她认错，她万一不在，俩人就错过了和好的机会。毕竟，关伟这样阳光刺眼的大帅哥，是纯洁当初打败众多女生，好不容易撩到手的。

所以，和他在一起的每一天，纯洁都小心翼翼地提醒自己：李纯洁，差不多得了，万一作过头了，弄丢了爱情，岂不便宜了那些等着捡漏的人？

是谁说的来着，爱情里的卑微者只要说错一句话，爱情就没了。

她一直都记得。

纯洁在冷风中等了半个多小时，其间无数次查看手机，可什么动静都没有。

她开始有些不安。这不太像关伟和她吵架时的一贯作风。

关伟由于深知自己拥有一具帅气逼人的皮囊，所以即便是被纯洁拿下，并确立了恋爱关系，他始终还是摆出一副懒得哄你的臭德行。

要是实在吵急眼了，他直接就撤，回去打两把游戏过过瘾，然后再像一个没事人一样，跑回来和纯洁说几句软话。

用关伟的话来说，对付女人就是不能在气头上讲道理，能曲线和解就一定要曲线和解。

纯洁当时坚定地认为，他是一个知行合一的美男子。

纯洁在湖边吹着冷风大哭了一场，这种患得患失的毛病，她总也戒不掉。她以为哭完之后，关伟就会回来给她道歉了，因为他以前总这样。可这一次，纯洁一直哭到寝室阿姨喊着要锁门了，他也没来。

纯洁被气得化悲痛为愤恨，回到寝室后一声不吭。睡在上铺的陆晨看她阴沉着脸，就悄悄地给纯洁递了一块她刚从澳大利亚买回来的抹茶巧克力，见她不接，便故意嚼出声来，问："怎么了，文艺女青年，又和关伟三观不合了？"

"我要和他分手。"纯洁一屁股坐在床上，嘴唇剧烈地抖动着。

"和他分手？又分手啊，行啊，那你准备准备吧。"

"分手要准备什么？"

纯洁当场就被陆晨说蒙了。

"准备复合啊。好了好了，美女，洗洗睡吧，以前你也总说三观不合，总是和我说要和他分手。结果呢？我刚替你打抱不平，把臭男人骂得人仰马翻，你倒好，第二天还不是又甜甜蜜蜜地说'两个三观不合的人在一起就是互补了'，搞得我里外不是人。你先平复平复，喝口水，仔细回忆回忆以前的复合案例，指定就没那么激动了。"

"这次我是认真的。"

"你哪次不是认真的？"

陆晨开导她时，永远都是话赶话。

"你不懂。"纯洁叹了口气，脸都没洗就钻进了被窝。

"对对对，我不懂，那你倒是自己说说啊！"陆晨见纯洁确实有些伤心，语气一下软了下来。

"以前我们吵归吵，但吵完他都会回来找我的，就算当天不和好，他也会和我说一两句话，顾忌下我的安全，他怕我万一想不开干什么傻事。可今天他根本就没找过我。"

"那要这么说起来，这次好像真是有点严重啊？"

"你也这么觉得吧？你是不是也觉得我俩完了？"

"哎呀，哪那么容易完了，异地恋的序幕都还没拉开呢，完什么完？明天找他说清楚就好了，洗洗睡吧。"

陆晨极少安慰她。她不但嘴里没什么好话，而且还总喜欢在纯洁的恋爱快谈崩时煽风点火，第二天还不忘及时地组织观众来笑话纯洁前一天寻死觅活的丢脸德行。可这次，陆晨偏偏安慰了她。

纯洁一点都不想要这样的安慰。

晚上十一点，寝室熄了灯，纯洁笔直地躺在床上，看了一会儿电子书，她小心地喘着气，不敢翻身。她怕别人听到后，会笑话她是个心里藏不住事的窝囊废。

夜里一点的时候，陆晨从上铺下来，好像要去上厕所。纯洁"腾"的一下坐了起来，陆晨愣了一下，借着月光用手机屏幕照了照纯洁的脸，出乎意料地，陆晨没有像往日一样夸张地说"吓死姐姐我了"，而是一屁股瘫坐在纯洁的床上，叹了口气问："你咋还不睡啊？"

纯洁把被子往上拽了拽，小声地说："其实我今天是有话要和关伟说的，我想告诉他，我送他彩虹内裤的意思是'斯人若彩虹，遇上方知有'。"

"那你明天就告诉他啊,别让这个让人摸不着头脑的创意把你憋坏了。"陆晨拍拍纯洁的肩膀,一个腾空就翻上去了。

纯洁原本也以为,有些话到了天亮就可以说出来。后来她才知道,有些话当时置气不说,之后就再没机会说出口了。

再或者说,有些话没了当时的"纯洁"心境,就差点最初的意思了。

那天早上,纯洁因为前一天晚上没休息好,翘掉了一早的新媒体概论课,她正睡得昏昏沉沉时,外边传来了剧烈的敲门声。

不好,怕是查岗的辅导员吧!

吓得纯洁一瞬间反应不过来,到底是不出声装屋里没人好,还是赶紧开门认个错比较好?

就在纯洁缩在被子里左右为难时,听到了陆晨在门外大喊着敲门:"纯洁,纯洁,你在里边吗?快把门打开,是我!"

显然,她也在这群查岗的人中。

"我没穿衣服。"

纯洁想拖延时间,趁机找点什么往脸上涂涂,好让自己看上去是因为身体不舒服才翘了课。

"她没穿衣服。"

"我听见了,不用你再和我说一遍。你让她穿上。"

"那纯洁你快穿上啊!"

门口传来了压低音量的对话。显然他们认为"没穿衣服"这个词让人有点难以接受,门口的老师在听到陆晨又一次说"她没穿衣服"时,当即就表示了自己不想再听到这句话了。

纯洁一下慌了,他们显然是非进来不可啊。

不过是逃了一节课,为什么要如此兴师动众?而且从门口窸窸窣窣的动静来判断,他们绝对不只是两个人。

正当纯洁一筹莫展时,陆晨隔着木门对她下了最后通牒:"纯洁,你快点呀，我们要进来了，马上就要进来，是马上啊！"

纯洁头皮发麻，只好从床上蹭了下来，趿拉着鞋走到门口，刚一开门，"呼啦啦"一下子进来了十多个人，除了辅导员和陆晨，还有因为热爱劳动而被大家喜爱的团支书兼她们的宿舍长于秀花等人，纯洁使劲往下拽了拽冰丝迷你裙，力求盖住自己的防走光裤。

"在就好，在就好，不是李纯洁……走走走，下一个寝室。"大家七嘴八舌地往屋里瞥了一眼，就推搡着往外走，完全没有人问她为什么逃课。

纯洁一把拉住正忙着往外挤的陆晨，问："什么情况？什么叫在就好？"

"有人跳湖了，那人就漂在湖中央的凉亭边上，一条腿挂在了摆渡船上，穿了一身白，一头水草般的黑发飘来荡去，晨跑的同学被吓得够呛。学校下了命令，让各个系的辅导员自查呢！"

"啊？跳湖？疯了这是。为什么不让辅导员直接去认领呢，这么排查起来多费劲啊。再说了，我都在屋里答应了，就证明我还活着，干吗还非得进来认啊！"

"你难道不知道，有些学院的辅导员直到学生毕业了都认不全班上的人。你以为学校没组织人去认？人命关天知道吧！校领导说了，必须一个个当面对号排除，就怕万一没及时排查到，没法儿和学生家属交代啊！"

"一头长发，是女生吧？男的女的总该能看明白吧。"

"嗯，女的……长头发啊，应该是女的吧，学校领导不让近看，我没见着。"

"反正，不管怎么说，是女的就好，女的就好……"

"喂，李纯洁，你脑子有病啊？啥叫是女的就好？咱女同胞哪点对不住你了？"

"不不不，我不是那个意思啊，算了算了……不和你解释了，反正，你知道我今天只是想逃课补觉的。"

"那谁说得准，昨晚你死去活来地闹失恋，万一想不开呢？毕竟我是班长，得以身作则，你可能需要留校配合调查这件事。"

"凭什么？死的人不是我，我也没杀人，学校留我调查什么？"

"就凭你昨晚是从湖边回来的，而那个女孩就是昨晚投湖死的，就算你不是杀人凶手，那你也可能是目击证人。反正啊，我第一时间和学校领导说了，你昨晚坐在那个湖边。"

"快走快走，我上辈子作了什么孽，竟然交到你这样的损友！"

陆晨朝她挤挤眼睛，不再反驳，一颠一颠地蹦了出去。

显然，她是高兴的。

在所有人陷入疑惑、恐慌、迷茫的时候，她常常是兴奋的那一个。

纯洁常常对她这种特殊的情绪感到迷惑。

之前和她一起看恐怖片时，一宿舍的姑娘都被吓得鸡飞狗跳、脸色惨白，大家都不敢看屏幕了，只有陆晨是镇定的，她缓缓地爬上床，蹲下，半晌，喃喃说道："编剧和导演是怎么做到的，这个拍摄简直完美。"

陆晨总是这样，为了让场面变得热闹，不惜搭上一切，包括同寝室的姑娘们。

纯洁知道，陆晨就是要把她推到第一线，要她被审讯、被谈话、被怀疑，然后带回来热乎的一线进展，以此满足自己如饥似渴的好奇心。

纯洁听到有人跳湖后的第一个反应，不是如何撇开这些和自己无关的纠葛，也不是想着等陆晨回来后好好收拾这个多嘴的女人。

她的第一个反应，是觉得这个消息简直是一个天大的和好机会。

恋爱时，弱势的一方总能找到借口先开口，这就是为什么一个白痴在喜欢你的时候，只是看到一朵形状奇特的云，也一定会第一时间拍给你看。

纯洁贱兮兮地以关心为由给关伟发了消息，报告了这条特大新闻，可直到中午，关伟也没有回复她。

尽管学校对消息一压再压，但还是被媒体知道了。当天下午一点多的时候，一帮媒体涌进校园，学校以最快的速度统一了口径，并公开发布了声明，说是意外。

也只能是意外，因为监控显示，跳湖前，这个女生在湖边坐了一会儿，嘴巴一张一合，有路过赶着去校外吃夜宵的同学提供线索，说听到这个女生一直在笑，笑声像是风铃打碎在地上的声音，声音连在一起又像是一首歌，清脆又刺耳。她纵身一跃，沉入湖中，没有呼救。

可是有媒体不死心，因为学校只披露了监控里拍下来的内容，并没有深挖这背后的原因，媒体当然不能放过这个大做文章的机会。于是，一些记者时不时地在校园里假装漫不经心地走着，兜里装着录音笔，到处和学生搭讪。

当有的同学被这帮闻着血腥味赶来的记者绊住时，他们也不敢发表什么真相解密的演说，因为大家真的不知道是怎么回事。

下午五点多的时候，关伟还没理纯洁，她便有些沉不住气了。

她打电话给他，想斥责他，想在电话里提分手，让他认识到事情的严重性。

可是电话没打通，不，确切点说，不是无人接听，而是直接告诉她"您所拨打的电话是空号"。

除了给移动公司打电话主动办理销号业务，纯洁想不出还有什么可能会让一个昨天还在用的手机号，今天就变成了空号。

纯洁后背发凉，她一个箭步就冲进了男生寝室楼，宿管阿姨喊了一声，纯洁没应她，以宿管阿姨的速度，根本不可能追上健步如飞的她。

果然，宿管阿姨在纯洁身后气喘吁吁地叫骂了一会儿就没了动静，当纯洁推开关伟寝室门的时候，赵晖没穿上衣，正跪在凳子上打游戏，激动得正要起来摇旗呐喊，突然看见纯洁，他被吓得摔翻到地上。

"你干吗？得亏我没干别的，不然万一我被你吓出毛病了，你得负责任，知道吧……怎么不说话，黑着脸给谁看啊……你来男生寝室干吗？找关伟啊？关伟不在！"赵晖气呼呼地瞥了一眼气喘吁吁的纯洁，重新坐回凳子上，回到自己奋战的游戏战况里，嘴巴对着麦，说："不是……我和你们说，寝室里来了个妞……没有没有，不是我女朋友，是我上铺那小子的……当然好看啊……校花级别的……不信你们看……"正当赵晖要把摄像头歪向纯洁时,被她用手捂上了。

"你干吗呀,李纯洁,给他们看看而已,这么小气干吗?"

"滚!"

"嚯——火气这么大。"

赵晖一看纯洁不像是来闲聊天的,只好心有不甘地把眼睛从屏幕上挪了下来,"你们等会儿啊,哥们儿这儿有紧急情况,我应付一下就来。"他转向纯洁,"姑奶奶,怎么了这是?"

"关伟呢?"

"我刚说了呀,他不在。"

"那去哪儿了呀?"

"啊?你不知道啊?昨天半夜他急匆匆地回来,说家里安排的实习单位让他马上过去上班。学校这边你还不知道,临近毕业,只要你有了就业的单位,随时可以放人的啊,这可是提升学校就业率的美事,顺水推舟呗。他给辅导员打了个电话,就被放行了,毕业证明都没来得及拿,让我们帮忙给寄过去……我当这是和你商量过了呢,敢情你这是什么都不知道呀!"看着纯洁一脸的茫然,赵晖压低了嗓门儿骂了一句:"那关伟这事办得就太不地道了……"

"他已经去上海了?"

"对啊,你瞅瞅,床上都空了。今天一早,我们都还没起床呢,他就开始收拾东西,现在床上就剩下床板了。关伟叫了个小面包车来拉东西,时间太早了,兄弟们实在是起不来啊,他只好多给了司机100块钱,让人家帮忙把东西从楼上往车里搬,没一会儿就搬空了。"

"地址呢?"

"什么?"

"我说地址,关伟不是说毕业证明让你们帮忙寄过去吗?那没有地址怎么寄?你快把地址交出来。"

"姑娘如此智慧,在下钦佩!"

"别废话,地址。"

"没有。"

"什么?"

赵晖赶紧满脸堆笑地解释:"不是,不是,您听我说,我们真没有,他就是走前和我们这么一说,但地址没留下,估计到时候会联系我们再给地址吧,他走得那么匆忙,也不可能啥事都安排得天衣无缝啊!"

纯洁不再说话,脑袋"轰隆"一声,脑袋里的东西像是被关伟搬空了。

阳台的门被刮得"吱嘎吱嘎"地一阵乱响,纯洁默默走了过去,那条鲜亮的彩虹内裤,还在晾衣绳上飘着。

那是关伟穿了一次就洗了晾上去的,他说它是他的一面旗帜,如果纯洁半夜无心睡眠,思念涌动,就可以往这个方向瞥上一眼,便顿时解了相思之苦。

现在,这条可解相思之苦的内裤,却成了纯洁心中的一根刺。

纯洁盯着那条内裤,隔着阳台的玻璃,她的额头顶住门框,手搭在门锁上迟迟没有动,眼底传来一阵酸胀的剧痛。

她转身对赵晖说:"赵晖,你的游戏队友不是想看我吗?把摄像头打开吧。"

赵晖愣了一下,像是在看一个神经病一样,皱着眉头迟疑地和纯洁确认:"真的?你没事吧?他们就是起起哄……不看也行的……不勉强……真的……"

"打开!"纯洁坚持着。

赵晖狐疑地望着她,确定她是认真的,然后点一下鼠标,纯洁就出现在了屏幕上。

屏幕那头的几个男生立即炸了锅,一排排玫瑰花出现在对话框里,赵晖突然欣喜若狂地说:"纯洁,我谢谢你八辈祖宗啊,兄弟们一人送了我一套装备啊,这人好看了,朋友都跟着沾光啊,我队友'零落成泥'问你玩不玩游戏,他想送你装备……"

赵晖激动到舌头打结,发现身后的纯洁没有任何反应后,才从激动中缓过神来,扭过头偷瞄了一眼纯洁。

1秒,2秒,3秒,纯洁憋红了眼圈,她对着镜头"哇"的一声哭了出来。早餐泛着酸水缓缓爬向喉管，在鼻头酸麻的那一瞬间，她冲向了洗手间里的马桶，"哇哇"地吐了。

赵晖"呼"的一下站了起来，他冲到洗手间门口，手指颤了颤，想要帮她把门关上，又怕这时候关上门会显得他无情无义。

"那什么，你还行吗？"赵晖望着几乎要呕吐出肠子的纯洁，慌乱地问道。

这时，电脑里的语音电话激烈地响了起来。赵晖跑回去，抓起耳麦，不知道在和谁解释这边的情况，"嗯嗯"了几声，就挂掉了电话。

"别哭了，别哭了，姑奶奶，这让路过我寝室的男生听见，还指不定怎么传我的谣呢……传谣一张嘴，辟谣跑断腿。好了，别哭了，姑奶奶，关伟这事我真不知道你不知道啊，他要是不要你了，实在不行哥们儿委屈一下收了你也行啊……那什么，我队友看你哭得太惨了，问你的位置，要告诉他吗？"

卫生间里的呕吐声似乎真的停了下来。

纯洁从里边走出来，嘴角显然是被她胡乱地擦过了，但这张好看的脸蛋上依然弥漫着一股苍凉的味道。

"刚刚是谁来电话了？是不是关伟？他怎么说的？"

赵晖愣了一下，赶紧摇头，说："不是，不是，关伟走后还没来过电话。"

"你骗人！如果不是关伟，那你和谁提我的名字呢，和谁说我在你们寝室卫生间里吐呢？"

"是'零落成泥'……就是我游戏里的队友，他刚才听见你一边哭一边吐的声音，怕你出事，就打语音电话过来了……"

"'零落成泥'？这是什么破名？假文艺！俗气！你们男人都是虚伪的东西，披着人皮没长心！"

赵晖大惊失色，手忙脚乱，他想赶紧关掉麦克风。

"晚了，一切都来不及了，我在游戏世界里处心积虑地交到的富二代朋友们永远离开我了。"

赵晖往椅子上一仰，死鱼一般，好像失去爱情的是他，不是纯洁。

你到底喜不喜欢陈回啊

第二章

关伟走后，纯洁时刻准备着一张笑吟吟的脸。不管见到谁，她都主动把微笑递过去。

为了避免被大家频繁地问起"最近怎么没看到关伟啊？""你和关伟到底怎么了？"之类的问题，纯洁决定提前去单位《牧城日报》报到。

想提前离校，首先要解决的问题是"交代"。

纯洁洗了把脸，然后主动去找保卫科的领导"交代"了事发经过。

"没看见，不知道……失恋了，别问我……谁也别拦着我离校，出事的女同学我不认识，我没动机，怀疑我就让警察来找我。"

学校当然不会让警察来找她。

因为警察已经来过了，把摄像头里拍下的录像拷走了。跳湖的女生没有被仇杀的迹象，她的学习成绩不上不下，是大三学妹，还差一年毕业。陆晨推测，八成是要定性为自杀了。

家长来领尸体的时候，虽然骂骂咧咧地说要告校方，可从校长办公室走出来的时候，家长的脸上写满了认命与平静。

这样也好。

这样，纯洁就能赶紧离开这个鬼地方了，虽然她对工作毫无概念，但关伟的不辞而别抽空了她对学校里的一切念想。

宿舍楼、餐厅、操场、教学楼、廊桥、湖……她每经过一次，心里都要疼一次。

她特别想责怪自己，更想一板一眼地分析出关伟不告而别的原因，但却无从下手。

关伟为什么不打招呼，一夜间就消失了？他真是去上海了吗？如果要走，那为什么偏要用这种不辞而别的方式？是因为她那晚的不懂事？还是另有隐情？他为什么没有带走那条彩虹内裤？所有的东西都搬走了，为什么唯独留下了这个时刻提醒她有过这样一段愚蠢过去的东西？

纯洁快撑不住了，这张笑眯眯的面具快让她毒发身亡了。

她要去工作。

对于名校出身的新闻系学生来说，当地带编制的电视台、报社、各大主流网站都算是比较对口的归属。

因为这所高校本就是新闻系最强，所以很多知名的新闻单位都会提前预定自己喜欢的学生，最后挑剩下没人要的倒霉蛋，就只能退到三四线城市碰碰运气，纯洁就是倒霉蛋之一。

只不过，纯洁是主动放弃了北京的媒体抛来的橄榄枝，上赶着去三四线城市填坑的。

对于这种匪夷所思的冲动选择，辅导员找她谈了，陆晨找她谈了，连老实巴交的团支书于秀花都试图把她敲醒。

最后把她劝烦了，没等到毕业典礼，她就先去单位报到了。

兴许这样，才能让他们死了那条想让她回头是岸的心。

纯洁脑子没烧坏，她只是觉得牧城离学校最近，她深感自己和这个城市缘分未尽，很多事情说不清道不明，如果她直接走了，就再也没机会听到真相，所以她得留下。

"至少，等一年再说。"她用这样一句话来应付四面八方汹涌而来的关心。

虽然她和关伟好了四年，但其实她对关伟并不是很了解。

男女之间的情感维系过程中，其中一个人什么都不想说的时候，只能逼得另一个人什么也不敢问。

尽管如此，只是凭着她对关伟的那一点点把握，她也敢断定，那天俩人闹的矛盾不足以严重到让关伟连夜逃走、手机换号。

他的离开，和我李纯洁有什么关系？

但如果和我没有关系，又是什么原因让他从此杳无音信的呢？

一到夜里，她就控制不住地思考这个悬疑狗血案，她越推测越寂寞。有时候在半夜，她突然瑟瑟发抖地直立起身子，裸着肩膀凝神，双手抓着冰凉的铁围栏。这时恰好有月光从窗帘的缝隙中洒了进来，零零落落地滴在地板上。那一瞬间，她特别想找一个人讨论案情。

可是，没有人可以和她一起讨论，因为没人感兴趣。

连她最亲近的好朋友陆晨都一次次地告诉她："人家既然说走就走了，被甩的人还是贵在要脸吧。"

于是她备感孤独，备感不甘。

她不敢离开这个地方，更做不到一走了之，距离学校三十公里以内，唯一可以让她就业的就是牧城，她当然要去。

她甚至觉得，没有比这更好的选择了。

去牧城报到的路途漫长，就像是生死拉锯一般。

睁开眼的时候，纯洁发现自己躺在一个大约十五平方米的屋子里，四周密闭，中间有一张土黄色的桌子，对面还有一张空空的床、一道暗窗、一扇门。透过门缝，一道光散出来，泛着灰尘。她忍着剧烈的头疼，猛地一下从床上翻坐起来，总觉得好像有什么事等着她去做，却又不知道自己垂死挣扎地坐起来是要去做什么。

"李纯洁，下午三点开入职见面会。李纯洁，李纯洁，你在吗？"一个男人在门外敲门，力度越来越大。

纯洁站了起来，光着脚开门，蓬头垢面地从门缝里朝外慵懒地挤出了一句："别吵，知道了。"

来送信儿的人猛地往后跳了一步，明显被她半人半鬼的样子吓了一跳。

恍惚间听见那人顿了顿,"哦"了一声,然后身着格子衫的他悠悠荡荡地飘了下去。

这个人是陈回,他是报社安排给纯洁的老师。那个时候,还在试用期的实习生喜欢称老师为师父。

陈回比纯洁大三岁,鼻梁坚挺,清清爽爽,喜欢双手插进裤兜走路,出去采访的时候总是穿着老气横秋的格子衫,回到寝室又喜欢穿破洞浅色系牛仔裤。在纯洁看来,他是一种无所不能的存在,是报社老大眼中的红人。到了深夜,他的屋里总会亮起一盏灯,纯洁端着一盆水路过时,就会看到窗户上映出来一个安静而深邃的少年的影子,他手里举着一本书,一页一页地翻看着。

这种沉静而内敛的存在,在一个刚毕业的小姑娘眼中,是闪闪发光的。

陈回是在翻看一堆入职简历上的照片时选中纯洁的,师父们选徒弟的方式常常不是很走心,这些老人对于带徒弟这档子事完全不在意,就算是带成了,他们也不能多领些奖金。一般都是徒弟们上赶着赔笑脸找师父们讨教,才能学到一点有用的本事。

但纯洁对于陈回来说,意义不太一样。用他的话说:"拍一寸照片都没修图,还能那么好看的姑娘,那是真的好看。"

所以,从一开始,陈回就对纯洁特别上心。

《牧城日报》社里流传着一个说法,如果徒弟被师父相中了,那就一定能被留下来。

留下来意味着有编制,意味着拿到了铁饭碗,意味着有体面的社会身份。

越是小县城,越是三四线,人们越在意编制与稳定。

但这只是牧城人的想法,对于纯洁来说,这些都是无关紧要的东西。

一个三线城市的铁饭碗,谁稀罕啊?反正她不稀罕。

但纯洁的妈妈汪雪梅可不这么想。

当汪妈妈知道纯洁跑去报社实习的时候,她一度神清气爽,还破天荒地拒绝了纯洁二姨给上门说的一个对象。汪雪梅说:"国企职员配我闺女已经不太够了,现在怎么也得是一个小老板才能和我女儿登对。"

就从这一点上,你也不难猜出,纯洁的出身必然不会太洋气。

从纯洁决定去一个三线小城市上班的那一刻起,所有认为她眼高手低、不务正业的亲戚,都突然对她夸赞有加,连汪雪梅都不再把那句"差不多得了,真当自己是天仙啊"的打击放在嘴上了,她现在每天都主动带上马扎去村口的墙根下扬眉吐气,借着和老头儿老太太聊家长里短的机会,彰显纯洁已经被事业单位录用的荣耀。

既然所有人对纯洁的期望都不怎么高,她也索性一再地说服自己,别再挣扎,好好在这个城市终老,也挺好。说不定时间一长,还能打消"在这个城市等一年关伟,他不来找自己就立马离开"的傲娇念头。

《牧城日报》社的男女寝室只隔着一个楼道,所以经常会有人吆喝一嗓子"撸串,去不"?然后一帮青年男女就推搡着下楼去。

年轻人的局都很简单,大家聊着符合年龄的话题,开心地吃吃喝喝,这让纯洁喝大酒的次数变得格外多。

本来这种惬意的小城生活挺让她满意的,可她为什么还是变卦了呢?

报纸每期十六版,一三五出版,二四六跑新闻,周日休息。

无论是三十二个在编记者,还是两个实习记者,他们都共分十六个版面。上的稿子越多,个人的业绩越高。入职的新记者越多,老记者能瓜分到手的版面就越少。所以,可想而知,为什么老记者会对新入职的记者敌意这么重。

这群老记者每天都对新人颐指气使以让他们知难而退,但是对纯洁这种好不容易攀上铁饭碗的"平民姑娘"来说,怎么可能会轻易地放弃呢!

和纯洁同寝室的实习生叫谢雨霏,她的腮红永远涂到下巴,走路虎虎生风,每天都会像个爷们儿一样在地上推健腹轮。她整个人的线条看上去特别顺溜，两条腿又长又直，除了胸部有些坦荡外，几乎从外形上挑不出任何毛病。谢雨霏每天都穿着各种各样的热裤，但凡是从她身边经过的人，都会多看一眼她的大长腿。

只要轮到谢雨霏霸占浴室，大家就能在走廊里听到她中气十足地唱着《好汉歌》。洗完澡，她会在角落的穿衣镜前欣赏自己很久，还会对纯洁说："镜子里的人可真是美若天仙。"

纯洁会骂一句："你脑子有病吧。"

然后，谢雨霏会笑嘻嘻地从布衣柜里拿出来一套汉服穿上，还会将长发盘起，将带着长长尾坠的簪子别进发髻里，对着目瞪口呆的纯洁甜丝丝地笑。

有时候纯洁望着她会感到困惑，她不清楚哪个才是真正的谢雨霏。多数时候，她在同事当中穿行，大步流星，夸张大笑，勾肩搭背，像个人畜无害的美少女战士；可她穿上汉服，在屋子里恬然踱步，不时微笑的样子，又让人毛骨悚然，像是看到了宫斗戏里被迫害的女主在做着绝地反击的准备。

谢雨霏比纯洁早报到了几周，她比纯洁更有人缘。虽然都是新人，但看上去，她处处得意。

只是有一点，总是惹得谢雨霏十分不满。

谢雨霏的师父是个被前女友骗婚的失意中年人，他叫高朋，也是编辑组的组长。他满脸长着红痘痘，说话嗓音分叉，就是使多大劲都吐不清字的那种，但他偏偏把这当成一种高级知识分子的沧桑。每次开例会，他都故意最后一个发言，摆出一副世间诡谲由他一人承担的姿态。每次出去采访，他都是故作姿态地走到楼梯口，用极低的嗓音挤出六个字："谢雨霏，和我走。"

"你说他不装能死吗？我命好苦啊，怎么就让我摊上了这么一个老变态？还是你这个傻女人走运，全报社最帅的男人分配给你做师父了。光是每天肩并肩一起走路，我就觉得够美了，能不能转正真不重要了。"谢雨霏一提起高朋来，就拿陈回作对比，越说越气，她莫名其妙地认定纯洁的命更好一些。

那个时候，纯洁和她还不是很熟，以纯洁的脾气，她最讨厌这种交浅言深的姑娘，所以每天对她若即若离。

谢雨霏倒是大气得很，虽然纯洁整天故作姿态，但她满不在乎，第二天照样早起替纯洁偷偷签到，评报会上她永远朝着纯洁递小眼神，明里暗里地警告纯洁，如果不和她抱团，就会被别人暗算和挤对。

纯洁一开始完全不信这个邪，更不屑于和这种二流院校毕业、托关系进来的姑娘搭帮结伙，但在第一个周末的加班日，纯洁就真被老油条给算计了。

周六一早，陈回给纯洁打电话，让她往楼下看，纯洁趴在窗户边看了一眼，发现陈回手里拿着头盔，坐在一辆黑色的摩托车上朝她振臂高呼，纯洁下楼后，开心地跳上了他的后座。

"搂着。"陈回说。

"不用了。"纯洁反手抓住了车后座。

"摔死你。"陈回拉了一把纯洁的胳膊，从车把上拿下了一个女式头盔，要她戴上。

"搂搂搂，一会儿要是让同事们看见了，你去和那帮八婆解释去。"纯洁极不情愿地抓住了他的皮夹克，瞬间，陈回身体的两侧像是长了两个蘑菇一样。

"解释啥啊，和那帮人解释得着吗？你一个刚毕业的小姑娘，心思不要这么重啊！"

"就是因为我刚毕业，才事事小心呀，让谁看不顺眼了，会对我不利的！"

"你是来上班的，又不是来交朋友的。"

"师父，你这是站着说话不腰疼啊！你是咱报社的红人，稿子写得好，又有女人缘，和各个部门的负责人关系也挺好，连卖报纸都是你卖得最多。我不行啊，我得夹着尾巴做人，好早日转正不是？"

"嘿，你这丫头片子，是谁告诉你咱还要卖报纸的？"

"没谁，反正我是知道，人缘好，才能多卖点，要是完不成任务就没奖金拿。"

"看你这孩子，跟了师父，师父还能让你完不成这毛毛雨的订报任务啊！你们试用期的新员工的订报任务只有三十份，随便和几个看你顺眼的大佬聊几句，就都订出去了。我们老员工都是每人一百份的任务，这才叫卖身求荣。"

"得了吧师父，我嘴笨，上哪儿和大佬聊天去啊！"

"行了行了，看你这心事重重的样子，这才上班几天啊，就愁成这德行，你那三十份，师父包了，这下行了吧？"

"真的？"

"真的，真的。不过啊，我是有条件的。"

"你说你说，一切好说。"

"我……你这么快就答应了？我这条件可难啊！"

纯洁立马警惕了起来，她双臂交叉于胸前，摆出一副欠揍的自我保护状，开口问："啥条件？"

"陪师父兜风去。"

"就这条件？"

"还能怎么着啊，赶紧出发吧。"

纯洁顿时特放心，雀跃着说："你这车新买的？"

"酷不酷？"

"还行，就是这风吹雨淋的能好受嘛，还是小轿车实用些。"

"纯洁，你这是不识货啊，我这装备花了十二万呢，除了娶媳妇的钱，我多年的积蓄全砸里边了。"

"那你这就是不理性的消费了。"

"不要煞风景好吧？我提回车，第一个想到的人就是你，我必须拉着我徒弟去兜风，谁也拦不住。先说好啊，坐了我的车，就是我的人了。"

"那你放我下……"

纯洁的"下来"还没说利索，陈回一脚油门就把她带进了风里。

就在第三个路口等红绿灯的时候，陈回和纯洁的手机一起响了。

"你先接。"纯洁怯怯地说。

陈回诧异地看了她一眼，说："接电话还分先后？又不是排队等公用电话的时代了，我不接，在等灯呢。"

"那我接。"纯洁颤巍巍地举着手机："你大点声啊，什么？"

陈回拧了拧油门，拉起头盔的防风玻璃，稍稍回头对纯洁说："坐好了。"

"往回走吧。"纯洁叹了口气说。

陈回恶狠狠地瞥了她一眼，喊道："发什么神经，刚出来！"

"不是我发神经，是高朋发神经。"

"别理他！"

陈回气得眉毛都绿了，兜里的电话"叽里呱啦"地响个不停，后边的车一个劲儿地在他们身后鸣笛，陈回叫了一声："按个屁呀！"他脚下划拉了几下，把摩托车往路边带了带，乖乖地接起了电话。

挂掉电话后，陈回满眼失望："你说想跟我爱徒发展一下感情怎么就这么难啊，走吧。"

"跟谁发展感情？你不是刚才理直气壮地说不回去吗？"

"这回不是高朋这货犯贱，他叫我，我肯定不回去啊，这次是邱老大召集咱们，昨天的版面估计出问题了。"

那天所有人都被召集回去了，大家集体返工，因为前一天交版后，不知道谁把副市长的"副"字故意去掉了，牧城市长的秘书直接打电话劈头盖脸地骂了正在给女儿剥橘子的邱老大。

现在的愤怒，是从市长到市长秘书，从市长秘书到邱老大，从邱老大到高朋，从高朋到值班编辑，值班编辑一口咬定定稿的时候没问题，而且他把最后一版打印稿拿出来对了质，以此自证清白，所以全报社的记者和编辑都有在定稿后动了手脚的嫌疑。因为当初为了加班方便，报社给每个人都配了一把报社大门的钥匙。

虽然只是其中一版的头条出了问题，但由于得罪的是直属领导，所以秘书决定借题发挥，把十几个版面的头条都撤掉了，理由都是三观不正、导向有问题。

头条都被撤没了，明天就要出报纸了，版面责编全都抓了瞎，纷纷去备用稿库里抢稿。

谁的稿子会被抓进替补文件包里？

当然是实习记者的了。

老油条们都是写完直接上版，而实习记者的稿子一般会被横挑鼻子竖挑眼，他们想要投给各个版面的稿子，最后只能寂寞地躺进备用稿库里。

这下好了，实习生的稿子瞬间成了香饽饽。

他们打着"矮子里拔将军"的悲悯大旗，一边疯狂地上着稿子，一边嚷嚷着让实习生请他们吃饭。

下午三点的时候，加班总算告一段落，纯洁跟着同事们去楼下餐厅吃了点快餐，接着又端坐在自己的电脑前，心不在焉地等着反馈。

就在这帮人差点决定组个牌局消遣一下时，邱老大现身了。

"来开个会。"他依然表现得很儒雅，纯洁呆呆地看了一眼，还是没有能力分辨出邱老大是在强行按捺住自己的暴脾气，还是真的练就了遇万事皆不乱的沉稳。

"哗啦啦"，大家开始推着带轱辘的椅子往会议室方向挤去。

"干吗去？就在我站的位置就行，大家往我这儿靠一靠。不用去会议室了，我简单说两句就散吧，大周末的，我也不想过多地耽误大家的时间。"

"呵呵……"

背后的"呵呵"声此起彼伏，大家虽然不满意，但也就只能乖乖地"呵呵"一声。

"今天开这个短会，是想给大家汇报一个好消息。下午民生版改的那个头条，是解读近期大蒜价格飙升成因的稿子，写得非常好，得到了上级领导的肯定,但这稿子没署名,是谁的啊?"

纯洁喉咙一痒,差点就高声喊出来"我的",结果高朋突然举了手,说:"我的!"

纯洁诧异极了,她不太明白,为什么会有这种睁着眼说瞎话的事突然发生。反应三秒后,她认为自己必须站起来戳破这个不要脸的谎言,结果被陈回一把按住了,死死地按住。

纯洁使劲挣脱,陈回重新按住她。

陈回指了指手机,他让她看手机上的短信。

"别犯轴,不过就是一篇稿子的事,你以后还有机会。"

纯洁一看更气愤了,凭什么?凭什么我写的稿子,他高朋要说是他的,凭什么别人抢了我的功,你还来劝我大度啊!你们真的是没一个好东西!

纯洁使劲踢了一下凳子,抱着本子扭头就走。

"你干什么?李纯洁。"邱老大当然看出来她的不满了,但不知道她的不满不是针对他。

"拉大便!"纯洁冲高朋竖起了中指,然后大摇大摆地就往厕所去了。纯洁特别庆幸小时候看《流星花园》时和杉菜学了这一招,这个时候运用起来竟然十分妥当。

"现在的实习生,真是越来越不像话了,这样的能留吗!"

"消消气,消消气,老大,这孩子失恋了,再给她一次机会。"

纯洁没回头,但她听得出来,嚷嚷着让她滚蛋的是邱老大,假惺惺替她求情的是高朋。

而陈回,从头到尾都没为她说一句话。

真想马上就和这个王八蛋师父绝交。

晚上,纯洁在寝室躺着,不想吃饭,想给某个合适的人打电话,说说她今天的委屈,可她翻遍了通讯录,根本找不出哪个人是合适的。她酝酿了一下情绪,心想:要不我直接哭吧,也不用和谁倾诉铺垫了,也怪麻烦的。

说完,她就哭叫了两声,但流不出眼泪。

太奇怪了，她当时的情绪真是很憋屈，但就是流不出眼泪，她认为自己的泪腺背叛了她的情绪，这令她感到非常绝望。

"我进来了啊。"门外的声音是陈回。他没敲门，打了招呼后，直接推门进来了。

"你干吗？女生寝室，你直接推门就进，流氓行径！"纯洁一把捞起被子，猩红着眼睛叫了出来。

陈回看了她一眼，"扑哧"一声笑了出来，"流氓？你穿得像狗熊似的，连个脖子都看不见，我要什么流氓了？"

"我这叫防护得好，万一我没穿衣服呢？"

"哥对你负责。"

"滚！"

"你看你，平常看上去文文静静的一个姑娘，怎么一张嘴就这么不团结朋友呢。谢雨霏去哪儿了？"

"明知故问，她每周末都回家，她家离牧城超级近。"

"对对对。"陈回应和了一下，悄悄地瞥了她一眼，说，"还生气呢？这不是向你道歉来了吗？消消气，我们纯洁这么好看的姑娘，为这种小事生气多不值当呀……"

"有你这么安慰人的吗？这是小事吗？这是原则问题。老记者偷实习生的稿子，说出去真不怕丢人？"

"纯洁，有些事现在和你说，你还不太懂……"

"不说就请吧！"纯洁指着门口，胸口的火止不住地烧上来。

"你看你这孩子，这火气也太大了吧，要不是你师父我按住了你，你可就闯大祸了。"

"要不是你按住我，正义早就大白于天下了，小人早被按在地上摩擦了！"

"傻孩子，你听师父给你分析，听完再复盘一下，你自己想是不是师父救了你一命。邱老大马上就退位了，如果上边没指派人下来，而是从我们内部提拔一个，你猜会提拔谁？算了，你这才上几天班，让你猜你也猜不出来。肯定是高朋啊,他岁数最大,工作年限最长,马屁拍得最好,论资历、论功劳、论得意,就只能是他了,万一他上任了,这事你能卖个人情,即便是他没上任,每周分配版面的时候,他也会对你有所表示的。只是一篇稿子而已,和这种管资源配置的人正面吵起来,以后有你好受的。"

"他资历再高有什么用?他人品有问题啊!"

"好了,纯洁,师父问你一个问题。"

"什么问题?"

"你觉得版面最有可能是谁动的?"

"这怎么猜?报社领导抠抠搜搜又不肯安监控。那天晚上加完班,大家都回去休息了啊。"

"最后一个离开的是谁?"

"我……可是我没动啊,你不会怀疑我吧?"

"怀疑你?别抬举自己了,傻姑娘,你没有动机。"

"那谁有动机?"

"谁是获益者,谁就有动机。"

"你是说高朋吗?不会吧,他闹了这一出,今天不还是回来跟大家一起加班了吗?"

"市长如果雷霆大怒,第一个要拿掉的人会是谁?"

"谁做错了就拿谁呗。"

"幼稚。第一个被拿掉的,就是我们的邱老大,邱老大提前退休的话……"

"我的天啊!"

纯洁捂住了嘴巴,感觉捂住了一个天大的秘密。

"好了,不生气了吧?"

"生啊,凭什么不生。"

"生就生吧,别捣乱就行。不过师父得提醒你一下,那篇稿子是人家高朋改得好,才能顶起头条的位置,否则就你找的那个角度,就算能发也就是个豆腐块儿版面,这一点是事实。你初来乍到,能力还是比较弱的,内容的格局不够。高朋敢举手说这篇稿子是他的,自然也做好了你站起来和他较真儿的准备。当然如果你识趣,没当面和他吵的话,他以后肯定会卖你个人情的。"

"卖人情?你是说他当众替我说话?那叫假惺惺。你怎么一句话都不为我说啊,你是我师父啊!"

"你这么没礼貌,又竖中指,又要拉大便的,明显就是错了啊,我护犊子只会让你处境更危险,邱老大最烦这个。"

"师父!有没有良心啊你,稿子你不给我改就算了,还非得替别人说话啊!"纯洁眼珠子都要气裂了。

"不是师父不给你改,师父这两天不是去看车了吗,没来得及啊!再说你直接就扔进备用稿库了,你也没问我啊!师父这么说都是为了你好。"

"唉……为我好,为我好不应该为我两肋插刀吗?整这一出马后炮干吗啊,还不是怕我强出头连累你。"

"李纯洁,你嘀咕什么呢?"

"没有,我累了,要睡觉。"纯洁背过身子,表达着自己的不满。

"好了好了,别气了。你还小,但师父该教你的还是会教的。好的师父,不但会教你好手艺,还会给你点拨人情世故上的事。你现在什么都不是,没资格看不起这一套,知道吗?这是师父给你上的第一堂课。记住了,以后但凡想要发脾气的时候,先等一等,指不定后边有啥惊喜呢。"

陈回拍了拍纯洁的肩膀,起身要走的时候,突然抽了抽鼻子,说:"不对,你这屋里有烟味,你抽烟!"

纯洁本来想马上为自己开解说"不是我"。但那一瞬间,她想到了谢雨霏老早之前跟她提过的抱团取暖式的友谊,便把这份抽烟的"荣耀"扛了下来。

她的烟瘾,早就在离校的时候戒掉了。就在纯洁认定关伟不再是自己男朋友的那天,纯洁扔掉了最后一盒"兰州"。和如此昂贵的烟决裂,宣示着她再也不回头的决心。

第二天晚上,谢雨霏带了一碗麻辣烫回到寝室,在喝下整整一碗红油后,她环顾左右,然后偷偷从一个卡其色仿香奈儿的包里拿出一盒烟,外包装是绿色的。

"哎,纯洁,试试吗?苹果味的,一点都不刺喉。"谢雨霏鬼鬼祟祟地朝着纯洁递过一根,目光中透着一种莫名其妙的志在必得。

纯洁愣了一下,想都不想就接了过来,然后用食指和中指娴熟地夹起,仔细端详着这根腰身纤细的烟,惊喜地说:"倒是挺好看的。"

"这根送你了,我姐们儿从大连买的,特意给我寄了五盒。"谢雨霏立刻神气了起来,点燃了烟,嘴巴抽动了一下,吐出了一个扁扁的烟圈,她赶紧和纯洁解释,"我以前吐得很好的,这个没发挥好。"

"我戒了。"纯洁站起来,抓起她床上的烟盒,把那根被谢雨霏割舍给她的烟又装了回去。

"你这就是不知好赖。这世间的好东西,没吃过的,没喝过的,没玩过的,都该去试试啊,这才叫活着。因为失恋就戒烟的人,我反正是看不起的。"

"你说得倒挺豁达,自己还不是窝在牧城图个安稳。"

"我图安稳有错吗我?再说了,既然你看不起在小县城上班的人,那你自己干吗非赖在这儿不走啊?"

"我有我的原因。"

"那我还有我的呢。"谢雨霏有点闷闷不乐,因为她觉得纯洁有点看不起她。不过没过多久,她又开始耍贫嘴了。

"纯洁,我觉得你特幸运。"她望向纯洁的那一刻,像是望向满天星光。

"你这话什么意思?"纯洁因为"幸运"警惕起来,这个词将帮助谢雨霏打开新的话题,而且是针对自己的。

"没什么意思。"

"没什么意思是什么意思？"

"你就当我没说吧，把这根烟抽了，我就和你和解了，好吧？"

"不管你怎么说，我说不碰的东西就绝对不碰，我谢谢你的一番美意了……你这烟叫啥啊，看着眼熟。"

"亏你整天吹嘘自个儿英语好，看不懂吗？你问这个干吗？"

"没事，就是我的一个小姐妹为了不让寝室管理员抓包，总是把烟塞到一个扑克牌盒子里，所以，我一直都不知道她抽啥牌子的烟，但我觉得她有可能和你抽的是同一种。"

"哟，就你这种三从四德的姑娘，还能交上这么江湖的小姐妹？她叫啥啊？"

"三从四德？姐姐混江湖的时候，你还不知道在哪儿玩泥巴呢！说了你也不认识，她叫陆晨。你抽完赶紧把屋里的味儿散散，闻这味儿我恶心！"

"你看你，矫情！之前也不是没抽过。"

"以前是以前，能不老提以前吗？"

谢雨霏一脸平淡地掐灭了烟头，侧过那张白皙透亮的小脸蛋，话锋一转："纯洁，你觉得是谁偷偷动了版面在使坏啊？"

"我怎么知道。"纯洁脱口而出。

陈回给她上的那一课，看来是起作用了。

纯洁知道不能把自己知道的内容往外捅，谢雨霏看上去直爽、没坏心儿，但她若只是好奇，怎么会不先亮出自己的猜测，反而是先套她的话呢？

"纯洁呀，报社的水还是深的，你是名校出身，身上带着一些不可理喻的小傲慢，我能理解，但你想在这儿长久地待下去，还是得和我团结起来，你不和我团结，也得和别人，别人还不一定有我这么真诚呢！"

"我和你还不团结吗？咱俩都住一个屋里了，你连我胸脯上有几颗痣都门儿清，还有人比我们团结得更紧密的吗？"

谢雨霏一看纯洁有示好的意思，马上大喜过望，甚至激动地拿起一桶酸奶往纯洁面前推,大概是要豪爽地请她喝两口。

纯洁指了指嘴巴,说:"我刷过牙了。"

"这要是我,就算刷了牙,肯定也喝一口,姐妹情得趁热打铁,不然怎么更上一层楼。"谢雨霏显然有点不甘心,极力劝酸奶的样子,比劝酒还虔诚。

纯洁白了谢雨霏一眼,不再接话,她抓起洗脚的盆要往外走。谢雨霏却一把抓住纯洁的胳膊,马上机灵地转移了话题:"你等等,纯洁,上一秒刚和我团结起来,这一秒就马上决裂去洗脚了,根本没有过渡,我接受不了,咱再聊会儿啊,再聊会儿。那什么,明天陈回带你去哪儿采访呀?"

"下乡。去一个新修了一条路的村子,去记录村干部的功德去。"

"知足吧!这活儿不比我的强啊?还是陈回够意思啊,你瞅瞅我师父高朋,三天两头带我去参加市里开的各种精神文明会议,他老觉得我思想长毛,变着法儿地教育我,我都快憋出病来了!"

"那咱俩换换?"

"陈回能同意吗?"

"你自己去和陈回说啊!"

"要不还是你去说吧,我怕高朋知道后,背后给我穿小鞋。"

"高朋有这么可怕吗?"

谢雨霏叹了口气,没再接话,她摁灭了手中的烟,拿起一个洗脸盆,先行一步出门打水去了。

陈回和纯洁去了牧城一个乡镇下的啸天村,他们还没进村口,村里就放起了鞭炮,满地都是鞭炮屑。村里的村主任是个矮矮胖胖的中年人,肚子挺得老高,白T恤被撑得变了形,汗水打湿了半个肚皮,远远望去,像是一碗倒扣的米饭撒了。

"陈记者,李记者,来来来,里边请,我先带你们参观参观村委会。""白米饭"热情洋溢,他的身后跟着的一队人马对他唯唯诺诺,满脸堆笑。

"呵,好威风啊!"纯洁小声嘀咕了一句。

"李记者,您说什么?""白米饭"笑嘻嘻地问道。

"哦,没什么,蒋主任,她说你们这村子不大,但挺威风、气派的。"陈回赶紧打圆场。

"嘿,哪里哪里,还得承蒙你们邱总派人来多多宣传啊!"

"白米饭"竟然还和邱老大有一腿?

"和邱老大交好的人没几个好东西。"这话不是纯洁说的,是谢雨霏说的。

因为谢雨霏是走关系进来的,她爸爸和邱老大有着不同寻常的关系。谢雨霏家在小县城里颇有势力,家境殷实不说,还能和官场、商场上春风得意的人物说得上话。"和邱老大交好的人,没一个好东西,包括我爸。"谢雨霏什么话都敢说,说完之后,还总是急切地希望纯洁也能跟着骂两句,以表明立场。但纯洁每次都会让她失望,谢雨霏也就不再和纯洁畅所欲言了。

谢雨霏曾告诉纯洁,有一次高朋喝醉了,大骂邱老大是笑面虎,她大为震惊,说想不到高朋平日里表现得像一条忠实的走狗,喝醉了却能这么狠地骂狗主人。谢雨霏向纯洁表达震惊的时候,一再地警告她千万不要告诉别人。

纯洁点点头,但她还是在和陈回吃饭时莫名其妙地问:"邱老大到底是不是一个笑面虎呀?"陈回假装镇定地"嘿"了一声,然后放下筷子,一板一眼地叮嘱纯洁:"你不管是从哪儿听来的消息,都别再四处求证了,很危险。"

纯洁虽然不了解这份危险到底有多危险,但她相信陈回必定不会害自己,所以再也没对任何人提起这件事。

今天村主任上来就提邱老大,纯洁暗暗认定了能和这种大肚子村干部结交的邱老大,肯定是一个两面三刀的笑面虎。

村委会办公室二十平方米的小屋里,挂满了各种标榜丰功伟绩的框子。除了《牧城日报》外,还有其他的电视台与网络媒体到场,他们都在忙不迭地采访着。

"你们可以一起问问题,各位大记者也可以本着自家媒体平台的需要提问。我们也准备了一份通稿,仅供参考。"一个白白嫩嫩的小伙子说。他胸前扎了一个蝴蝶结,一直在忙不迭给媒体分发着通稿,满脸堆着自己还没练好的官场笑,估计是个刚上任的村干部小助手。

纯洁心想:不就修了条进村的路吗?至于如此大费周章地把这么多记者请过来给他歌功颂德?"这碗白米饭"的脸可真大!

"陈老师,我出去转转成吗?看这阵仗轮到我们还得有一会儿呢。"纯洁倾斜着半个身子靠近陈回,把悄悄话热乎乎地喷进他的耳朵里,果不其然,陈回的一根根小汗毛瞬间就激动地竖了起来。

"那……你可别走远了,这里我一个人倒是能应付过来,但到吃午饭的时候一定得回来!"陈回说话的时候,脸红到了脖子,温柔地嘱咐了这个可爱的丫头片子。

显然他是喜欢她的。

一些漂亮的姑娘会利用男人对自己的喜欢谋取私利,纯洁虽然骨子里不想,但行动上好像就是这么做了。

得到恩准的指令后,纯洁赶紧欢天喜地地跑出去透气了,她沿着那条十五米长的出村公路走了还不到一分钟,就被一个在矮矮的杨树下抽烟的老汉喊住了:"闺女!你是记者吗?"

纯洁犹豫了一下,发现不回话好像有点不礼貌,就赶紧说了"是"。

得到肯定的回应后,老汉喜出望外。

"那我想向你反映一个情况,希望你救救我女儿。"

大爷左右环顾,确认四下无人后,把纯洁领到了一个柴垛后的磨坊前,磨坊的大红门上的油漆剥落,一把锈迹斑斑的铜锁在门上挂着,大爷利索地从腰上取下一大串钥匙,麻利地挑出对得上号的钥匙,开了门,不大一会儿，他从里边提出两个编绳的马扎。

"坐，记者同志，你坐。"大爷推过来一个马扎。

"大爷，您说吧，您家女儿怎么了？"纯洁一屁股坐下，直奔主题。

"唉，记者同志，你可要给我做主啊！我姓罗，叫罗元庆，我女儿之前精神有点问题，从小身体也不好，瘫在家里了，村干部当时把我家的情况统计上去了，说是上边每个月能发给我们家800块钱的补助费，算是照顾我家，我很感激他们。但是自打今年年初以来，这钱就没再给过我家了，村干部说政策变了，但好心的邻居和我说是村干部自己把钱贪下了，所以没发下来。"

"那您没去村干部那儿问问？"

"我去问了，蒋主任家里上辈下辈人都是当官的，认识的人也多，咱不敢得罪，蒋主任一口咬定是政策改了，钱不发了。我家这个情况，老伴儿死得早，我挣的那点钱都给闺女买药看病了，一个月能补助800块钱，对我家来说算是有柴米油盐过日子的钱了，我不能就这么算了，一直想去上访问问。"

"那有进展了吗？"

"还没出村口，就被蒋主任派人给抓回来了，说我破坏村民团结，毁坏村里的声誉，说我违法，把我关了几天。"

"什么？这也太猖狂了吧！他这才是违法呢！"纯洁气得一下子从马扎上跳起来。

"蒋主任有文化，我没文化，他和村里人说，我如果为了私利去破坏我们村的声誉的话，那我们村就评不上精神文明村了，到时候能分到每家每户的福利都得泡汤，这下村里的人都和我急了，大家都自发地帮他看着我，唉……"

"一看'这碗白米饭'就鸡贼！"

"记者同志，你说啥米饭？"

"没事，大爷您放心吧，我一定帮您伸张正义！帮您和您闺女把钱讨回来！"

"那太谢谢你了,真是太……"第二个谢谢还没说出口,纯洁的手机就响了,陈回喊她回去吃饭,说村主任今天的宴请标准是八大碗,厉害着呢。

挂掉电话,纯洁看了一眼老大爷,他的脸上满是"沟壑",眼中充满泪水,饱含期待。纯洁觉得自己如果回去吃饭,就像是对正义与重托的背叛。突然,有一个小孩从墙边蹿了出来,火烧屁股般地跑了。

临走之前,纯洁把自己的手机号码写在一个纸条上留给了大爷,大爷并没给她留他家的电话号码,因为他交不起座机费,家里的座机早就停机了,他和外面唯一的联系方式,是村里小卖部的那部公用电话,所以他小心翼翼地把公用电话的号码写给了纯洁。

小卖部看店的也是一个老头儿,以前经常和老罗下棋,多少有一些交情,再说接电话也不费钱,所以有电话找老罗的时候,他都会跑到街面上,冲着磨坊那边喊一嗓子:"老罗,电话!"

但纯洁后来从未接到过大爷的来电。是连公用电话都欠费了吗?还是问题已经解决了呢?

"你跑哪儿去了?怎么才回来,这些热乎的菜都快没热气了!幸好我吃出了几个空碗,把好吃的都盖上了,快看看都有啥?"陈回看到纯洁气喘吁吁地落座,急不可耐地要她吃两口热乎的。

一开碗,纯洁就惊了。

"这是什么鬼东西,长得如此丑陋!"

陈回顿了一下,赶紧瞥了一眼同桌上的其他人,低声说:"纯洁,你小点声,其他人都笑话你呢,悄悄吃,别出动静,这个是海参呀,没吃过吗?很贵的。"

纯洁一听"很贵",立马就对这碗黑黢黢的海鲜燃起了热情,她急不可耐地想要尝尝它是甜的还是辣的,可放进嘴里一嚼,口感就像吃橡胶似的,黏黏糊糊,有一点韧劲,不辣也不甜。

"呸，实在太难吃了。"纯洁忍不住全吐在了桌子上。

桌上好几个不认识她的村民嫌弃地看了她一眼，眼神透露出的全是"你这个没见过世面的小丫头净糟蹋好东西"的气愤之意。

陈回没忍住，"扑哧"一下笑出声了，这时背后传来一个声音："哟，看来李记者不习惯我们村里的饭菜啊！"

是"那碗白米饭"。

"哪里哪里，这个招待标准远远超过五星级酒店了，我们李记者最近肠胃不好，吃啥都反胃，可惜了这些鲍鱼、海参、大螃蟹了，她吃不下的我都帮她一并消灭了，蒋主任你可别拦着我啊！"

陈回帮纯洁打了一个圆场，但她十分不领情，因为她实在不愿意看到陈回这副趋炎附势的嘴脸。平日里骨头那么硬的一个谦谦君子，为什么一和这帮场面人打交道，就像变了个人似的？

"嗯嗯，多吃点，多吃点。""白米饭"客套完，似乎也没有要离开的意思。

陈回怔怔地询问："蒋主任，您还有什么指示？"

"嘿，指示谈不上，谈不上！还是得辛苦你们多写写好文章，帮我们村多宣传宣传，不然村干部们会伤心的。""白米饭"背着手，说话打着官腔，听着就烦人。

"我们不辛苦，弘扬正能量是我们新闻工作者的本职工作啊，来来来，我们一块儿敬您一杯，为老百姓干实事，您辛苦了。"陈回用肘部顶了纯洁一下，眼睛一个劲儿地往"白米饭"那儿翻。

纯洁纹丝不动地坐着，赤裸裸地白了"白米饭"一个大白眼。

"干吗呢你，纯洁，赶紧起来敬酒！"陈回故意嬉皮笑脸地提醒她。

"我不喝酒。"纯洁冷冷地回应，一想到"白米饭"人前一套人后一套的臭德行，她就忍不住想拿起酒往他身上泼。

"纯洁不喝，我替她喝，小姑娘最近失恋了，心情很不好，蒋主任别见怪啊。"陈回明显意识到了她的情绪，为了避免火上浇油，索性不再逼她。

"没事，没事，小姑娘不过是失恋了，再说他们这些二十岁出头的小年轻也不在乎这些礼数，酒不敬没事，就是笔杆子别乱写就行啊。""白米饭"一饮而尽，说话夹枪带棒。

"您不乱做，我们当然不会乱写。"纯洁毫不犹豫地把他呛了回去，实在是忍不住了。

"白米饭"一听，竟然被呛得从鼻孔往外喷酒，把这一桌人看得想笑又不好意思笑出声，每个人都表情怪异地咀嚼着嘴里的东西，眼珠子瞪得比牛大。

"白米饭"把纯洁单独叫了出去，陈回想跟出去，却被村干部小助理给拦下了。

纯洁摸了摸包里的瑞士折叠水果刀，气定神闲地随"白米饭"去了村口的矮杨树下。

"接电话。""白米饭"没和她讲什么大道理，而是直接向纯洁耳朵边上递手机。

"你老实点，别动手动脚的。"吓得纯洁往后跳了一大步，差点拔刀出来和他决战。

"接电话。""白米饭"又往前凑了一步，手机举在半空中，眼神中透着一种令人作呕的小得意。

"干吗？谁的电话就让我接，天王老子我也不怕，别想买通我！"

"白米饭""扑哧"地笑出声来："买通你？你还不够这个级别吧！是你们邱总的电话，快接吧。"

纯洁一听"邱总"，立马乖乖接过手机，一直"嗯嗯嗯""我知道了"，然后就结束了通话。

从啸天村回来的路上，小客车一直在颠簸，陈回问了她几次"怎么了"，但看她黑着一张脸不肯说话，便也不再自找没趣。下车后，他拉着纯洁在车站附近喝排骨汤，纯洁把汤喝了个底儿掉，陈回递过一张纸巾要她擦嘴，问她是不是享受不了富贵饭，纯洁点点头，说："富贵饭的吃相太难看！"

晚上，纯洁翻来覆去睡不着，陈回突然给她发信息问她要不要出去走走，她突然坐直了身子，把正在玩手机的谢雨霏吓了一个激灵。

"李纯洁！你发什么神经啊，诈尸啊！我还以为你睡着了呢！"她埋怨道。

"雨霏，我想问你个事。"纯洁失神道。

"嗯，你说。"

谢雨霏从桌上抓过来一个咬了一半的梨，上来就是一口，这几天她感冒了，总是咳嗽，所以她要用她妈妈教给她的祖传方子压下去这一股子恶气。

"你为什么要来做新闻记者呢？"话一出口，纯洁突然为自己这么理想主义的提问感到羞耻。

"啊？你……你这问得好像有点那个了，我要不说为了报效祖国好像都对不起你的提问。咋说呢，我家紧挨着牧城，家里有几套大房子，还有三辆车，房车都不需要我买了，也没有贷款按揭要背在身上，家里就我一个女儿，父母又不指望我有什么远大理想，就希望我别离家太远就行。那我在一个离家不远不近的地方上班，有编制的铁饭碗也体面，这不挺好的嘛，满足了全家的厚望，我自己也不遭罪，哪儿来那么多为什么啊？"谢雨霏疑惑地望着她，试图从她身上找出点异样来。

"没啥事，我就是瞎问问。"

说着纯洁便要穿衣起身。

"大晚上不睡觉你干吗去？不知道高朋最近变态到用眼神狙击我们吗？"

"他狙击我们干吗？"

"还狙击我们干吗？邱老大让他监视着我们，以免干出什么不检点的事来。"

"凭什么啊，我这是来上班的，不是来上学的，私生活也管啊！"

"你爱信不信，反正我都警告过你了，牧城是个小地方，小地方的人掌了权，就容易变态。"

"我不管，我睡不着，我出去走走。"

"自己？"

"不是。"

"和陈回？"

"嗯。"

"那你小心着点吧，高朋看到了肯定上报，传出绯闻来对你和他都没好处。"

"别说我和陈回没事，就算有事，高朋他管得着吗？"

"李纯洁！你是真纯洁还是假纯洁？不知道单位内部禁止谈恋爱吗？一旦谈了，公司会把谁去谁留的决定权交给情侣，让俩人自行选择，还不是想看两个人相爱相杀的热闹场面。"

"什么时候有的这个规定的？谁说的？"

"高朋老早就警告我了，他好像看出来我有邪念。老责编带徒弟时都会说一下的，你师父陈回没说？"

"没有啊，不是说师父看上徒弟了更容易转正吗？"

"这谁和你胡说八道的？那看来他是真看上你了，连铁饭碗的工作都不放在眼里了。"

"别瞎说了，高朋如果来查房，你别给他开门就成，谢了哈。"

说着纯洁就要往外走。

"纯洁，你等一下，我还有个问题要问你。"

"你问呀，陈回该等得不耐烦了。"

"那你到底喜不喜欢陈回啊？"

"不……不知道啊。"

"你对他了解多少？"

"我不了解他啊!"

"你知不知道他为什么在咱报社吃得这么开?"

"因为我师父满腹才华呗。谁不喜欢优秀的员工。"

"你真够单纯的,你当真以为有点过人的才华就招人抬爱了?他家里是有很大背景的。"

"啊?意思是拼爹?"

"也不是很确切。这么说吧,是人家完全可以拼爹,但是偏偏不拼,你说气人不?你知道他爸是谁不?他爸是分管我们报社的直属领导的领导。你就把陈回他爸当成邱老大这辈子仕途的天花板就好了。陈回是家里的独苗苗,父母都非常看中他,这种出身,规规矩矩地走,日子不要太好过。但陈回跟他家老爷子的关系处得相当一般,出门在外一律把自己跟家里老爷子的关系择得干干净净。自己跑报社来应聘记者,一心想要惩恶除奸,简历登记表那有一栏是要写家庭关系的,陈回愣是空着不写。邱老大什么人,敏感得很,面试的时候委婉地问他父母是干什么的,他就说父母双亡了。你说狠不狠?邱老大当时没多问,但回头就找高朋暗地里查他的背景,一查才知道他是啥出身,那邱老大还能让这种机会跑了?当即留任,才试用了一个星期就给他转正了。不过人家陈回也是争气,工作勤奋,稿子写得也特有水准,每周稿件的总分都是全报社最高的,根本用不上邱老大明里暗里的'照顾',所以也不领邱老大这份暗戳戳的'情'。这种明明可以躺赢,还是自己爬起来战斗的角儿,多励志啊!只是,不知道哪个嘴风不严实的,早就乐此不疲地把他家庭背景里的道道儿都传遍了。"

"那他知道大家都知道他家庭背景了吗?"

"他大概是不知道吧,不然可能早就离职了,这种心气儿高的人,最怕别人说他拼爹。"

"那这种知道装不知道的隐瞒,对我师父不公平啊!"

"那你倒是跟他说去啊,说了你就是唯一被他恨上的人。不是,你打什么岔?我跟你说这么多的意思,是想问问你,陈回本身就很优秀,家里条件也好,你就不心动?"

纯洁急赤白脸地拿上背包,"我都说了,我不知道,好了好了,我必须走了。"

旧木门关上的一瞬间,一片黑影笼罩下来,谢雨霏坐在床上,抻直了脖子,凝望着缝隙里远去的光亮,额上的青筋在突突地跳动着,哀伤从眼睛里一点一点滴落下来,喃喃自语——我看你就是不承认……

被击碎的英雄梦想

第三章

纯洁和陈回在海边喝了很多罐啤酒。其间,陈回提议喝多了就出去乱搞,纯洁没有提出反对意见,冲着这份默认,俩人又激动地"吹"了一罐。

直到日出东方,海面泛起金光,两个人才发现他们并没有出去乱搞,而是四仰八叉地躺在沙滩上睡着了,纯洁身上盖着陈回的外套,而陈回就比较惨了,他穿着一件灰色背心,把自己埋进了沙子里,冻得像个瑟瑟发抖的雄鸵鸟,又湿又黏糊地蜷缩在海边不停地懊悔。

回去之后,纯洁精神恍惚地在办公室坐了一天,陈回一整天都没来上班。早上谢雨霏看纯洁的目光中莫名透着一种仇恨,纯洁之所以能体会出其中的仇恨,是因为谢雨霏把评报传给她看的时候,并没有像平时一样兴奋地向纯洁透露她的稿件得分,而是白了纯洁一眼,狠狠地将评报扔在她桌子上,差点砸翻纯洁的玫瑰花茶。

纯洁不甘示弱地质问她:"你干吗?"

谢雨霏阴阳怪气地回了句:"没啥。"

这可不像平时的谢雨霏,纯洁自然心生疑虑。

晨会由高朋主持,他用沙哑的声音教育了新人好一阵子,然后轻描淡写地宣布了陈回已经辞职的消息。

高朋指着纯洁说:"你以后,也跟着我了。"

"跟着你?你可快拉倒吧。"纯洁当然没有把这句马上要破口而出的话说出来,她一直都记得陈回教她的隐忍。

虽然，她始终没搞明白这种隐忍是对报社规则的服从，还是对自己做人原则的扭曲。

那天陈回站在报社大楼下，提着一个捆得像粽子一样的行李包，单薄得像个流浪汉，有一搭没一搭地往上看，谢雨霏举着一个洗脸盆从窗边路过，往屋里看了一眼，眼珠子一转，一盆水就倾泻而下，嘻嘻哈哈地大喊着："陈回，还是老娘来灌溉灌溉你吧，瞅瞅你这饥渴难耐的样子！"

"我去！"陈回大叫着跳开，但还是湿了半条裤子，气得他把烟头往脚底下一踩，上来就把纯洁扛了下去。

谢雨霏尖叫着让大家快来围观，可是大家都出去采访了，只剩下她一个人在办公室里洗头，所以她探出脑袋来的时候，头发湿漉漉的，紧贴着脸颊，显得十分落寞。

陈回放下纯洁，叼上烟，灯火明暗，映衬着他的脸，过了好一会儿，他说："你想挣钱的话，应该和我去北京啊！"

"我在这儿不是也能挣钱吗？"

"一个月三五千块钱的工资不叫挣钱。"

"可这三五千块钱是铁饭碗，给发到死。"

"你别说那些不着调的了，你就是不想离开牧城，你就怕跑远后，你男朋友懒得再来找你了。"

"是谁告诉你的？"纯洁愣住了。

为了清清爽爽地来牧城工作，纯洁对所有人都只字不提过往，为什么陈回会知道她执意要留在牧城的原因？他怎么知道她曾有一个男朋友？

"又不是什么秘密了，全报社的人都知道呀！"谢雨霏探出脑袋来，及时插了话。

纯洁恶狠狠地抬头，又把目光扔向陈回——她需要一个解释。

陈回从裤子兜里抓出一盒烟来，皱着眉头，点上一支烟，他回到摩托车上，两腿左右撑着，直到那支烟燃完，一脚油门绝尘而去。

连个"再见"都没说。

陈回要去北京了？

沮丧。

他说他已经很认真地暗示过她很多次了，这不是突然的决定，但纯洁还是觉得他走得很绝情。最让她不明白的是，为什么所有出现在她生命里的男人都要以突然跑去另一个城市的方式和她告别。

为什么他们不能干脆点呢？为什么他们就不能男人一点把事情说明白了再离开呢？为什么她永远都是那个被留在原地的人呢？

这些男人，真是讨厌！

在这之前，很多人都和纯洁说过要去北京、要去上海、要去深圳，他们说这些话时心怀梦想，仿佛认定了梦想绝对不会破灭。

去另一个城市能解决什么问题呢？难道去了一个新的城市就能把以前的不堪全都清零，然后开始崭新的生活？

纯洁反正不信。

一个新的城市什么也解决不了，真的。

纯洁觉得自己是过来人，是有话语权的。她都跑到牧城来了，有了新工作、新朋友、新生活，她甚至还尝试了坐在别的男人的摩托车上时，紧紧地搂着他的腰，可为什么自己还是恨着关伟……

真把纯洁给气坏了。

那天晚上，谢雨霏请纯洁出去吃烤海蛎子，纯洁虽然还在生陈回的气，但还是答应了谢雨霏的邀请，毕竟谢雨霏一向抠门儿，天天喝她的芒果汁，却从来不肯回请她一次。

今天这是怎么了呢？

晚上纯洁从超市买完牙膏后径直去了大排档等她，八点一刻的时候，看到谢雨霏穿着一件黑色的蕾丝汉服风姿绰约地朝着她走过来。

纯洁有些感慨，谢雨霏那妖娆的身材永远有着星际划过黑夜般的曲线，腿上穿着的画着永久草的长丝袜若隐若现，她还在右眼旁边文了一只小到几乎看不见的苍蝇。后来谢雨霏说，其实她还在苍蝇的眼角上文了眼泪，以示它强烈地支持她去抵触烦人的懦弱。

这只苍蝇文身，让纯洁大为不解，因为在她看来谢雨霏就是个俗气到家的小城姑娘，她听父母的话，向往铁饭碗式的稳定工作，连大学都是在家门口的高校读的，她怎么会文艺到给自己文一只滴着眼泪的苍蝇呢？

她妈妈不会骂她吗？

谢雨霏还把自己所有的袜子都画上了永久草，她说她要借助一些看似有魔力的东西摆脱时常令她发指的霉运。

然而，纯洁根本看不出她身上有什么霉运。

那天晚上，纯洁执意和谢雨霏讨论了一些平日里不太会讨论的问题。

谢雨霏说，那只苍蝇之所以文在眼角，是因为可以骗她妈妈说是眼屎，纯洁惊讶于她妈妈如此好骗。

"如果是我妈妈的话，她会毫不犹豫地上来抠一下，如果抠不掉，就会毫不犹豫地打断我的腿。"

"我妈妈不会，她是知识分子，在县城里教了很多年书，还是班主任，平常逛街都穿汉服，我身上穿的这件就是她的。"谢雨霏回应道。

"你妈妈的身材和你一样？"纯洁惊讶地反问，毕竟在印象中，她自己妈妈的身材在生完她后早就走了形，为此她脾气也变得越来越暴躁。

"这就是我妈妈异于常人的地方，她对自己要求得很严格，我们全家都在她的'射程'范围内，即便我爸爸做生意赚了不少钱，可还是得什么都听她的。"谢雨霏补充道，目光盈盈，不知道是骄傲还是失落。

"那你还不是蒙混过关了，眼角有文身，衣服上乱画画。"纯洁打趣道。

"我还能干什么啊，我只能做这些了。"谢雨霏抓起酒瓶子，"咕咚咕咚"地喝了一大口，她可真能喝。

"我妈妈倒是不管我，但也不帮我啊！你一毕业，你妈妈就帮你在牧城买了房子车子，我就没这个命！我啥时候都孑然一身，工作要自己找，丢掉的男朋友要自己找,房子要自己买,我什么都没有。"

"愚蠢!我妈那是想拴死我,我没有拒绝这套房子,就意味着我答应她我愿意老死在牧城,是老死!你能体会到这种绝望吗?你没房没车,但你有说走就走的少年意气,而我一出生就被我妈妈拿钉子钉在了家门口外方圆十公里以内的地方。我才是什么都没有的那一个。"

谢雨霏一下激动起来,纯洁本来以为是谢雨霏良心发现,知道她刚被陈回甩了心情不好,所以特意陪她出来买醉。这时她才搞明白,其实是谢雨霏自己心情不好,想找个人吐露心迹。

"可你不是说,你就想在牧城待着吗?"

"那是以前,可我现在不这么想了,在牧城待着,你知道意味着什么吗?"

"什么?"

"目送!"

谢雨霏这是在敲打我吗?是说我在目送?还是她自己在目送?

那么留在牧城到底目送什么呢?

目送怅然离去?目送劳燕分飞?目送我们这些刚毕业,每天总想着去外面的世界走走的人?或者她其实就是在说目送陈回?

那天晚上,谢雨霏喝大了,整个人张牙舞爪,一会儿哭一会儿笑,特别难对付,纯洁央求大排档老板帮她一起把谢雨霏弄进隔壁的"渔家乐旅店",纯洁帮她脱鞋子,她不肯,还用脚踢蹬她,气得纯洁一下把她掀到床上,她总算是心满意足地睡着了。

纯洁坐在沙发上拿着遥控器反复换台,半夜谢雨霏突然坐起来嚷嚷着要喝水,纯洁慌里慌张地拿了一瓶矿泉水给她灌了下去。

在谢雨霏即将再次倒下去的一瞬间,纯洁突然给了她一个耳光。

谢雨霏"扑棱"一下,醉里醉气地问:"臭婊子!打我……干啥?"

"你是怎么知道我留在牧城是为了等以前的男朋友的?"

"嘿,什么以前的以后的,不就是关伟嘛,全报社的人都知道。"

"你怎么知道的?"

"赵晖啊！"

"赵晖？"

纯洁愣住了，抓着矿泉水的手僵在了半空中。

"我在游戏里是赵晖的老婆，经常一块儿玩的还有陈回、'零落成泥'，陈回是我来报社以后拉他一块儿进来玩的，以前他都不玩的……你那天不是在赵晖寝室里吗，我们都看见你吐了呀，和我现在一样，嘿嘿嘿嘿……"

谢雨霏说着说着就开心地跑向洗手间吐了起来，可能她一想到纯洁当初死去活来没出息的臭德行，就深感痛快吧。

纯洁不自觉地往后退了一步，干涩的嘴唇翕动了一下，涩涩地问了句："那是你告诉了全报社的人吗？"

"是陈回啦，我哪有这个本事。我经常听见他们在背后偷偷议论你，一个被人甩掉的情种，哈哈哈哈……"

纯洁一屁股坐到了地上，像是有什么千斤重物轰然倒塌，从四面八方汹涌而来，彻底摧毁了她在这个角落里小心渴望着的安宁。

天亮之后，一场血雨腥风悄然而至。

而那个四仰八叉躺在床上沉睡的姑娘，看上去平静又无辜。

纯洁决定帮那个向她倾诉生活不幸的大爷写一份诉状，帮着他走信访渠道试试。

这个决定刚做出来，就被高朋掀翻了。

高朋在路过纯洁工位时，突然低下半个身子，说："你换个选题吧，这个上不了。"

他说这个上不了，但没说为啥，更没说哪样的能上。

纯洁不明白，新闻记者不为百姓报道民生大事，那还能写什么？写加菲猫喜添千金？写小牛犊在路边撒欢儿导致两车相撞？反正谢雨霏就经常写这种不疼不痒的内容，从来没被撤过稿，所以谢雨霏每周的考核分都比她高。

就在她一意孤行地打开电脑的那一刻,她惊讶地发现电脑里的东西全没了,自己攒的选题素材、排版素材、版头……以及她和关伟恋爱过的唯一证明——一起去威海旅行时拍的合照,全没了。

她"腾"地站起来,猩红着眼睛四处望去,每个人的背影都是淡定又无辜的,只有她,如大醉而归的酒鬼一般,狼藉不堪,心口绞痛。

她甚至连一句"哪个贱人干的"都没吼出来,她的眼泪从眼眶里缓缓渗出,沿着鼻翼缓缓滑下,滴落在电脑的键盘上,她伸出食指使劲蹭了蹭,试图蹭掉自己悲伤的痕迹,突然一股汹涌的暗流沿着食管奔涌而上,她只好跑向了洗手间的马桶。

高朋带着谢雨霏和纯洁一起下乡去报道一个风能项目,风车发电站刚好建在了啸天村的上游,纯洁跟在高朋屁股后边频频回望啸天村,整个人看上去慌乱、焦心。

谢雨霏上来拍拍她的肩膀,对她说了一声"去吧"。

正在纯洁犹豫着要不要佯装听不懂地回复她一句"去哪儿"的时候,谢雨霏却异常仗义地朝着她做了一个掩面的动作,挤过来小声说:"我——会——掩——护——你——的。"

她说得如此缓慢,却字字铿锵,这让纯洁误以为她是一个十分可靠的人。

纯洁向她拱手一礼,趁高朋陪同市领导参观的工夫,偷偷溜去了啸天村。

啸天村的路边长满了仙人掌,它们野蛮而有力量,靠近磨坊的那一边还开满了小花,纯洁忍不住蹦蹦跳跳起来。

"大爷!开门!我是修路庆功会那天你遇上的那个记者啊!"纯洁左右张望,敲着磨坊的门,急促、欣喜。

里面没有回应。

纯洁愣了一下,突然想起来大爷给她留的那个公用电话号码,便着急忙慌地翻书包,却没有找到,差点把她急哭了。

一个挑着扁担的大娘晃晃悠悠地从她面前经过,看她的眼神透着狐疑。

"大娘,大娘,你们村有个大爷,家里女儿瘫了,您认识他吗?他最近出现在村里过吗?我敲半天门了,都没有人理我。"

大娘抻了抻腰,完全没有要停下来的意思,回头瞥了她一眼,说:"没这个人。"

她的态度莫名的恶劣,为什么呀?

我就不信没有一个明白事理的人!

纯洁绕到村口,端详布局图很久,好不容易找到了村子里唯一的小卖部的位置,这个一定是那个有公用电话的小卖部了。

她用手机拍下布局图,一路串东串西地串了过去,她还要不时地躲避一些不怀好意的大狼狗。

不远处,小卖部的窗台上摆放着一部红色的座机,电话线搅乱成一团,脏兮兮的。一个老头儿正坐在柜台里看着电视,纯洁兴奋地朝着老头儿挥舞手臂,以为胜利在望、正义近前。

"大爷,您知道您这村里有个大爷吧,就是家里女儿瘫了的那个大爷,我刚去磨坊找他了,发现他不在啊,您知道他去哪儿了吗?"为了能让看电视的大爷告诉她,纯洁还在他家买了一盒烟。

"你是他什么人?"大爷收了钱,竟然还在不遗余力地防着人,这都什么觉悟啊,真是的。

"哦,我呀,就是他一个亲戚家的孩子。"说完纯洁就后悔了,撒个谎都撒得可笑。

"亲戚家的孩子?亲戚家的孩子能不知道罗老头儿过世了?你这都什么白眼狼亲戚呀!"大爷白了她一眼,从牙缝里往外挤着冷笑。

"过世了?那不可能!我前几天还见着他了!"纯洁感觉到"轰隆"一声巨响,做着最后的辩解与质疑。

"嗯,喝了药,大概是活得没指望了吧,临走之前把闺女掐断了气,这一家子真是作了什么孽,活成这个样子……"

纯洁愣了半天,她站在小卖部门口四处打量了一会儿,鬼使神差地拆开了那包烟,还假装老手地问大爷借了火点上,学着谢雨霏的样子吞吐着,没想到吐烟圈真的是个技术活，她不但没吐出像样的烟圈，反倒被一口烟呛到了肺，她索性一脚踩灭了燃了半截儿的烟卷，掐着腰破口大骂："人家好好的一个老人哪儿作孽了！要作孽也是你们的村干部作孽！你们全村人都作孽！你们这些自私的畜生不得好死……"

小卖部的大爷失神地看着她，突然拿起一把苍蝇拍气势汹汹地朝她打过来，吓得纯洁抬腿就跑。

没想到这个老爷子真打人啊，好歹我也是个姑娘啊，真下得去手。

更要命的是，纯洁还没跑出村口，就被高朋和村主任截住了，纯洁像一头被五花大绑的猪一样，被一辆村里的手扶拖拉机遣送回了报社。下车的时候，谢雨霏和高朋坐着市里的采访车也回来了。

那一瞬间真是好绝望，伤心大过了屈辱。

纯洁知道肯定是谢雨霏向高朋告的密，是挑扁担的大娘向村主任报的信儿，到底是什么让她们如此泯灭良心呢？她搞不懂。

高朋把她押回去之后，报社老大邱总找她谈了话，纯洁浑浑噩噩地听不进半句，她只知道，我刚到江湖，就对江湖失望了，以后的路还很长。

邱老大那天没抽烟，以往开会的时候，他都会嘴里叼着一根没点着的烟，说话时歪着嘴，他不止一次地说自己喜欢杜月笙，可他模仿得却像一条忙着吃屎的狗。

"你是李纯洁？"邱老大故作不认识她的样子，眯着眼睛看向她。

毕竟纯洁才入职一个月，他整天忙着模仿杜月笙，顾不上认识新人也是情有可原。

"嗯。"纯洁应了一下，竟然还神不知鬼不觉地跷起了二郎腿。

邱老大背着手走到她面前，半个屁股压在办公桌上，瞥了她一眼，说："你呢，刚入职，最重要的任务是早日转正，这个你师父应该告诉过你吧？"

"您这是在威胁我转不了正？"他不提陈回还好，这一提让纯洁瞬间气愤得不行。

"小姑娘说话不要这么冲，不要以为从事了媒体行业、当上了记者，就能拯救万民，万民有万民的活法，轮不到你插手。先把一个单位的规则搞清楚，才是你们这些刚踏入社会的孩子应该干的事。"邱老大端起茶杯温文尔雅地啜饮，说起话来慢慢悠悠的。

"那邱总我想问问您，如果从事了媒体工作，又不去弘扬正气、揭露真相，那我们干这行是为了什么呢？"那一刻，她简直就要拔剑出鞘了。

邱老大呛了一口茶水，朝着水杯"呸呸呸"了几下，把不小心喝进嘴里的茶叶吐了出来，突然"哈哈哈"笑起来。

纯洁大为不解地看着他，他甩下一句："以后你就明白了。"说完就让她出去了。

纯洁从邱老大办公室回到工位后，高朋走过来递给她一张纸巾，却尴尬地发现她并没有要哭的意思，停顿了半秒，他说晚上请她吃饭，像是邀请，也像是命令。

纯洁想都没想就答应了，主要是她折腾一天了，真的饿了。

高朋烤了几个生蚝让她吃，还问她最喜欢吃什么，纯洁被他问得不知所措，但还是隐隐感觉耳边响起了丧钟般的哀鸣。

高朋说她不太适合做媒体行业的工作，杀气太重，会破坏生态平衡，还说谢雨霏比较适合这个行业。

"再说咱是报社，不是那些野路子的自媒体。咱这种正经媒体，有组织有纪律，能发什么，不能发什么，都是有规矩的，不是你路见不平就能随意拔刀相助的，拔对了，你造福一方百姓；拔错了，那就祸害了一方水土。"

"你这话是摸着良心说的吗？我当然是拔对了，腐败干部逼死人命，事实还不够明显？"

"纯洁，我也不想和你讨论这件事谁对谁错。人都没了，而且是自己想不开才没的，守不得云开就见不到月明。反正，我要和你说的是，陈回走了，这是他的个人选择，你谁也赖不着，你也别再憋气想要报仇了，实话和你说，就凭你这两下子，你什么仇都报不了，本来我也不想和你说这些，但陈回走之前把你托付给了我，让我多照应着点，但我实在是照应不住了。同样是应届毕业生，谢雨霏就比你灵，这样的孩子我罩得住，你太邪性了，油盐不进，我罩不住你。你想胡来，就自己弄个公众号，想怎么写怎么写，想怎么胡说就怎么胡说，前提是有人看，有人捧场，有人认你。"

"我胡说？"

"好了，不较劲了，生蚝吃完，酒喝完，咱们就撤。我刚毕业的时候也和你一样强硬，最后被撤稿撤得没脾气了，你可以看不起我，但你早晚有一天会知道，一个小公司就是一个小王国，在这样的小王国里，才华的作用是锦上添花，你想要有点实权，还是得按照人家国王的规矩来，不打折扣，别动歪心思。"

"我呸，你们这帮老油条。"

"行了，妹子，平常我对你们都比较严格，今天也算是把能吐给你的都吐了，你爱听不听，以后的路，反正都是你自个儿的。"

说完，高朋自己也吹了一瓶，喝完就托着腮帮子看着纯洁笑，眼睛里亮晶晶的，他突然低下头，一只手在半空中划拉了一会儿，大约是用另一种形式催她"快滚"吧。真是无情。

但当纯洁站起来跑向报社那边的时候，高朋又喊住了她："纯洁，别回去了。"

纯洁心里"咯噔"一下，没反应过来，"你说什么？"

"我请你洗澡去。"

"我天天洗澡，还用得着你请我洗澡？"

高朋诧异地眯起眼睛，说："你是真傻还是假傻，是去洗浴城，洗那种高档的澡，明白吧？"

"我……谢谢您了。"

纯洁终究没有把脏话骂出口。

这帮没什么大出息的中年人真是奇怪，三天两头约在一起往洗浴城里钻，陈回没走的时候，他们唱完歌都会约着去洗澡，有时候谢雨霏也会跟着去，只有纯洁不肯，因为她觉得这样显得很轻贱。

她讨厌一切无法让自己坦然的东西。

回到宿舍之后，纯洁发现谢雨霏竟然还没回来，于是拨了陈回的手机号码，响了两声又挂断了，因为她突然想起来，就算她想质问他为何要把她的秘密说给每个人听，那也不该主动联系他。毕竟那天陈回走的时候，连"再见"都没说，这件事她不能原谅他。现在给他打电话，就代表她原谅了他，显然她不想再干这种没骨气的事了。

过了十分钟左右，陈回打过来了。

"干吗？"纯洁接起电话的那一刻突然很大火气。

电话那头明显愣了一下，"你这人讲不讲理啊，你先打来的，我给你回过来，你反过头来问我干吗？"

桌上的闹钟突然摇了起来，八点了，寝室大门就要关了，但谢雨霏还没回来。

纯洁朝着窗外看了一眼，决定把个人恩怨咽下去，先谦逊地把今晚发生的事一五一十地讲给陈回听，让他分析一下高朋这一通软硬兼施的絮叨到底是什么意思。

陈回听完大为震惊："真的？他真的这么和你说的？这是邱老大安排高朋劝退你呢，高朋请你的这顿饭八成是社里出钱给安排的送行宴。开除还得赔你一个月工资，你偏偏又不识相，所以只能劝退了。"

纯洁一听，不说话了，眼眶里有湿漉漉的东西在打转，但她又不好意思抽泣。

第一份工作就这么被人劝退了？人生失败不过如此了吧，鼻腔里也变得湿漉漉、黏糊糊。

"这帮老东西，个个没底线，说话也不算数，说好了在我走之后保住你，可还是容不下你。得了，不计较了，你赶紧来北京吧，赶你走也是好事。"

这是陈回挂电话前和她说的最后一句话，纯洁反复思考了很久，也没体会出这到底是什么好事。

她被委婉地劝退了，没有帮到罗大爷，甚至连补偿金都没拿到。什么有利于民生的事都没干成，这怎么能是好事呢？

不管怎样，罗大爷的死让她对留在牧城完全失去了信心，以前纯洁觉得咬咬牙坚持一下说不定就能帮上一个正在受苦的人。可现在，她才发现，她其实谁都帮不上，包括她自己。

而且，更重要的是，陈回这个贱人把她不光彩的过去传遍了报社，这让她每次路过别人的时候，都感觉自己是一个"行走着的大笑话"。

她最受不了被人暗地里取笑，哪怕她难过得想一头撞死，她也不希望和别人玩装来装去的游戏。

再说，电脑里所有和关伟有关、和牧城这座城市有关的痕迹，都不知道被谁恢复出厂设置给清零了，就像她从未经历过这些一样。

她决定拉上行李，跑到北京当面问陈回在电话里没问出口的"为什么"。

北京是所有人的开始

第四章

那天纯洁站在北京站，有人拿着一沓地图问她要不要，还有人白了她一眼后喊着："发票！发票！"北京站的钟声敲响了，广播放着令人沉醉的《东方红》，纯洁被彻底带到了一个未知而如火的新世界。

陈回当时穿着一件咸菜色的格子衫，灰色的短裤上印着一只发狂的狗头，他一看见纯洁出站，就像是见网友遇上了"真美女"一样冲动地奔跑过去，抱着纯洁转圈，累得满头大汗，突然停下来问："李纯洁，你是不是胖了？"

纯洁指了指背包，然后"嗯"了一声。

陈回愣了一下，然后像占领了北京城一样得意地哈哈大笑起来，翻着眼珠说道："你到底还是来北京了，是不是垂涎哥的美色很久了？"

"滚。"纯洁把行李箱一把推到他面前，沮丧地接受了新生活。

下了地铁，陈回拉着纯洁钻进了立水桥附近的一个三室一厅，来开门的是一个穿着吊带的高挑儿姑娘，她瞥了纯洁一眼，朝着一个半掩着白色拉门的屋子指了指，扭过脸冲陈回一笑："你女朋友啊？"

"对。"陈回忙不迭地点头，为了表达这件事的确定性，陈回在纯洁左脸上亲了一口。

纯洁一脸惊恐，腾出手来捂住刚被陈回亲了一下的地方，火辣辣得像是被谁抽了一个耳光。陈回忙解释道："这是咱房东。"然后推开白色拉门小声地说道："这一间是我们的。"

纯洁迟疑了一下，蹙着眉头推门而入。她发现这个只有十几平方米的小屋子里竟然满载着非常齐全的生活刚需品：一张边角已经烂到貌合神离的三合板电脑桌颤颤巍巍地倚在东北角；一把蓝色没有靠背的圆凳摇摇欲坠地勉强表达着微薄的关怀；两张一米五的小单人床宣告着陈回的不强人所难；一个画着海绵宝宝的布衣柜嘲笑着纯洁手边一行李箱的衣服将无处安放的寂寞……

纯洁突然感受到了来自这个狭小空间的浓浓恶意。

她把东西放在地上，顺着窗边张望外面，八月的北京热得像是把火锅倒扣在了头顶上。

陈回走到窗前，从身后抱住纯洁，问："怎么？刚来就开始忧国忧民了？"

"别动手动脚的，咱俩有这么熟吗？"

纯洁一把推开陈回，虽然知道自己千里迢迢过来投奔他就意味着某种意义上的暗示，可她还是不甘心就这么把自己给交代出去了。工作没有了，爱情也要叛变吗？关伟能不明不白地离开她，她却做不到不明不白地开始下一段恋情。

"你看你，有气也别往哥这儿撒啊，咱们的感情不是一直都挺好的吗，来都来了，还不让哥碰一下啊？"陈回的手缩了回去，不知道是真知错了，还是被纯洁翻脸无情的一面吓到了，他一屁股坐在床沿上，随后又拍了拍床沿，让纯洁也坐下来，似乎要平复她的心情。

"你不离开报社，像邱老大和高朋那样的老油条，早晚把你吃得连汗毛都不剩一根。他们逼走你，总比祸害你强。你这不懂迂回的倔脾气，确实不适合在传统媒体单位待着。别计较了，明天不又是新的一天。"他见纯洁不肯坐过来，继续安慰道。

"我当然要计较，这可是我的黑历史，第一份工作没转正就被劝退了，万一影响我在北京找工作咋办？"

"瞅瞅你这鼠目寸光的样子，你都千里迢迢地来投奔哥了，哥能让你连个工作都找不到？"

"你知道罗大爷自杀了吗?"

"自杀了?"

"喝了药。死前把他女儿也掐死了。"

"唉……也好,不然罗老头儿走了谁照顾她。"

"你怎么一点同情心都没有?这是两条人命啊!这就是他们村干部给逼死的!说不定也是等我给他报仇结果没等到绝望而死的。"

"那你要我怎么办?大哭一场?我和罗家也没感情啊,再说了,我干记者这些年,生生死死、来来去去的这些事都看得麻木了。纯洁,你拯救不了所有人的,总有人更惨。"

纯洁脖子一凉,不明白平日里一身正气、热爱生活的男人,为什么会说出和邱老大一样泄气的话。

"我早晚要给罗大爷平反的。"纯洁坚定地说。

"别折腾了。你平不了反,他是自杀的,不是他杀,你刚毕业一腔热血想主持正义可以理解,但你不能一直挂念着这个事。你来北京干吗来了?你一个刚毕业的小丫头,最好的出路就是让自己强大起来,多挣点钱,多争点话语权,只有你强大了,这个世界才肯对你公平。"

陈回说得好像很有道理,但纯洁一时接受不了他这样的波澜不惊,哪怕他像她一样先是大吃一惊然后破口大骂也好,至少还能让她对这个世界最后的精神角落保有战斗的希望。

可他连装都懒得装,纯洁始终觉得陈回骨子里应该不是这样的人。

"你看看你租的这个破房子啊,还没咱报社安排的寝室大呢!你不是说北京有我想要的一切吗?"纯洁故意转移了话题责难他。

纯洁皱着眉头,用手挥了一下烈日射在她脸上的强光,突然觉得刚下火车看到陈回时的激动瞬间一扫而光,本来纯洁是对他有欲望的,只是这样局促的"北京生活"将这一切微妙地打翻了。

陈回歪着脑袋看着愁眉苦脸的她,突然哈哈大笑起来,说:"你看你,说翻脸就翻脸啊,哥能让你长期住这个地方吗?就是过渡一下。快,快给我一个激动的拥抱,哥一高兴,一会儿给你个惊喜。

纯洁傲慢地看了他一眼,回身拉上了窗帘,从布衣柜里扯出来一条暗黄的毛毯,往靠窗的那张床上一躺,说:"这张我要了,你睡那张,未经许可,不得沾我的床一下。"

"我的天,听听,听听,这是人说的话吗?你知不知道这屋里原先有一张大的双人床,我要是使坏,完全可以假装不知道地让你和我在一个床上凑合一下,然后晚上等你睡着了,你不愿意也得愿意。可哥不是这种人好吧!我特意让房东给换了两张单人床,不是哥不敢碰你,是哥觉得追求女孩子不能用先占有人家身子那一套,你别把哥贬斥成一个如饥似渴的浑蛋啊,哥是想要你,但不是通过这种龌龊的方式要你。"

陈回气哼哼地坐回了自己的小床上,抬手开了一听可乐,"咕噜噜"地灌了下去。显然,他对于纯洁一来北京就要和自己划清界限的态度是有些不满的,他虽有男人的七情六欲,但也有自己做人的底线,他当然不会因为小姑娘跑来北京投奔了他,就自以为是地把人家的身子给占了,他觉得这是他做人的自觉,可纯洁却觉得这是她该给他的警告。

纯洁一看他脸上有点挂不住了,只好泄气地翻着干涩的死鱼眼,转移了话题:"那你为什么要把我愚蠢的过去当作笑话讲给报社那帮浑蛋听?"

陈回愣了一下,马上会意纯洁是在说哪件事情。

"不是谢雨霏说的那样。"

"你怎么知道是谢雨霏告诉我的?"

"不会有别人了。"

"好。这无所谓。你就告诉我,不是那样,又是怎样?"

陈回往破旧的小猪佩奇壁纸上一靠,缓缓压了一口气息。

"你记得你去赵晖寝室的那天吧,我们几个人当时在连线打游戏,你突然跑进来,又哭又吐的,我们都开着摄像头,当时我戴着耳机,看见这么一个姑娘因为失恋死去活来的,觉得可爱又可笑,忍不住笑出声来,当时办公室好多人在加班,他们溜到我身后,也看到了你……哭得一把鼻涕一把泪的……所以，我们去你们学校校招的时候，你的简历一放过来，我们就认出你了，负责招聘的同事还特意把你的一寸照片发给了我。"

"所以，你们招我进报社，就是想招个真人版笑话来乐一乐？"

"小姑娘，讲话不要太冲，大家都没有恶意，你想多了。主要是你的简历足够优秀，人也长得漂亮，愿意到我们这种小地方的小报社来低就，我们当然愿意上赶着接住你啊！"

"也就是说，在我不知道这一切之前，这就是谢雨霏和你之间的秘密喽！"

"也不是这个意思，就是我还没想好怎么告诉你时，就被别人盯上，不得不先离开一步，我不走，报社领导就会逼你走，我知道你想留在牧城，不等到你要等的人，你是不会死心的。"

陈回俯下身子，往纯洁身边凑了凑，扳过她的身子，想要抱抱她。

纯洁一个激灵缩在了毛毯里，整个脑袋藏了进去，闷闷地说了句："别碰我，我很累了。"

"那我们两个现在算什么？"陈回知道她在听。

"合租室友。行吗？"隔着毛毯，她给出了自己的回应。

陈回苦笑一下，站起身来，背对着她，"行，当然行，只是你可别后悔啊！"

第二天一早，纯洁迷迷瞪瞪地接了一个电话，没看清是谁，她也没说话，翻了个身，又沉沉睡去。

接着就是身处诅咒般地接连做梦，她梦见关伟对她说"那只站在我们离别世界里的鸟很胖"，又梦见他留了一屋子的碗筷……纯洁在梦里简直就是一个窝囊废，除了唯唯诺诺地哭，她还忙不迭地把一屋子的碗筷和关伟分账，分着分着，关伟朝着她冷笑一声，忽然化成一缕青烟，飘飘荡荡地钻进了窗花之中，一边钻一边告诉她，他要去羽化登仙了，负重前行必定不能走太远，所以他什么都不要，他什么都不带走……

呃，做个梦都这么文艺。

纯洁满脸泪痕地醒来，她发现枕边空空，便慌乱地四处找手机，本来是想给陈回打个电话，却在屏幕亮起时发现陆晨给她打过电话。

纯洁一拍脑袋猛然想起，这个电话的主题好像是向她借一千块钱，但是陆晨这种靠砸钱砸进名校，从小不缺钱花，十八岁成人礼那天开了一圈法拉利的姑娘，怎么会差这点钱呢？想着想着，纯洁忽然感觉脑子"嗡嗡"直响，心里暗暗骂了自己一句。

纯洁坐在床上缓了缓神，突然门口响起一阵急促的敲门声，她不但没起身开门，反而抓起手机拨通了陆晨的电话。

陆晨来北京了。

她说她在新西兰花重金从一个神通广大的老太太那儿买回来一只无翼鸟。

纯洁觉得她极有可能是在吹牛，花重金八成是真的，但加上"神通广大的老太太"的定位一定是为了让她的购买行为显得厉害一些的说辞罢了。

无论如何，这本该是一趟欢天喜地的毕业旅行，可是就在陆晨登机之前的半小时，她突然接到了爸爸打来的电话："晨晨，无论发生什么，从今天起千万不要回家，爸爸妈妈赌输了。"然后就匆忙挂了电话。

电话再打过去，无人接听，陆晨就蒙了，她当时穿着一件范思哲的黑色长裙，她一身的傲娇如遇寒潮，左手的行李袋从手中滑落，右手紧紧捏着一张刚被自己肆无忌惮地透支完的信用卡，还没来得及问一句"之后怎么办"，就被急促的挂机声晾在了原地。

她本来打算在首都国际机场转机直接回家，结果她爸爸的电话让她不得不滞留下来。

陆晨爸爸当初花重金把她送进精英学校，又花重金让她当上了班长，她也习惯了在自己喜欢的东西面前，用重金去帮自己表达喜欢。都说富人家的千金是温文尔雅、见过大世面的，可陆晨在分进纯洁所在的寝室后的全部表现，都指向她是一个特不稳重的人。

举个例子你就明白了，有一次，一个学长喊纯洁去一个烧烤摊儿做兼职，一天能给到一百块钱的工资，纯洁一听大为震惊，就在欢脱着准备出门时，被陆晨拦住，她一脸渴望地挽住纯洁的胳膊，任由纯洁的手机在裤兜里震动着，她直言不讳地表达自己试图加入的决心。纯洁和她说工作环境很恶劣，地上都是烟头，空气里都是羊肉被烤焦的味道……

陆晨听完之后异常兴奋，甚至要塞给纯洁一千块钱要她务必把自己带去也见见世面。

她一脸期待地说："听着就刺激啊，感觉能遇上古惑仔！"

纯洁当时就怀疑，她是一个傻子吧？

纯洁是那种不太穷也不太富的普通人家的姑娘，五分靠天分，五分靠打拼，晕晕乎乎地撞进了精英名校的大门。

学校由于是封闭式管理，再有钱的学生都不能把家里的厨师、保姆、管家带进来，于是陆晨的日常生活遭遇了空前的挑战。

恰好陆晨和纯洁是上下铺，两个人还能相互扶持一下，陆晨不会换床单被罩，纯洁就笨手笨脚地帮她换好，有时被罩换着换着，纯洁整个人就迷失在被罩里，陆晨看着好笑，就趁机把拉链一拉，任由纯洁在被罩里鬼哭狼嚎。

陆晨玩起来挺孩子气的，可骨子里受过的教育又让她在参加各种活动时可以做到不慌不忙、恰到好处。

陆晨在第一次请纯洁去大剧院看俄罗斯话剧《日瓦戈医生》的时候，却能非常平稳地给她讲清楚人性的自由与尊严，讲清楚战争的残酷、毁灭的无情、个人命运的浮沉，以及那不太平的爱情。

事实证明，富人家的孩子确实是见过大世面的，但由于缺乏对小世面的认知，导致他们很容易被骗，纯洁觉得自己将来如果很有钱，一定得让自己的富二代女儿多去市井街头看看，省得钻石骗不走的姑娘，最后却让一根棒棒糖给骗没影了。

纯洁三下五除二穿上衣服，刚推开门，就看到陈回怀里抱着一个纸箱子，大汗淋漓地皱着眉头。

"纯洁，你在家啊？在家怎么不给我开门呢，我都敲了半天了……我刚以为你跑哪儿去了，给你打电话还占线，吓死我了……"

纯洁一把推开陈回，边下楼边喊："我一会儿就回来。"

纯洁在机场转了半天也没找到陆晨，她一会儿说在出发口，一会儿又说在永和大王的右边，陆晨从上大学时就分不清东西南北，所以每次聚会大家等她等得急赤白脸的，为了平息民愤，陆晨就拿钱"砸"大家，吃喝玩乐全她买单，从此她更不觉得人生需要有方向感了。

最后，纯洁终于在机场大巴车后边的马路牙子上发现了陆晨。

陆晨一看见纯洁喜极而泣，掩饰不住内心的喜悦，把鼻涕都抹在了纯洁的白色衬衫上。

"我去，你干吗把鼻涕抹在我身上？"纯洁皱着眉头后退了一步。

"你紧张什么，不就是件破衬衫嘛，看你这个抠门儿的样子，等我给你买一百件，好好侮辱侮辱你。"陆晨用胳膊蹭了一下眼泪，然后伸手就去包里摸索什么。

摸着摸着脸色大变，噘着嘴说："我的天，我给忘了，钱都花完了。"

纯洁一看陆晨的傻样，哭笑不得地说："赶紧走吧，你哪次不都是满载而'出'，花个底儿掉才回来。"

陆晨像是突然想到了什么一样，上下打量了她一番，朝着她翻了一个白眼："我让你带的钱呢？你身上连个口袋都没有，你把钱放哪儿了？"

纯洁鬼鬼祟祟地往四周看了一圈，把陆晨往大巴车屁股那儿拉，从领口掏进文胸里，然后拽出来一卷卷得圆滚滚的钞票，往陆晨面前一推："给，带着体温的，拿好。"

陆晨往身后一跳，惊慌失措地说："天哪，天哪，天哪，拿走拿走，李纯洁，才一千块钱，你至于这么大费周章地把它藏在你如此引以为豪的地方吗？"

"爱要不要，这要是别人我还不借呢！"纯洁一听就不乐意了，假装要抽回来，突然反应过来，"你没事吧？你爸妈给你断粮了？怎么混得连一千块钱都要借了？"

陆晨抽了一下鼻子，朝着北京的天空倒吸了一口气，说："我爸可能真的出事了。"

最近一年，老爷子总去豪赌，经常搂不住，他放弃"小赌怡情，大赌伤身"的玩玩原则，输红了眼还不停，把家底儿都扔进去也不够，最后还招惹了地下钱庄，留了一屁股债。实在躲不开追债的人了，便带着陆晨的小后妈去国外了，他们上飞机之前，只给陆晨打了个电话，让她别回家。

唉，不回家去哪儿啊？老爷子没说。

去哪儿不得要钱啊，卡上也刷不出钱了，老爷子也不给条活路。

这下陆晨傻眼了，得亏在北京转机，得亏当年睡在她下铺的上进女青年纯洁头脑一热投奔陈回来北京闯荡了。

下午两点一刻，纯洁把陆晨带回家，陈回正坐在床上抽烟，一脸的惆怅与不情愿。

陈回瞟了陆晨一眼，悠悠地起身，强行散发着热情，说了句"你好"。

陆晨像是蚊子见了血一样，一扫刚才在机场的惆怅，绕着陈回认认真真地转了三圈，最后在陈回的身后停了下来，伸手假装擦了一下哈喇子，一脸坏笑地问纯洁："李纯洁，新男朋友？你竟然这么想得开了？我还当你这种人得花十年的时间才能翻篇呢！"

陆晨把"新"字的重音拉得很长，还没等纯洁回答，陈回就一眼看明白了局面，他一把搂过纯洁，笑嘻嘻地示好："初次见面，请纯洁的闺密多多关照。"

陆晨从鼻子里挤出来一声鄙夷的"哼"，突然像想起了什么一样，赶紧打开行李箱，朝着纯洁招呼着，像是要展示什么东西。

纯洁走上前，大吃一惊："这就是你花重金买的那个鸟玩意儿？"

陈回也凑上来："嗯，真够丑的，这是什么鸡？从哪儿买的野生鸡？可惜我们的家里暂时还没添置炖锅。"

陆晨十分嫌弃地瞅了他一眼，把正方形的透明笼子提了起来，望了一眼窗外的天空，说："和你们这帮俗人说不着，这可是我家欧阳希的梦想。"

在对男人的审美方面，陆晨几乎能和纯洁达成空前的一致，可陆晨喜欢和她较劲的文艺男，而纯洁喜欢话少有内涵的大款。

她们毕业后，陆晨爸爸本来给陆晨安排了一份十分招摇的工作，在鸣凰集团的一个经纪公司里做艺人，她爸爸甚至帮她把成名之路都规划好了，但陆晨非但不听，还冲她爸"呸"了一下，说："别人的家长都巴不得自己闺女离娱乐圈越远越好，你倒好，还一门心思把我往这肮脏的公司里拉！"说完，她就白了一眼比她只大两岁的小后妈谢玉儿，拉着行李箱就出了家门。

不出意料，陆晨在找工作的路上四处碰壁，搞得她有些迷茫，既然不知道自己要什么，于是她搂着男朋友欧阳希的脖子，问他有什么理想没。

欧阳希说，他的理想就是做一只行走如风的无翼鸟。

陆晨拍拍胸脯，说："多大个事啊，来，都包在我身上。"

欧阳希是陆晨在大学遍地风流后唯一爱上的男人，用陆晨的话来说，那是一种来自灵魂的召唤。

陆晨滞留在北京百无聊赖，索性像模像样地做了一个周密的"无翼鸟理想国"计划，她想要找一个临海的地方，开一家"无翼鸟酒吧"，她要用这个理想主义酒吧把心爱的男人圈养起来。

"他就在我的酒吧里当个驻唱歌手，我给他发工资，天天在台下看着他，让所有女人都为他痴迷，但她们无权靠近站在舞台中央的他，只能我一个人碰。你说，还有比这更美好的事吗？"

纯洁突然觉得，陆晨这美好的追求，像极了《生命不可承受之轻》里的萨丽娜。

纯洁对此大为震惊,为什么陆晨都虎落平阳了还可以如此轻松地想象着平白添置一份事业,难道只是因为百无聊赖的等待?

而她,即便费尽全部的力气,最好的结果也不过是能留在北京城找一份薪水还不错的工作。

陆晨回身用脚把门一关,一脸神秘地说:"来,我给你们这对狗男女展示一下我家欧阳希不可一世的梦想。"

陆晨当着纯洁和陈回的面,追着无翼鸟满屋疯跑,无翼鸟抖动着一身的羽毛,无可奈何地在地板上势如闪电般地躲避这个疯女人。

终于,陆晨败下阵来:"这鸟太厉害了,我告诉你们啊,没有翅膀并不妨碍它的行动,因为它太擅长奔跑了,每小时十五公里,这是什么概念,你要是惹急了它,它可以一脚把你踢飞到一米五之外的地方。"

纯洁在一旁笑得眼泪横飞:"就它,它踢得动吗?还有你确定它能在咱这儿活下来?你要把它养死了,这不是花钱作孽吗?"

陆晨刚要回答,突然看了一圈屋里,话锋一转:"纯洁,我今晚睡哪儿?"

纯洁回头看了一眼屋子里的两张床,又看了一眼陈回,说:"要不,你就……"

"我才不要在这么恐怖的小屋子里和你挤一张单人床呢!"陆晨立马就感受到了她的勉强。

"我和我家纯洁就是临时落一下脚,过几天找到新住处就搬过去,怎么也得是正规的大三居……中的其中一间正经的实墙卧室。"陈回低着头说话时,抬腿把纸箱子往床底下踢了一脚,说到"其中一间"的时候,还大喘气。

"搬走?我怎么不知道这事?"纯洁惊问。

陈回歪了歪脑袋,点了支烟,鬼鬼祟祟地把纯洁拉了出去。

一场乌龙的开房

第五章

经过一番激烈的讨论,陈回给陆晨订了一间房,就在安贞桥附近的快捷连锁酒店,陆晨嘟嘟囔囔地大为不满:"我之前出来玩只住五星级酒店,凯宾斯基、威斯汀什么的,我可是你的亲闺密,和你男朋友第一次见面,他怎么着也应该打肿脸充一回富人吧,这也太靠不住了,赶紧分!赶紧的!"

纯洁笑着说:"我晚上也过去陪你住,主客一家亲!再说了,快捷酒店一晚上不也得三百多块钱嘛,我一开始还以为就陈回这实力撑死了给你安排个百八十块的小旅馆,这已经超乎我的想象了,你现在是一个虎落平阳的富家女,要知道人在屋檐下不得不低头的道理!"

陆晨骂了一句:"人心不古。"

纯洁小声和她说,陈回告诉她已经找到了新的住处,到时候应该就能一人一个房间了,不会像现在似的,两个人分睡两张单人床,中间还矫情地拉着一道帘子。

"我过去看看居住环境怎么样,如果好的话,你可以和我单独住一间啊!"

陆晨不太信任地看着她,把她拉到一边悄声问道:"我一进门就觉得这两张单人床很诡异,这个陈回到底是不是你的新男朋友啊,是的话,你可就矫情了。"

纯洁回头看看陈回,陈回像是触电了一样赶紧往窗边走了两步,房间太过局促,他只能通过往窗外望去这个动作,表示自己无心偷听,但纯洁还是谨慎地朝着陆晨摇了摇头,并冲她做了一个"嘘"的动作。

陆晨马上明白这其中的意思,会意地挑了挑眉毛,然后就去玩鸟了,全然忘记了自己目前身无分文的窘境。

陈回帮纯洁约了灵云传媒公司的面试,他一本正经地告诉她:"如果你想先玩玩,那就玩一段时间再去;如果想找工作,可以明天一早就去面试。"

纯洁说:"明天去!"

陈回乐了:"李纯洁你就是个急性子,什么东西都是抓到自己手里才能睡得着,你这么现实可不太好。"

纯洁说:"我就这样,刚毕业好不容易考进事业编,还没干多久就被劝退了,我都没敢跟我妈说呢,就被你骗到了北京,我妈要是再知道我在这儿混吃混喝不工作,一准儿飞北京来废了我。"

第二天一早,陆晨也不知道使了什么花招,纯洁从客房下楼时看到她在西餐厅和一个坐姿笔直、面容极为清秀俊朗的男人面对面坐着,看到纯洁惊诧无比的样子,陆晨还挑衅似的从自己的盘子里夹起一块培根,一脸甜蜜地喂进了那个帅哥的嘴里,琴瑟和谐,恩爱有加,瞬间让纯洁对她平添了几分敬佩之情。

陆晨看到纯洁要转身逃走装作不认识她,立马果断地朝纯洁打了招呼,纯洁只好硬着头皮走过去,心里暗暗想:这个小贱人,别再耽误了我去灵云传媒面试啊!

"来,我来介绍一下,这是我新认识的朋友,叫凌少,这个是我的陈年老闺密,叫李纯洁,你看她长得是不是超纯?来,转一圈给少爷看看。"陆晨朝着凌少挤眼,大大方方地给双方做了介绍,还邀请纯洁坐下来和他俩一起共进早餐。

"这个大帅哥是被我强制要求送早餐给我的,这种快捷酒店的早餐,还没咱学校餐厅的早餐好吃,我咽不下去,就让这个大帅哥从他家厨房带了点来。"陆晨见纯洁傻愣着不动,便解释道。

纯洁盯着这一桌精致的餐点——肉片、煎蛋、蔬菜、水果、面包、果汁……还有澳龙面，这些颇为高级的搭配与摆盘，竟然出自这个男人家里的厨房？他莫非是一个极帅的厨子？

这个刚认识的"厨子"尴尬一笑，坐在那里没有起身，只是朝着纯洁略略点了点头。

纯洁把快到嘴边的"滚"憋了回去，矜持地朝凌少也点了一下头："您受累，我这位朋友比较血腥。"

"呵呵，没关系，晨晨这嘴皮子从小就这样。"凌少教养颇好地保持着适度而礼貌的微笑，恰到好处地帮两个姑娘打着圆场。

"晨晨、从小、就这样？"纯洁一头雾水，这富有教养的语调和落落大方的涵养，实在不像是平常和陆晨关系好的那些人所具备的啊。

陆晨见状赶紧岔开话题："你这是着急忙慌地去哪儿？"

"去面试，陈回说帮我约了一个公司，他们那儿正在招编辑。"

"就受不了你这种长得好看又一心想着上进的姑娘，整天像打了鸡血似的，你让其他人怎么办呀！"

"不和你扯皮了，好好享受啊，我得去了。"

"晨晨吃完了，你要去哪儿，正好晨晨想去逛街，我们可以把你一块儿带上。"凌少见纯洁要走，突然起身向她发起了邀请。

纯洁婉言谢绝："不顺路，谢谢您。"

陆晨却一脸兴奋地帮她一口答应下来："我们去哪儿你都不知道，就说不顺路，是不是见了这个帅哥太帅紧张呀？"

纯洁脸颊一红，不自觉地往眼前这个已然站起来的男人脸上瞟了一眼，我去，这世间怎会有如此眉宇不凡之人，关键是哥哥的个子好高、腿好直啊，穿白衬衫都这么让人有欲望，这张平静如水的面具后面是否也一如眼前所见的禁欲呢？啧啧，真心是帅。

"李纯洁，你不会真心动了吧？你太色了吧。"陆晨看到纯洁盯着眼前的帅哥看得出神，故意提高音量夸张地打趣道。

"你不要胡说八道,我去面试要迟到了,我先走了。"

"那你不喜欢人家干吗躲着人家,一起走呗。"

纯洁皱着眉头瞥了她一眼,知道她又没憋什么好事。

她们在酒店大厅等待的时候,凌少把车子从车库开了上来,是一辆暗蓝色的越野车,还好不是富二代标配的超张扬的跑车。

纯洁拉着陆晨的手往后座走的时候又偷偷多看了两眼凌少,眉目清爽,棱角分明,嘴角微微上扬的时候竟然十分迷人,那双肌肉量正好的大长腿真是养眼。刚坐稳,纯洁的眼睛在后视镜里和凌少的眼睛撞到了一起,吓得她赶紧把眼神放向窗外。

陆晨笑嘻嘻地往纯洁虎口那儿使劲掐了一下,那做完美甲的指甲真是锋利,疼得她几乎要跳起来。

车子开上三环的时候,陆晨盯着纯洁的白衬衫配黑裤子不屑地笑了出来:"李纯洁,你幼不幼稚啊,你穿成这个样子去传媒公司应聘,你当自己是地产中介啊还是卖保险的?招聘专员肯定会偷着笑话你土,信不信?"

"别搞职业歧视。白衬衫怎么了?百搭又没有攻击性,我非得穿V领露锁骨让她羡慕啊?那我更没戏了,你真不了解女人与女人之间的较量与防备心。"

"百搭个屁,凌公子,你往三里屯那边开,我陪纯洁去重新买套衣服,你瞅瞅她穿得也太丢人了。如果你面试的是时尚杂志,一准儿就没戏。"陆晨白了她一眼,对着想笑又不好意思笑的凌少说了一句。

陆晨拉着纯洁冲向圣罗兰专柜,纯洁一直捂着包,紧张兮兮地把陆晨拉到一边,小声嘀咕:"我卡里只有两千块钱的存款,你拉我来这儿干吗?闻味儿啊?"

陆晨就像聋了一样,拉着纯洁挑了一款流苏手包与一套米色套装。

陆晨围着纯洁转了一圈,照着她的屁股拍了一下,说:"真妖娆,我要是你老板,当场就让你上班,这么养眼的小姑娘,方公司里摆摆门面也值回来了。"

"滚！我都要迟到了，衣服我脱了，打死我也买不起。"纯洁看了一眼企盼买单的柜姐，假装张弛有度地把嗔怒压下。

陆晨拉着纯洁去收银台结账，吓得纯洁想立刻跑进试衣间脱下衣服，她担心会留下褶皱，然后被柜姐冷言冷语地要求必须买下。

但是陆晨却一下掏出来一张白金卡，扬手甩到收银台上，看得纯洁眼珠子差点掉地上，结完账后，服务员把纯洁换下来的衣服放进了手提袋。一出门，纯洁就忍不住找真相："你有私房钱，没破产啊，那你跟我借啥钱，赶紧还钱！先说好，这衣服是你逼我买的，我可没钱还啊！"

"瞧你的样子，你那一千块钱我用来给无翼鸟交宠物寄养的会费了！瞅瞅你这势利眼的德行，这衣服我就当肉包子打狗了，压根儿没想让你还。反正也是凌少买单！"

"你能不能友好点，干吗又歧视我……你什么意思？你俩什么关系？他冤大头嘛，平白无故地就给你一张白金卡？"

"冤大头？李纯洁你别太天真了，像这种从小生活在生意世家的阔少，出手阔绰那是生活习性，但绝对不干吃亏的买卖。"

"那你……和他？"

"我呸！一张白金卡就能收买我？亏你李纯洁和我闺密四年多，到现在还不了解我的身价。"

"那怎么着？你现在啥都没有了，人家还给你钱花，你还不做个女朋友回报一下……"

"醒醒，绝对的醒醒！你面试完了早点回来啊！"

"你干吗？"

"没啥事，就是凌少有个事需要你帮忙。"

"你啥意思？你卖的是我啊？"

"那当然！我又不傻，还有自个儿卖自个儿的？你那个陈回，我看他第一眼就觉得配不上你，癞蛤蟆一个，你跟他好，那就是作践自己。"

"你说陈回坏话干吗！人家招你惹你了，不就没让你住上威斯汀嘛，这事他已经尽力了啊！赶紧把衣服退了，我不要了，我看你就是个丧尽天良的阴谋家。"

"人家凌少身高一米八七，和你站一块儿那叫一个绝配，最萌身高差啊，走在一起，灯光打出来的身影都散发着登对的甜蜜。你那个陈回，站你身边看上去就像个残废。衣服退不了了，穿你身上了，标签我给剪掉了，穿人手短，你晚上去金融街威斯汀大厅等着啊，七点。"

"我靠，你嘴巴毒不毒啊！不行啊，晚上陈回约了我吃火锅，让他知道我去别的男人，他能杀了我，虽然我们还不是正式的男女朋友关系，可我们不是正在培养感情嘛，我转身和别的男人约会，这算是脚踏两只船，是要遭报应的。"

"李纯洁你傻吗？你非得让他知道？也不知道这种纨绔子弟什么审美，怎么就好你这种看上去清纯得要死的土鳖，早上非要我给他看咱们的毕业大合照，班里那么多搔首弄姿的辣妹，人家凌少一眼就相中了你，你俩这缘分戏也是足足的了。我走了啊，凌少还在停车场等我，下午他带我去看我相中的那个酒吧，我尽快把转让手续做完。"陆晨说完就绝尘而去，摇头摆尾的那一瞬间，纯洁巴不得冲上去踹她一脚。

纯洁看了看时间，心想：不好，要迟到！于是手忙脚乱地拎着手提袋往电梯间奔去。

"李纯洁，你路上记得看看今天的微博热搜头条。"陆晨在她身后发出了最后的呼叫。

一声闷脆的响动，电梯关了。

从生命科学园站出来后，纯洁眼前一片荒凉。

跟着导航穿过一片树林，绕过一个卖烤冷面的瘦大姐和一个卖滚筒烤鸡的胖大姐后，导航告诉她："目的地在您的右前方，导航结束。"

北京的办公楼不应该是电视里那样高耸入云的吗？为什么我只看到了一片郁郁葱葱的树林？透过密密的树枝，可以看到在众多荆棘和蔷薇的环绕下，矗立着一座古城堡……不，是一座别墅，阴森得可怕。

纯洁神色慌张地拿起电话，陈回也不知道在忙什么，半天才接起来，本来她就深感万事不顺，陈回又没能秒回她，于是她发了飙："下次三声之内要是不接起来，就再也不用给我打电话了！你给我介绍的是什么破公司，阴森森的，地址确定没给错？"

纯洁有点沮丧，她以为在北京上班应该就是坐在望京SOHO那样的写字楼里，办公间歇可以去茶水间冲一杯咖啡，凝神远望大悦城那样五彩斑斓的商场，中午午休时间走出去，身边穿行着各种夹着笔记本的高层和白领，烈焰红唇、西装笔挺、眉眼轻佻……全世界就我厉害的那种骄傲。

陈回明显感觉电话那头的女人有些莫名其妙，但还是压着性子说自己刚刚去见了一个老朋友，他去结账的时候电话放在桌上，所以他没听见。

"没错，没错，就是个别墅，他们公司就在别墅里，这可是我托人帮你介绍的，就是我请吃饭的这个朋友，人家帮了这么大忙，我得请人家吃个饭啊！我和你说啊，这个别墅可比城里的办公楼阔气多了啊，没实力的才去租写字楼的格子间呢，有实力的都在独栋别墅里办公，你不明白，这儿和牧城不一样，我不能坑你。快进去吧，一会儿把你凯旋的消息告诉我哈，来，亲一个！"

不知道为什么，纯洁越听他解释就越觉得烦，她甚至觉得自己已经十分"心机婊"地要为晚上不陪他吃火锅酝酿气氛了。

挂掉电话后，纯洁心事重重地冲向这座阴森的"城堡"，高高的灰色围墙上爬满了暗绿色的藤蔓，她甚至开始为每一扇窗户的呼吸感到焦虑。

"你好，我是来面试编辑的。"一钻进"城堡"，纯洁就看到了一个妖艳的姑娘正在低着头修手指甲，简直和电视上演得那种难缠的守门小鬼一模一样。

"简历带了吗？"她没抬头，充分释放着前辈特有的傲慢与不屑。

"带了，带了……"纯洁一边说着，一边上赶着往外掏，把一张对折再对折之后的简历从手包里掏出来，在前台桌上用力地平整了两下，看到没什么效果后，只好尴尬地朝着前台的姑娘笑了笑。

"富二代？"她的目光被纯洁手中的圣罗兰流苏手包吸引了过去。

纯洁想说不是，但是却选择了沉默，有时候想装的欲望上来了，你就无法做到坦诚，尤其是面对这种看人下菜碟的人时。

前台姑娘慌张地放下手中的指甲刀，用慈母般的微笑向她表达着一种求勾搭的美好心愿，她站起来上下打量着纯洁，捂住嘴巴围着纯洁走了一圈，显然她一眼就认出了纯洁穿的是圣罗兰的套装。

"喏，先把这个表填了，填完之后坐沙发上等会儿，我去通知招聘专员。"她把一张写着"面试登记表"的纸递到纯洁面前。

"谢谢姐。"纯洁接过来，一屁股坐在沙发上，开始从手包里翻笔。

"哎哟，别叫我姐，我才二十五岁，你就叫我Lisa吧。"她皱了一下眉头，扭动着腰转回到前台后，心烦气躁地接起一个电话，又心烦气躁地挂掉，嘟囔了一声："这些推销的人烦死了。"

纯洁只用了五分钟的时间就把表格填好交给了Lisa，Lisa用下巴点了点一摞表格要她放下后，转身去倒了一杯水，显然是要她再等会儿。

纯洁突然想起陆晨叮嘱她要看热搜，于是索性在等待面试的间隙拿出手机刷了起来。

热搜第一，是一个名字——姚海燕。

点进去之后，第一条是一个视频，熟悉的背景瞬间扼住了她的咽喉——是她大学校园里的情人湖。

她快速地翻看了那条视频的内容，是一个短视频平台对那个跳湖身亡的女孩家属的一段采访剪辑，那个死去的女孩叫姚海燕。

几个月前沉寂无声的案子，几个月后被翻了出来。

旧案重提并突然上了热搜重新回到公众视野的原因是，家属看到了自家小区的一段监控录像。姚海燕是本地人，她的父母在学校对面的一个小区为姚海燕买了一个开间小公寓，但姚海燕很少去住，多数时候，她还是住在学校的寝室里。

姚海燕跳湖身亡前的三个小时，监控显示，有个瘦高个儿、戴着豹纹鸭舌帽、穿着牛仔低腰裤的男生和姚海燕并肩出现在小区里，在楼梯口有说有笑地温存了一会儿后，两个人搂着一起进了公寓楼。出来的时候，两个人在楼梯间发生了争执，姚海燕拖拽着男生，被男生反手挣脱，姚海燕追上去抱住了男生的腰部，结果被男生猛地推倒，之后姚海燕坐地大哭，男生只身一人离开了。

之前所有的指证都是姚海燕自杀身亡，因为学校的监控显示，她独自一人在湖边坐了一个小时后跳入湖中，周边没有任何人推她，甚至没有人曾在这一小时之内在她身边坐下来过。

独生女突然跳湖自杀，家长想要闹事，却无从下手。

校方就算有责任，也只是监管与疏导不及时，并没有其他直接责任。

几个月后，情况发生了变化。老两口儿想起可以调出女儿小区的监控看一下，看完监控，他们惊了，因为之前完全没有听宝贝女儿说过谈了男朋友，这个男孩到底是谁？女儿会不会是因为被打被骗受了委屈才跳湖的？这种情况还算不算自杀？老两口儿迅速带着新的证据去找警方，但警方依然拒绝立案。于是不知道谁给他们出的主意，让去微博上闹。

因为视频的剪辑惊悚刺激，连女孩跳湖的瞬间都剪了进去，所有人都觉得这个出现在楼道里的男孩跟女孩跳湖有很直接的关系，但警方却不给立案。

网友们愤怒极了，一口气把姚海燕家长发的这条视频推上了热搜榜的第一位。

顺着热搜话题，纯洁点开了排名十分靠前的分析文章，作者用推测事件经过的方式，以第一人称的写作角度，还原了事发经过，正看得心惊胆战之际，她猛然发现作者在文末放了微信公众号的名字"围观"。

一股子惊悚的气息滴落在纯洁的后背，脊梁都凉飕飕的。这时，Lisa突然从会议室里走出来，"李纯洁，你可以进去了。"

纯洁推开一扇透明的玻璃门，一个穿着西装的人背对着她。

她蹑手蹑脚地关上门，踩着十厘米高的高跟鞋从"西装男"身边走过，纯洁觉得好尴尬，如果他恰好坐在正对门口的位置，纯洁一进门就可以点头哈腰地说"你好"，然后顺其自然地坐下来等他对自己进行盘查，然而这个男人不按常规出牌，偏偏坐在一进门的位子上，还背对着她，这让她实在不知道是该等他回过头，说一声"坐吧"，自己再坐下；还是要闭着嘴巴、屏住呼吸，像蝴蝶穿越沧海一样潇洒地路过他，然后一本正经地走到长桌对面坐下来，再把提前准备好的热气腾腾的微笑送上。

纯洁选择了后者，因为他并没有转身，这叫她有些担心。

"西装男"抬起头，一脸冷峻，眼窝乌黑，严肃得像一个爸爸。

"请先自我介绍一下吧。"他像流水线上的工人一样，用机械的套路对付着眼前这个"傻零件"。

"哦……哦，就是……那个……非常荣幸贵公司能给我这样一个面试的机会……我叫李纯洁……非常纯洁的纯洁……"说这话的时候，纯洁发现他正跷着兰花指皱着眉头翻文件。

他发现这冒傻气的姑娘紧张到停了下来，便抬起头，面无表情地看了纯洁一眼，说了一声"继续"。

"我是新闻专业科班出身，我毕业后在一家报社工作了几个月，因为一些特殊的原因，我辞职来了北京……"

"什么特殊的原因会让你在一个工作单位才干了这么短的时间就离职了？"他抬起头，显然他对眼前这种不稳当的小年轻十分反感。

完蛋！如果没猜错的话，他已经完全把我定位成一个一事无成又妄想通过一身皮囊就混入帝都一线媒体圈的小年轻，和门口那位"前台花瓶"别无二致。

纯洁心里气得哆嗦，但还是按捺住怒火，努力挤出一个十分难看的笑容，说："因为北京这么大，我想来看看？"

"西装男"皱起眉头，把简历往文件夹里一合，看样子要说"你回去等消息去吧",然而此时铃声大作,手机响了。

纯洁心里一阵窃喜,又一阵担忧,眼见他捂着嘴巴出去接完电话,又重新回来落座,看到眼前那杯冒着袅袅白烟的茶水,忍不住"咕咚咕咚"喝了精光。

"西装男"眉头一皱,缓缓抬起头,用恰到好处的语速问道:"你既然是来面试我们的新媒体事业部的,那你就谈谈对'姚海燕事件'的看法吧?"

"啊?"纯洁吓得差点原地冒脏话。

她纳闷儿,陆晨什么时候还学会押题了,这也太准了。她更纳闷儿,为什么招聘专员还考专业内的题,难道刚才那个电话是新媒体部的分管领导打的?远程出题?这么刺激?

"怎么?这样的热点都没听说过?""西装男"把提前预设好的轻蔑和急不可耐甩了出来,甚至可以从中听出一丝莫名其妙的得意。

"不是不是,我当然知道这事。"纯洁回过神来,赶紧解释。

"那就谈谈看法。"

"我觉得网友们的愤怒与正义感可以理解,但对这个事件的发展应该没什么用。现场勘验笔录、现场视频资料、医院病历等都构成证据,拉、扯、搂、抱这些行为在视频资料中可以很明显看出是两厢情愿,不是一方对另一方的猥亵与强迫,而且这些和她跳湖自杀没有直接、必然的因果关系。戴鸭舌帽的男孩用力推了女孩一把,目的是为了摆脱对方的纠缠,并没有实施犯罪的目的和主观故意,这不属于刑法上的不法行为。所以,即便是继续上诉,这个案子也会因为事实清楚、证据充分、依据准确、程序合法而继续维持不予刑事立案的。"纯洁脑子中突然闪现了那篇由"围观"公众号发出的文章,于是像倒豆粒一样,一一说了出来。

"西装男"诧异地看着她:"你是学法律的?简历中没有提到啊!"

"不是。"

西装男目光有些迷离,突然回过神来冷冷地问:"那你是不是觉得网友们很无知?新媒体舆论与声讨都是一些没用的东西?"

"是,我是觉得网友们是很无知。他们总是按照自己的理解去同情弱势方,他们都有被害妄想症,总是按照猜想去抹黑一个、保护一个。男生对女生动手是一件很恶心的事,但即便你恨他恨得要死,这件事就是上升不到刑事犯罪,谁也奈何不了他。这个世界就是这么残酷。但我不会否认新媒体舆论的作用,哪怕是一些无病呻吟、毫无逻辑、岁月静好的圣母文、鸡汤,也被相当一部分人群所需要。有用没用不是新媒体存在的意义。发泄与安慰,寻求自由与不同的声音,才是它可以和传统媒体并行存在的逻辑。"

"西装男"起身绕到纯洁面前,抓走纸杯,转身打开了饮水机将空杯添满,缓缓回身放到纯洁面前。

他发现纯洁没有着急端起水杯,嘴角滑过一丝奇怪的笑意:"您回去等我们的电话吧。"

看看,这句话还不是来了。

离开"神秘古堡"后,纯洁一路上都对自己的面试结果牵肠挂肚。"西装男"告诉她,试用期月薪有一万块钱,转正后能给到一万五到两万块钱。天啊,好想拥有!

公交车一个急刹,纯洁手中的手机飞了出去,还好她坐在侧边,手机被防水台挡住了。

她连忙抓起手机,想要看看有没有坏掉,屏幕亮起的那一瞬间,她的目光又定格在了那篇落款出处为"围观"的文章上。

天底下会有这样狗血的巧合?

穿过薄雾,两只手交叉在一起,在教学楼的台阶上恨不得黏成一个人。纯洁一本正经地提议:"既然我都俘虏你了,那从今天起本宫亲自为你赐名为'围观',此名你知我知、天知地知,愿你在此名的加持下,鹏程万里、天打雷劈。"关伟捂着肚子大笑:"你这叫什么昵称,昵称得叫起来甜美、亲昵,你倒好,把我名倒过来就完事了?再说了,鹏程万里就行了,干吗还要天打雷劈啊！"

"你爱我就鹏程万里，不爱我就天打雷劈！"

纯洁想到此处，竟不自觉笑出声来，猛然又一个急刹，她才注意到人们一个个看怪物一般的眼神。好吧，拿包把脸挡起来，就当我不在。

"哪儿呢？"陆晨气哼哼地打来了电话。

陆晨和纯洁说话的时候永远趾高气扬，虽然纯洁再三告诉她，她觉得这种颐指气使的优越感毫无道理，但是她毫不在意。

"回家路上呢。"纯洁望着窗外，出奇的平静，似乎还没有从失笑中缓过来。

"回家？回哪个家？你疯了吧？不是说好了让你去金融街的威斯汀嘛，凌少都急疯了！"陆晨向她大嗓门儿地吼起来，试图让她意识到事情的严重性。

"急着干吗？杀猪宰羊啊？是你俩狼狈为奸，和我有啥关系，陈回在家等着我呢！"

"我真……得了……姑奶奶，算我求你，下午凌少刚帮我盘下来什刹海的酒吧门脸，租金是他先帮我年付垫上的，这人情不得还？"

"这和我有啥关系，你把他写入你的艳情花名册，这人情分分钟还完，说不定还能往回找补点什么呢！"

"本名媛不是随便的人！"

"那本素人就是了？"

"李纯洁我告诉你，别在这儿给我挖坑，不好使，你穿人手短，江湖道义得讲，不能不认账啊，况且我要不是走投无路了，也不至于盘个店面还得麻烦别人啊，我可怜的爸爸到现在都没联系我，可怜的我啊，区区七十万的门脸租金还得觍着脸求别人帮忙，我长这么大从没受过这种委屈……"陆晨语气缓和下来，甚至还带出了哭腔。

她总是和纯洁来这一套，先威逼利诱，不好使就上苦肉计。

"可是，我不敢啊，我和陈回其实还处在彼此试探阶段，他看我看得特紧,你别看他看上去挺宠着我的,但脾气大着呢,特别介意我和别的异性来往,要是知道我和别人约会,放了他鸽子,一准儿会大发雷霆的,也可能会骂死我,谁知道呢!"

"你别管了,陈回这样的男人我见得多了,逮到天鹅肉就一张癞蛤蟆脸,天鹅肉跑了你让他试试?我和你说,他百分之百是渣男,分手见人品,你没听说过?不信你分一个。"

"我闲着没事干吗分手啊,再说了,我俩也没开始正式交往,谈不上分手。只有你这么说他,人家招你惹你了,怎么就渣男了?"

"行行行,是我说错了好吧,陈回那儿我搞定,你只管去凌少那儿,打车去,我给报销好吧!麻烦你赶紧从365路公交车上滚下来!"

"咦?你怎么知道我在365路公交车上?"

"就你废话多!你这抠门儿德行,要是不赶时间,打死都不舍得打车的好吧。"

"1101客房,1101客房。"纯洁正在嘀咕着,"明明让我去大厅等着,怎么迟到了一会儿就变成了客房了呢,有什么十万火急的事得到房间里说呢?"正疑惑着,电梯"咔嗒"一下停在了十一层,纯洁往西一路找过去,看到了1101客房,她站在门边,犹豫了一下,把耳朵贴到门上,里边什么动静都没有。

"会不会来早了?"

"会不会找错酒店了?"

"会不会……"

……

凌少一把把门拽开了,"我去!"纯洁尖叫一声,一头撞进了他的怀里。

如果没猜错的话,应该是撞到他的胸肌了,纯洁的脸马上不争气地红了,像是生了麻疹一样,白衬衫上的香草味迷得她有点头晕。

"弹性怎么样?"凌少咧嘴一笑。

"还不错。"纯洁思绪混乱了,竟然说了句还不错。

"来不及了,快上来。"凌少收起笑容,二话不说就拉着她往里走。

"上……上哪儿……"纯洁慌了。

凌少面不改色,拉着她往床边走去。

"啊?不行不行,衣服我不要了,我脱了还你,陆晨欠你的,陆晨自己还,我有打算交往的男朋友了,我……"

正推辞着,凌少一下就捂住了她的嘴巴,俯下身子,轻声说:"来不及了,但我向你保证,我什么都不会对你做,也不会脱掉你的衣服,只是抱一下,你把头露出来摆个样子,一会儿就好,算我求你。"

什么鬼?纯洁整个人吓傻了,一动不动地杵在那儿。

凌少摇摇头,说了句"冒犯了"。一把将纯洁扔进了被子里。

纯洁在他怀中一直发抖,脑子里是空白的。

"儿子,你别躲了,妈妈给你介绍的这个女孩,你肯定满意,快开门啊!"隔着一道门,纯洁几乎能想出一个中年女人一身的珠光宝气。

"嘘。"凌少朝着她做了个手势。

此时凌少像是一个被人注射了麻醉剂的小娃娃一样,恬静地躺在她身边,黄金左脸透着一种棱角分明的冷峻,莫名给了她一种陌生而熟悉的信任。

"你不说话,那妈妈自己进来了啊!"门一下竟然真被打开了。

我天,这什么恶趣味,儿子在外边开房,亲妈有房卡?

"啊!"这位妈妈显然是被眼前的一幕惊到了,马上捂住眼睛,但纯洁却看得分明,她在用指间的缝隙偷偷看儿子怀中的女人,太心机了。

"妈,你干吗?"凌少揉揉眼皮,一脸的倦容,这演技竟找不出任何理由不给他满分。

"啊,没干吗,你真有女朋友了啊?妈妈还以为……算了,算了……晚上回家我们再说吧。"这位妈妈落荒而逃。

纯洁"腾"的一下翻身而起,整个人都在颤抖,不知道是因为吓得还是气得。

"以后别再让我看到你,你和陆晨没一个好东西,你千万不要把这事说出去,就当什么也没发生过。"

凌少"扑哧"一声笑了出来:"你的说法我倒是没什么意见……"

"滚!"纯洁简直都快气炸了,感觉自己吃了一个闷亏。

"我送你吧。"凌少冲她一笑。

"不必,你别往外说!"纯洁气哼哼地就要往外走,不忘回头再三叮嘱。

"说什么?我又没把你怎么样。"凌少双手揣在裤兜里,乐不可支地歪着脑袋。

"反正你什么都不能说!"

"你等等,把这个交给晨晨。"凌少递给纯洁一张房卡。

我天,这下三观可彻底毁了……

"你别想多了,晨晨和我抱怨她在北京住的条件差,我就给她在威斯汀开了一个房间先住着,她的房间在对面的行政楼里。我这不是有麻烦事,灵机一动,就也开了一间来挡挡嘛。"凌少显然看出了她的邪恶揣测,赶紧解释。

"什么麻烦事,非得让我和你演戏?"

"以后再慢慢告诉你吧。"

"以后不会再见了!"

"会的!"

"你做梦去吧。"

"做梦也会再见,晨晨是我表妹。"

诡异又神秘的新工作，到手了
第六章

表妹？为什么陆晨不告诉我她有这么一个富二代表哥？

这是在故意设法让我和凌少认识，让他看看货？

天哪，陆晨真是一如既往的什么都豁得出去啊！

纯洁越想越气，但让她更纳闷儿的是，这次她放了陈回鸽子，一向心思缜密的陈回不但没有给她打电话，甚至连条微信也没发来，什么情况？

从立水桥地铁站出来的时候，电话响起来，是陆晨。

"怎么样呀？"一张嘴就是八卦味。

"什么怎么样？"纯洁故作镇定地警觉着回应。

电话那头，似乎有男人的声音。

"你和谁在一块儿呢？"纯洁避开话题，掉头追问。

"陈回呀。我们俩在你家楼下撸串呢，你房东那女的太事儿多了吧，我就去你家随便坐坐，她就指着陈回的鼻子骂，说之前说好了不准往家带客人，什么破房子，谁稀罕去啊，再说了，她又不是陈回老婆，她激动个什么劲儿啊，真是的。"说着，陆晨就"哈哈"笑了起来，"来，和你媳妇说两句。"

"纯洁，你来吧，我们等着你啊，楼底下的小肉串可好吃了，啤酒搞活动买一送一……那个看好的房子，房东反悔了，定金也没退给我，咱只能在现在这个小区再凑合一段时间了，不过你放心……"陈回大着舌头，像机关枪一样不停地朝着电话这头一顿"突突突"，突得纯洁很是烦躁。

他总是觉得自己欠纯洁的。

一阵凉风吹过，纯洁突然觉得很冷，树林里传出来"窸窸窣窣"的声音，她一阵狂奔，跑着跑着就感觉悲从中来。

等她到楼下的"杨帆烧烤"时，陈回已经趴在桌子上睡着了，陆晨笑眯眯地看着她，还不怀好意地摸了一下她的脸。

"怎么样啊？"陆晨还真是没完了。

纯洁拿下巴点了点桌子上匍匐着的陈回，食指往嘴唇前一比画，恳请陆晨闭嘴。

"没事，你说就是了，这家伙早就被我灌醉了，一听我买单，点了超多大腰子和扇贝啊，什么贵来什么，还说不是渣男，给人家冰箱都吃空了，这点出息。"陆晨一脸的得意，为了表示自己说的话靠谱，特意伸手往陈回脑袋上划拉了一下，陈回像一头被扭断了脑袋的狗熊一样，夯拉了一下，吸了一口鼻涕，换了另一只胳膊躺，继续睡了。

陆晨说话的时候，她那条黑漆漆的皮裤在光影中闪着光，像极了一条猖獗的蛇。

"嘿嘿嘿，你干吗呢，再欺负他，我翻脸了啊！"纯洁走上前去，想搀起陈回，可也不知道为什么，人一醉，就像是被灌了铅似的，沉得要命，根本拽不起来。

"李纯洁，我和你说，你这就不识抬举了，人家凌公子哪里比不上他了……"

"你住嘴，我跟你说的这个凌什么玩意儿没半毛钱关系，别瞎扯，以后别提这茬儿！但这身衣裳我不会还的，我和他两清了，我回头再找你算账，你先帮我把陈回弄回去。"

一帘之隔，陈回在床上鼾声如雷，每次翻身的时候，都在哼唧，地上和床单上都被他吐脏了，纯洁打扫了两回后，他还在吐。

窗外的天空像一块抹布，纯洁起身在窗边走动着，突然对整个城市感到绝望。

我到底是来干吗的？不是来治自己的执念的吗？不是来找条出路的吗？为什么关伟带给我的伤害还未退去，新的忧伤又瞬间刺穿我的身体？我不是要强大起来替处在痛苦中的人们伸张正义吗？为什么我会蜷缩在一个陌生男人的胸膛边，还由着闺密帮我打掩护？

纯洁头皮发麻，扯了一条毛毯往身上盖了盖，一个人蜷缩在小沙发上到凌晨。

凌晨五点的时候，陈回大声地喊"要水"，好像是做噩梦和谁吵架了，吓得纯洁赶紧冲上去抱紧他，可陈回一拳就将纯洁打倒在地。

鼻血缓缓流出，房间里充斥着呕吐物的味道，纯洁从地上爬起来，把水杯放在陈回的床头，坐着发呆。

"是我打的你？"天亮以后，陈回半跪在地上，惊诧地望着纯洁的眼角，一只手捂着头，另一只手握着眼前这个姑娘的手，试图道歉，却被上头的酒精折磨得眉头紧皱。

"嗯，你干吗喝那么多酒？"纯洁伸手抚摩他的头，他每次道歉的时候，纯洁都试图用这种方式表达内心的原谅。

"我记不太清了……昨晚的事……陆晨跟我讲了很多她的事情，她的身世太可怜了，谈了八年的男朋友把她甩了，这让一个孤儿怎么活啊……"说着，陈回又陷入了剧烈的同情中，整个人颤抖了起来。

"孤儿？你说陆晨？"

对于张口就来的胡说八道，这个世界上，纯洁只服陆晨。

在陆晨眼里，好骗的人都活该被骗，不匹配的鸳鸯都活该被拆散，她自始至终都在用一种绝对的价值观做着自以为拯救世界的事，却全然不知道这个世界上的很多事情本来就是不可救的。

但不管纯洁和她怎么说，陆晨都摆手要她闭嘴。她说，不该在一起的人，她比谁都看得准。

纯洁完全不知道是谁赋予她这种奇特天赋的，她都不用看手相，掐八字，她说这个世界的般配法则，只看第一眼就够了。

按照她这套理论，在拆散陈回和纯洁这件事上，陆晨觉得自己义不容辞，还叮嘱纯洁千万不要谢她。

我谢你个头。

要不是她的一腔热情，关伟也不会隔三岔五地和我闹分手。在她眼中，关伟不是什么好东西，所以为了拯救纯洁，她在他俩如胶似漆的热恋阶段，都不辞劳苦、三番五次地给关伟介绍新女朋友。

关伟消失了快半年的时间，可他始终还是像一个幽居在她心口的魔鬼一样，会在夜深人静的时候突然出来和她解释，解释他为什么不辞而别，解释他有不得已的苦衷。

纯洁打开手机，搜出了那个叫作"围观"的公众号。

欢迎语很好玩。

"帅气逼人，心深似海，爱我你怕了吗？"

"我怕你个卤味鸭脖！"

纯洁几乎咆哮而出，这个自恋的开场白太像关伟了，她忍不住要骂上一句。

她查看了历史消息，之前的推送标题都很暖，全是讨好女孩心思的那种：《找一个愿意为你让步的男人谈恋爱》《嫁给那个愿意为你花钱的男人》……每一篇内容不是在讨好女孩，就是在踩热点狂喷。

这显然不是我高贵的前任嘛，关伟是多高冷的男子，认错人了，是我想人想疯了。

取关之前，纯洁突然瞟到了文末关注引导的一个动图，右边是公众号二维码，左边是一个熟悉的背影，只是看了这个背影的耳垂三秒，纯洁就几乎断定，这个号就是关伟这个渣男的。

但这些文章的风格实在不像关伟的风格，当年在学校校报做学生记者的时候，关伟也发过一些文章，文笔确实还不错，但纯洁清楚地知道，关伟家境贫寒，长着一张清秀帅气的脸，所以为人处世总是有些别扭的清高，这些清高表现为：前一天的早餐，如果是纯洁买的馅儿饼，他自己买的粥，那在第二天，就一定要互换，以免让长期买馅儿饼的一方吃亏。

所以，纯洁和他在一起谈恋爱时，两个人在生活花销上一直算得明明白白、清清楚楚。关伟没钱给纯洁买礼物，就会想方设法在某个特殊纪念日消失，如果实在逃不过去，就想办法拒绝掉纯洁送来的礼物。

他希望在恋爱中的两个人是平等的，我送不起像样的礼物给你，那我也不会收下你的礼物，不会让你吃亏。

这种抠门儿到极致的操作，依然没有将纯洁推开，她坚持认为这样的清清楚楚的清贫，落到一个帅哥身上，反而为他增添了几分千金难买的高贵气质。

那么，这就是毕业时你故意把我送你的彩虹内裤扔在阳台上不肯带走的原因？

一瞬间，忧伤扼住了纯洁的咽喉，她挠了挠脖子，去"围观"的后台轻描淡写地留了一句话：斯人若彩虹，遇上方知有。

然后捧着手机等回复，可一直等了两个多小时，也没有收到半个字的回复。

她忍不住失声笑了起来，笑自己傻。

接近中午的时候，她下楼去小区门口买栗子饭。

一开门，一把菜刀就从纯洁头顶飞过，吓得她"嗷"一嗓子差点撞墙上去。

对面主卧门口前，一个秃顶的中年男人指着女房东骂："跟你说亲爱的那个人是谁！给人家当保姆还不老实，有脸啊！彻底让你长记性，信不信！"

女房东一脸的无所谓，头发被拽得东倒西歪，嘴角往外挤着笑意，眼睛里却满含泪水。

"别打了。"纯洁走上前拉了秃头大哥一把，被他一肘子给顶到了地上，她瞬间感觉肺部像中了弹一样疼。

大哥转身瞪了纯洁一眼，指着她气冲冲地说，"管好你自己的男人，不用操心别人,昨天晚上你们家来别的女人了,你自己不知道?"

纯洁刚要反驳那是我闺密,兜里的手机就响了,苹果手机都出X系列了,她还在用第六代,因为这是关伟送的,这是他唯一送过她的礼物,也是他口中和她"扯平了"的证据。

"你好,是李纯洁小姐吗?"

"我是。"

"您好,我是灵云传媒的Lisa啊!"

"啊?啊!你好,你好……Lisa。"

"恭喜你被我们录取了。实习期间基础薪资一万元,转正后的工资会有人和你谈,五险一金全上,公司还给上商业险,年底十三薪,一年一次出国团建或发放个人旅游补贴。如果你觉得没问题的话,明天就可以来入职啦!"她听上去比纯洁还高兴,隔着电话线,纯洁就闻到了她新涂的指甲油味。

"嗯,谢谢你,太谢谢了,我明天就去。"纯洁试图镇定地说,然而她完全掩饰不住内心的喜悦。

毕竟像灵云传媒这种大的传媒公司,招收应届毕业生的名额实在是少得罕见。

杂志板块今年不招人,自己没有新媒体写作经验,但只是因为看中了这个事业部提供的高薪,纯洁就硬着头皮强行去面试了,鬼使神差地还被录取了,她没有理由不为自己的狗屎运感到高兴。

她实在太高兴了,但又不知道该如何表达这份开心,只好在楼道里捂住嘴巴,用陈回听不到的声音,暗骂了一声:"去你个抠门儿的关伟,去你个蹭热点的'围观',呸!"

骂完之后,纯洁小跑着进屋,拥抱了陈回,她几乎要提议"从今天起,我们开始正式交往吧",可话到嘴边变成了:"我们找时间谢谢你那个给我介绍工作的好朋友吧。"

陈回一下僵住了身子,结结巴巴地假装轻松:"嘿,都是好哥们儿,不用这么客气,不必了。"

完蛋，大老板害我夜不归宿

第七章

上午填完入职表之后，纯洁被晾在会议室一个多小时，尽管她再三跟Lisa说自己已经填完了，但是Lisa还是坚持让她再学习一下员工守则。

纯洁极不耐烦地翻着。事实上，整个合同，她只对了一下自己的岗位职责和岗位薪资，又看了一下上下班与休息日的安排，别的什么都没看。

反正看了也看不懂啊，什么竞业协议啊，什么保密协议啊，和我这种小菜鸟有啥关系啊？

纯洁不厌其烦地给自己倒水，百无聊赖地在会议室里走动着，突然在公司的品牌墙上看到了凌少的照片。

这个家伙怎么会出现在这儿？

照片中的凌少，穿着一件休闲衬衫，笑着露出的牙齿很齐，眼睛深邃，泛着一种勾人的光芒，想不到这个冷酷的死鱼脸竟然还会笑得这么正经，还别说，在一排"中老年西装男"里，他看上去竟然顺眼了很多。

"李纯洁。"一个很哆的声音在叫她，显然是Lisa。

"啊？"纯洁吓得一个大转身，竟然自己喷了自己一身水，心想：还有比我更白痴的人嘛……简直被自己气死。

"三号会议室，把桌上的茶送进去。"Lisa用下巴点了点会议桌上的一个杯子，目光狐疑，却又莫名温柔。

纯洁脖子一凉，感到其中有诈，第一天入职就被安排端茶倒水，果然职场新人的日子不那么好过，她仔仔细细地把杯子检查了一遍。

"干吗呢你？赶紧的，出门左手边，走到头就是，记得敲门，三下！"Lisa瞥了她一眼，傲慢地向前台走去。

"搞什么啊，我是来凭笔杆子吃饭的，凭啥一来就把我当端水的丫鬟使唤？我好歹是名校的优秀毕业生啊！"

"进来。"三下敲门之后，里边一个声音传出来。

纯洁低眉顺眼地进去，端着水杯绕着会议室一圈，纯洁突然意识到一个问题，她端的是一个杯子，不是一个茶盘，只有一个杯子，她应该端给谁呢？

冷静，按说坐在椭圆形桌子最里面的应该就是老大了，嗯，那就放那里得了，纯洁飞快地跑到最里面，眼不睁头也不抬地放下杯子就要走。

"李纯洁！"

我去，我没听错吧，灵云传媒的公司文化果然了得，小菜鸟刚入职，同事们就能知道我叫啥了。

纯洁一阵欣喜，缓缓转身，腿差点吓软了，这不是凌少吗？这人模狗样的富二代真是哪儿都能混一腿啊！

"啊？怎么？"纯洁挺直了身子，故作镇定，空气中迷茫着一种严肃而潮湿的气氛，她奋力呼吸，却得到加倍的紧张。

"水杯放那儿谁喝啊，给我端过来。"凌少一脸严肃地瞪了她一眼，但她依然察觉到他憋在嘴角的那一丝坏笑与得意。

会议桌的最里面竟然没坐人！没坐人！

这下真是糗大了，透过傻傻的刘海儿，纯洁偷偷观察了屋里的人，头发花白的老爷爷、头顶锃亮的精英男、西装革履的经理……他们竟然一律岿然不动地注视着前方，完全没有要笑话她的意思。

正犹豫着，门后传来轻微的敲门声，Lisa进来了，眼睛笑成了一条线："凌总，我来吧，新人头一天报到，笨手笨脚。"

凌总？我笨手笨脚？

纯洁刚要顶嘴，Lisa连忙给她使眼色，小声说："赶紧出去，把门带上。"

Lisa把纯洁安排在一个靠角落的工位上,紧挨着打印机,桌子上空荡荡的,除了一台苹果笔记本电脑、一个硬币那么厚的牛皮纸本子、一支晨光基础款的中性笔,其他什么都没有。

按纯洁看职场剧的经验来说,把她扔在这样的位置,就是明摆着要把她边缘化了。算了,新人受歧视也很正常,今年灵云传媒本来就不打算招应届毕业生了,到最后竟然把她划拉进来了已经实属意外,据说还招了另外一个姑娘,不知道是不是和她一样的待遇,反正纯洁至今没见着。

纯洁打开电脑,翻看了一会儿桌面上的业务资料,看得哈欠四起,眼泪汪汪,一下就趴在桌子上睡着了。

"李纯洁!起来!睡得还好啊?头一天来上班就能睡得袖口都湿了,可以啊!"

Lisa拍打着纯洁的桌子,手里拿着一沓文件,面目十分狰狞,与刚刚判若两人,职场上的女人真是可怕,刚才还那么嗲,怎么一转眼就变夜叉了呢!

"赶紧把你口水擦干,带上这些文件去楼下,凌总在等你!"Lisa眼中透着一种难以捉摸的寒光,像是要把她戳死一样。

"凌总?他等我干吗?"纯洁蒙了。

"真是不识抬举,他是公司的董事长,刚和上海的客户开完电话会议,凌总让你和他飞一趟上海,真不知道凌总怎么想的,让一个入职才不到一天的菜鸟跟着做助手。"Lisa极不耐烦,扔下文件转身就走了。

纯洁胡乱翻了两下文件,"腾"的一下站了起来。我去,这是要出差?这是要带我出差的意思?

一辆白色的保时捷停在别墅办公区前,看到纯洁从楼梯上走下来,大灯晃了一下,车门就打开了。

"你——是灵云传媒的董事长?"纯洁在副驾驶上扭捏起来,发现车里没别人,是凌少亲自驾车,于是歪着脑袋看了一眼凌少,话一出口她就后悔了。

"安全带系上。"凌少看都没看她一眼,一脚油门,车就飞了。

换登机牌、安检,一气呵成,乘务员提醒大家把手机关掉,关手机的一瞬间,纯洁大叫了一声"完了"。

凌少皱着眉头看了她一眼,一副"你看上去这么文静,可张口却这么冒失粗俗"的样子,纯洁恶狠狠地回敬了他一个藏獒般的眼神,他竟然憋笑憋出酒窝来了。

"快坐好。"他神情自若地调直了座椅。

"我忘了给我、给我朋友打电话说一声了,他该急坏了。"说着纯洁就要强行开机,空姐像是早就盯住她似的,突然一下冒出来,温婉地苛责着纯洁:"这位乘客,飞机马上起飞,麻烦您关掉手机。"

大白眼,全是大白眼,从四面八方砸过来,尴尬得一片红云从天灵盖烧到脊梁柱。

"麻烦您系好安全带。"她还真是没完了。

纯洁刚要伸手,凌少的半个身子就向她俯了过来,冷峻的脸贴着她的脸颊,半秒钟的样子,纯洁似乎感觉到了他脸上的小绒毛在挠,一股熟悉的香草味侵袭着她的神经,一个即将沾到她的吻擦着她唇边慌乱地走了。

"你干吗!"纯洁一把推开他。

"老实点!"纯洁的安全带被"咔"的一声扣上了,他像没事人一样白了她一眼。

为什么有钱人帮别人系个安全带都要这么骚?

两个半小时之后,我该如何在浦东的夜空下和陈回解释我的夜不归宿啊!

"出差,出个鬼啊!和一个男人说走就走,还敢说是出差?"

纯洁几乎能听到陈回在她耳边的咆哮,她好害怕,以至于吓得她一下就睡着了。

找人演你的女朋友还没完了,是吧

第八章

零点十五分,飞机落地。

这是纯洁第一次深夜飞行,天空像一块破布一样,但星空很美。

"李纯洁,你看什么呢?脑袋缩进来。"凌少伸手拽了她一把,慵懒地对司机说道,"阿光,明天早上九点来接我们。"

不到半小时,纯洁和凌少就站在了一个会所前。

"你看,对面是海啊!"纯洁一眼就看到了会所对面波光粼粼的海。

"你确定你不知道这是黄浦江?"凌少看到车子走远之后,一时没忍住,笑出声来。

"这是我第一次来上海。"纯洁没好气地回他,但突然意识到以后都要在这个富二代手底下混饭吃,立马拘束起来了,正在她试图调整出满眼柔情时,电话就响起来。

夸毛音量级的来电声音让凌少大为震惊,像是看到了古董式的土包子一样。

陈回在那边咆哮:"我打了多少个电话了!""出差?出差就不会提前打个电话说一声吗?""你回来就给我把工作辞掉,老子养你……"

纯洁在这边唯唯诺诺,一路被凌少拽着往房间走,等她心猿意马地挂掉电话,却惊讶地发现凌少竟然已经洗完澡,穿着浴袍站在她面前了。

"你干吗?我跟你讲,我是有男朋友的人。"纯洁故意说自己已经谈了男朋友,并下意识地护住了自己的身体,但她突然发现自己穿戴整齐,没什么好遮挡的，整个人看上去滑稽得冒傻气。

"给你发个福利，一起睡。"凌少定定地看了她一眼，睫毛上还挂着水珠，他用毛巾擦干头发后，朝着床边走来，像是没听见她说"男朋友"三个字。

纯洁被这波傲人的操作瞬间刺痛了，赶紧推辞："谢谢老板。只是……你有这么大一个公司，还开不起两间房了？老板自重。"

她说完拉着拉杆箱就要往外走。

"那你睡沙发，我睡床。"他嘴角挑着一丝坏笑，十分认真地提出了第二种睡觉方案。

"凌总！您是男人，是有声望的行业大亨，您怎么能说出让女生睡沙发这样不妥的话来！"

"那你到底想怎么睡？"凌少疑惑地问她。

"你闭嘴！"纯洁涨红了脸。

"你让谁闭嘴？"

"你！"

话音刚落，凌少的嘴唇湿湿地贴了过来，然后无辜而安静地看着她。

凌少就像是亲了一个没有感情的土豆一样神情自若。

而纯洁，像是被这个吻点了穴一样，张开双手，她不知道该怎么去回应，只是双手僵硬地保持着飞翔的姿势，闻着他身上淡淡的香草味儿，眼睛里有什么东西一直在往外渗。

"你疯了吧你！"半晌，纯洁努力反应过来。

"不然，我带你一个新人出差是为什么？"

"你……"

"拜托，李纯洁，我这是总统套房，可能让你睡沙发吗？自己去'夫人房'睡，明天九点我们从这里出发去开会，不要迟到。"凌少突然恢复了严肃的样子，甚至做出了一个驱逐性的动作。

纯洁这才从自尊心之战中抽离出来，望向四周，她不知该怎么形容这个房间,满眼的金碧辉煌,一幅又一幅的油画在视野内飘荡,这浩瀚的空间瞬间将她化为一只迷茫的蝌蚪,她奋力摆动着尾巴,可依然看不到海的边际。

"那么,这就是总统套房了。普通员工的出差标准也是总统套房吗?"她弱弱地问道。

"怎么可能,你想什么美事呢?你的标准应该是快捷连锁酒店吧!你现在是沾了我的光!去吧,我累了。"凌少直言不讳,那只驱逐她的手始终没有松懈,食指甚至还微妙地挑动了一下。

"哦……但是老板,我为什么要住'夫人房',我并不是您的夫人,我可以睡客房的,如果有的话。"

凌少不耐烦地叹了一口气,说:"那你就去睡沙发、睡衣帽间、睡书房、睡钢琴房、睡厨房,再不行还有一个大的会客厅,都可以睡。总之,别再来烦我!"

纯洁吓得连连点头,赶紧退到了"夫人房"。

她环顾一圈,房间就像宫殿一样,那张奢华而尊贵的床泛着光。可她还是不明白,为什么总统套房会给总统与夫人分别安排一个屋,她站在空荡荡的房间里,无尽地想象着来这里住过的客人。

是不是每一对有名望的夫妻在婚后都是分房睡的呢?

这样的婚姻生活叫什么婚姻生活嘛,虚伪的上流社会,呵。

不对,刚才那个吻到底算什么?唉,这一天过得真是太被动了。

虽然纯洁在富人面前如此刚正不阿,但其实她心里挺虚的。

在这之前,她从未有过机会接触富二代。虽然之前和陆晨吹牛时一次次虚构自己嫁入豪门的场景,但当一个富二代突然出现在她身边,并有一搭没一搭地调戏她、挑逗她时,她竟觉得有些莫名其妙的难过,因为她发现自己根本不敢彻底翻脸,只是一个花架子、纸老虎。

这种故意咆哮的假把式,只会让男人觉得你更容易得手。

你越是想要和对方一本正经，对方就越是以为你在假正经。

想到这里，她就恶心得捶胸顿足。

第二天早上，凌少从厨房出来，端着烤好的吐司和煎蛋在餐桌前细嚼慢咽地进食，纯洁闻着味儿抻直了身子，穿着睡衣就跳下床。

"凌总，您做的？"

"我这双手不适合沾人间烟火，叫厨师做的。"凌少双手一反，向纯洁展示了十只白皙修长的手指。

天哪，男人的手指也可以这么好看？

"只是烤吐司和煎蛋而已，这么简单的早餐还需要动用厨师？"她迅速收起了掉价的花痴样，不改"杠精"本色。

"厨房里还有很多在保温着的吃的，你去看看有什么想吃的，赶紧去吃，吃完尽快出门。"

这时，纯洁突然意识到一点，凌少叫厨师来做早餐，不光为了自己吃，竟然还有她的份儿。这喜怒无常的性格，时而凶悍高冷，时而又透着甜，带她上天堂下地狱，左右都是同一个人。

纯洁用完早餐后，距离九点还有一点时间，刚好凌少去卧室不知道干吗了，她打算自在地观察一下这个只听说过但从没见过的总统套房的整体到底是什么样子。

简直丧心病狂，她以为昨晚凌少发飙让她去睡衣帽间、会议室、书房、钢琴房、会议室只是气话，没想到的是，这一切竟然都在这个套间里配备好了。目测整套房得有两百多平方米，门外竟然还配备了两部专用电梯。

"好了，李纯洁，不要穿着睡衣在那里像个孤魂野鬼进城一样游荡了，我们要去开会了。"

刚涌起的艳羡之情被他冷冰冰的讽刺给浇灭了，作为公司的老板不是该低调、有涵养一些吗？为什么你这么败家？为什么张口就打击职场新人的自尊心？

去酒店开会的路上，纯洁脑子里"嗡嗡"直响。

她在想自己和陈回蜗居着的那个狭小房间；在想那个被丈夫拽得东倒西歪，却依然一脸淡漠的女房东；在想昨晚凌少那湿漉漉的一吻印在她嘴巴上的时候，他为什么没有像正常男人一样先征求她的同意？在想有钱人的爱情就这么志在必得吗？他们凭什么就确定自己不会被拒绝？又凭什么认定我不会翻脸？

凌少看她精神恍惚，嘴唇翕动了一下，眼神转而落入车窗外的薄雾中。

开会的时候，纯洁一直心不在焉，她感觉自己就像是一块巨大的煎肉，在平底锅上奋力地挣扎，身体发出"嗞啦嗞啦"的声音，证明她没有煳，但这异样的声音，让她感觉既安慰又煎熬。

从第一次在公司会议室迎面撞上到现在，凌少一直只字未提上次的事，可能对他来说，上次真的只是利用她而已；但对她来说，这就像是被人强行打上了对方的烙印一样。这个烙印很棘手的地方就在于，它会永远在那儿，而且还会时不时地提醒她：你曾有过一段像抹布一样，被人用完随手就抛弃掉的耻辱过去。

在宣讲PPT的人，像是一位职业经理人。

让纯洁奇怪的是，这个心高气傲的凌少在对方董事长没有出现的情况下，为何会如此心平气和地在会场里等待着。

这个客户是一家同声传译公司，为很多体育竞技大赛做过翻译服务，也给一些名人论坛做同传服务，公司很大。但不知道为什么，公司的门口有一个格格不入的阶梯图书馆，很多人都在躺着看书。

公司室内的设计像是一个太空舱，一道门接着一道门地打开，纯洁已经记不清是过第几道门的时候，她看到了一个超级大帅哥。

这个帅哥留着一个大背头，仔细观察面部，他的样子好像和谁有点像。

"凌然，这是我女朋友。"身边的凌少突然将她一把搂在怀里。

"凌然？女朋友？"纯洁惊叫一声，高跟鞋一歪，一下摔了个狗吃屎。

"呵，你还真能领来啊，阿姨说时我还不信，不过你不必带过来一个女人向我证明什么，反正向你催婚的人又不是我。"那男人从转椅上站了起来，绕过桌子要来扶纯洁。

"不劳您大驾。"凌少警觉地用胳膊挡住了另一只胳膊的一番美意，一把将纯洁拽入怀中。

"这都什么和什么啊，不是说出差吗？怎么拉着我来见识豪门兄弟之间的尔虞我诈了，慢着……他们如果是亲兄弟的话，阿姨又是谁呢？有哪里不对劲儿？"纯洁在心里嘀咕着。

"嗯，还不错，文静又漂亮，还确实不像是拿来充数的。来，认识一下，我是凌少的哥哥，我叫凌然。你以后就跟着叫哥哥就行。"凌然两手一摊，笑嘻嘻地又把手向她伸了过来。

"哥！"纯洁脱口而出。

"叫凌然。你怎么这么随便！"凌少一把将她拉到身后，生气地表达了自己的不满。

"我就这么随便，不然咋能做你女朋友啊！"纯洁气哼哼地反驳。

"哈哈哈，有点意思，怪不得一向谁也看不上的高冷弟弟能被你拿下。"凌然接话，然后指着室内的榻榻米软座要这一对怪异的"情侣"坐下。

纯洁环视四周，这个办公室一点都不冰冷啊，原木色的屋顶、下沉设计的榻榻米，满墙都是高高的书架，纯洁忍不住钻过去找书看。

凌少和凌然席地而坐，他们一本正经地聊起品牌的视觉包装与市场推广配套问题，和纯洁的专业完全不沾边，听得她昏昏欲睡。

"太不着调了，应该让广告部的同事来啊，让我这么一个新媒体小编来，啥用也顶不上啊！"不过纯洁突然觉得跟着凌少出差也挺好，老板干活，她就一边喝喝茶、看看书，做个不涉江湖的傻白甜，不必跑前跑后，连会议纪要都不用做。真棒！

"怎么？你也喜欢黑塞？"凌然突然转过身来。

"嗯,你还看《玻璃球游戏》啊,我看你这儿的藏书还挺丰富。"满心的喜悦溢于言表。余光中,她隐隐觉得凌少在用小刀子般的冰凉目光刺向她。

"喜欢就送给你。"凌然端起茶杯,目光中全是温柔。

"干吗要别人的东西?你喜欢什么我都可以买给你。"还没等纯洁说话,凌少就忍不住把她噎了回去,他把"别人"两个字咬得格外重,以至于连纯洁这种不谙世事的小姑娘都能听出来其中的见外与生分。

"别人的藏书我从来不要,但我可以借来看看吗?"纯洁赶紧解释说。

"借?借完还不是要还的,一来二去没完没了!"冷冰冰的凌少突然"腾"的一下站了起来,拉着她就走,纯洁的手被抓得生疼,身后传来凌然那一声皮笑肉不笑的:"至于吗?"

"你干吗啊这是?"大门口前,纯洁一把甩开了这头发飙的狮子。

凌少缓缓转过身,冷冷说道:"你联系阿光,让他给秘书打电话给你订返程票!"

"那您的票要一起订吗?"

"可以,但我的一定是头等舱!"

纯洁这才意识到,飞来的时候,他陪她坐的是普通商务舱。看来回京的路上,他打算和小菜鸟划清界限了。

真是丧心病狂,真是喜怒无常,太精神分裂了!

凌少突然从口袋里掏出来一盒果冻放到纯洁手上,问她吃不吃,见她愣着没动,就硬是塞进她手心里。

果冻?一个大老板的兜里随身带果冻?发完飙后强迫员工吃下去?

这都什么跟什么啊?

纯洁彻底蒙了。

阴魂不散的人啊

第九章

那天，北京的雾霾很重。下飞机的时候，凌少递给纯洁一个防雾霾口罩，纯洁一看是时候和他彻底划清界限了，于是赶紧摆手说不用，但凌少强行给她戴上，那只大手僵硬、温暖，手指又纤细，像在秋天舞动的弦，擦着她耳边的碎发响起，容不得任何拒绝。

纯洁被这种强硬与柔软兼具的奇怪力量卷入了旋涡。

当这种力量来到她面前时，她总是无力抗拒；当这种力量绝尘而去时，她总是悔恨无比。

他送她到楼下。

她谢完他，从后备厢拖出行李就要跑。

他叫住她。

她停下。

"干吗？"可恶，明明是他先喊住她，可他又不肯先张口。

"这个给你。"他在后座上像变魔术般捧出了一个小蛋糕，一只粉粉胖胖的小猪趴在地面上，撅着屁股微笑。

她犹豫着想问为什么，可她觉得即使问了也得不到答案，而且很有可能问完之后，他会反悔地要回去。

好吧，就当他还有一点点良心，他本来就该为自己的喜怒无常道歉的！纯洁心里想着，便伸手接受蛋糕，但整个过程几乎是抢。

接下来不知道该怎么办，纯洁转身说着谢谢就溜了。凌少站在原地看着她的背影偷偷一笑，然后命令司机一脚油门绝尘而去。

"你回来了？"陈回站在门口吓了纯洁一大跳，他伸出双臂抱住了她，这一抱弄得她心里没底。

纯洁从他怀里钻出来，看到他在一脸讨好地笑："昨晚是我不对，隔壁不知道为什么被空出来了，然后搬进来一对带孩子的爷爷奶奶，他们家的小朋友特别爱哭，早、中、晚各一次，赶上玩具出现小故障，还会补几场。弄得我特别烦，所以冲你发火了……"

"哦。"纯洁点点头，不知道如何接过这些没头没脑的话。

"你今天的饭怎么解决的？"她知道陈回不会做饭。

"嗯……凑合吃的……"他沉思半晌，拉着长音回答。

纯洁径直跑到厨房储物前，打开一看，方便面、汤圆、速食饺子，码得整整齐齐，一袋都没少。

"行啊你，我不在家，顿顿自己下馆子啊！"

"啊？不是，我……我也没……吃多好。"他结结巴巴，看样子不太想谈这个话题。

纯洁刚到北京的时候，陈回告诉她是在这里暂住，但她突然觉得自己好像要在这里待上一辈子。

从总统套房到狭小的出租房，隔着一辈子那么长。

回到自己的屋里，纯洁发现东北角的窗户下摆着一长排啤酒瓶。

"你一晚上喝这么多？"纯洁惊讶不已，然后听见半开的窗户被风吹得轻响。

"嘿，你不在我睡不着，喝完好睡觉嘛！"陈回赶紧解释，朝着她走来。

"我以前也没见你喝这么多啊！"纯洁向窗外看了一眼，一辆黑色丰田车被车主锁上，跟在车主身后的是一个鬼鬼祟祟的姑娘。

"你饿了没，咱们下楼找地儿吃饭去吧？"他一把揽过纯洁，避而不答。

纯洁说："好！"

那扇窗，之前陈回一直不让她开，他说紧挨着公路灰太大，一开窗俩人能吃一肚子的土，但它此刻却在诡异地半掩摇晃着。

这意味着什么？

这意味着有人把这扇窗打开了，很有可能是陈回之外的人。

我不在的这一夜，陈回带谁来过这个房间呢？纯洁永远不会问陈回站在那扇窗前是否看到了送她回来的豪车和凌少，就像他绝对不会问纯洁为什么会站在楼下慌慌张张地把一整块粉猪蛋糕吃了个底儿掉才上楼。

纯洁知道，陈回最讨厌女生随便拿别人的东西，哪怕是一块蛋糕，他都把它当作一种威胁，或者是女人的轻浮。

在她还没有确认她和陈回的准确关系时，陈回就提前介入了自己的生活，纯洁想抻着脖子强调一下，但却被世俗的洪流遏住了矫情的想法。

都和人家住在一个屋里了，虽然是在两张床上各睡各的，但到底还有什么好挣扎的？

陈回平时看上去开朗大度、风趣幽默，其实自尊心超强。

这和纯洁一开始认为的陈回不太一样，她认定他才华横溢、行事洒脱、清高傲骨。可在这间出租屋里，他不知从什么时候开始变得谨小慎微，特别敏感。

打败一个男人的优越感，只需要一个不太体面的出租屋就够了。

晚上洗漱完，陈回迫不及待地要和纯洁躺在一张床上，想搂着她一起入睡。

"我想自己睡，搂着太热了。"

纯洁知道这样很伤人，但还是说出口了。

到底是因为什么，怎么一点都不想让他亲近自己呢？

变心了？又是因为什么变心了呢？

凌少那个湿漉漉的吻？总统套房？还是她在完全没确定自己心意的情况下，就误以为自己要和陈回在一起了？

如果是她给了陈回错误的暗示，为什么她自己又心甘情愿地跑到北京来投奔他，还要和他住进同一个房间里呢？

既然睡在同一个房间里，不就默认是男女朋友关系了吗？

她想不明白，只好背过身去，回避陈回的目光。

好长一段时间，陈回没有凑上来，也没有问一句"怎么了"，只是在她身后点了根烟，之后又乱按了一通电视遥控器，就在一线光亮扎进余光时，他又慌乱地按掉了，因为怕吵着她睡觉，他的怒火只能在心里无声地燃烧。

起床后，纯洁猛灌了一口水，手机上有短信，是凌少凌晨发来的。

先是在夜里一点问"睡了吗"，没有收到回复后，又在夜里三点发了一条"明天如果有时间的话，陪我去谈个工作"。

没有具体时间，没有具体地点，这是约工作的正确方式？太不专业了！算了，我就当你半夜没事找事吧，大不了周一被训一顿，再说了我一个职场菜鸟，刚和社会接轨，说什么也该留点周末休息的时间吧。纯洁心里想着。

电话响起，是陆晨。

"喂。"纯洁接起来，透过布帘，隐约能看到陈回翻了个身，迷迷瞪瞪地往她这儿看了一眼。

"听说，你又侍寝了？"隔着电话线，她笑得合不拢嘴。

"侍你个头啊侍，你干吗？"纯洁一激动，声音有点大，陈回迷迷糊糊地问了句："谁呀？"

"没事，没事，陆晨。"她连忙说。

"哟，这都几点了，你和凌大少爷咋还这么黏糊呢……"

"你赶紧闭嘴，你在哪儿，一会儿陈回起床，我们去找你玩。"为了提醒陆晨这个大嘴巴，纯洁赶紧给她往回堵。

陆晨那边沉默了一下，马上心领神会："行啊，你俩来后海找我吧，我的酒吧正在装修，中午我请你们吃一个特好吃的云南菜吧！辣得鼻涕眼泪擦不完。"

陈回穿着纯洁送他的纯白T恤、破洞牛仔裤、运动鞋，在镜子前撩了一下头发，问："哥帅不帅？"

"帅呆。"纯洁头也不抬。

他一转身，下巴差点掉地上："纯洁，你穿这么漂亮干啥？"

"我哪儿漂亮了?"纯洁低头看了一下自己的V领长裙和灰色外搭,没发现任何异样。

"不知道,我最近发现你穿啥都漂亮,我估计快失去你了吧。"陈回走过来,抚了抚她耳边的长发。

中午十一点多,他俩到达后海,陈回高兴坏了,后海人来人往,很热闹。陈回突然紧紧牵住了纯洁的手,纯洁往回缩了一下,还是被他执意牵住,"人太多了,怕你被人流挤丢了。"他给出了这样的理由。

连牵手都要找理由,陈回其实挺难的。

"哎哎,这儿呢!"陆晨站在一堆石膏板上振臂高挥,指挥着工人把一块"无翼鸟理想国"的黑色小牌匾挂到门的上方,小短裙一摇晃,都能看见她的紫色蕾丝底裤。

"你这儿什么时候能装修完呀?"纯洁气喘吁吁地从人群中挤出来,一屁股坐在了酒吧门前的扶手沙发上。

"起来,起来,上边脏着呢,全是土。"陈回赶紧拉她起来。

"怎么着,你现在才知道李纯洁金贵啊?你把她塞到那个洗澡都得排队的破出租屋时怎么就没想到她金贵呢?"陆晨叉着腰,得理不饶人。

"我们患难见真情,我们乐意,你管得着嘛!"纯洁看陈回被弄得一句话都说不出来,赶紧抢话解围。

"你这个不知好歹的!"陆晨气哼哼地去屋里拿包,捂着耳朵穿过"轰隆隆"的施工现场。

陈回点上烟,左手揣进裤兜,假装往四周看,突然和纯洁说:"你等等。"然后朝着石桥下的小商铺走去。

天空干打了一声雷,几片阴云在陈回身后暗了下去,消瘦的背影一点点消失在小巷子的尽头。

三五分钟的工夫,陈回拿着两个玻璃瓶装的酸奶出现在纯洁眼前,一个塞给她,一个塞给陆晨,陆晨白了他一眼,然后"切"一声表达了厌弃,但还是拿吸管猛戳了一个小窟窿,腮帮子吸得深陷,一蹦一跳地走在石桥上带路。

纯洁有时候特想成为陆晨,不需要像她一样身家显赫,只需要像她一样没心没肺。

可陆晨说这两个特质是相连的,人必须有钱了,才配过上没心没肺的生活。而整天挣扎在温饱线上的普通人,光是活下去就够拼尽全力了,还想没心没肺?

陆晨说的好吃的云南菜馆叫"云海间",在后海最好的地段。

纯洁站在二楼栏杆那儿往下看,整个后海都在发光,很多人裹了厚厚的外套,大部分人的身边都有要挽着的人,他们四处张望,偶尔停下来买件发光的T恤,偶尔指着后海中央的小船半面含羞,处处闪动着人们的心之所向。

"干吗呢你……赶紧进来。"陆晨在走廊里喊,陈回赶紧跟了过去,叮嘱纯洁也赶紧过去。

"不回我短信,跑这儿逍遥来,扣工资!"一个熟悉而温润的男低音靠了过来。

吓得纯洁一个急转身,又撞了个满怀,结实的胸肌透着清新的香草味儿,又是凌少,真是阴魂不散。

"弹性怎么样?"他又来了。

"还行。"她脑子又抽了。

不远处,陆晨从包间的门缝探出小脑袋来,夸张地喊了句:"哎哟!"立马又懂事地把脑袋缩了回去。

纯洁听到陈回在屋子里问了句"怎么了",吓得她赶紧推了一把凌少,没推动,只好硬着头皮说:"老板,今天又不是工作日,麻烦您让一下。"

"不要。"他像个无赖一样杵在纯洁面前,衬衫领口的角碰了一下她的脖子。

完了,这下怎么办,陈回随时会冲出来啊,我有一百张嘴这下也说不清了吧?啊啊,要死了要死了。纯洁开始抓狂。

纯洁陪凌少在办公室一夜未归

第十章

菜单推到纯洁面前。

"最好别让我点,不然我吃得你肾疼。"纯洁将菜单推回到了陆晨面前。

"就凭你?我陆大小姐虽然暂时遇到点财务危机,但瘦死的骆驼比马大!"

"那你还我一千块钱。"

"瞅瞅你这没出息的样子。这点钱也还好意思让我这个富二代还,你丢不丢人?"

"一千块钱能吃多少顿米线?我凭啥不要?我要吃米线,点好了。"纯洁刚好看到陈回在心事重重地低头玩手机。

"自从你跟了这个叫什么回的,真是越来越没出息了。"陆晨悻悻地把菜单端到眼前,"吭哧吭哧"点了一堆纯洁从未吃过的东西。

按陆晨的逻辑,去任何一个地方,一定要吃自己没吃过的。

没一会儿菜就上来了,饵块、乳饼、鱼腥草、黑三剁……还有一个什么花做的汤,味道怪怪的,纯洁几乎挑不出不奇怪的。陆晨说这里的食材都是从云南空运过来的,但她也是吃一筷子就基本不动了,扭头又找服务员加菜,第二次的就正常多了,红烧肉、排骨、铜锅鸡、猪脚锅……全来了,但纯洁感觉胸口太闷,没什么胃口,只是一个劲儿地低头喝猪骨汤。

陆晨和陈回喝着米酒,聊得全然不顾她的存在。

纯洁在桌子底下掐了一下陈回的大腿,小声说:"你少喝点。"

陈回蔫蔫地点着头，陆晨瞪了她一眼，说："你个笨蛋，永远不知道好赖！"

纯洁想反驳，手机又震了一下，她不敢看，因为刚才凌少让她去侧厅陪同，说有正经工作要谈。

尽管凌少说得如此正经，但她还是觉得这一切像是在偷情。

怕凌少硬闯进来找她，纯洁喝了几口汤就急着要回家，但这俩王八蛋竟然划起拳了，纯洁一看陈回，脸都发白了，陆晨还拽着他玩，陆晨一把将纯洁推开，说："你先走吧。"

"我先走？真是酒壮尿人胆，一喝酒就不知道自己是谁了吧！"纯洁气得脸都绿了。

"陆晨，你差不多得了，每次都把他喝成这副样子，回去吐得满屋子都是，他身子遭罪，我也烦躁，你到底想干吗？"

"连喝酒都没点数的人，你还要跟着他？"陆晨点上烟，像一个事不关己的小朋友。

"我乐意。陆晨，我就是一个俗人，不是什么灰姑娘，你明白我在说什么吗？"纯洁真急了，怕再待下去，场面会因为另一个人的突然闯入而失控。

"你既然这么自甘堕落，那我以后不带你玩了。"陆晨跷着二郎腿，给纯洁也点上了一根，纯洁犹豫一下，想接过来，却被陈回抢走，说女生不能抽烟，他笑得扑朔迷离。

"你想找谁玩就找谁玩，你看我会伤心嘛！"纯洁无所谓地说道。

"我的傻纯洁，你就知道一天天自以为是。我这种人还不是分分钟和别人玩到一块儿去。再说了，咱宿舍的于秀花也来北京了，人家主动联系的我，姐人缘好吧！"

陆晨突然得意了起来，每当有什么可以碾压纯洁的事件出现时，她总是眉飞色舞，分外开心。

闺密情就是这样，你有事需要帮忙，她确实会帮你，但她也时刻准备着通过碾压你获得快感。

"我好像听说她确实来北京了，但她找你干吗？"纯洁当然不会接过这幼稚的话茬儿，以免助长对方的嚣张气焰。

"她被公司给开除了，一个月工资一千五百块钱的工作没了。那个破杂志社其实连个正经刊号都没有，把花花招过去说是底薪一千五百块钱，结果完不成广告任务连一千五百块钱都不给了。花花也是蠢，说不发工资也干，总比失业好。不发工资还叫工作？最后那个破杂志社的老板觉得花花缺心眼儿，分文没给就把她赶走了。正好我酒吧缺人，她反正不敢回老家，怕被她村里的亲戚戳脊梁骨，所以姐就收了她，一个月给她开五千块钱，她高兴地连夜赶过来了，火车票都没买到坐票，一路站过来的，真是见钱眼开。"

于秀花好歹是班里的团支书，每年都能拿到一等奖学金，毕业时还被评为了优秀毕业生，虽然人憨厚了一些，但这也不该是缺点呀？为啥找个工作还四处被人挤对？

纯洁和陆晨都管于秀花叫花花。以前，班里有同学说花花身上有狐臭，都不喜欢跟她玩，可是纯洁和陆晨根本就没闻到过。上课的时候，她俩看她孤零零地坐在第一排，就左一个右一个地坐下来挨着她，把花花高兴坏了，期中考试的笔记和画好的重点都借她俩看。有一次花花拉着她们去报了一个日语过级考试，给这俩人抄答案，她俩考了八十分，当时学校里报名参加考试的只有八个人通过，都是压着六十分的线过的，只有她们仨，两个八十分，一个八十八分。

取得这份荣耀那天，陆晨把手搭在花花的肩膀上说："以后我罩着你。"还送了两条自己新买的裤子给她。花花矮矮胖胖的，穿不了瘦瘦的紧身裤，但是她还是收下了，还要走了那两条裤子的包装，悉心地摆进盒子，扎上了一枚红色蝴蝶结，说过年回家送妹妹穿。

陆晨听完差点笑疯。她永远不长脑子，送别人东西从不管人家用不用得上、合不合适，通常是手边有啥就送啥，反正她的柜子里有一堆没拆封的东西，有一次系主任过生日，她送了一支圣罗兰的口红过去，系主任很为难，怕带回家被老婆说闲话，推辞不要，她开心地说："这个绝对能讨您丈母娘开心，一送一个准儿，您试试。"

没想到系主任腼腆一笑，还就真收下了。

陆晨身高一米六五，骨架比纯洁小一些，于秀花只有一米五，体重却有一百二十斤，浑身都是肉，她平时不肯去餐厅吃菜，也不愿意去操场跑步，每天闷在寝室里吃泡面，越吃越胖，越吃越信命。

正想着，敲门声响起，吓得纯洁一哆嗦，大声喊了一句："谁！"

陈回和陆晨一起抬起头看向了她，然后迅速把目光聚焦到了门口。

是一个戴着民族特色小帽的女服务员，手里挽着一个盖着蓝色小碎花布的小竹篮，一身的小亮片闪得纯洁头晕目眩，她长舒一口气。

"请问，哪位是李纯洁女士？"她疑惑地在纯洁和陆晨之间来回看了一下，然后把目光锁定在纯洁身上。陆晨以迅雷不及掩耳之势用下巴点了纯洁一下，她早就迫不及待地想要推进剧情了。

"喏，这是您的清蒸多宝鱼。"她从小篮子里端出来一个盘子放到纯洁面前，心满意足地就要走。

"你等等，我们屋里没点这条鱼啊！"陆晨赶紧质疑，她巴不得纯洁赶紧东窗事发。

陈回一个激灵抬起下巴，说："姑娘，你是不是端错屋了？"

"没错，是……"

"是我点的，我想吃条鱼还不行了吗？你们不是知道我最爱吃清蒸多宝鱼了嘛！"纯洁赶紧抢话，太危险了，这个唯恐不乱的"环境"。

陈回狐疑地看了一眼纯洁，冲着鱼肚子狠狠地夹了一筷子放到她面前，之后也没再多说什么。

突然，纯洁的手机铃声大作。

完蛋。

她缓缓抬头，陈回和陆晨一起盯着她看，一个眼中大雾弥漫，一个脸上挂着灿烂。

"喂。"她接起来。

"小洁，你这个周末怎么没往家打电话……"

我妈，竟然是我妈，太好了，亲妈救我一命。

"妈妈，我这个周末刚安顿下来……嗯……工作找到了……工资很高……对，一个月有一万多块钱……等发工资我给你买一件青花瓷暗纹的外套……对……上次你在商场里相中没买的那件……嗯嗯……不贵不贵……你闺女很快就有钱了……"

纯洁故意用家乡话把"妈妈"二字叫得很大声，按住话筒小声和他俩说："我出去接个电话哈，我妈每次和我打电话至少得半小时，你俩先吃着。"

陆晨会意地甩着手腕，让她"去去去"，然后转身和陈回又哥儿俩好一般喝了起来。

其实纯洁妈妈只跟纯洁说了十分钟，挂掉电话后纯洁赶紧翻查微信消息，果不其然，凌少发了各种小表情对她威逼利诱。她不知道怎么回事，贼兮兮地走到了凌少包房的门前，正在犹豫要不要进去的时候，一群人蜂拥着从里边出来。

又是一个满怀。

她一张大红脸微微抬起，看到一张精致英俊的脸，与凌少的冷峻禁欲脸不同的是，这张脸上带着一种玩世不恭的纨绔子弟的味道。睫毛微翘，朝露般清澈的眼睛，他的个子足足高她一头，让纯洁差点笑疯的是，他竟然穿了一个麦兜图案的卡通T恤。

这个人轻轻扶起纯洁，眼中冒着火辣辣的惊喜，色眯眯地问："小姑娘，你这是来找谁啊？"

"顾兰坤！"凌少一下挤到俩人中间，伸出一只胳膊凶巴巴地将这个男人往身后推了一把，转身对着纯洁冷冷地说："李纯洁，你怎么才来？"

"这是我的名片，像你这么漂亮的员工，我的公司也很需要，我给你两倍工资，欢迎你随时跳槽到我麾下。"

"随便，我们公司对员工的政策很宽松，有本事你就让她过去为你工作。"凌少淡定地说完,然后偷偷瞄了一眼纯洁。

"好的,好的,谢谢顾总,常联系,常联系。"纯洁满脸堆笑地鞠躬。

凌少脸色突然很难看,拉着纯洁就往外走,像拽着一只羽翼未丰只待下锅的小鸡。

"凌总,凌总,松手,松手,您手劲儿太大了,都给我掐红了。"凌少的手劲儿确实够大,纯洁的手腕都被他拽出来一道红印,疼得她龇牙咧嘴。

"你一个小姑娘,怎么总这么随便!"凌少冷着一张脸,恶狠狠地瞪着她。

"我怎么随便了?初次见面不得客气一下嘛,毕竟是咱公司的大客户不是?"

"口袋里的名片,拿出来!"

在这种气场强大的男人面前,纯洁乖得像只没脾气的兔子一般,乖乖拿出来递给他。

"以后离这种花心富二代远点!"凌少把名片撕得稀巴烂,拉着她直奔地下停车场。

"你不也是富二代嘛……"

"你闭嘴。"

语言果真是会传染的,之前她从未听凌少说过这样粗俗的用词——你闭嘴。

人性的小邪恶与阔少爷的小心眼儿,在当天夜里就暴露无遗。

凌少直接把纯洁送到公司,要她出一份今天他和顾兰坤关于项目的商务沟通函。"我全程没参与,凭啥问我要啊!做老板的都这么丧心病狂吗?"

周六晚上,偌大的办公室阴森得吓人,凌少自己钻进董事长办公室半天没出来,纯洁在工位上左顾右盼,别扭了一会儿,带上本子就去敲了凌少的门。

"进来。"隔着一道门,她都能想象出凌少臭着一张什么样的脸。

"凌总。您倒是跟我说说您和顾总的聊天内容啊,哪怕给我一点顾总公司的资料也好呀,我又没参与你们的项目讨论,咋出商务沟通函呢?再说了,我只是一个小编,对商务上的事根本就没有任何经验啊!"透过镜框,她偷偷瞥了凌少一眼。

"你眼睛近视吗?"他显然注意到她偷看他了。

"不近视。"

"那你戴个眼镜干吗?"

"这样显得我文静。"

"那你别白费劲了。把眼镜摘了。"

"为什么?"

"叫你摘你就摘。"

纯洁把眼镜摘掉,凌少走到她面前,左右端详了一下:"嗯,你还是戴上吧,以后参加商务活动就戴着它吧,省得招蜂引蝶。"

"凌总我什么时候招蜂引蝶了?"

"还犟嘴!你过来,我把今天的项目和你说一下,你根据谈话内容和顾兰坤公司的需求拟一份沟通函,发给你的主管,并抄送我,我会通知你的主管根据信函内容做一份合作方案。"

"我还不知道我的主管是谁呢!"

"这都不知道,人事部和行政部是怎么给你培训的!"

"我刚来公司就被你拉着去出差,她们哪有时间给我培训!"

"我说话不许还嘴,这是公司规矩,不然滚蛋。"

"我暂时不能滚,工资都还没领过呢!"

"呵,还挺能屈能伸。"

"谢老板赞赏。"

"滚。"

纯洁抱着文件就要往外走。

"你站住!"富二代是不是都天生变态,纯洁站住转过身来,皮笑肉不笑地看着他,"老板你让我滚的,现在又让我站住,你有什么吩咐请讲。"

"去倒两杯茶,放到我桌上,笔记本电脑带进来,你就在我眼皮子底下把活干出来。"

"啊?有那么着急?我没做过……你不怕我搞砸了吗?"

"李纯洁,你知道老板最讨厌员工说什么话吗?"

"什么啊?"

"我没做过,我不会。下次再让我听到你这么说,就赶紧收拾东西滚蛋。"

"哦。"

"你如果有要打的电话赶紧打,你今晚做不完不能回家。"

纯洁愣了一下,什么意思?让我和家属请假?这么体贴的吗?

"别愣着了。赶紧把笔记本电脑抱进来,我和你说一下大致的内容。"

这忽冷忽热的毛病,真是个不好治的富贵病。

纯洁给陈回发了微信,叮嘱他早点睡,吐槽了她可能要决战到天亮的加班境遇,然后双手揉了一下太阳穴,抱着笔记本跑到董事长办公室。

"顾兰坤是一家投资公司的老板,目前准备给一个叫'高情商女子'的自媒体项目投A轮,但对这个项目当前的公司管理层比较担心,因为现在公司管理层一共三个人,都是'80后'传统媒体从业者转型做新媒体的,虽然文字功底不错,但对新潮事物的认知与判断没有那么敏感……"

"那既然这样,为什么要投钱给它呢?"

"为什么?"

"对啊,为什么啊,是我在提问。"

"我是问你为什么要这么蠢?"

"凌总,您太打击人了,我不耻下问有问题吗?"

"注意你的用词。"凌少嘴角努了努,不知道是想笑还是想哭,只是一脸严肃地端起茶杯,顿了一下,继续说道:"别再打岔,不然滚。我接着讲,这家公司上个月刚成立,一共只有三个人……三个女性,她们三个人将自己定位成管理层,事实上也是合伙人,本质上三个人都是干活的,虽然这种随意的公司管理方式我不看好,但她们公司每个月净收有十万左右,基本没什么运营成本，主要的成本就是三个人的写稿时间，这种营收状况很健康，但她们的一个核心创始人要去新加坡嫁人做全职太太了，其他两个人的文章写得没有她好，阅读量最好的一篇爆文就是出自这个核心创始人之手，所以其他两个人没有信心维系下去，而且其中一个已经从猎头那儿拿到了入职通知，一心想着赶紧散伙去上班。但她们的核心创始人又不想把这个号就这么废了，毕竟按照目前的收入流水来看，只要常规更新，每个月就会有十万的广告费收入。所以，他们到处拉接盘侠，顾兰坤虽然生活作风有很大问题，但商业天分还是有的。他找到我们，提出了两个合作方向，一个是把我们的新媒体事业部独立出来后成立新公司，顾兰坤做大股东，我们占股四成，以后营收全按照这个比例分成，我们的人员成本和其他成本都按照正常运营成本计算即可。原公众号的三个女性合伙人有谁愿意留下来的，就直接入职我们公司，给一个项目经理做做；另一个是他直接把这个项目卖给我们，我们拿来做，正好我们新媒体事业部正在筹划买号运营，打算试试效果如何。"

"我听明白了。但是我有疑问。"

"问。"

"这下又让问了？"

"你废话怎么那么多，谈工作能严肃点吗？"

"谁不严肃了，谈工作哪有不让问问题的啊，你这一言堂还怎么集思广益。"

"我不需要集思广益，我只需要你做执行。"

"那我到底还能不能问了？"

"不问就滚。"

唉，凌少平常说话并不会总让人"滚"，但一谈起工作来，他让人"滚"习惯了，就会不停地让人"滚"，他在公司里是一个冷面暴君式的老板，完全不是那种只是过来开个会、啥事都不懂的富二代摆设，他这种"滚"来"滚"去的工作口头禅，是全体员工娇纵出来的结果，毕竟公司的工资比同行业平均薪资水平高了20%，所有人都不再计较做人的尊严，心甘情愿地接受他的暴脾气。

有钱真好。

"那我问了哈。第一，一个月十万块这样的小钱，还不够我们一期杂志的封面广告费的，这不算多啊，为什么你们却觉得是什么了不起的事呢？第二，我们为什么不能直接收购这个号，偏要从顾兰坤这个二道贩子手里买？第三，我们杂志在业内赫赫有名，目前不也运转得挺好的嘛，公司干吗要往不正经的自媒体领域倾斜？"

凌少玩弄着指间一枚通透的翡翠戒指，像是睡着了一样，一直低着头，过了好一会儿，他按开了座椅的按摩键，"嗡嗡嗡"的声音一波又一波地擦着耳边过，如一架架俯冲下来的小飞机。

纯洁不敢吱声，唯恐他又出什么幺蛾子，她偷偷把自己的后背抵到桌面上，好让自己站得不那么辛苦。

"嗡嗡嗡"声终于停了下来，闭目养神的少爷从天堂回到人间，睁开眼的那一瞬间，像是带来了希望之光。

"第一个问题，你去找你主管要我们上半年的公司利润表看一下，再来看看你的问题恰不恰当；第二个问题，顾兰坤这种人，但凡是能给你提供方案A，就不可能让你钻方案B的空子，他说是跑来找我们商量合作的事，其实按照他的行事风格，他肯定是跟那个公众号签了购买协议，即使没有付全款，但也肯定交了定金，违约金往往设定得很高，让人不敢和他撕毁合同；第三个问题，你自己回去做功课，去调查一下传统媒体和自媒体今年的运营状态，再提交一份分析报告给我看，我想知道什么运营状态的媒体在你眼中算是正经媒体。"

我……我真想抽自己一个大嘴巴，提问题果然是要付出代价的，本来想展示一下自己看问题的职业敏感度，这下好了，平白多了两份作业。我这是何苦来的，好气！纯洁不敢说出来，只能在心里默默后悔。

"怎么？还有问题？"凌少发出疑问，这让人猜不透他是在讽刺，还是正常说话。

"没有!"纯洁应激般干脆利落。

富二代的生存现状和多数人幻想中的样子完全不一样。

在我们看来,他们"金玉其外,败絮其中",人前谦谦君子,人后不求上进、混吃等死,他们玩世不恭地继承一下家族企业,然后雇一帮职业经理人为他们卖命,或者为他们打下天下的老父亲早已为这帮草包安排了顾命大臣,他们只负责装装样子,好让家族财产别旁落他人。

富二代怎么可能会亲自抓业务?富二代怎么可能通宵加班?

关键是,为什么要抓着这样的职场小白陪他加班?

都是借口!一定是垂涎我的美色了,别以为我是那种稀里糊涂等着被吃豆腐的傻白甜!

凌少起初生龙活虎,但没过去半小时,他就打一个哈欠,打电话想叫外卖,才发现公司附近压根儿就没有半夜能送外卖的店。

很显然,他从来没有在办公室加班到这么晚过,更不知道这附近一过饭点儿就点不到任何外卖。

"李纯洁,你会手冲咖啡吧?"凌少用下巴点了一下吧台上的咖啡机。

纯洁摇摇头,突然想到凌少先前对她的教育,马上又点了点头。

"你到底会还是不会?"凌少皱起了眉头,目光中透着对一个傻子摇摆不定的疑惑。

"你不是不让说不会嘛。我的意思是我可以学啊!"真是个小机灵鬼,纯洁翻了翻自己的包,迅速掏出一包速溶,问道:"我有现成的三合一,要喝吗?超好喝的,一点都不苦,还有奶香味儿。"

凌少不屑地瞟了她一眼:"好好坐着,写你的沟通函。"

凌少起身跑到咖啡机前一通操作,咖啡豆粉身碎骨的声音传到暗夜中的静谧空间里,显得格外刺耳。凌少又像捣蒜一般忙活,细嘴壶温润地注水声响起,一杯拿铁端到了纯洁的眼前。

纯洁大为感动,拍着手夸赞:"老板,你还会拉花啊,你这拉的是一个……"她顿住了,因为她惊讶地发现,凌少拉出来的图案,太像一个柯基的屁股了。

"是一个气球。"凌少见她迟疑,得意地解释了一下。

"哦哦,原来是气球啊!"

"那你以为是什么?"

"没有,没有,我就以为是一个被勒成两半的气球呢!"

凌少仔细盯着图案看了一会儿,显然看出了纯洁忍俊不禁的端倪来了,瞬间红云飞上脸颊。

花花公子也会羞涩?只是因为自己拉花拉出来的图案像一个柯基的屁股?

正想笑,这杯咖啡突然被端到了纯洁的鼻孔下边,她特不好意思地说了句:"谢谢。"凌少淡淡地回了句:"不用谢,我就是让你闻闻。"

嗯,没错,他真的是让她闻闻而已,他又端走了。

凌晨三点,神奇的按摩座椅变化了身形,变成了一个把大少爷包裹得严严实实的软沙发,把凌少送进了甜蜜的温柔乡。纯洁把写好的沟通函发给他,喊了几声"老板",他都没反应,然后又扯起他衣袖的一小角,小心翼翼地晃了晃他的胳膊,这家伙竟然像个小孩一样"哼哼唧唧"地让她别动他。

纯洁憋住仰天长"笑"的欲望,透过窗子往外看,有点阴天,除了斑驳的树影,就是阴森无边的暗夜。

纯洁告诉自己,趴在桌子上睡一会儿后就下楼叫车回家。

结果,她一觉睡到了天亮。

第二天,纯洁醒来的时候,身上披着一件凌少的阿玛尼白色条纹风衣,要不是Lisa把早餐放到她桌前"啧啧"了两声,估计她能一觉睡到下午。

纯洁一个激灵挺直了身子,迷迷瞪瞪地往四周看去,问了句:"老板呢?"

Lisa一脸坏笑地趴在她耳边悄悄说:"嘿,可以啊你,这公司还没有第二个姑娘披过凌总的衣服呢,不用说衣服,连个笑脸都混不上,你红了,准备准备吧。"

我醉了,准备什么?

从天而降的未婚妻
第十一章

周一一早的高层管理会,编辑部主编莫名其妙地带上了纯洁,她就是纯洁的主管领导。这位风韵犹存的大姐叫李莎,可她要求编辑部所有的人都叫她Lisa姐。

可公司前台的姑娘不是叫Lisa吗?俩人都叫Lisa可怎么区分啊!

为了这事纯洁特意去找过前台的Lisa,问她如何区别她和主编,前台的Lisa一听这事就一脸的不爽,十分不情愿地说:"如果我们都在场,你就叫我琪琪吧。"

"那你姓什么啊?"

"姓何,我全名叫何琪,你不知道啊?Lisa明明是我先叫的,我来公司比你主编李莎早多了,但她来了之后说她以后叫Lisa,让我重新起个英文名,你说她是不是臭不要脸!不就是公司高薪挖过来做新媒体的嘛,这种新组建的部门,水货特别多,之前来过好多这样的高管,你们新主编能不能不露怯地待满一年还是个问题呢,上来就敢给我一个下马威,哼!"

"这都争?"

"呵呵,你以后就知道了,要争的东西可不只一个名字这么简单。"

无论怎样,以何琪这八面玲珑的处事技巧,是万万不会和主编发生正面冲突的,最多也就是在背后骂几句痛快一下。每当李莎提到撞名这件事时,她都会一团和气地答应下来。

但为了背地里给李莎添点堵,何琪跟每个新人介绍自己时,都会先说自己叫Lisa，占上先机，当新人叫她的时候，她十分享受李莎抬起头来以为是叫自己却发现人家叫的是何琪时的小得意。

这种小把戏带来的满足感，简直匪夷所思。

高层管理会通常都是经理级以上的人员才有资格参加，今天主持会议的是常务副总兼人事总监，就是那天面试纯洁的那个"西装男"，董事长的位置是空的，纯洁往里进的时候，猥琐得像是进村偷东西的，关键是Lisa主编也没有向大家介绍她的意思，大家都一律地先是诧异了一下，又十分友好地向她点了点头。

那天面试她的"西装男"叫魏大坤，大家都叫他大坤哥，他是全公司高层里唯一不被称作某某总的总，他和Lisa姐一样，好像也在努力地追求着平易近人的一面，可这张脸和当时面试她时简直就判若两人，让纯洁怎么也亲近不起来。

更让纯洁纳闷儿的是，其他部门经理一看是大坤哥主持会议，就显得异常放松，也许大坤哥就是那种对陌生人冷漠，对熟人亲热的性格？

大坤哥先是说明了今天请假缺席会议的人："今天商务部总监高涵宇缺席，他在外勤谈项目。还有董事长凌总，今天家中有事，需要去机场亲自接人。这两位暂时缺席，所以今天的会议由我来主持……"

纯洁的脑袋就像被放空了一样，听不进去半个字。凌大少爷家里到底发生了什么天大的事，能招呼都不打一个，扔下一件大衣就不见人影了，留她被一群八卦的同事一大清早当猴围观了半天。

恍恍惚惚地到了中午，何琪问纯洁要不要和她一起去吃韩式烤肉，纯洁肚子不饿，但实在是想出去走走透透气，于是赶紧说了声"好"。

一下楼，她们就碰见了在大厅里坐得直挺挺的陈回，他穿了纯洁送他的那件狗头T恤，远远地看着纯洁微笑，手里攥着一把黑伞，裤管湿漉漉的。

何琪像是发现了什么不可告人的秘密一样，嬉笑着推了纯洁一下，低声问："男朋友啊？"

纯洁尴尬一笑，没有肯定，也没有否认，"看来我不能陪你去吃烤肉了，对不起啊！"

她赶紧说："没事，没事，重色轻友应该的嘛，我也一向如此。"说着就赶紧小碎步走开，突然又掉头杀了回来，冲她粲然一笑，轻声问："那他知道你有主了吗？"

纯洁愣了一下，不耐烦地让她快走，她朗声大笑，像一串行走的风铃。

陈回朝纯洁走过来，双手还是揣在裤兜里，等他走得足够近的时候，纯洁才发现他的眼圈黑黑的，好像在努力强撑着精神。陈回见她没有主动上来亲近的意思，便尴尬地笑着说："外边下雨了，我来给你送伞。"

"我当怎么了呢，一副苦大仇深的样子，我说了昨晚通宵加班了啊！"纯洁顿时松了一口气，但陈回看上去面无表情，像一扇年久失修的老木门，让人看不出门后的百年沧桑。

纯洁只好上前挽着他说："走吧，先去吃饭，请你吃烤鱼。"

她当然知道，他不是来给她送伞的。

陈回希望她辞职。

他说昨晚一宿没睡，总幻想着他的姑娘能突然半夜推门而入，雀跃着跳上床，万般柔情地说上一句"亲爱的，你怎么还没睡啊"，然后他疲惫而温柔地回一句"你没回来，我当然不能睡"。

为了迎接这个动人的画面，陈回手里一直紧握着一条干净的毛巾，准备当纯洁一冲进门，他就能为她擦擦头上的汗。

可这一切都没有发生，他一晚上醒了五次，生怕她回来敲门他没听到，他跳下床，光着脚去开了几次门，却没有看到他期待的一切。

恍然若失。

"我给你发消息了，你没回我，我说了我可能会通宵加班的，不要等我。"纯洁越听越心虚，忍不住打断他，用筷子夹着小吃盘里的炒黄豆，焦躁地等着烤鱼上桌。

陈回悠悠地抬起头:"我不想回,因为我想让你回来,但又不想让你为难,我就只能假装没看到你的消息。"

那把黑伞在陈回手中一直打转,他一紧张就会不停地转动手边的各种东西。

"可这是我的工作啊!"纯洁低着头,空气压抑到了极点。

"纯洁,你是不是心里有喜欢的人了?我还需要继续等你给我答复吗?"他停止转动手中的雨伞,直勾勾地盯着对面的姑娘,像是要下定决心非把她逼得七窍流血不可。

"陈回,我觉得你这样挺没劲的。"纯洁恼了,拎起小包就要走。

"你把烤鱼吃完行吗?"陈回苦笑了一声,几乎是哀求道。

"不行。"她还是起身走了。

纯洁不喜欢看陈回这副表情,她怕再待下去他俩会在烤鱼店吵起来。

纯洁巨讨厌在公共场合吵架让别人看笑话。

陈回不一样,他不在乎这些,他经常会在公众场合认认真真地给她讲道理,她很讨厌这样。

一下午纯洁都魂不守舍,起来浇了几次桌子上新养的铜钱草,凌少办公室的门半掩,一个高挑的影子徐徐地向外散发着奇怪的气息,她觉得恶心,就莫名其妙地走过去帮他们把门关上。

"谁啊你?"一个尖声尖气的女人拉开门要走出来一探究竟。

我去,这不是最近在抖音上挺火的一个网红嘛,叫什么来着……啊对,兮兮!梅汐汐!

她怎么会在这儿?

梅汐汐就是灵云传媒除了纯洁之外收的另外一个实习生。

她俩一边大,都是二十三岁,但梅汐汐的原生家庭比纯洁好太多。她在瑞士读的书,在海外时就是一个挺有名气的穿搭博主,国内的化妆品广告也拍了不少，五官周正，长得像混血，眼睛能勾魂，钢琴也弹得好，有着一股子灵气，但又透着具有攻击性的犀利与张扬。对，就是那种略带邪气的妖精。

我和她比起来，就像一大头沙漠行舟的骆驼。正想着，纯洁脑子中迅速驶过一头悲切的骆驼。

"你就是那个新来的李纯洁啊？"显然她对纯洁并不友好。

女人与女人之间的较量，往往就是从打量对方开始。

梅汐汐的眼睛不停地审视着对面这个姑娘身上的装扮、胸部的弧线，以及全身的流线，她的烈焰红唇间叼着一根没有点上的烟，双手交叉在胸前，穿着一双足足有二十厘米高的恨天高却奇稳无比地伫立得笔直，半个胸脯挤压在了门框上。

"嗯……你好。"纯洁生涩地吐出来两个字，思考着要不要和梅汐汐合一张影，然后发朋友圈炫耀一下。

"谁在门外边？"凌少从办公室里走出来。

咦？他什么时候回来的。

他冷着一张脸看了纯洁一眼，介绍道："李纯洁，这个是公司新来的实习编辑，梅汐汐，艺名'兮兮'，微博有600多万粉丝，穿搭博主，情感博主，也是网红。她和你一样，被分到新媒体部。"

"凌哥哥，我不想和她这种没品的女生在同一个部门。"梅汐汐白了她一眼，甜甜地挽上了凌少的胳膊。

纯洁老脸一红，像一只断了翅的公鸡一样无地自容，牙齿气得直打战。你说谁没品，我要去梦里撕烂你的嘴！

"哦？她怎么没品了？"凌少饶有兴致地双臂抱胸，摆出一副颇感兴趣的侧耳倾听状。

为什么有人可以做到当着当事人的面说人坏话还如此自然呢？

"她全身太过保守，长裙子穿得连脚踝都没露出来，身上一个流行元素都没有，风格也不统一，浑身上下都没有质感，太随意了，我不喜欢和这种没品的女生共事,最多能接受她给我端茶倒水。"

凌少点点头,邪魅一笑,手臂从汐汐的手里抽了出来,正在纯洁以为他要为她主持正义的时候,凌少突然收起笑容,扔下一句:"你俩不需要共事,新媒体有两个组,把各自负责的公众号搞好就行。"

太没正义感了,我被攻击了啊?就这么翻篇了?唉,果然不能指望老板有一颗金子般的心啊!

纯洁和梅汐汐果然不需要共事。

公司从顾兰坤手里买下了那个叫作"高情商女子"的公众号,双方已经签好合同,就等迁移主体,这个项目是一组的工作内容。

而纯洁,就是一组的主笔。

公司很早之前就注册过一个叫"荒蛮故事"的公众号,一会儿写鸡汤,一会儿教人化妆,一会儿写小说,一会儿又写诗,乱七八糟地更新了半年,没找到定位,至今只有一万多个粉丝。Lisa主编向凌少提出了起死回生的方法,于是梅汐汐被请来,肩负了全公司的希望。这个项目是二组的工作内容。

而梅汐汐,就是二组的成员。

每个组都只有两个人,同归Lisa主编考核。

用Lisa主编的话来说,她来公司是负责试验田的。

专门抽出来做公众号的两个组,就是她负责的两块试验田。小组成员,就是种田的老农。

因为是两个新小组,所以公司不舍得给配备更多的员工,巴不得能一个人写一个号,从选题、设计图、写文,到校对、推送,都由一个人完成。

"很多大号都是从头到尾一个人写出来的,干这个,人多了也没什么用,就是作者本人写东西要好,选题会琢磨,标题会打磨。"Lisa主编看出了纯洁的犹豫,安抚道。

但Lisa主编后来又说,梅汐汐三天两头不想写东西,只想出镜和参与选题讨论,所以才不得不给配了撰稿人负责写,而纯洁就是沾了梅汐汐的光,不管起点如何,明面上一组和二组的绩效考核是一样的,所以不能厚此薄彼,于是纯洁和个头儿小小、瘦骨嶙峋的单身男青年何翩然强行组合到了一起。

纯洁擅长写稿,何翩然也是,俩人都不愿意作图,也不愿意校对,所以这俩人搭配在一起就像是两个凸凸的零件撞到了一处,时刻散发着年久失修、不可调和、剑拔弩张的火药味儿。

人家二组就很和谐了,时尚女神梅汐汐负责敲定选题、出镜上图,时而是穿搭博主,时而是旅行博主,有时候还会亲自上马扮演小说女主,将死寂的文字瞬间提升八个度。高度近视的夏未来负责给梅汐汐拍照、修图,然后写稿,一个负责在天上提品位,一个负责在地上膜拜干活,真是"琴瑟和谐"。

纯洁第一时间就去找Lisa主编探讨了搭档不太和谐的问题,但被她驳回了,她一口认定纯洁和何翩然是互补的。

什么鬼逻辑。

"何翩然都没谈过恋爱!他写的东西别人能信吗?"纯洁的眼珠子骨碌碌地转着,试图做到一招毙命。

"单身青年谈爱情有单身青年的优势。你啥时候见到周杰伦骑着电动车在大马路上跑来着?但他还不是代言了电动车品牌,人家不一样卖得很好!"Lisa温和地望着她,像个慈祥的妈妈。

打小报告失败后,纯洁准备认命地从主编办公室退了出来。

"你等一下。"Lisa主编突然喊住了她。

一个大转身暴露了纯洁内心的一丝欢愉,但理智还是战胜了乾坤未定前的喜悦。

"主编您还有事?"纯洁故作镇定。

"你明天晚上需要加会儿班,和顾总公司的小关对接一下,目前这个号的主体还是之前的运营人,我们打算明天晚上十一点开始做账号迁移,你负责盯着这件事,明天你把前期需要准备的资料给对方准备好。"

从Lisa主编的办公室出来后，纯洁的脚下轻飘飘的，心里一直在琢磨着怎么和陈回说最近连续加班的问题。

"李纯洁！"

何琪像一只踩着高跷的长腿兔子一样，一下蹦到纯洁面前，一个巴掌拍在了她的肩胛骨上，指甲上的蓝色光芒闪耀着，闪得纯洁眼晕。

"有事快说啊，我今天得按点下班。"

"你今天见到她了吧？"何琪左右环顾后，神秘兮兮地冲她坏笑着说道。

"谁？"

"大老板的未婚妻啊！"

"谁是大老板的未婚妻？"

"梅汐汐啊，太后钦定的，人长得美，家里做房地产的，她爹贼有钱，和咱们凌大少爷很是般配。"

"哦。"

"哦是啥意思？"

"你管我啊，我要回家了。"

"我给你介绍介绍啊！"

"介绍啥？"

"梅汐汐啊！"

"你给我介绍她干吗啊？"

"你听着就行了。"何琪从背带裤胸前的大口袋里掏出来一张皱巴巴的纸，清了清嗓门儿，念道："美籍华人，瑞士留学归来，家族企业房地产上市公司唯一继承人。对了，有个明星云集的高端别墅区就是她家开的盘……"

"你让开，我得回家。"

"这些你不爱听无所谓，但是有一点你得知道啊，凌少缺席会议，是因为被他母亲大人派去接这位梅汐汐大小姐，梅汐汐虽然是凌少的发小儿，但凌少和她并没有那种深厚的感情基础，所以你也不要完全对自己没有信心。"

"好了，我知道了。"

"你知道啥？你个大傻子，本姑娘辛辛苦苦告诉你这些的目的，你压根儿不知道。"

"那你到底想说啥啊，我真要回家了，今天不按点回家，明天还要加班，这日子还过不过了。"

"你怎么就分不清轻重缓急呢？大老板能把衣服往你身上披，还和你单独度过了一个愉快的夜晚，这说明你有戏啊！这未婚妻只是太后钦点的，你千万不要主动放弃啊！"

"你胡说八道什么啊！凌总真是拉着我加班的。另外，这个夜晚并不愉快，谢谢。"

"随你怎么说。反正，我就送你到这儿，以后的路啊，还得靠你自己啊！"

"唉，你说你这是图啥啊？"

何琪叹了口气："苟富贵，勿相忘。"

关伟，关伟

第十二章

公交车在家门口的一片杨树林旁停了下来。

"又加班啊!"陈回走上来,捏了捏纯洁的脸蛋,嗔怪道。

"今天没加班,就是和同事说了会儿话,但明天要加班哦!"

"啊,今天还不算加班啊?你都晚回来半个小时了。"

纯洁皱起眉头,对于这种不知道是关心还是质疑的语气感到反感,脚步缓缓放慢,最终在一盏路灯下停下,影子立住了。

"你以为我愿意啊!谁愿意加班?只不过晚回来半小时而已,你干吗这么咄咄逼人!别忘了,你还不是我男朋友!"

陈回愣了一下,赶紧赔笑:"傻妞,你误解哥的意思了,我没有苛责你的意思啊,就是觉得你这公司吧,太压榨人,这刚去上班几天啊,就经常加班。"

纯洁恍然觉得,好像有什么东西发生了奇怪的变化,这个变化让她变得敏感,让陈回变得卑微。

这个变化,让两个人不敢再随意说话、开玩笑。总之,之前在牧城的那种松弛的相处模式,因为换了一座城市,而被毁灭得无影无踪。

"对不起啊!"纯洁知道自己好像有点过了。

陈回怔住了,一辆公交车在灯光中卷着尘土呼啸而过,他张了张嘴,没有说"没关系",也没有再傻笑,而是抱了抱纯洁。

第二天一到公司,纯洁便联系了顾兰坤公司负责和她对接工作的小关。

"您好。"他说。

纯洁在电话这头沉默了。

"您好。"他再一次向电话这头确认。

"你好。"她说。

电话那头也沉默了。

电话被纯洁挂断了。

她心乱如麻——这个声音就算化成灰,她也能一下认出来。小关就是关伟!为什么天底下姓关的这么多,他还是让我给撞上了!他不是去上海了吗?为什么会出现在顾兰坤的公司里?这里是北京啊,难不成为了躲着我,故意演了一出声东击西的大戏?

这种巧合让纯洁恶心。

虽然纯洁确实把关伟放到了心尖上,并用不准任何人和她提起他的方式等待着他的归来。

不是归来破镜重圆,而是归来和她说清楚,为什么"我"就活该是那个像傻子一样被他晾在原地的人。

电话再次响起,一个陌生的北京本地号,是关伟打来的。

她没换号。

"纯洁,我事先不知道公司让我对接的人是你,但我们的事可不可以先放一下,咱先把工作处理一下?"

关伟用了"咱",却没有丝毫的亲切。

"当然。"为了让他知道她是无所谓的,纯洁差点演技拙劣地笑出声来。

在关伟面前,纯洁总是丑态百出,想要假装不在乎,但每次都憋不住露怯。

初恋是女生膝盖上的疤,别人都以为那是你义无反顾的爱情,只有你知道这只是自己蠢过的证据。

"我不知道你也来北京了,你不是去了《牧城日报》吗?"

关伟有些犹豫,但最终还是决定关心她一下。

"我们开始对接工作吧。"纯洁终于有机会做比较无情的那一个了。

"好好……事情结束后，我会给你一个交代。"关伟说完就开始和她理顺账号迁移的步骤，没有给她机会说一句"我不需要"。

"我们是这样打算的，因为我们这边也是第一次用迁移功能，所以不太会操作，相信你们也弄不太清楚，现在有很多代办公司，交八百块钱，可以全程帮我们处理，顾总说我们出这个钱。一会儿我给你发一个清单，把我们这边需要提供的和你们那边需要提供的东西都列在上边，然后等审核通过了，我们就能选一个时间做迁移了。"关伟一口气说完了这段话。

"不是已经选好了今晚十一点？"

"那是昨天凌总和顾总一拍大腿决定的，但事实上迁移前期是需要提供大量资料的，要等这些资料一项一项审核通过了，才可以开始后边的操作。"

"那这个十一点是怎么定出来的？"

"什么意思？"

"我是说为什么要选晚上十一点开始迁移？"

"哦，这是我建议的。因为晚上十一点，很多人都睡了，其他公众号的更新会覆盖掉我们的迁移提示，这样会在很多人不注意的情况下完成迁移，可以减少掉粉量啊！迁移过程中的提示设置会让你们很被动，当粉丝被提示要不要取消关注时，大部分人是会考虑一下这个事情的，一些忠诚度不高的粉丝随手就取消了，掉粉太多，你们凌总作为接盘方是比较吃亏的。"

"哦，是这样啊！你好像很懂的样子。"

"当然，我……我现在就是干这个的。"

"你毕业后不是去上海实习去了吗？"

"那个实习单位不适合我。"

"是那个女人不适合你吧。"

"纯洁，你在说什么？"

"我说什么你自己心里不清楚？"

"呵，你没变，还是那么咄咄逼人。"

"你倒是变了，变得比以前更渣。"

关伟不说话了，过了一会儿，微信过来一个好友申请"是我"。

手机在纯洁掌心里颤了一下，指尖已经点了通过。

"您已添加了'关心则乱'为好友，现在可以聊天了"。

这世间有多少万劫不复，就是从这句话开始的。

"李纯洁，你在干吗？"凌少不知道什么时候站在纯洁身后，向她投来令人窒息的死亡凝视。

"收拾东西准备下班啊，老板。"

"下班？"纯洁不明白这两个人畜无害的字眼为何让他看上去像是吃了屎一样恼怒，"Lisa没有通知你今天需要完成的工作吗？"

纯洁一惊，赶紧解释："没有没有，主编通知过我了，只是工作内容有变动，今天晚上做不了迁移，好多需要的资料都没备齐，而且还有审核期，待在这里没用，所以我今天还是要按时下班的。"

"按时"这俩字被纯洁不经意地起了腔调，傻子都能听出来她想飞的心。

"那没什么事的话，去给我从楼下买杯咖啡上来，香草拿铁。"

"老板……您可以让您秘书给您点外卖啊！"纯洁不情愿地小声嘀咕。

凌少剑眉一拧，寒光逼人："怎样点外卖不用你来教我！既然你觉得买一杯咖啡太简单，那就多买一些。去统计一下今晚所有加班的同事，每人一杯。"

纯洁傻在原地，指尖局促地点向手机屏幕——6:15。

本来想早点下班给陈回一个惊喜，从而修复两个人这如履薄冰的塑料室友情，结果被纯洁一嘚瑟，又黄了。

纯洁不敢再多说一句，她担心附加工作会从买一杯咖啡发展成买一屋子人的晚餐，光是记录谁喝什么、不加什么就已经是一件足够令人头疼的事了，如果再复杂到东奔西走，给买面条，给买抄手……肯定会被累死的。

"好的，老板。"纯洁强行展露了皮肉不统一的笑容后，像兔子一样跑了。

20:15，办公室里加班的同事身旁都飘出了香浓的热气，大家此起彼伏的"谢谢"声让纯洁突然觉得打杂也是一个挺好的工作。只需要把所有人最基本的需求一网打尽，然后接受着各种出于礼貌的感激，也不需要费脑子就能完成工作，这可真好。女孩子活成这个样子，想想就开心呀。

纯洁捧着最后一杯香草拿铁站在董事长办公室门前，腾出手刚准备敲门，就被推门而出的凌少撞翻在地，四仰八叉的狼狈自然不必说了，最要命的是咖啡像喷泉一样洒落下来，纯洁用右手捂住被烫红的左手，赶忙调整了一下坐姿，好让自己不要显得太难看。

凌少愣了三秒，拎起她来就往外走，纯洁扭捏了一下，连忙推辞说没事。

她其实就是觉得这么多同事看着呢，很尴尬。

"闭嘴！"凌少抓起她的右手径直往洗手间走去。

水龙头冰凉的水丝丝扣入指间，纯洁感觉自己的骨头都被冰得萎缩了两个型号。垂下来的长发体贴地遮住了她的一张大红脸，但她还忍不住透过发丝瞥看这个魔鬼般变态的帅男人。

"没问题了，谢谢老板的救命之恩。"

她实在是觉得自己太浪费水了，"哗哗"的水声在此刻格外刺耳，如剑割肤。

"没什么大问题，让何琪陪你去上点药吧。"他突然拉过她的手指，托在掌心端详了一会儿，呼吸弹在了纯洁手指的毛孔上，又痒又紧张，但她还要表现得毫无波澜。

"不用不用，何琪已经下班了，我没事，我皮糙肉厚。"纯洁特夸张地摆摆手，趁机抽回手指。

"看出来了。"凌少像是在自言自语。

"什么？"

"我说何琪就住在公司对面的小区，你给她打个电话，她就能带你去医院了。"

"真不用麻烦了。"

"不然你想让我送你去？"

"啊？我不是这个意思……"

凌少没等她继续推辞，扳过纯洁的身子就推着她往门口去了。

迎面被一个熟悉的人挡住了去路。他脸色苍白地注视着她，手里提着一个装着饭盒的塑料袋，似乎想从纯洁的目光中挖掘出一丝"你听我说"的无辜，但她却回他以"这都什么鬼"的一脸蒙。

一秒、两秒、三秒……正在纯洁左右为难，快速转动着小脑袋瓜子考虑如何打破这个诡异的僵局时，他自己跑掉了。

出公司大门的时候，他还撞到了玻璃，左右看了一下，发现门禁按钮在右手边后，慌忙地按了一下，头也不回地就跑掉了。

凌少站在原地，灼灼目光投在她身上，似乎下定决心要烧死纯洁一般。

"老板，没什么事的话，我就先下班了。"

纯洁撞鬼了一般抓起工位上的包就夺门而逃。

刚才的那个人是陈回。

他为什么突然出现在公司里？他刚才看到什么了？他来给我送饭，还是不相信我加班？

哎，回去少不了又是一场尴尬的"血雨腥风"。

爱情是什么时候走向溃烂与疲于解释的呢？难道爱情其实从来都没来过，只是一个人的依赖与孤独制造了这场渣女的虚无？

距离那所出租屋还有不到五米远的时候，纯洁就闻到了杀气。

在门口驻足了两分钟后，纯洁给陆晨发了一条奇怪的短信："一个小时后给我打电话，打不通的话就报警。"

纯洁后来在相当长的一段时间内，曾反复思忖过这条短信的动机与意义，她在内心深处知道自己对陈回的性情是没有把握的，她甚至连他是否有暴力倾向都不清楚，也不确定男人的自尊心会在他们发狂的时候将起到怎样可怕的作用，她只是本能地想要自保，也深知这扇门必须被她推开，然后把该说的话说清楚——她不能以观察为名继续拖着他了。

"回来啦。"陈回坐在一盘盐水菠萝前强颜欢笑，水果刀在桌角闪着明晃晃的光。

"嗯，你……还没睡啊？"纯洁脖子一凉，感觉要完，每个字都在空气里湿润地哆嗦着。

"你冷吗？"陈回绕过桌角向她走来，脱掉外套披在她的肩头。

"不不……啊，对，是有点冷的，外边刚下过雨。"纯洁语无伦次。

"那我给你烧点热水喝，你等一下，你看我回来后连热水都没烧，是我疏忽了，对不起啊。"陈回慌慌张张地抓起电水壶往洗漱间走去。

"不用不用，我也不是很冷，就是刚进来那会儿有点冷，这会儿好多了。"纯洁赶紧客气了一下。

"没事，水一会儿就能烧开。你要不先洗漱？"

"哦。"

"怎么愣着不去啊？"

纯洁悄悄把水果刀藏到脚下，下意识地稳稳踩住，像是踩了一颗地雷。

"陈回。"

"嗯？"

"你不想问我点什么吗？"

"我……没有，我没有想问的，热水一会儿就烧开了，我给你打过来泡泡脚吧。我今天还去给你买了泡脚片，据说有润脚功能，你不是说北京太干了嘛……"

"那我能问问你吗？"纯洁打断他可怜的慌乱。

"嗯？哦，你问。"

"为什么突然去我公司？"

"想给你送点夜宵……怕你加班太辛苦。"

"那为什么一句话不说就跑了？"

"我……我觉得你可能不需要我的夜宵了。"

"你什么意思？"

……

"说啊!"

"你要我说什么!"陈回突然怒目圆睁,平日里阳光温暖的一张脸开始扭曲。

"不想说算了。"

纯洁心里一慌,语气从质问退到了回避。整个人杵在这个小卧室中央,像一只被粘鼠板成功算计到的瘦老鼠一样,深知世界之大、深知逃无可逃,就只能等在这里,时而愤怒、时而挣扎、时而哀伤、时而绝望,耗尽气力后,等待处置。

"你过来!"陈回一把拉住她的右臂,手指深深地嵌进了她的胳膊,纯洁不敢喊疼,只是努力平静地看着眼前的男人,试图控场。

"你今晚到底有没有加班?"陈回还是问了。

"没有。"

"那你为什么和我说你加班?"

"因为我接到通知是要加班的,但和关……和有关部门对接完工作后,发现今晚做不了该做的工作了,我本来准备到点了就下班,但老板临时指派了我干别的工作。"

"别的工作?那是什么工作?"陈回话语间流露出了毫不掩饰的鄙夷。

"买咖啡,怎么了?我初来乍到,小菜鸟一个,被指派干点杂七杂八的事不正常吗?你也是媒体圈混出来的,还不知道这其中的鄙视链?"

"既然是买咖啡,那你怎么还和你老板拉拉扯扯的?"

"陈回你在说什么?"

"李纯洁,你最好明白一件事。在职场上别整天想着通过勾引老板就能一步登天,尤其是这种富二代出身的,他们更不可能珍惜你这种想要通过嫁入豪门来实现阶层迁跃的茶水妹。"

纯洁愣住了,整个身体缓缓僵成一张不能动弹的铁板,她感到窒息,失去了空间意识。

这不是陈回第一次"点拨"她,但却是她第一次发现自己竟如此难以接受这个人以及他的话。

陈回涨红的脸因为这一通说教也有了缓和，他从裤兜里掏出来一盒烟，夹着烟卷的手指在抖，他跑到公共煤气灶那儿把烟点上，回来的时候，就只剩半根烟了。

他永远都找不到自己的打火机，她永远都找不到自己的扎头绳。

他们以前把这当作无伤大雅的默契，甚至还会特欢快地帮彼此找东西。

现在，他们无比厌烦不是这找不到，就是那找不到，还会顺嘴骂一句"一天到晚就是这倒霉事，醉了"。

可怕的僵持，终于被疯狂的敲门声打破了。

陈回一把拉开门准备发作，却发现是扎着丸子头的陆晨叼着一根棒棒糖站在那里，他只好错愕地问："你来干什么？"

"你以为我愿意来这猪圈一样的地方？到处都是腥臊味儿。"陆晨大摇大摆地走进来。

"你什么意思？"陈回把目光缓缓刺向纯洁，似乎在向她求证什么。

纯洁踩着水果刀的脚早就麻得不成了。

"今天的事情，是我不对，是我没有及时和你说清楚，让你误会了。我明天去公司辞职，算是我给你赔罪。今晚我去陆晨那里凑合一下。"纯洁说。

陆晨的眼珠子快速转动了几下，马上把棒棒糖摔在了地上。

"说什么呢？我陆晨是那种能让我亲闺密凑合的人？"

陈回双唇颤了颤，垂在身体两侧的手揣进了口袋，眼神突然暗淡下来，说："纯洁，你是不是觉得我会伤害你？"

纯洁不自觉地后退了一步，轻声说了一句："对不起。"

陈回苦笑一下，不再追问，恳求般地说了一句："去吧，明天早点回家。"

他还是坚持把这里叫"家"。

他还是一如既往地选择咽下苦水，要她怀着对他的亏欠乖乖滚回来。

可她一点都不感激。

纯洁从陈回住处搬出

第十三章

次日晚上回到出租屋，陈回在床边的小木桌上摆上了一个八寸的蛋糕，上边还立着一个串了一串珍珠的皇冠。五分钟前，他收到了纯洁的辞职消息，特意去味多美买了蛋糕，准备好好庆祝一下。

在陈回看来，这工作是为他辞的，他留足了面子式的点拨应该是起了作用。

纯洁神情恍惚地端详着这个承载着恪守妇道之名的蛋糕，看着陈回兴奋地点上蜡烛唱着："祝你辞职快乐，祝你辞职快乐……"纯洁感觉哭笑不得。

"纯洁，你不用着急找新工作，这段时间就好好在北京四处转转，我还有10万多块钱的积蓄，咱们住满这个月就换一个好点的两居室合租，那样你就可以有自己的卧室了，也不用每天洗澡、换衣服的时候把我锁在门外，也不用在我洗澡换衣服的时候你又找借口在小区里晃荡不肯上楼了。我今天面试了一个很好的工作，收入是之前的三倍，他们对我很满意，估计明天就能收到他们的入职通知。"陈回看到她心事重重，赶紧和纯洁说接下来的解决方案。

"我身上还有钱，够花。"纯洁用筷子夹着沾着奶油的草莓，头也不抬地吃下，平静地回应着。

陈回没再争辩，吃完饭后主动刷了碗。

等他回来的时候，几次试图从后背紧紧抱住纯洁重修旧好，却都失败了，最后只能连连叹息。

他大概原以为纯洁辞职是两个人关系的全新开始，但现在看来，纯洁并没有要和他从头开始的意思。

晚上八点，纯洁蜷缩在自己的床上，帘子另外一边的人不时地翻身——他当然睡不着，几乎每个晚上，他都会先看会儿书，等纯洁睡着了，自己才放心睡去。

纯洁胸口一阵憋闷，带上手机准备去洗澡。

"洗个澡还要带手机啊？"陈回假装无意地问道。

纯洁愣了一下，把手机故意往陈回身上一扔，默默拉上房门。

纯洁在洗手间的挂衣钩上发现了一双画着永久草图案的袜子。

这是谢雨霏的，她当然认得。

当她带着那双粉色女袜回到房间扔到陈回身上的时候，陈回正在拿着她的手机疯狂地翻看聊天记录。

看到这一幕，她差点笑出声来，她万万没想到自己把手机扔到陈回身上的讽刺之举，会让他觉得是机会来了，终于可以查她的岗。

"你干吗？"陈回显然被扔过来的粉色女袜吓了一跳。

"你在干吗？"纯洁努力平复着自己。

"看看你手机怎么了，你觉得不公平，我的也可以给你看。"

纯洁愣了一下，发现自己有点不太认识眼前的这个陈回了。

"不需要。这双袜子是谁的？"

"李纯洁你发什么神经？咱们这是合租房好吧？你从洗手间拿一双别人晒的女袜来问我是谁的？你心虚也不用给别人先扣屎盆子！"

"我心虚？"

"你不心虚回家关什么机？你自己看吧，你那富二代老板给你打了不下八十个电话了！难道你离职这件事他并不知道？"

"我关机有我的道理，用不着和你解释。"

正在两个人吵得马上就要打起来的时候，门口响起了剧烈的敲门声，接着就传来了陆晨的尖叫声："纯洁，纯洁，你没事吧？电话关机，联系不上人啊，快开门，我都听到你们吵架了！"

"你来干吗！"纯洁拉开门，看到陆晨满脸通红地一下跳了进来。

她看了看床上的陈回，又看了看凌乱不堪的纯洁，白了一眼："哟，不是说和纯洁是异性友谊吗？我就知道，天底下哪有什么枕着白天鹅睡还能忍住不起贼心的癞蛤蟆！少儿不宜了吧，注意安全啊！"

"陆晨！"纯洁警告她。

"好了好了，不说了，走吧，去我那儿吧。"

"不许去！"陈回一改往日的体贴与大度，突然从床上蹦起来，整个人看上去像是一个随时要动手的大爷。

"你算个什么东西！纯洁她想去哪儿就去哪儿，你敢动她一个指头试试！"陆晨的胆子真是肥，完全不知道好"女"不吃眼前亏，一下彪起了架势要为闺密出头。

比较意外的是，陈回竟然这么容易就怂了，纯洁反而有点失望。

纯洁拉着行李箱往外走的时候，没忍住说了一句："除了谢雨霏，没有第二个人会在袜子上画永久草。"

陈回愣了一下，悻悻地跟在她身后，小声说："真不是你想的那样。"

纯洁加快了步伐，唯恐自己会动摇，她更愿意相信陆晨给她讲的这个版本：

其实，谢雨霏一路跟着纯洁来了北京，陈回鬼鬼祟祟搬着的那一大箱子想要往床底下藏的东西，就是谢雨霏的行李。

纯洁猜不透她到北京的那天到底发生了什么，会逼得陈回不得不接下谢雨霏的行李，并鬼鬼祟祟地藏到床下。

那天纯洁去上海出差，谢雨霏跑到出租屋和陈回喝酒，那一冰箱的速食品之所以整整齐齐地码放着，一袋没少，不是因为陈回下馆子，而是因为谢雨霏给陈回做饭吃。

谢雨霏会做饭，而且做得很好吃，陈回当然不需要出去吃。

纯洁一直以为谢雨霏这种一辈子都想在小城终老的姑娘，不可能为了任何人离开她的老家，所以当谢雨霏在报社和陈回打情骂俏的时候，她从未有过任何危机感，哪怕她在问纯洁喜不喜欢陈回时，纯洁都未曾想过，这会是她对情敌的试探。

纯洁更没想到，陈回之所以离职跑到北京来，不是为了保她而舍弃了自己的铁饭碗，而是为了躲谢雨霏。

在纯洁去报社报到之前，报社里的老员工就已经带新人唱过歌了，那天晚上大家喝了很多，陈回被安排送谢雨霏回去，可第二天醒来却发现两个人没有睡在各自的寝室里，而是四仰八叉、穿戴整齐地把腿搭在了彼此的身上，一起睡在了陈回的床上。

陈回坚持说自己没对她做过任何事情，可谢雨霏哈哈大笑着说要对他负责，甚至还把这件事当笑话讲给了全报社的同事听，直到报社里又来了一个叫李纯洁的女孩被分到了陈回组，大家看到了陈回每次看纯洁的那种眼神，所以都心照不宣地把这个事当作玩笑翻篇了。

这些事都是陆晨告诉纯洁的，她说她什么都能查到，纯洁嘴上让她别胡说八道，但心里还是默默信了这一切。

她不想听陈回口中所谓的解释。

可能这样会让她能好受一点吧。

无翼鸟理想国酒吧开业
第十四章

纯洁和陆晨在酒店挤着睡了一晚,早上起来后,陆晨直勾勾地盯着纯洁"咯咯咯"笑,说:"我让客房部把房间换成标间吧,你也太胖了,感觉你还得跟我一起住很多天,我可不想被挤成肉饼。"

"我有点事想请教你。"纯洁瞟了她一眼,试探着问道。

"这么客气的?你什么时候变得对本宫这么客气了?不对……你是不是想借钱,我的情况你知道啊……"

"不是。你正经点。"

"好,正经正经,你说嘛,你一严肃,我就紧张。"

"正经点,你再胡说八道,我就不问了。"

"那行,你别铺垫,就直接说,不然我管不住我的脑袋……"

"是关伟。"

"关伟?"

"嗯。"

"你不是不让我们提他嘛,这是你自个儿提的啊,再有个三长两短,你自行负责。"

"对,我自行负责,我找着他了。"

"找着了?那还等什么,走,我替你揍他去!"

"我不知道他住哪儿,你先别打岔,先听我,他加上我微信了。"

"微信好友?谁加的谁?"陆晨睁大眼睛连续发问,发现纯洁沉默不语后，举起食指狠狠地点了一下她的脑门儿："你这个没出息的女人！"

"问题是，他加上我后，一句话都没说，朋友圈也是屏蔽我的，当然，我也不是任人宰割的小白菜，我反手也屏蔽了他。"

"呵呵。"

"你呵呵什么？"

"我呵呵你幼稚。人家屏蔽你，是因为有别的女人不方便给你看了。你屏蔽人家，就是面子上挂不住。"

"我……我是想问你，他到底怎么想的，我感觉自己像是加了一块木头，想骂他，又觉得先开口太丢人，不说话就那么放着，又不甘心。"

"你就那么放着。现在关伟对你来说算个屁啊，最黑暗的时期已经过去了，你得往前看。这么好的工作都被你作没了，你接下来想要啃我不成……"

"我可没这个意思。我就是英雄落难，暂时找你避避风头。"

"哦……原来是要避避风头啊……唉，我倒是挺纳闷儿，凌大少爷还没折磨够你，怎么这么容易就放你走了？"

"我去辞职的时候，他不在公司。我写好辞职报告就扔给了Lisa主编，收拾东西就跑了。"

"你个傻子，根本没这个必要啊！凭什么陈回吃醋，你就得为他离职啊？"

"有必要，我觉得他说得对，我确实对富二代抱有不切实际的幻想了，我得让自己清醒一下。"

"你搞搞清楚好吧，你是因为这个'人'而幻想了，还是因为这个'富二代'而幻想了，喜欢富二代有什么错？"正说着，陆晨的电话响了，她只好慌慌张张地起身去走廊接电话了。

她从上大学起一直都是这个习惯，只要有熟人在场的情况下，她无法做到自如地撒谎。

纯洁斜了她一眼，起身去洗手间刷牙洗脸，可是收拾到一半突然感到索然无味，因为纯洁突然发现自己今天也确实无事可做，工作丢了，住处没了，和陈回也闹掰了，所以洗完脸后没有急着化妆、换衣服，而是悻悻地坐回了床上，开始胡乱地按遥控器。

"李纯洁！干吗呢！干吗呢！看你这蓬头垢面的熊样，亏我收留你，还不滚去化妆，姐姐今天酒吧开业！"陆晨推门而入，看到纯洁这副德行一下皱起了眉。

"你的酒吧开业，和我有什么关系啊，我打算在屋里看一天综艺节目，好好庆祝一下自己再次失业，挺好的。"纯洁意兴阑珊。

"这一晚上两千多块钱的酒店住着，分你一半床，一晚也得一千多块钱呢，要么你付钱给我，要么你给我站台去！"

"做人不讲良心啊！陆大小姐，你落难的时候，我是咋对你的，你都忘了？"

"醒醒吧，李纯洁，此一时彼一时，这就是江湖。"

是啊，这就是江湖，你有事可做的时候，不会太矫情；你无事可做的时候，这世界的风吹在脸上显得格外刺骨。

到达后海时，已经是十一点多了，陆晨到了店面就大骂一通，嫌酒吧经理错过了放鞭炮的吉时。

酒吧经理是一个皮肤鲜嫩、头发烫着纹理的混血小伙子，个头儿有一米九左右，隔着马甲，纯洁都能感受到他丰满坚挺的八块腹肌。

纯洁感叹花痴陆晨竟会对长相如此好看的男生开口大骂，这要是以前碰上这种品相的男人，她八成都主动往人家身上凑了。

"我……我以为这么重要的时刻，是老板必须在场的。"他支支吾吾地解释，口音里带着一点跑偏的西北口音，和洋气的外表形成了巨大的反差。

"好了，好了，鞭炮放上，女服务生去街面上发传单去，去去去，抓紧。"陆晨嚷嚷着把他们打发出去，最后店里只剩下酒吧经理和两个男服务生。

纯洁上下打量了一番，坑坑洼洼的混凝土地面刷了一层灰色的地坪漆，墙面的漆像是没刷匀一样斑驳错落，不规整的铁丝网上挂满了镂空灯，吧台是几块老木板和铜板拼接的，角落里还有一个旋转楼梯。

"怎么样？"陆晨显然看出来纯洁对这个酒吧的好奇。

"不咋样。这也没怎么变样啊，冷冰冰的。"纯洁回道。

"李纯洁啊，你真是个大土鳖！这叫工业风，懂不？我专门请了一个法国设计师给我设计的，最大程度地保留了原始痕迹，你去整个街上随便转一圈，你就知道啥叫格局了，反正我家欧阳希肯定喜欢！"陆晨瞥了她一眼，不耐烦地推着她往外走。

"那欧阳希人家支教去了那么远的地方，说不定压根儿没打算回来了啊，万一喜欢上一个当地的姑娘，八成选择就地成亲了！"

"他敢！"陆晨气得眼珠子都红了。

"你仔细听，整个酒吧，听到什么没？"她接着说。

"什么？"纯洁以为酒吧被陆晨设置了机关，整个人吓得一动不动。

"蒸汽时代的呐喊声啊！"

"去你的吧。"

陆晨就是这样，一提起欧阳希，就像是诗人附体了一般，总能一语惊人地说出一些奇奇怪怪的话，但一回到正常状态，她又是一个圆滑毒辣的世俗姑娘了。

爱情真能教会人写诗，一点不假。

"好久不见。"一个声音从旋转楼梯的上方飘过来。

吓得纯洁后跳一大步，一抬头，是凌少，他穿了一身淡棕色的休闲装，脚上的马丁靴把他的两条大长腿衬得更加修长笔直，俊眉一挑，嘴角又是一抹坏笑。

"生意兴隆啊，晨晨。"凌少把花塞给陆晨，径直朝纯洁走来，每一步都像是踩在纯洁的心脏上，纯洁紧张得差点吐出来。

"你站住。"她竟然要他站住。

凌少愣了一下，继而一笑，不但没有站住，反而向纯洁大步走来。

纯洁踉踉跄跄地退到墙根，凌少跟上来，摆出了"壁咚"的姿势，纯洁一下脸红到了脖子。

陆晨瞟了这俩人一眼，对员工大声嚷嚷着："哎，赶紧去找个花瓶帮我把花插起来，都干啥呢，该忙啥忙啥去，都别在这儿杵着了！"

他们能忙啥，店里一个捧场的人都没有，几个大活人尴尬地擦起了桌子，简直不能更假了。

"你干吗？"纯洁平息了一下自己，恶狠狠地问他。

"我能干吗？这么一个大眼瞪小眼的地方。"凌少还是不冷不热，眼睛里却散发着光。

"我已经辞职了，不是你的员工了，你再这样，我可喊人了。"

"嗯，辞职报告我没签字，你擅离职守可是要罚你钱的。"

"周扒皮啊你，我都辞职了，你凭什么罚我钱？上个月的工资，你必须一分不少地结给我，不然我去社保局告你去！"

"蠢女人，欠你工资应该去劳动局仲裁，调解不了再去法院告我。"

"你管我去哪儿告你，反正你别欠我钱，工资对我这种人来说，那是一笔很重要的巨款，逼急了我啥都干得出来。"

"让我亲一口，结你双倍。"

"我只要我应得的，你起开。"

凌少一个俯身下来，擦着她的耳边走了，看到她惊慌失措的样子，他笑得像个有钱但脑子不灵光的小流氓。

凌少从一开始就对纯洁若即若离，时而翻脸无情，时而撩拨起一点兴致，至今也没有改变什么。纯洁知道，她很有可能只是他众多玩物中的其中一个。

"你分手了？"他看着她，目光中透着一丝看戏的开心。

"不是……就算是吧……我和你解释得着吗……"纯洁赶紧从墙根下逃出来，硬气地回他，然后恶狠狠地瞪了一眼正在佯装喝酒喝得正起劲儿的陆晨。

"还嘴硬,是不是为了我?"

纯洁惊得下巴颏儿差点掉地上,是谁给他这么大自信的,会不会聊天啊?简直了!

"你脑子有病吧你。"

"晚上我送你回家。"

"什么?"纯洁以为自己听错了,但来去如风的阔少爷已经走出去了,容不得她耳背,更容不得她确认。

陆晨一下从吧台里蹦出来,用老母亲审视自家女儿的眼神向纯洁投来了赞许的目光:"你行啊你,妞,这就拿下了。"

"别胡说八道,谁拿下谁啊,你表哥这种人渣,就是四处撩姑娘的坏蛋!"

"还真让你说着了,我表哥真不缺姑娘。但一般的妖艳货根本入不了他的法眼,你见他身边有女人吗?没等他想玩,那些姑娘已经上赶着往他身上凑了。我这么和你说吧,他不喜欢的,连看都不看,能让他相中撩一下,也是你前世修来的福气。"

"我上辈子作了什么孽,交了你这么一个不着调的朋友。我不需要富二代的怜悯,别的姑娘上班拿工资能过好这辈子,我也能。"

"你说我表哥坏话可以,但说我就不行。"

"你表哥来表哥去的,请问你到底什么时候有这个表哥的?"

"嘿,这种名分上的表哥我有一火车,都是我妈名媛社交场上的事,他们彼此之间哥哥姐姐一叫,我从小也就得跟着叫这个表姐那个表哥的。"

"没血缘关系啊?"

"当然没有。"

"那你这酒店2000多块钱一晚,他就这么一直替你支付着?"

"这又不是什么大的开销,对他来说就是毛毛雨。就算我们没血缘关系,但好歹也算是从小认识的交情吧?"

"你们有钱人的世界果然起点高。"

"纯洁。"

"嗯?"

"你真能忍受一辈子都过这样的日子?"

"怎样的日子?"

"平平庸庸,没用过香奈儿,没开过保时捷,没住过别墅,整天算计着交完房租还剩多少生活费,和一个平庸的男人挤在出租屋里吃着清水煮面,你真甘心?"

"我怎么可能一直这么惨。随着我越来越努力地工作,攒下的钱也会越来越多,我以后也会偶尔买一条卡地亚的项链,也能请好朋友去希尔顿吃一顿自助餐,但活着不就是偶尔奢靡一下才更有意思嘛,一直穷奢极欲的,也不见得那么快乐了吧?"

"不,有钱人的快乐是你想象不到的。"

"那你真的每天都快乐吗?"

"还成吧。但如果让我过你的日子,我一天都受不了。"

"我这日子怎么了?我刚找到一个高薪的工作,虽然一冲动辞了,但我还是觉得生活燃起了希望,求求你别来腐蚀我的进取心!"

"不是我腐蚀你,而是想提醒你,长得好看的姑娘如果老端着,那可能到手的捷径就没了。"

"我没什么捷径可走,这样的生活挺好的,眼下手头儿是有点紧,但我受得了。"

陆晨莫名其妙地过来搂了纯洁肩膀一下,像是一个江湖大姐在对小弟做着语重心长的劝诫:"你忍受不了。"

"你凭什么这么肯定!"纯洁有点生气了。

"你从大学期间到现在整天捧着*ELLE*和*VOGUE*杂志看个没完,为啥呢?"

说完她就哼着那首*Riverside*出去了,那个悠长的背影像是洞悉了一切。

纯洁想弱弱地回她一句"我那是为了了解时尚"！可却如鲠在喉，难吐半字。

陆晨的背影已经远去，这让纯洁备感不安，好像莫名蒙受了不白之冤，但又不清楚自己到底是不是被冤枉的。

她独自在酒吧里找了一个靠窗的位置坐下来，问那个混血经理叫什么名字，他说他叫Allen，他小心翼翼回答的样子，特别像刚才的纯洁。突然反转来的居高临下，让纯洁感觉好极了。

纯洁点了一杯长岛冰茶，Allen说晚一点调酒师会过来，问她要不要等会儿尝尝调酒师的手艺。

纯洁点点头。

下午五点多的时候，酒吧里开始上人，进来的人都"啧啧"称赞着酒吧的装修与品位，然后服务员欢腾地跑来跑去点单。过了一会儿，陆晨带了一帮抱着吉他的小伙子进来，有人从楼上搬下来架子鼓，晚上八点以后会有弹唱表演。

其实纯洁挺服陆晨的，她从来都不恐惧没做过和不懂的事，总是有样学样、一本正经，有些底气真的就是原生家庭给的。纯洁家除了给了她要讲原则、做好人的教养外，什么都没给过她，纯洁从小就特别怕事、怕担责任、怕错了不可以改。

九点多的时候，酒吧里熙熙攘攘，坐满了人，见利忘义的陆晨像赶鸭子一样把纯洁赶到了吧台的散座区，她说纯洁之前坐的那个位置最低消费六百九十八元，纯洁只点了一杯长岛冰茶，消费层次不够，不能霸着那张桌子。

等纯洁坐到散座时，突然看清了氤氲灯光下调酒师的脸。

凌少把纯洁拎回家

第十五章

是谢雨霏。

陆晨是不是疯了？竟然让谢雨霏来给她做调酒师！我看这是不打算让我上门了。

"你……怎么在这儿？"纯洁疑惑地问。

"我是应聘来的调酒师。"谢雨霏异常冷静，眼角的小文身在灯光下平添了几分神秘与傲慢。

"不会这么巧吧。"纯洁当然不会相信天底下有这么凑巧的巧合。

"我听陈回说的，你最好的朋友在开酒吧，反正我在北京暂时还没有工作，索性就来试试呗，我大学时在酒吧做过调酒兼职，和师父学了一点皮毛。"她说得如此轻巧，但纯洁只听到了"陈回"两个字。

"你会调酒？"纯洁故意回避关于陈回的话题。

"会一些。我烟酒都通，你都忘了？"谢雨霏有些诧异，讪讪地回道，她感觉自己面前坐的不是一个女人，而是一颗定时炸弹。

"我怎么不知道。"

"你只愿意了解你想了解的人。"

纯洁点点头，转身要走，谢雨霏喊住她："你就真的一点都不想知道我和陈回之间的事？"纯洁摇摇头，继续闷闷地往外走，眼睛里突然沁出泪水。

虽然是她主动搬出了陈回的出租屋，但她万万没想到，他会这么快和谢雨霏过到一起，她以为他会纠缠自己，哪怕是正式分手前的最后一次官方解释，但他选择了不去理会，安心帮谢雨霏找起了工作，更不在意这份工作的老板是纯洁的闺密，这对于一向心思缜密的陈回来说，根本不可能没考虑到纯洁和谢雨霏相逢的尴尬，可他还是偏要把她光明正大地介绍过来。

当一个男人不再在乎你的感受了，那就证明他已经做出了选择吧。

"你去哪儿？"是凌少，与他的相遇就像是一个诅咒，总是在不经意间迎面撞上。

"用你管！"纯洁虚张声势地把头扭到一边，想绕过他赶紧逃走。

"你在哭？"他一把拽住她，两只手扳住她，长长的睫毛垂下来。

"用你管！"她努力挣出来，还是要跑。

凌少抓住她，一句话没说，拉着她的手就往外走。

"上车。"他一边把她硬塞进副驾驶位，一边发号施令。

"你要带我去哪儿？"

"去我家。"

很快，他们就到了一座欧式别墅前。

纯洁被凌少牵着，连续穿过三道拱门，在一条狭长的回廊尽头，凌少按下门铃，纯洁回望着白木栅栏后的成片草坪与玉簪花，手心里冒出了汗。

"少爷，您回来了。"来开门的是个管家模样的女人，脸上礼貌地堆着笑，非常有分寸，完全没有刻意打量少爷手边的女人——可能是早就见惯了她家少爷带女生回来过夜了吧。

"你带我来你家干吗？"纯洁站在空荡荡的中厅无所适从，也不肯接过管家递过来的暖身茶。

"想带你看看另一种生活。"凌少淡淡地说，起身又要牵她。

"我自己可以走。"纯洁躲开。

穿过一排落地飘窗与红木镂空雕花的酒柜，来到了泳池旁。"喏，右手边是女更衣室，里边有一些女式泳衣，都是新的，你可以挑一件你喜欢的穿上。"凌少伸手指了指右边的风车木屋，自己径直去了左手边的男更衣室。

纯洁鬼使神差地钻进了女更衣室，被衣帽间里挂着的一排泳衣"雷"得外焦里嫩。

基本上每件泳衣都得三四千块钱，怎么也得有六十多套吧，挂了满满两柜，吊牌都没摘。

纯洁之前在《牧城日报》工作时，因为喜欢时尚，所以主编有时会让她负责时尚板块，其中做了一期奢侈泳衣专题，当时她就对图片中一套纯黑的花瓣式泳衣流口水，没想到竟然在他家的更衣室里看到了。

纯洁上去摩挲了一会儿，叹了口气，翻着白眼从更衣室里走出来。

凌少从水里冒出头来，看到她没有换衣服，"扑哧"一声笑了："怎么？身材太差不敢穿啊？"

"谁身材差了！我是不会游泳！"刚反驳完她就后悔了。

凌少蝶泳到她身边，把着栏杆上岸，袒露着上半身，轮廓分明的胸肌与泛着光亮的腹肌一目了然，原来男人的身体也可以如此性感，纯洁赶紧把头扭到一边。

"不敢看啊？"凌少歪着脑袋贴过来。

纯洁害羞地倒退着，"我……我哪不敢……"结果不小心翻进了泳池，像一块掉进牛奶杯里的小饼干一样难堪。

纯洁扑棱了两下，胡乱呼救了一会儿，水面上只剩下了一些挣扎出的泡泡——她开始下沉了。

"傻女人！你真不会游泳！"凌少大喊一声，惊慌地跟着跳进来，很快就像提小鸡一样把她提到了岸上。

纯洁挣扎地吐了一大口水，惊慌地问："你有没有在泳池里尿尿？"

凌少愣了一下，像是完全接受不了从她嘴里说出这样幼稚的话来似的，继而大笑："有啊，有很多，我都是站在岸上直接往里小便的。"

"你简直太恶心了！"纯洁气得用力推他，却被凌少一把拉住，她抬头望向他，整个人一下安静下来。

凌少深情地看着她，她羞得赶紧起身往屋里跑。

"李纯洁!"他在她身后喊。

"干吗!"她边跑边问。

"你别跑呀!"他笑着说。

"你说什么?"纯洁马上就要进屋,依然没有回头。

"我说你不是说自己天不怕地不怕吗?"他在她身后笑得像一个傻子。

纯洁赶紧把门闭上,整个人蹲靠在门边,突然涌上来一种说不出的怅惘。

第二天早上,纯洁从三楼的一间卧室的床上爬起来,一个阿姨轻轻敲了她的房门。

"李小姐,您是起床了吗?"她小心翼翼地确认。

她左右环顾了一下,确定没有别人后,从床上跳下来,光着脚打开了门。

"李小姐,您洗漱好后,我带您去一楼用餐,我就在门口候着。"

"谢谢,你不用在这儿等着,我一会儿自己下去。"

"我还是要等您的。"她坚持着,纯洁注意到她不是昨天那位管家。

纯洁洗漱完后,阿姨带她去了一楼餐厅,穿过了多少中厅和门廊她已经记不清了,就感觉一直在绕,这时她才知道凌少说的不假,如果没有人领着她真的会迷路。

"凌总呢?"她望着悠长而空荡荡的欧式雕花长餐桌,突然问出了这样的问题。

"少爷他一早就出去了。这是他留给您的信。"阿姨递过来一只千纸鹤。

她暗笑凌少真老土,上边写着:李纯洁,生活有很多种样子,你不去见识一下,根本不知道自己喜欢哪一种。你现在有两种方式获得这样的生活:第一,被我包养;第二,回公司好好上班。幸运总有一天会降临在你的头上。

落款虽然只有一个笑脸,但她清楚地看到了一张志在必得的脸。

纯洁快速地吃下了涂着蓝莓酱的吐司片,喝完了一杯热牛奶,其他的配餐一律没动,然后打着饱嗝儿上班了。

没错,她就是这么没出息,在金钱面前,毫不犹豫地低头了。

陈回为纯洁大打出手

第十六章

回到公司后的第一天，Lisa主编带纯洁去采访了一个过气女明星，叫金希文，她看上去依然很漂亮，嘴唇厚厚的，擦了大红色的口红，眉宇间依然有骄傲，她穿着大号的斗篷，手里夹着一根细长的烟，并不点着，她说这样拍出来的照片会更好看一些。

她曾经红极一时，片酬一度飙到了一集三千万，但被狗仔爆出了丑闻，说背着官宣的老公，和自己的发型师搞到了一起，还被人抓拍到两个人亲吻的照片。她百口莫辩，索性在微博上臭骂了所有人，她痛斥自己的私生活被干扰，却不否认自己曾和发型师亲吻过，这让所有粉丝震怒不已，毕竟她老公是一个年轻有为的富商，在粉丝的眼中，她已经算是高攀了豪门，却还不知珍惜，这不是贱还能是什么？

才不到一年的时间，她就很少在荧屏中出现了。前段时间，她的一部电影在影院上线，她饰演了一个中年妇女的角色，负责给当地的小学生做培训。电影里的"她"有一段即将离婚的婚姻，为了这个角色她增肥了二十斤，这让那些当年脱粉的路人更加厌恶她，所以不出意料的话，她从偶像派转型实力派的尝试也失败了。

金希文的经纪人一直在一旁抽烟，根本不像大家想象中经纪人会无限谄媚或殷勤的样子，她反倒更像一个大佬，经常中途出去接电话，其他什么都没做，过了一会儿，连招呼都没打就提着小包走了。

金希文一脸尴尬，笑笑说："人一定不能过气，不然没人把你当回事，属于你的时代一眨眼就过去了，你不用心留住，那你就再也火不了了。"

她付钱请人采访，但又不寄望于这次采访能给她带来什么转机。纯洁可以看出，她虽然不抱希望，却还是再努力地寻找着希望。

回来的路上，Lisa主编问纯洁吃不吃冰激凌，纯洁迅速要了一个甜筒，还附加了奥利奥和红豆。作为甜品控，她怎么可能错过免费吃冰激凌的机会。

Lisa主编笑着付款，说："我年轻的时候，也喜欢吃这些东西。"

她并没有给自己点，这让纯洁突然觉得如此爽快地接受好像有些唐突。

"你现在也不老啊，很有气质呢！"纯洁边吃边不忘赞美她，这不是故意献媚。主编已经四十多岁了，皮肤仍然紧绷，穿衣有型，行动干练，风韵十足，真的已经保养得很好了。

"但和我二十几岁的时候不能比，我二十几岁的时候，几乎能和你媲美。"她笑着带纯洁去地下车库找到了车子，是一辆路虎。

来的时候是直接和她在女明星所在的小区楼底下碰头的，纯洁并不知道她会开这样一辆和女性气质不是很搭的车。

"怎么？觉得我和这个车的气质不搭啊？"她当然能察觉出小姑娘的诧异，她是公司最受欢迎的女高管，而且还是高薪从别的公司挖过来的，她当然有不同常人的观察能力。

"不是，不是，就是……"纯洁一时语塞。

"没关系，和我在一起可以有话直说，女人到了一定年龄，就不能和年轻人硬碰硬地比美貌了，你总要开拓出自己的一套风格，让自己的一切都妥帖地一致化，有了自己的标签，才算是有了一席之地。"Lisa主编淡淡地说道，车子行驶上了高架桥。

"主编你说得好对，我就是一个什么标签都没有的人，公司让干吗我就干吗，我也不知道自己想要什么。"纯洁涩涩地说。

"你还小,不知道很正常,你想要的东西,至少可以从一辆车开始。"

纯洁瞪大了眼睛,看了她一眼,然后望向窗外的车水马龙,泄气地低下了头。

没错,在这之前,她甚至不敢想象自己将来能有辆车,她以为可以每个月多吃一次冰激凌就已经够好了。

从那天起,如果有人问纯洁的理想,她会毫不犹豫地说:"我想有辆自己的车了。"

虽然这听上去好土,但她突然觉得目标明确的感觉真的很棒。

回到公司直到下班,凌少都没来公司。

晚上下班后,陆晨开车到纯洁公司楼下接她,陆晨戴着一副褐色镜片的眼镜,吹着口哨,朝着纯洁贱贱地笑。

"你爸爸给你买车了?"现在,纯洁变成了一个很关心车的人。

"我爸?我爸是死是活我都不知道,指望不上他给我买车了。这车是挂在你们公司名下的,我借来开开,又不是一辆豪车,没什么好张扬的。"

"哦。"纯洁点着头,说不出什么话来。

"你如果愿意和他在一起,他会送你车的。"陆晨像是看穿了她心中的酸,试探着问。

"我不要。"纯洁白了她一眼,希望她以后不要再提这个话题。

纯洁觉得羞耻,因为凌少从来没有说过喜欢她,更没打算让她做他的女朋友,他只是提供了一个开玩笑般的选项——被他包养。

纯洁的做人原则里,不允许自己沾到这样肮脏的字眼。

陆晨停好车后,她们一起去了酒吧,陆晨说要带她见个人。

老远就能看到一个胖墩墩的身影,像一个摞在吧椅上的磨盘一般,不时地摆动一下两条尴尬的小短腿。

"嗨,纯洁!你又漂亮了好多啊!"是于秀花,她依然矮矮胖胖的,眼睛里泛着夸张的喜悦。

纯洁一愣，冲上去抱抱她，"你真被陆晨骗来了啊！"

"陆总没有骗我，她给了我一份好工作。"于秀花一本正经地维护着陆晨，陆晨在一旁得意地大笑。

"你现在住哪里？"纯洁关心地问。

"陆总在新街口附近给我们租了一套房子，有女公寓，还有男公寓，女公寓在二楼，男公寓在一楼，每个房间有两张床，大家共用一个厅。我的房间暂时还没住进别人来，就我一个人。"

"听上去不错呀！"纯洁"啧啧"称赞，陆晨更得意了，顺势露出了得意到掩饰不住的嘴脸。

"非常好呢，我的房间足足有二十平方米，而且陆总不收我们房租，陆总管住的。"于秀花一口一个陆总地叫着，纯洁超佩服她角色转换得如此自然、如此无师自通。

毕竟，没有多少人可以拉得下脸心甘情愿地把同学认作老板，并一本正经地张口称总的。

"你叫我陆晨就好呀，像从前一样。"陆晨打趣道。

"当然不行，你现在是我的老板，理应在称呼上分清老板和员工的关系。"于秀花说道，肉嘟嘟的脸上堆满了笑。

"好了，好了，随便你啦！"陆晨哈哈大笑起来，显然她很享受在同学关系中找到优越感的滋味，以前上学时候，大家虽然都知道她很有钱，但只看得起能拿奖学金的同学，但工作之后，就不一样了。

纯洁挽着陆晨往门口走，左右环顾，拉着她蹲下来。

"怎么了？"她警惕地坏坏一笑。

"我可不可以也搬过去和秀花她们一起住女生公寓？我会付你钱的，但不要太贵。"纯洁小声说。

"啊？那地方你住不习惯的。"陆晨一口回绝，顺手给自己点上了烟。

"我可以的。之前陈回不也是带我和别人合租的，咱们在学校不也都是挤在一起住寝室的吗？"纯洁极力佐证。

"纯洁,你看看你自己的脸蛋,你就不是这个命,你以后是要嫁给富人做太太的,别瞎折腾了,和我住酒店不好吗,反正有人替我们买单。"

"不行,凌少是你表哥,他为你买单那是因为你们之前就认识。我去蹭住,算哪门子事啊,一天半天还好,时间久了,就是故意占他便宜了。"

"和他算得这么清?"

"别扯了,就说行不行吧。一个月你收多少?"

"李纯洁,我陆晨虽然虎落平阳了,但也不差你那点小钱!快别膈应我了,你要真想住,就直接搬过去住,反正还有一张空床,床品也是新的,不过都是网购的廉价货,毕竟现在酒吧只出不进的。你若不喜欢,自己去买新的,这样总行了吧?"

"不行,我必须给钱。"

"你轴不轴啊,大姐,来大城市混,这样是吃不开的。人和人之间,都要互相麻烦麻烦,才能出交情,你对闺密都算计得有鼻子有眼的,换别人私底下早笑话你了。"

"我不管大城市还是小城市,做人总是要讲自己的原则。"

"瞅你这个傻样,真是和上学时候一样,一点长进都没有,那你一个月给我三百块钱吧。"

"三百?那三百块钱够吗?"纯洁小心翼翼地问,因为她根本不知道北京的租房市场到底是什么情况,又不敢轻易大方地加价,怕太高自己吃不消。

"够了够了,废话真多,别磨叽了,不过你搬出去住也好。"

"啥意思?"她立马品出了其中的不对劲。

"哈哈哈,告诉你吧,我家欧阳希要回来了,他果然坚持不住了,他来北京找我来了!你搬走了,我就不用忽悠我表哥再多开一间房了。"

这个见色忘友的女人,一点都没变!

为了表达对陆晨愿意收留自己的感激之情,纯洁心甘情愿地穿上了陆晨放在二楼更衣室的露背吊带裙，高开衩的那种，带着劣质亮片。

陆晨开业那天就求着她穿一天这个裙子在门口站着，就算什么都不做，也可以吸引很多人走进酒吧，因为她纯洁的脸蛋足够漂亮，腿型又足够好看。纯洁当然毫不犹豫地拒绝了这个无理要求，但今天她却主动穿上这件"奇怪"的裙子，在洗手间化了一个大浓妆，犹犹豫豫地走了出来。

那一刻，所有人的目光都投向了她，Allen走过来用带着大楂子味儿的中文耿直地称赞："你好漂亮！"于秀花扑过来，用艳羡的目光表达了对她身材的羡慕："我要是个男的，我肯定把赚到的所有钱都花到你身上！"倒是陆晨，叼着烟走过来，痞里痞气地说："还真别说，啥衣服你都能驾驭，不愧是我看中的人。"

纯洁笑着让她"滚"，然后站在门口当"招财猫"，陆晨跑过来，非要让她叼一根烟，说这样能加分不少，纯洁不肯，再一次让她"滚"。

不到八点，酒吧里熙熙攘攘地坐满了人——男人。他们坐在那里，远远地看着纯洁，酒吧里的音乐越来越躁动，其中一个男人借着酒劲儿跑到她身边来，举着一个倒了三分之一杯白兰地的酒杯，说要请她喝一杯。

纯洁朝他微笑："谢谢，我不喝酒。"

他不肯放过她，带着挑逗的笑容，把酒杯直接放到了她的嘴上："你喝掉这一杯，我再买一打。"

纯洁很恼火："你把酒杯拿开。"

他竟然把酒洒到她身上了，她吃惊地大叫着跳开，一个人影突然冲上来把这个男人打翻了。

纯洁定睛一看，是陈回，他身后站着和她一样惊讶的谢雨霏。

酒桌上的一桌人"呼啦"地站起来了，好几个人抓着酒瓶子冲过来要群殴陈回。

人太多了，陈回显然是会吃亏的。

"不要打架！这酒我喝！"纯洁赶紧上前扶起被陈回打倒在地的那个男人说道，却被他嫌弃地一把推开，一胳膊肘杵在她的眼眶上，可能不是故意的，但她一瞬间就觉得眼角要爆裂了。

陈回赶紧把她拉到一边，谢雨霏也上来扶她。

"你俩赶紧进去，把门关上，我们在外边解决问题，尽量不伤到酒吧里的东西。"陈回淡定地活动了一下手指的关节。

纯洁从来没见过他打架，但一对五的阵势肯定是输多赢少，她还是劝："不要和他们打，他们人多，我喝了酒，再赔个不是就好了，不要打架。"

"你没错。不要出来。"陈回把纯洁和谢雨霏推了进去。

门外，响起了拳打脚踢与酒瓶稀烂的声音，纯洁吓得脸都白了："陆晨呢？你们老板呢？快把她叫来！"

Allen摇摇头说："老板说出去接个人，我们还是别出去为好，我不会参与打架的，看护好酒吧的财产是我的责任。"

纯洁真是被这个八块腹肌的大块头混血哥们儿给恶心坏了，掏出手机来要报警，谢雨霏突然伸手拦了她一下，说："你听，外边没动静了。"

纯洁仔细听了一下，果然没声音了。

谢雨霏趴在门缝里观察了一下，率先推开门冲出去，纯洁紧跟其后，眼前的一幕令所有人都震惊了。

刚才要群殴陈回的那群人被打得血肉模糊，躺在地上呻吟着，陈回只是胳膊上和嘴角上有点血，他淡定地抽着烟，摇晃着刚刚伸展过的胳膊。

谢雨霏和纯洁都惊呆了，真没想到陈回竟然这么能打。

"哇！你太帅了！"谢雨霏瞬间燃了，冲上去就照着陈回的脑门儿给了一个响吻。

陈回一下呆住了，失神地看向纯洁，纯洁马上装作满不在乎的样子走过去，指着他的胳膊问："你没事吧？"

他摇摇头，推开谢雨霏，走到纯洁身边，一字一顿地说："以、后、不、要、穿、成、这、个、样、子、了。"

纯洁愣了一下，本来按照她的脾气，该说一句"要你管啊"，但她的良心告诉她不能这样对待一个刚为你以命相搏的人，所以只是点了点头，还用手往下拽了一下裙角。

"我们进去吧。"谢雨霏走到俩人中间,蛮横地把陈回拉走,陈回定了一下,挣脱开谢雨霏的手,双手揣进裤兜,像从前一样,满不在乎地晃进了酒吧。

他总喜欢在尴尬的时候将双手揣进裤兜,好掩饰内心的无处安放。

纯洁站在门外,听到谢雨霏和屋里的人寒暄着,谢雨霏和于秀花交谈甚欢,她突然觉得这一切很滑稽,可又无法阻止这些人不讲道理地交织到一起。

女人之间的友谊有时候就是这么诡异,你的好朋友哪怕和你不太待见的人多说一句话,你都会怀疑你俩从前是不是塑料姐妹情。

纯洁甚至不理解,为什么陆晨明明是她的至亲闺密,却净干一些让她添堵的麻烦事,纯洁越想越气,就给陆晨拨了个电话。

吻你是因为"关心员工"
第十七章

"讲。"陆晨接起电话只说了一个字,纯洁就听出了她狂喜的好心情。

"你什么时候回来?"为了不破坏她难得的快乐,纯洁缓和了语气,并且没有开门见山地告诉她刚刚酒吧发生的一切,也没有把刚才的一股怨气发泄出来质问她。

"回去?我干吗要回去?我在机场等我家欧阳希呢,今晚肯定不回去了,Allen会盘点这些乱七八糟的。"隔着电话线,都能感受到她的荷尔蒙在空气中激动地翻飞。

"行吧,那你继续。"纯洁笑着说。

"不和你说了,我家帅气的欧阳希已经出现了,我要刻不容缓地扑向他了,拜拜。"陆晨挂线了,很果断。

纯洁转身进了酒吧,看到陈回坐在吧台喝酒,谢雨霏在那儿忙得不亦乐乎,以为这一切早就翻篇的纯洁,还是流露出了一丝尴尬。她找了个角落坐下来后,陈回像是察觉到了什么,端着一杯酒,在她对面坐了下来。

"你没事吧?"他先开口。

"我没事,你呢?"

"你右眼角青了,你在这儿别动,我去给你买点药。"他起身。

"不用不用,我马上要回家了,我家里有药的。"她按住他。

"家?你现在住哪儿?"

"女生公寓。"

"什么女生公寓？"

"哦，陆晨给员工租的房子，我也住那儿。"

"有员工宿舍？"

"对的。"

双方都陷入沉默。

"我先走了。"纯洁打破尴尬，谢雨霏一直心神不宁地往这边看，她不想让谢雨霏难堪。

"你为什么不问我？"陈回望着她。

"我……我不知道要问什么，改天见。"她提起包就走了。

其实没走多远，纯洁就在后海附近的一个石凳上坐了一会儿，她要等于秀花下班后一起走，俩人要顺道把她少得可怜的行李搬过去，然后正式住进那个300块钱一个月的女生公寓，想到这里，她很踏实。

唯一令她不踏实的是，陈回可能会告诉她，他和谢雨霏之间是清白的，她害怕面对这样复杂的处境，因为是他带她来的北京，现在却是她主动而随意地逃离了他，她害怕他说她物质，害怕他问她是不是因为真的喜欢了别人才趁机找借口搬出去，虽然她可以轻易地否定，但还是不想被任何人问及内心。

这样很危险。

只要他不问，她就可以不去想。

嗯，这样最好。

第二天一早去公司，何琪惊讶而夸张地拦住纯洁："你怎么突然戴上这么夸张的太阳镜了！"

"外边很热。"她敷衍着，快步要走开。

何琪上来就一把摘掉纯洁的太阳镜，指着她的眼睛，大声地问道："天啊，你这是怎么了？"

"嘘——"纯洁赶紧制止，恳求她小点声。

但一切都晚了，大家纷纷抻直了脖子向她投来疑惑的目光，搞得她就像是一个强行游街的裸女。

"李纯洁，你进来一下。"路过董事长办公室时，被耳朵贼灵的凌少叫住了。

各种好事者冲她坏笑，何琪还朝她伸出了赞许的大拇指。

纯洁倒吸一口气，把太阳镜正了一下，走了进去。

"凌总早。"她礼貌地问候。

"坐。"凌少低着头在一摞文件上写着什么，还好他没抬头看她。

"金希文那个稿子你写得怎么样了，一个人物稿你能拖三天……你为什么要戴这么大一个眼镜！"凌少突然抬起头，看到她这副样子，皱着眉头问道。

"哦，那个，外边太阳很晒。"

"你觉得我办公室里有太阳在晒你吗？"

"没有。"

"摘下来。"

"我能不摘吗？"

凌少停下手中的工作，从桌子后边绕出来，走到她面前，强行摘下了她的眼镜。

"哈哈哈哈。"这个丧心病狂的家伙果然笑得很开心，接着笑声就戛然而止，渐渐恢复了昔日的淡漠。

"怎么了这是？"笑声结束后，他问。

"就是磕到了。"

"怎么磕到的？"

"摔了一跤。"

"摔了怎样的一跤能摔成这样？谁干的？"他问得不容反驳。

"没谁。那个稿子我其实已经写好了，Lisa主编看完之后说还差点意思，让我再等等。"纯洁赶紧打岔，害怕让他知道自己昨天在酒吧的遭遇。

"等什么？"

"我也不知道。"

"哦，你在新媒体部一直没有写出像样的爆文出来，本来是更有优势的起步，但你们这个号的阅读量现在还不到梅汐汐的时尚号的一半。好好的一个鸡汤情感号，被你写成一个又一个五六千字的短篇小说。谁会有心思看完这么长的内容啊！你做传统媒体做惯了，文风也不够活泼。年龄不大，笔调和七老八十的人一样。你不适合做新媒体，把你调过来给我当助理怎么样？"他淡淡地说道，绕回到了自己的椅子上，亚光蓝的西装光滑地垂在他身上，让他的腿型显得又直又长。

"为什么？"纯洁简直吃了一惊，因为应聘的时候，她清楚地记得在招聘网上看到董事长助理的年薪有30万，技能要求一大堆，她样样都不会，根本不够格应聘这个职位。

"什么为什么？我刚没说清楚？"

"不是不是，老板，我知道我负责的公众号阅读量表现不佳，但董事长助理的岗位薪资很高啊，您确定是要给我涨薪吗？"

"哦，是吗？这我倒是没想到……你先回去吧。"凌少像是一下被她问住了，大概他说之前想的是这姑娘会欢天喜地地说好或者不好，没想到见钱眼开的姑娘竟然直接和他把话题扯到了钱上。

纯洁坐回到工位上，看了一眼趴在桌子上正"吃鸡"的何翩然，他看上去比纯洁还绝望，这俩人在一起碰选题，总是一个比一个不接地气，阅读量也总是一个比一个惨。

以至于每天早上的选题会，别的组开着开着就嗨了起来，而这俩人总是要推辞一番才勉强能蹦出几个字，要不是Lisa主编把金希文这个大稿明确地交给了纯洁这组，他俩这个月的商务奖金又只能拿梅汐汐那组的一个零头。

写公众号文章一点都不好玩，公司要求每天都更新，所以纯洁和何翩然轮着写，一人能休息一天，但还是很累，这两个人像是被公司不辞劳苦请来比拼阅读量底线似的，10万粉丝的号，5000个阅读左右，有时候打开率还不到5%。到底是买了一个水分很大的假号，还是这俩人写的东西实在不受待见呢？

纯洁和何翩然更相信是后者。

这是文艺青年的通病，每当有别人说你写得很差的时候，能被气得想和他一试比高低，但如果没人站出来发表言论的时候，文艺青年就果断陷入自我怀疑中——我到底写了一些什么垃圾玩意儿？

为了避免和关伟继续接触，纯洁在一个月前就求着何翩然帮自己对接迁移事务，纯洁答应何翩然替他写一周的稿子，也就是说，纯洁要连续写两周的稿子，所有的更新由她一个人完成，这也是为什么何翩然最近整天满脸红光、天天"吃鸡"的原因。

"何翩然，你能不能别整天在我面前摆出一副享乐主义姿态？"纯洁突然看得搓火。

何翩然白了她一眼，继续手中的操作。

纯洁一口气蹿到嗓子眼儿，一个箭步过来，夺走了何翩然手中的"魔鬼"。

"你干吗？我在上分呢！关键时刻别瞎闹，还给我！"何翩然也急了。

"翩然哥哥，算我求你了，你帮我写一篇今天的稿子吧，我实在是写不动了。"

"不写。我早就写不动了，这个号的定位完全不是我的风格，不上不下、软绵绵的甜暖鸡汤文我写不出来，你天生又是个写小说的料，找咱俩来做这个号，今天不死，明天也得死，不如我们放任之，早日让它死去。"

"然后呢？失业？这号死了，咱俩不得滚蛋啊？"

"我想好了，这个月底辞职，正好你替我熬完最后一程，兄弟你辛苦一下，让哥哥走得安详一些，手机拿来。"

"辞职？你疯了？辞职了，收入怎么办？房租不用交的？去哪儿找一个工资待遇这么好的工作去啊？"

"我不找工作，我要自己在家写号。反正注册公众号很简单，至少能写自己想写的。怀才不遇的时间久了容易得抑郁症，我劝你也'尾随'哥，早日走上一条光明的路。"

"你……太不靠谱了，那这个垃圾号以后全让我一个人来写？不如让我去死。"

"不是号垃圾。是买个人号这个行为太不理智了，看上去黏性比营销号高很多，其实粉丝一旦发现更文和他们喜欢的作者没什么关系，立马就取关，这年头粉丝的忠诚度不但体现在关注你的时候，还体现在取关你的时候。"

"所以，真不是我们买了假的水号，而是我们真不受那帮粉丝的待见？"

"你说对了！"

真是令人绝望啊，就像是被强行邀请去一个人气歌手的演唱会专场串场，明知道粉丝们高涨的热情是为人气歌手而来，可自己还得硬着头皮走上舞台接受全世界的"嘘"声。

中午何琪喊纯洁去三公里开外的一家面馆吃刀削面，纯洁故意向她打听："那个，咱公司是不是还空着一个董事长助理的职位？"

"空着？不能算空着吧，凌总有六个助理，分别负责他不同的日常事务，这个岗位每年都招人，今年本来是梅汐汐应聘的这个岗位，可凌总突然说这个岗不招人了，所以把她调去了新媒体部做公众号了，你问这个干吗？"

"哦，没什么，我就是一问。"

她当然要说没什么了，总不能亲自邀请何琪一起笑话自己刚刚大傻子般的举动吧？

晚上，纯洁拿起麦兜图案的帆布包正准备要欢乐地发射出去的时候，何琪突然走到她桌前说："你先别走，你被留下加班了。"

"什么？"纯洁惊讶地站了起来。

"你！被！留！下！加！班！了！"何琪一字一顿地说道。

"这是谁的指令？"纯洁不死心。

"上边的！别不当回事，我可没开玩笑。"何琪用食指往上指指，扮了个鬼脸，就笑嘻嘻地离开了，独留她在这苍茫的办公区望着天花板发呆。

同事们稀稀拉拉终于走干净了，可"上边"还没出现，纯洁索性趴在桌子上睡了一觉。

"李纯洁！"

"啊？"她一下从桌上爬起来，四处张望，一低头发现口水淌了一大摊，简直……

"李纯洁！"这下她听清了，声音是从凌少办公室传出来的。

"到。"纯洁抱起一个记录本，抓住一支笔就奔跑着过去。

"怎么不敲门？"凌少板着脸问道。

纯洁愣住了，不带这么玩的吧，是你叫我进屋的，我来了，你还让我敲门？

"哦。"纯洁退了出去，重新敲门。

"进。"他一看到纯洁进来就又开始偷着乐，真是个幼稚狂。

"你过来！"凌少对所有人说话一向使用祈使句，有钱真好，可以想对谁跋扈就对谁跋扈。

"哦。"纯洁乖乖往前走了一步。

"到我身边来。"

"啊？"

"我说到我身边来！"

纯洁迟疑地望着他，发现他没有开玩笑的意思，才小心翼翼地走近了他。

"把眼睛闭上。"他淡淡地说。

"啊？"纯洁再一次惊住，什么操作？想亲我？疯了吧，把我当什么人了！真是后悔住了一晚豪宅后，又不争气地为了五斗米跑回来受这般凌辱。

"我说把眼睛闭上。"他强调。

纯洁纠结了一下,像待宰的小兔子一样乖乖地闭上眼睛,同时双手攥紧了拳头,她想好了,如果他胆敢再冒昧地对她动手动脚,她决定让他的眼角和自己的一样惨。

一秒,两秒……等她数到大约第十秒的时候,感觉他真的靠上来了,那种属于皮肤特有的温热在碰到她的时候变成了令人汗毛耸立的冰凉的感觉,她毫不犹豫地一拳打了过去。

真准,刚好一拳打在了凌少的眼角。

"啊!"他惊叫一声,捂住了眼角。

"疯女人!"凌少龇牙咧嘴地痛斥着她。

"你想干吗?"纯洁理直气壮地问他。

"给你擦药,蠢货!"他一脸的委屈,拿起药膏与桌子上的小镜子,小心翼翼地给自己涂了起来。

纯洁一惊,伸手去摸摸眼角,果然是黏糊糊的药膏,纯洁惊慌地往前走了一步,"对不起,对不起,我以为……"

"你离我远点!"他吓得倒退一步,差点一头撞到书架上方的雕塑摆台上。

"那你没事吧?"

"你一个这么瘦的姑娘,怎么有这么大劲儿?我长这么大,第一次挨女人的揍!"凌少像个孩子一样抱怨道。

她突然觉得好笑。

"那我帮你擦吧。"她殷勤地说道。

"真的?"他眼睛里有流星。

她没说话,警觉地望着他——她本来只是随口一说。

"还是算了吧,你这种女孩子笨手笨脚的,别给我擦得留疤。"他自己打着圆场,冷峻的脸上泛着一片红肿。

"你过来。"他继续说道。

这次没容她"啊"出来，他几步走到她跟前，把手中的药膏轻轻地涂在她的眼角上，那种丝丝的清爽，在她皮肤上冰凉地躁动着。

她后退了一步，心慌意乱地说："谢谢。"

"谁干的？"他问。

"没谁。"她依然守口如瓶。

"你说不说都一样，我早晚会查到。"

纯洁望着眼前这个飘忽不定的男人，心口突然一阵沉闷。

他什么都不说，却总是在某一个瞬间突然靠近你，又会在下一个瞬间拒人千里，她一直以为自己十分懂得与不同的男人相处的分寸，可还是在这个男人面前有些拿捏不好。

"想什么呢？"他俯下身子问，男性特有的温润气息抵达了纯洁耳边的碎发。

"没什么。"她习惯性地防备。

"确定？"他吃定了她一样反问她。

一股烦躁涌到了嗓子眼儿，纯洁往前凑了一下，两张唇几乎贴到了一起，她咬牙切齿："不确定。你到底什么意思？想撩我？"

凌少嘴角滑过一丝轻笑，俯下身子，双唇落在了眼前这个嘟起的嘴巴上，纯洁眼珠子都要瞪出来了。

没有拒绝，也没有尖叫，只是恶狠狠地瞪着他。

她在等一个答案。

她突然意识到，这长久以来的万恶游戏里，规则一直都是他定的，而她，哪怕有一点点不情愿的举动，都好像是剧情里设定好的挑逗戏份一样，这让她感到耻辱。

"只是关心员工。"凌少又是一笑，转身坐回了黄花梨木长桌前，心无旁骛地打开了电脑屏幕。

纯洁一个冷笑，牙齿里挤出四个字："谢谢老板。"

晚上，纯洁回到女生公寓，发现于秀花不在屋里，便给她打电话。

"这么晚了，你去哪儿了？"

"哦，纯洁，我在咱家附近吃卤煮，是Allen请客，你要不要来？"

"不去。"

"那你晚饭吃过了吗？"

"没有。"

"那你过来一块儿吃吧。"

"不了，我不喜欢吃卤煮。"

不喜欢卤煮是真，不喜欢那个连架都不敢打的男人也是真。

电话挂掉后，纯洁才发现自己真的饿了，最后一袋泡面已经在搬家之前被她扔进了酒店的垃圾桶，她以为当她住进了公寓，就会过上每天炒菜做饭的正常日子，但现在发现自己真是想多了，她每天早上只想多睡一会儿，每天晚上下班后就想往床上一躺什么都不干。

这大概就是北漂人该有的生活，那便是没有生活。

在床上蜷缩了一会儿，犹豫着要不要让于秀花带点吃的回来，但又想到她和Allen在一起就觉得讨厌，于是纯洁强行披上了一件卡其色风衣，随便穿了一双白色帆布鞋，裹紧了自己，晃悠到了大街上。

纯洁沿着地铁周边的小摊儿持续乱晃，路过皇冠酒店的时候，突然看到一个熟悉的面孔，她往前又走了几步，确认了这个人就是她采访过的女明星金希文，她和一个高高瘦瘦的男孩子面对面站着，笑的时候像个少女一样，她不得不感慨女人不管到了什么年纪，遇上爱情都像个小女孩一样充满期待。

本来要转身走开，但她惊讶地发现这个男孩子也是十分眼熟。

没错！是欧阳希。

他刚回来怎么会和金希文鬼混到一起？不是陆晨去给他接的机吗？他这会儿不是应该和陆晨在一起吗？

她快步走到光线比较好的一面，用手机拍下了他俩手挽手往酒店走的照片，然后果断地打开了与陆晨的对话框，就在点发送的一瞬间，纯洁突然犹豫了。

"傻货，干吗呢？"她在对话框里打给陆晨这样一句话。

"能干吗？"过了一分钟，陆晨这样回复她。

她迟疑了半秒，接着问她："嗯？"

"你有事？"陆晨回。

她愣了一会儿，目送着欧阳希和金希文走进了酒店门口，快步走到煎饼果子摊位前要了一个加蛋加肠的煎饼果子，手捧着一边吃一边往家走。

这个世界的落寞，也属于那些光鲜快乐的人。

她们也有不能示人的伤疤。

深夜一点多，纯洁突然惊醒过来，梦见手机有来电，强迫症似的偏要去抓来看看，一看发现其实没人给她打电话，倒是发现了两条未读的短信。

"纯洁，改天可以请你吃饭吗？"

"纯洁，一起吃饭聊聊，给你做清蒸多宝鱼。"

第一条是陈回发的。

他对她一直是客气的。

第二条是关伟发的。

他对她永远是直击命脉，志在必得。

"好，改天。"她回完就翻身睡去。

她给两个人回了同样的内容。

凌少表白纯洁
第十八章

第二天中午,陈回来到了纯洁的公司楼下。

显然,他早就知道纯洁并不想离开这家公司。

陈回看上去精神不错,他右手由于打架留下的那个伤口已经结痂了。

"不是说改天吗?"纯洁立在大厅里,无奈一笑。

"改天可以是任何一天呀!"他严谨地解释着,唯恐她又要灵机一动将他的小聪明一脚掀翻。

纯洁点点头,笑着说:"那走吧。"

陈回愣了有半秒钟才跟了上来,看上去他不太习惯她顺从的一面。

俩人去了公司附近一家吃小龙虾的大酒店,因为是中午,酒店餐厅里空荡荡的,没什么人,几张大圆桌在刺眼的灯光下稀稀落落地排放着,估计很多人来这儿只是为了住宿,很少专门来这儿吃饭的吧。

"换一家吧。"她说。

"为什么要换?"陈回诧异地反问,使劲把手中的菜单又翻了一页。

"这里一看就又贵又难吃。"

以前每次陈回带她去一个装修稍微好一点的餐馆,她都会这样要求他换一家。

陈回"扑哧"一声笑了出来:"不换了,就这家吧,你来到北京后,还没吃过小龙虾呢。"

"都说小龙虾是虫子,不是虾,不吃也罢。"

"不要在吃到小龙虾之前诽谤小龙虾。"他一脸的庄重与严肃,竭力地维护着小龙虾。

她忍不住大笑,那一瞬间放佛看到了以前在报社上山下乡为一条条新闻狂热奔走着的陈回,他以前就是这么妙语连珠,会对树上的柿子深情,会对野猪林里的迷彩猪圈深情,会对着一棵长在墙上的树猛拍上半天,那时他只是一个心怀理想的少年,在她眼中熠熠生辉,像是无所不能。如今他放弃事业编制的工作来到北京。这个城市高楼林立,万家灯火,他却只能蜷居一隅,小心翼翼,而那个当初崇拜他的姑娘,再也看不到他头上的光环,甚至对他产生了一丝犹豫,并心怀鬼胎地一言不合就拒他千里,还要想尽办法把所有的责任都推到他身上去。

想想也够倒霉的。

"你早上吃的什么?"陈回趁点好菜的空当,开始找纯洁搭话。

"还是煎饼果子。"她说。

"还是你公司楼下那个老太太家的?"

"对呀。就她允许我自带一个生鸡蛋打进去还不多加钱,其他家要么不给放,要么就要多收一块钱加工费。"她讪讪地说。

刚来北京时,每天早上她都睡到没有时间吃早餐,只能排着队一路换着公交挤着地铁,等从地下通道出来的时候,买路边老太太的一个煎饼果子,因为吃一个鸡蛋吃不饱,加两个鸡蛋又嫌贵,于是她和老太太商量,是否可以自带一个生鸡蛋,帮忙打进去,老太太欣然答应。

这真是个极善良的老太太,于是她每天早上都去她那儿买煎饼果子吃,可惜她的摊位不卖豆浆,她只能忍着噎,一路小跑着到公司喝一大杯水冲下去。

"对不起,把你带到北京来,却让你这么辛苦。"陈回脸一红,黯然说道。

"别瞎道歉。你不欠我什么,而且得多谢你把我带到北京,不然我自己完全找不到任何理由离开牧城那个鬼地方。"她赶紧安慰道,不自觉玩起了手机。

"现在你放下了吗？"他小心翼翼地问，顺手把纯洁眼前的餐具拿来烫了起来。

"你是指关伟？"纯洁没有一秒的犹豫。

陈回愣了一下，这个之前一提"关伟"两个字就要参毛的姑娘，似乎哪里发生了一点改变，他小心翼翼地点了点头。

"他也来北京了，而且在我之前就来北京了。"看到陈回一脸的错愕，她接着说道，"就是一个很偶尔的机会，碰到了一起，不过还没见过面，只是联系上了。"

袅袅茶气碰到嘴边，陈回皱起了眉头，他突然觉得不知道该怎么问下去才好，转身从身后的背包里掏出来一份报纸递给纯洁。

"这个给你。"

"什么？"她迟疑地接过来。

"自己看。三版社会新闻的头条。"

"啸天村的那个不作为的主任下马了？"

陈回竟然带来了最新一期的《牧城日报》，她简直又惊又喜，手指抖个不停，差点从座位上跳起来。

报纸的三版头条标题赫然写着：啸天村换届改选拉票黑幕，阔绰主任为当村支书送出60万"好处费"遭举报。

"便宜他了。我觉得他应该去死。"一阵欣喜后，落寞来袭，一想到那个无望而死的罗大爷，巨大的挫败感就会揪住她。

"纯洁，罗大爷的死，不是你的错。"陈回看出了她的心事，一语中的地安慰道。

"怎么不是我的错，要不是我接了邱老大的电话之后畏首畏尾地犹豫了几天，罗大爷不会那么绝望地喝药死了，我可能是他最后的希望。"

陈回笑了："我记得你刚来报社的时候，特别血腥，浑身都是杀气，你还在试用期的时候，所有看不惯的事都想曝光，但这个社会的生存规则不是非黑即白，有些事情之间盘根错节，有时候你帮一个人帮不到点子上，反而会害了他。"

"所以这就是为什么你能混得如鱼得水，而我只能落个被贬被辞退的份儿？"

"你想帮别人，首先你得有帮别人的实力。鲁莽硬上只能搭上自己。"

对着空气痴望了一会儿，她莫名其妙地点了点头，以前这样的话她怎样也听不进去，纯洁有一套自己的做人标准，而如今有了些经历与见识，默默学会了谦逊与收敛。

小龙虾上来了，一共十四只。

她伸手去戴手套，被陈回制止："你只管吃，不用你剥。"

陈回费了半天劲，总算剥出来第一只，递到她嘴边，她犹豫了一下，张嘴接住。

"好吃吗？"他笑着问。

"还成。就是肉有点小，吃不着什么东西。"纯洁吐了下舌头，被辣味催促着端起了手边的西瓜汁，大喝一口。

陈回哈哈大笑："这是最大号的了，小龙虾就是这样，肉没多少，就是吃这个味。"

然后陈回把十四只小龙虾都喂给她吃，等纯洁吃完擦嘴的时候，才惊讶地问他："你怎么不吃啊？"

"我不爱吃。"陈回说这话的时候，像个妈妈。

离开酒店，他们并肩走在街头。过十字路口的时候，他一把拉住她的手，看到她一脸的尴尬后，退而拽住了她的衣袖，小心翼翼地带她穿过马路，站在一个路边卖水的报刊亭前，问她要不要喝营养快线。

纯洁摇摇头，说："我现在都不喝营养快线了。"

半晌，他点上烟，自言自语地说了句："怎么办？纯洁，我还是很喜欢你。"

纯洁后背一凉，低头看了看表，快步朝公司飞奔："我要赶紧回去上班了。"

回到公司后,纯洁总觉得有件事忘了干,直到临近下班,才想起来是什么事。

"今天这顿饭花了多少?"她给陈回发消息。

"你别管了。"他秒回。

"你告诉我。"

"五百多。"

"天啊,你个智障。"

"谢谢你还能这么亲热地叫我。"

她从便笺里找到陈回的收款账号,转了两百五十块钱给他,半响陈回打电话来:"你什么意思?"

"这顿饭花太多了,还是AA制比较好,你刚来北京也不容易。"电话这头,她回。

"你非要和我算这么清吗?"陈回沉默半响,叹了口气。

"你是不是嫌二百五不好听?"她在这头哈哈大笑。

陈回没再说话,他好像觉得她的玩笑并不好笑,直接挂断了电话,不知道是对她失望,还是对自己失望。

"你跑哪儿去了?上班时间外出不需要请假的吗?"

纯洁被身后的声音吓得一阵惊悚,回身一看,是Lisa主编,她赶紧道歉:"对不起,对不起主编,我午饭吃得太慢了,耽误了些时间,下不为例。"

"你今天无论写到多晚,都要把金希文的那篇稿子改出来,改出来后发我预览,我看下没什么问题后,马上推出去。"

"主编,我已经写完了……"

"那篇写得不行!"Lisa干净利落地打断她,"马上看一下微博热搜第一的新闻,结合那个热点,调整一下角度,情绪尽量喷张一些,不妨使用脏话，我唯一的要求就是，一定要偏激，一定要快！"

纯洁一下蒙在原地，突然有了一种在《牧城日报》工作时，被主任一个电话打过来，随便套件衣服就冲进暴雪里抢新闻的感觉。

纯洁马上打开微博，热搜榜第一的新闻是：金希文出轨豪门丈夫的实习助理。

她震惊了，因为这很显然是一则不利于金希文职业生涯的新闻。

为什么每次传出来的丑闻，都是国色天香的女神和一些社会地位比较低的小男生勾勾搭搭，她们到底在想什么？

以金希文的条件，什么样的好男人她得不到？为什么偏要自我糟践？

更重要的是，之前的采访是金希文经纪公司花钱为了宣传新电影，可现在却要反过来写人家的坏话，会不会太不讲职业道德了啊？

"你还愣着干吗？没听明白？"Lisa主编突然又出现在纯洁的身后，一阵尖刻而严厉的指责迎面扑来。

"不是。主编，你确定要结合这则热搜来写吗？不会为我们惹来麻烦？"纯洁弱弱地质疑。

"没有麻烦。让你写你就写。"

纯洁长吸一口气："遵旨。"

热搜第二条是金希文老公蔡光正以亲笔信的形式亲自下场手撕"狗男女"，第三条是娱乐圈第一狗仔卢凯爆出的长达三分钟的视频猛料，视频全程都能看到金希文和一个特有型的男人谈笑风生，之后两个人一起进了一家高级酒店，从头到尾都看不到这个男人的脸。

脸都看不到，凭什么认定视频里的那个男生就是蔡光正的实习助理？

纯洁指间一颤，像是突然想到了什么，迅速滑开锁屏，翻到了那天自己偷拍的那张照片，长直发、驼绒浅灰色风衣、白色马丁靴、右手食指、中指、小指分别戴了一枚戒指……完全对得上啊，更重要的是，她拍到了欧阳希的正脸，而网上流出的视频全是背影。

晚上九点多，纯洁把修改完毕的稿子发到了Lisa主编的邮箱里，等待反馈时,她在落地窗前来回走动,思虑一番后,打开了陆晨的对话框,那张照片"嗖"的一声抵达了对岸。

一分钟后,陆晨打来了视频电话。

"哟,加班狗,这是还在公司呢?"接通视频后,陆晨迅速看清了纯洁的周边环境。

"你还有心情开玩笑啊,我发的图片你看到了吧?你家欧阳希出轨了!"

"你家欧阳希才出轨了呢!"

"恋爱中的女人,请你醒醒!见到棺材也不落泪啊,我发你的照片,你没看见?"

"我家欧阳希是个正统的男人,才不会和自己家的亲姐姐胡搞。"

"你说啥?金希文是欧阳希的姐姐?你疯了吧?一个姓欧阳,一个姓金,上哪儿弄血缘关系去?"

"拜托,我尊敬的新闻工作者,明星哪个会用自己的真名啊,金希文是艺名啊……话说你为啥跟踪我家欧阳希?"

"我没跟踪啊,我饿了下楼买饭吃,正好撞上……但是你想过没有,他们就算是亲姐弟,一起进了酒店也怪怪的。"

"李纯洁,你思想咋这么肮脏呢,那天欧阳希他姐知道他支教完来北京了,想把他爸从老家带来的一些衣服和特产拿给他,况且,我就在酒店对面打着双闪等他呢,我开车送他去的啊!"

"可……哎,你看到今天的微博热搜了吗?金希文被搞了。"

"啊,我没看啊!"

"那你先看……挂断吧。"

纯洁这边的视频电话刚挂断,Lisa主编的电话就打了进来:"稿子我看了,没什么问题,推了吧。"

"Lisa主编,你可以再给我一个小时吗?"

"什么意思?你要干吗?"

"我有猛料,但我不确定可不可以用,我要和一个人确认一下。"

"什么猛料?"

"Lisa主编,我来不及和您解释,这篇稿子我会用草稿的形式存好,然后另写一篇有新猛料的稿子,你到时看需要发哪篇。我觉得有新猛料的这篇阅读量可能会爆掉。"

"好,你马上写。"

陆晨看完热搜新闻后,马上给纯洁发来微信:"如果这照片你用得上就用吧,我家欧阳希就在我身边,他看完也很生气,我们一致同意你用,去吧,去匡扶正义,去找出真相。"

打开百度百科,搜索结果显示,金希文原名欧阳希文。

相关搜索结果,一堆金希文的老公蔡光正照片涌了出来,秃头、大肚、黄牙、油腻,眼神中透着一种难以说清的猥琐。这么一个比金希文实际年龄还小三岁的男人,外形看上去像金希文她爹。纵使全身上下都是阿玛尼、爱马仕,可一眼看上去还是很难下口。

太难以置信了,之前她总是听说金希文嫁了一个年轻有为的富商,没想到实际情况是这样的,娱乐圈的是非果然没有偶然。

像是被注入了一针强心剂一般,纯洁用了半个小时的时间,完成了新角度的稿件创作。

纯洁交给Lisa主编的第一篇稿子,标题是"那个买得起法拉利的男人,却买不到你的真心"。

纯洁写的第二篇文章的标题是"金希文出轨老公助理?背后的惊天阴谋连电影都不敢这么拍"。

Lisa主编看完之后,回了两个字:"推二。"

她当然会支持推第二个版本,独家、猎奇、角度刁钻全占了,第一个版本虽然也犀利,可所有的资料都是基于网上诱导,在偏激地发泄情绪,任何知道爆文规则的自媒体人都可以写出这样一篇稿子来,可对于想要靠一篇稿子爆掉一个号的野心来说,只能是独家的第二篇,才能实现。

晚上十点，稿子正式推了出去，Lisa主编告诉纯洁，明天会给她一个大奖励。

纯洁一晚上都辗转反侧，时不时地翻看着阅读量，等阅读量破8000后开始几万几万的飙升时，她确认自己写出了这个号自接手以来唯一一篇"10万+"。明天会飙到多少？留言板里已经涌入了两极的情绪，有对真相的唏嘘，也有对她三观的谩骂。

为什么有人会觉得金希文出过轨，就活该一辈子被打入十八层地狱？为什么会无视她老公为了让她净身出户而派狗仔跟踪拍下来这么乌龙而可笑的"证据"？

"纯洁。"晚上十二点多，于秀花叫醒她。

"嗯？你才回来啊，都几点了？"纯洁搓搓眼睛，迷茫四望。

"嗯。你趴在客厅睡着了，这样会着凉的。"她递给纯洁一件迷彩大衣，帽子上扎着一圈劣质毛毛。

"哦。又和Allen出去了？他也回来了？"纯洁站起身，把衣服还给她，突然想起什么，问道。

"Allen不住公寓，他自己租了一套单身公寓，什么都有的那种，洗澡上厕所都不用排队，特别好，还养了一只猫，叫Box。"

"你跟他回家了？"纯洁惊道，跟着于秀花往卧室走。

"你别乱想，只是去看看而已，他劝我也搬出来自己住，但我没有那么多钱，他那套公寓每个月要花八千块钱，实在是太贵了，都是CBD周边的高级白领和金领才住得起的，有电梯，楼层有三四十层那么高，早上可以看到北京初升的太阳。"

"陆晨给他开多少工资？他怎么能承担得了这种价位的房子？"

"这个我不知道，员工之间谁拿多少彼此之间都不清楚，陆总不说，我们也不想多问，反正每个人都是满意的。但Allen除了在我们酒吧做店长，还在健身房做健身教练，专门给阔太太上私教课的那种，收入应该挺多的，我猜他还是负担得起的。"

"原来北京租房这么贵啊！"

"那可不，陆总能管我们住，已经是为我们省去了很大的花销了，员工都很感激她，不然就凭我们的条件，交完房租手里根本剩不下几个钱的。"

"那咱住的这套合租公寓，租金得什么价位？"

"咱这套我不知道，但附近有个地产中介公司门口挂着一个牌子，我瞄过一眼，和咱们这个户型差不多的，租金差不多是四千块钱到六千块钱。"

"这么贵？"

"那当然了。"

纯洁突然想到每个月只给陆晨三百块钱房租，禁不住为自己没见过世面的小气感到可笑。

"以后离他远点。"纯洁长吸一口气，话锋一转。

"啊？谁？你说Allen吗？为什么啊？"

"不为什么，你离他远点就行了，这种肌肉男，八成就是骗子。"

"那他骗我什么呀？"

"骗老女人钱，骗小姑娘感情。"

"哦。"她点点头，突然又喃喃地嘀咕了一句，"那我也没什么好骗的呀，没钱没貌的。"她拿着手里的奶黄色小茶杯贴着嘴唇抿了一口水，又凑过来问："纯洁，你说我是不是应该减减肥呀？虽然我个子不会再长了，但要是能瘦下来，也许看上去会像陆晨那样娇小可爱呢！"

"娇小可爱不是你的风格。"纯洁打了个哈欠，懒懒地说道。

"那我应该走什么风格呢？"她一脸认真地问。

"憨厚风。"纯洁哈哈大笑。

于秀花愣了一下，也跟着大笑，喃喃自语："我觉得我确实应该减减肥，听说身材好一些的女孩，赚钱的机会会比较多。"

纯洁没再回话，给自己身上盖了被子，沉沉睡去。

第二天一早，纯洁换了两次地铁、一趟公交车，花了两个小时，勉强在九点前赶到了公司。

"纯洁！纯洁！"何琪小声地喊着她。

"你快看看打卡器，我迟到没？"纯洁急切地问她。

她瞄了一眼记录，又咬了一大口鸡蛋灌饼，满嘴是油地说："没有，没有，刚刚好。我跟你讲，梅汐汐今天来公司了。"

"哦，她不是每天都来的吗？"纯洁恍惚了一下。

"哦什么哦啊，她不来你还能放松一点，她一来，你就剩惭愧的份儿了，人家现在做的那个号阅读量巨好，可以想来就来，想不来就不来，微信上讨论讨论选题就行，不像你，一接手那个情感号，阅读量就没雄起过，你文笔那么好，咋回事啊……不对，我不是要跟你讨论工作，我是说，你的情敌来了，当心啊！"何琪提醒着她。

在纯洁来公司之前，何琪一直坚信凌少第二喜欢的人是她，在纯洁来了之后，她用了很久才勉强接受了她被纯洁挤到第三名的事实，在她看来，梅汐汐第一，纯洁第二，她第三。

纯洁当然知道她的逻辑，看脸看家世。何琪发现敌对纯洁没有任何意义，况且她也无法在相貌上取胜于纯洁，于是索性一心想着帮纯洁与梅汐汐一争高下，万一纯洁一争气赢了，她也好沾点光，像梅汐汐那种总把全世界都看成自己应得的富家女，是不会感激任何人的。

"谁稀罕啊！行了，我为了不迟到，早饭都没吃。一会儿我还得偷偷溜出去买点早点吃，你帮我打掩护啊！"

"得嘞。不过你真得争点气啊，不然我为你做这么多，一点光都沾不到，实在是划不来。"

"争气，争气，放心吧。"纯洁敷衍着，穿过格子间的走廊，快速地坐到位子上，忍不住朝会议室瞥了一眼，丧气地按下了笔记本电脑的开机键。

一分钟后，纯洁的胃饥渴难耐，翻滚着、催促着，向她提出了最后的忠告，纯洁左右环顾了一下，又偷偷往主编室看了一眼，没发现任何异常，大喜，赶紧夹上一沓文件假模假样地往门外走。

"去哪儿？"

Lisa主编永远都是神出鬼没的，像极了中学时期的班主任。

"主编，我昨晚加班晚了，今早时间没掌握好，没吃上早饭，有点饿……"

"去吧，快去快回。"

没等她支支吾吾解释完，Lisa主编就痛快地放行了，脸上还挂着慈祥的笑容。

哇，今天主编的心情不错啊，更年期的女人也不是一直都那么难缠的，嘻嘻。

"这就走了？"何琪朝她挤眼睛。

"对啊！"纯洁冲她坏坏一笑，示意让她按下开门键。

纯洁刚一推门，一只大手先她一步按在玻璃门上，"去哪儿？"

是凌少。

"啊！凌总，她要出去送文件。"何琪简直吓傻了，迅速撇清自己的责任，抢先替她回答。

纯洁呆呆地点头："对对，我要出去送文件。凌总早。"

说完就要推门快逃，凌少走上前，拽了拽衬衫领带，淡淡地说："巧了，我也要下去一趟。"

何琪朝她挤了一下眼睛，目送二人并肩离开。

"你干吗去？"从里边走出来，凌少不动声色地问。

"我……出去送文件去啊！"纯洁只好硬着头皮回答。

"我看下。"他竟然一把将她手中的纸夺了过去。

这下完蛋了。

"你打算买房子？"他看着文件中间夹放的几张卖房广告页，吃惊地问。

"不不不，我怎么可能买得起北京的房子，超级无敌小的也得三五百万一套呢！"她开始恨自己没脑子，随便抓了两张A4纸，竟然把那些地铁口接的卖房广告一块儿给夹了出来,还敢撒谎说送文件……

"哦。"他没有挖苦,也没有深究。

"你是要去吃早饭吗?"他接着问。

纯洁惊了,但还是赶紧否认说:"不是。"但看到他了然一切的坚定,她不得不硬着头皮承认了事情的真相。

"你被我抓住了,这个月全勤奖没了。"他一下看穿了她的心思。

"事已至此,那我就不客气了。"纯洁气哼哼地加快了脚步。

"你干吗去?"

"去吃早饭。"

"带我一起。"

纯洁没想到,凌少没和她开玩笑,他真跟着她一块儿来到了公司附近的早餐摊儿,但他和那儿的气氛特别不搭,倒像是一个要来查封早餐摊儿的执法人员。

"大姐,老样子,豆浆里给我多加一勺糖,你家的糖一点都不甜。"纯洁自如地点完餐,然后拿了个马扎坐下来,跟坐在学步车里的老板娘儿子逗起了乐子,小家伙张着双手恳求她能把他从小车子里救出去,但她无视了这一点。

"李纯洁,你应该点双人份。"凌少尴尬地站在一旁,半蹲下来,直勾勾地盯着她静静说道。

纯洁迟疑了一下,发蒙地说:"我只带了一人份的钱,谁知道你一个大老板都需要蹭饭啊!"

"别这么抠门儿。"他嘴角一笑。

"我不抠门儿能行嘛,人穷志短。"

"你很快就要有钱了。"

"什么?"纯洁一听这赤裸裸的利好消息,突然精神抖擞了起来,"老板,你真的要给我涨工资?还是说给我调到一个高薪岗位上?哇,老板你太好了,谢谢老板。"

纯洁一激动，当众给凌少鞠了一躬。

"你想多了。"凌少毫不迟疑地打破了她的加薪梦。

"那还让我请客！"纯洁气哼哼地自言自语，不情愿地转身和老板娘说，"老板娘，再加一份，跟我的一样。"

"不是的！不太一样，我的不要糖。"凌少在一旁镇定补充。

什么？有钱人的口味真是淡啊，豆浆不加糖还有灵魂吗？上流社会要的少盐少糖把饮食的乐趣都给整没了，真够无聊的。

"李纯洁，你在想什么？"凌少见她愣在原地，低下头凑到她的耳边问道。

"没有没有。坐啊，您坐。"纯洁从身后拿了一个马扎递给他。

凌少皱着眉头看了半天，从左口袋掏出了一个叠得四四方方的方巾，小心翼翼地垫在上边，老板娘端油条上桌的时候，刚好看到了这一幕，笑得山响。

"这个豆浆不纯。"他用一次性的塑料小勺尝了一口，讪讪地说道。

"三块钱一碗，你要多纯的？肯定兑水了呗。"纯洁端起碗来就喝下一大口，然后把一大截儿油条撕到碗里浸泡了一下，带着豆浆大口地吃进嘴里，满足地咀嚼。

"你用手撕完不会满手油吗？你应该让他们切好，然后用筷子夹着浸泡。"他吃惊地看着她，并尽量用他良好的修养纠正着她。

"我不用别人教我吃饭。"纯洁不管不顾地继续手撕着油条，甚至忘记吃店里送的免费小咸菜了，她太想快点结束这顿奇怪的早餐了。

"你吃好了吗？"纯洁抹着嘴，起身要结账。

"我来买单。"他站起来，打开一个棕色的爱马仕钱包，抽出一张一百块钱，递给老板娘。

纯洁掏出二十块钱将他的钱挡回去："你带钱了啊？说好了我请的啊，我来吧。"

一向嫌弃她总不带零钱的老板娘也不知道吃错啥药了，瞥了她一眼，笑眯眯地选择了接过一百块钱，然后翻着零钱篓找钱。

回公司的路上凌少拦下她，郑重地解释说："是我害你丢掉全勤奖的，所以这顿饭理应我请，我们扯平了。"

"嗯，差不多就行了，谢谢凌总。"纯洁客气回应。

凌少抿了一下嘴唇，顿了一下，又问："咱们公司的全勤奖是多少钱？"

"两百块钱。"纯洁冲口而出，说完就后悔了。

"那我赔你全勤奖。"凌少又一次掏出钱包，认认真真地抽出两百块钱递给她。

她惊住了，气得嘴都歪了，"老板，不要这么客气，我是穷，但这两百块钱的遗憾是我自作孽，认倒霉，和您没什么关系！"

"这么通情达理？"凌少憋着笑。

"那当然。我格局很大的。"

"哈哈哈哈……"这张禁欲脸终于忍不住大笑了起来。

他俩一进门，刚好和Lisa主编迎面撞上。

Lisa主编看了一眼纯洁，又看了一眼凌总，嘴角又是一抹笑："开早会了，李纯洁，赶紧去第一会议室。"她顿了顿，又柔弱有礼地试探凌少，"老板，今早的早会需要您列席参加一下。"

"哦？不需要了吧？你们自己处理就好了吧？"凌少的推辞不是很坚定。

"不，需要的，这算是咱们涉足自媒体事件以来的第一个里程碑式事件，老板出席一下，好振奋一下员工的士气，让公司员工知道公司决策层对自媒体部门的重视。"

"好的！"凌少爽快答应，走向第一会议室的时候，身形轻快得像是放学归来的小学生。

他确实挺想亲眼看看纯洁一会儿拿到奖金时欣喜若狂的小财迷似的样子，可中层的早会他从未参加过，突然出现会显得有点怪怪的，得亏Lisa主编的提议,让他顺势不情愿地"下凡"一下。

以Lisa主编的情商,她当然知道如何让老板"不情愿"地去做自己十分想做又不太不好意思说出口的事。

金希文事件的反转稿,截止到上午十点多,后台显示阅读量已经达到了"900万+",纯洁直接傻在原地,她知道自己写出了"10万+",但还没来得及去后台看一下最终数据,光顾着想如何溜出去吃早餐了。

"900万+",天哪,我就是个奇迹!我是怎么做到的啊!

"单篇文章实现涨粉三万多,公司经研究决定,特此奖励李纯洁五万元现金,以资鼓励,大家鼓掌!"

没有掌声,所有人都愣住了,何翩然最先回过神来,伸出长臂猿似的双臂,用掌声打破了被惊讶冰冻住的空气。

紧接着就是如在云端的不真实。

纯洁一下子从座位上站起来,直勾勾地望着Lisa主编,小心翼翼地嘟囔:"主编,我有一个不情之请。"

"你是功臣,说吧,我尽量满足。"Lisa主编看她呆头呆脑的模样,忍不住想笑。

"你可不可以再读一下,我没听清楚奖金的金额。"

Lisa主编愣住了,继而"扑哧"笑了出来,"奖金是五万元人民币,奖金会在下个月初跟着工资一起发给你。"

"哦。"纯洁晃了一下脑袋,继而回过神来,赶紧大声说,"谢谢,谢谢主编的栽培,谢谢同事们的信任,我会再接再厉的!"

"不,Lisa,你现在就去财务那儿吩咐出纳去取五万块钱的备用金出来,下班之前就交到李纯洁手上。以后这种类型的奖励,公司都会采用现兑方式,你只要做到了,公司就会马上给到。"凌少从座位上缓缓站起,掷地有声。

"老板万岁!"纯洁兴奋得从座位上蹦起来,甚至萌发出了冲过去一把抱住凌少猛啃一口的冲动。周围所有同事也开始起哄,Lisa主编的脸上滑过一丝不易察觉的愠怒,之后又是一张融入群体的笑脸。

纯洁一下班就去对面银行的自助存取款机上把钱存上了,五万块钱的现金啊,这是她这辈子第一次拿到这么多钱,如果让她揣着这么多钱坐地铁回家,她得紧张死。她要让这些钱一分不差地全部进入自己的账号,这样做她才觉得,天上掉的馅儿饼确实砸在了自己的脑壳上。

为了确保整个过程万无一失,她恳求何翩然站在自己身后,帮她全程看护周围的环境。

"存好了?"何翩然问。

"存好了,存好了,走,请你去吃哈根达斯,双球!"

"不,我要三球。"

"你不怕拉死啊!"

"我拉死也不会错过这个宰你的机会。"

"哈哈哈,本暴发户今天心情好,一百块钱以内的东西可以任你宰割,放马过来吧!"纯洁大笑,突然急刹,"你确定下周一就不来了吗?你看这个行业的机会还是很玄乎的啊!我写的东西比你差多了,不还是爆掉了一篇吗?你把辞职报告撤回来吧,我们一起继续找馅儿饼吃啊!"

"不,严格来说,不是你爆了文,而是Lisa主编一手炮制了一篇爆文,只是让你去执行罢了。那个号的定位太不自由了,确实不适合我,你可塑性好,人也乖,留下来前途一片光明。我想好要自己写号了,这个决定不会变。"

"承认我很优秀会死吗?文章明明是我写的呀!"

"文章是你写的,但没有Lisa主编的成全,那篇文不可能爆出来。"

"我靠,你再这么说下去我要生气了啊,你到底想说什么?"

"唉,幼稚的小屁孩。我比你进这个圈子早两年,还是了解一点圈里的内幕的。金希文和Lisa主编是多年好友你知道吧?"

"我知道啊,但Lisa主编看上去并没有帮金希文的意思啊!微博热搜爆出金希文出轨的消息时,她都让我直言不讳地去写,而且还是在金希文已经给过商务部投放费用的情况下,我看不出任何姐妹情谊来。就算有,也是塑料姐妹花。"

"你错了,幼稚!你觉得Lisa主编从业这么多年,行业口碑怎么来的?她会做出这么不专业的事情来?金希文那几天来公司找过Lisa主编,虽然只身过来,戴着大口罩,但Lisa主编安排我给她倒茶时,我就认出她了。"

"我去,为什么让你去倒茶啊。何琪部门没有人了吗?"

"这就是Lisa主编的谨慎之处。她不喜欢何琪,你应该看得出来,而且她忌讳何琪的大嘴巴,新媒体部唯一的男丁就是我了,况且我归她管,平时话也少,我自然就是她招待私密朋友的最佳人选。"

"既然这件事需要保密,她们为什么不去金希文家啊,找个咖啡馆也行,来咱公司多惹人耳目。"

"幼稚。金希文出了这么大事,还敢叫外人回家?狗仔都在她家趴窝准备找到更一手的素材搞烂她,这个时候Lisa主编如果被拍到去了金希文家里,我们出品的一切文章都不会被公众接纳,大家会觉得我们就是金希文的喉舌。公众场合更危险,不受管控,碰上的陌生人是敌是友,她没把握。我猜让她来公司直接谈的主意,一定是Lisa主编出的,毕竟我们公司是整栋别墅,不必经过电梯间给别人认出她的可乘之机。"

"我发现你竟然十分聪明。那她来找Lisa主编干吗来了?"

"肯定是拿着猛料来商量如何反转了。"

"可Lisa主编什么都没给我啊!"

"这只能说明一点。"

"什么?"

"说明她们原本定好的计划,应该是分阶段实现。理论上,她们会安排两篇文章。第一篇,就让你和其他自媒体从业者一样,从网上烂大街的现有材料中找个角度,出来的文章显然对金希文没什么好处。然后把素材给到你,再写一篇大反转。"

"你这个推断说不通。"

"哪儿不对？"

"我如果是Lisa主编，我会在所有人推攻击文的时候，第一时间拿出手里的新猛料，上来就写一篇逆势而上的反转文，这样效果更好。不然刚写完骂人不要脸的推文，接着又给人家洗白叫冤的，那不是自己打自己脸吗？"

"你这么说倒是有一定道理。那……我觉得还有一种可能。"

"什么可能？"

"第二篇反转文，Lisa主编并没打算让你写，或者说，压根儿就没打算发在同一个公众号上。"

"你是说……梅汐汐？她本来要加持的爆文选手是梅汐汐？"

"没错。你采访金希文的稿子她迟迟没有发出来，不是一直让你等时机吗？很有可能是，金希文已经察觉到她丈夫为了让她净身出户，正在派私家侦探跟踪她，所以她在这个时候以软文投放的形式找到的自媒体大亨Lisa主编，让她帮忙想办法，如何在舆论上让她老公彻底完蛋。你上次去采访金希文的时候，是不是和Lisa主编分头去的？"

"是分头的去的啊，我们一个住北五环，一个住东三环，也不顺路，确实没必要先接上我再一起过去啊！"

"这都不是重点。重点是，你到金希文家中时，是不是Lisa主编已经在那儿了？"

"是。"

"这就对了！她们在你到之前已经想好对策了。可你突然交给她一份重要猛料，以她对你的了解，这事必须改变原计划，顺水推舟成全了你。"

"……我一直以为Lisa主编是真心带我的。"

"没什么真心不真心的，你对她来说，只是工作的一部分。两篇热点稿分给你和梅汐汐两个人来写，相当于同时押注，只是更多地倾斜给了梅汐汐。不过这也好理解，梅汐汐和大老板的关系基础更牢固，而你，只是一个公司的新人。"

"我没听太懂。"

"不,你听懂了。何琪整天在你耳朵根磨来磨去的小话是真的,你一直都知道,就是不愿意承认。大老板就是对你有意思,全公司上上下下,就算是傻子都能看出来,何况是Lisa主编这样的职场人精。不管传闻中梅汐汐和老板的婚约是真是假,但她和老板的关系不一般肯定是真的。所以,Lisa主编只能同时押注你们两个,不出意外,你们两个总有一个会上位,会成为总裁夫人,她对你好一点,那她之后成为公司常务副总裁的可能性就更大一点。她直接跟已经在公司混了那么多年的大坤哥硬碰硬并不占优势,毕竟,她只是一个根基不稳的空降兵。"

"这么一大盘棋?"

"你以为这算得上什么?只是人家职场争斗中的一点小策略而已。兄弟走了,你以后要独当一面了,小心行事,别实心眼儿得吓人。职场只是职场,同事也只是同事。"

"我谢谢你啊。我倒是觉得你能写推理小说了。"

"不不不,公众号就不是一个适合写小说的平台,这也是你为啥总爆不了文的原因。两个出路,要么写实录类,要么就写女性骂渣男的无脑鸡汤类。"

"那你打算写哪个?"

"当然是先写鸡汤文了,我要充当妇女之友了。实录类和知音体一样,让我鄙视。"

"鸡汤啊……"

"有谁能一上来就想写什么写什么啊!写成大号了有钱了再说。"

"那你一开始的收入来源怎么办?"

"五百块钱有五百块钱的活法,五万块钱有五万块钱的活法,只要能填饱肚子,不死终会出头。"

"太热血了,哥们儿!我竟然在这一瞬间选择支持你了。姐姐我有钱了,需要支援就说话!"

"不需要，五万块钱捂好，谁借也不要给，有了这五万块钱，你后边的日子就好过了。"

从地铁的最后一站出来，还沉浸在何翩然的公众号运作逻辑中的纯洁，心不在焉地低头看了一下手机，刚好有一条短信冲了进来：我大概真喜欢上你了，你考虑一下。

她差点一头撞门上。

消息是凌少发来的。

纯洁在公寓楼下买了一束花，卖花的老太太告诉她这是洋甘菊，看上去淡黄淡黄的，只卖十块钱一束，老太太要回家了，说是处理价。

拿回家的时候，纯洁才发现她根本没花瓶。

"秀花，你有没有花瓶？"她朝着正在洗手间蹲便便的于秀花喊道。

"没有呀，收到花了？"她竟然拉开一条门缝想要偷偷看看。

"快关好，臭死了。"纯洁立马制止了她的不当行为。

于秀花收拾好就冲了出来，端详着纯洁手中的那束洋甘菊，突然愣愣地问："你买花了？"

"对啊，你……有没有擦屁屁？"

"啊？我当然有擦啊……你怀疑我……我跑出来只是想看看是什么花，远远看上去很温暖。"

"你不觉得咱们家不像个家吗？"

"可这本来就不是咱们家啊！"

"房子是租来的，生活可不是啊，以后我们轮流做饭好不好？"

"当然好，我会做很多重庆菜！"

"我刚好爱吃辣。"

"纯洁，你是不是谈恋爱了？"她突然问道。

"怎么突然这么问？"纯洁完全被深藏不露的于秀花给惊到了。

"因为你今天说话特正常，完全没有骂我。"她一本正经地说。

纯洁从床上蹦起来:"我以前经常骂你?"

"也不能说是骂,就是不好好说话。"

"我以前是这样的?"

"你一直这样啊,这样也没什么不好,你很有个性啊!"

纯洁叹了口气,转身去厨房拿了一把大剪刀,把于秀花喝剩下的半瓶雪碧倒进了三个碗里,然后把大雪碧瓶剪成了波浪形的花瓶,把花安顿好。

于秀花最近确实在减肥,但这个笨女人竟然还要喝碳酸饮料,节食受的苦全白遭了。

纯洁躺在床上,盯着那条短信发呆,过了好一会儿,悻悻地转向秀花,说:"我给你做个测试好不好?"

"好啊,正好饿得睡不着。"她从被窝里露出半个脑袋。

"假如啊,假如有人和你说,他大概真的喜欢上你了,是什么意思?"纯洁假装音调平和,隐藏内心的鸡飞狗跳。

"纯洁,你是怎么了?"于秀花快速地翻动眼珠,答非所问。

"什么怎么了?"纯洁故作镇定。

"你可不是第一次谈恋爱了,怎么会问出这样的问题?我没谈过恋爱都觉得你的问题很幼稚啊,如果你实在想知道,你可以去问陆晨啊,她什么都知道。"她抻着脖子,试图从纯洁身上发现异样。

"睡吧。"纯洁往上拽了拽被子。

"我真是蠢到家了!"纯洁暗骂一声。

周末,陆晨叫纯洁去酒吧玩,反正纯洁在北京也没什么交际圈,索性去她那儿发会儿呆也好。灯红酒绿见浮生,这是时时提醒自己还年轻的最好办法了。

欧阳希也在。

他看上去晒黑了一些,戴着鸭舌帽的样子更加嬉皮冷酷,他抱着吉他在调音,右手中指、食指和小指上依然分别戴了三个戒指,看着纯洁进来朝陆晨打了招呼,他继续和身边的两个男生搭档说着什么。

"呀,我的头牌来了。"陆晨激动地从旋转楼梯上飘然而下,项链上挂着一个像玻璃的东西。

"你这是戴了个什么?"纯洁好奇地问。

"我正好要向你炫耀,玻璃球里边住着我家欧阳希。"陆晨骄傲地指着。

纯洁仔细看了一下,玻璃球里有一个木头雕出来的立体欧阳希,抱着吉他唱着歌。

"这个不错啊!"纯洁笑了。

"那当然了,我们是同款的。"说着陆晨就指着欧阳希脖子上的项链,纯洁远远一看,发现也是一款玻璃球,里边住着的是他自己。

"这不对吧,他里边不应该住着你吗?"纯洁在陆晨耳边小声嘀咕。

陆晨脸色大变:"对啊,我怎么没想到呢!"

说完就气冲冲地跑到表演区,找正在录直播的欧阳希理论去了。

远远的,纯洁看到欧阳希放下了手中的吉他,用手指轻轻地点了一下陆晨的脑门儿,陆晨一下倒在了他怀里,软绵绵、甜滋滋,像个没脑子的糯米卷,两个人黏在一起,琴声在陆晨脚底呜咽,五彩斑斓的彩灯打在两个人的脸上,他们看上去依然有趣、恩爱有加,就像他们之间从未有过任何过节一样。

纯洁在吧台一屁股坐下来,才发现谢雨霏不在。

"那个调酒师没来?"她一把拽过正在忙活着的于秀花问道。

"有一周没了。陆总说她是花架子,手艺不行给开了,但是我是听说,其实因为她想找一份新工作,自己辞职的呢!"于秀花俏皮地朝她挤着眼睛。

晚上九点多,陈回晃了进来,纯洁一眼就认出了他,不由自主地赶紧把目光转向窗外。

"嗨。"他还是主动坐了过来。

"你也来了啊！"纯洁寒暄着，掩饰不住内心的紧张。

"对，我在这里开了一张会员卡。"

"这里一张会员卡要多少钱？"

"九千九百块钱，可以用很久，还有很多赠送，很划算。"

"九千九百块钱？你脑子有毛病吧？一定是被陆晨坑了，她刚开业，根本就没卖出去几张，就你冤大头。你的新工作顺利吗？"

"就那样吧。"

"做什么呢？"

"是一家读书类的新媒体大号。现在纸媒一个萝卜一坑，效益也不好。做公众号的公司却在高薪招人，我不太想写公众号推文，和我性格不搭，但现在也只能先凑合一下了。"

"哦，其实写公众号推文也蛮有意思的，写得好不好，数据马上就能反馈出来，不像我们以前在报纸上写稿，好坏也没个反映。"

"这些数据和流量反映的不是我们写得好不好，而是我们有多俗，有多言不由衷，有多没底线！"

"你对公众号写作是不是有什么误解？也不全是这样的，我们也可以通过平台以最快的速度传递真相。"

陈回不说话了，他不愿意和纯洁谈工作，他不认可她说的一切，可也不能硬顶着和她吵起来，反正，他知道自己这份工作干不长久，他原先想找个高薪工作的初衷只是让纯洁知道自己有能力养她，只是想让她放心，他没在意过自己喜不喜欢这份工作。可现在，这一切没有了意义，因为她不再需要。

"你现在还好吗？缺钱花吗？"他终于想到了一个新的话题。

"不缺。我最近运势不错。而且陆晨给我提供的女生寝室的房租只要一点点，我大部分收入都可以攒下来。"

他又不说话了。

"你和谢雨霏还好吧？"纯洁故意和他聊他根本不太想聊的话题。

陈回明显吃了一惊，往自己杯子里加了点酒，缓缓地说："雨霏住在咱俩原先住的出租屋里，我搬出去了。"

"为什么？"纯洁吃惊地问道。

"我们不是只在冷战吗？万一你决定跟我在一起了呢？"陈回反问。

纯洁不敢说话，和陈回面对面坐着的时候像是隔着一条河。

"我们不算是彻底决裂了，对吧？"陈回突然抓住了她的手，恳求她给他肯定的回答，她却把目光望向了别处。

"那就算你默认同意我了吧。第一，我们没有彻底决裂，我肯定不会做对不起你的事。第二，雨霏一直生活在一个小县城二十四年，从来没有离开过家，她大老远一个人从牧城跑到北京来投奔我，这是她这辈子第一次离开小县城，不管我喜不喜欢她，我总要给她提供个住处。"陈回继续解释着。

"不会做对不起我的事？"纯洁重复着陈回刚才的话，从牙缝中挤出冷笑，割裂了空气中的温存。

"对。你去上海出差的时候，雨霏确实来过我们家，她喝醉了，我把她安顿好，就各自睡了。"

"怎么个各自睡法？同一张床？同一个被窝？你知道我对自己的床很敏感，但凡是有人坐过我的床，一个褶子，一点点味道的残余，都会被我闻出来，所以我看得出来，那几天你根本没有动过我的床。那么，就一张单人床，请问你们怎么睡的呢？"

"是……我不会让任何人动你的床，我知道你最恶心这一点，但我并没有和她睡同一张床，她睡床上，我在地上打的地铺，谢雨霏也觉得我傻得够呛，有床不睡，偏要睡地上。但你的感受对我来说更重要，你明白吗？"

"我的床单和被罩你洗过了吗？"

"什么？"

"我问，你给她用我的床单和被罩洗过了没有？我相信你没让她碰过我的床，但你打地铺用的是自己的床单和被罩，我的床单和被罩你应该是拿给她用了,她睡完后,你帮我洗过了吗?"

"没有,她只用了几个晚上,再说,是用的你备用的那一套。"他开始心虚了。

"也就是,我第二天晚上回来的时候,从橱柜里拿出来的所谓的新床单和新被罩换上,其实是另一个女人睡过的床单、盖过的被子?"

陈回一下愣住了,他没想到她会问他这个,他措手不及,一瞬间好像认为自己真的做错事了。

"对不起。"他只好说。

"我无所谓的。"纯洁起身,去找于秀花挂了账,朝门外走去。

陈回追了过来,"我送送你好不好?"

"怎么送?"

他又愣住了。

"陪你坐地铁可以吗?"他还是不死心。

"等你有车了再来说送我。"纯洁夹紧风衣朝着地铁口迅速走去,湿漉漉的眼角被风吹得干涩得发疼。

这次他没有再追来。

关伟爆出跳湖学妹死亡真相

第十九章

就在纯洁拿到五万奖金的当晚,梅汐汐陪凌少出国了。

就在何琪发出红色警报,提醒她上位无望的时候,她终于愤愤不平了起来。

只是,她气的好像不只是凌少带着名义上的未婚妻出国,而是凭什么这对狗男女如此毫无人性。

一个走之前留下这么一条似是而非的表白短信给她就此杳无音信,另一个更可恶,只是因为出个国就可以不写推文了?

Lisa主编不是说只要地球不爆炸,公众号作者就不放假的吗?

梅汐汐的公众号成了一个半转载半原创的号,别人出差、回家、过节、参加婚礼,都得带上电脑保证不断更,梅汐汐倒好,只要不在公司,她的号就会自动变成一个转载号,她的小搭档夏未来会异常勤奋地到处要白名单,手法之娴熟,动作之干脆,完全不用梅汐汐去后台看一眼。

而纯洁,却要在何翩然已经离职的情况下,每天都要做到日更。

起初,她每天都是恨何翩然恨得要死;后来,她每天都是想选题想到疯。

别人的心愿都是风调雨顺、国泰民安,而她每天都在盼着娱乐圈地震、路遇奇葩在打架,赶上有符合自己定位的热搜,阅读量就会有保证一些,赶上某几天热搜榜全是鸡零狗碎、不值一写的消息,她就无比想死。

每天都在为阅读量而焦虑,是公众号作者的通病。

她觉得,Lisa主编带她炮制完那篇爆文之后,并没有带来继而的爆发性增长，除了商务刊例的头条报价从五千块钱终于上涨到一万块钱，还多了一些忠诚度很低、一言不合就要在留言板上开骂，骂完就取关的坏人外，她写稿的痛苦一点都没有减少，她想死的时刻一秒都没减少。

每当想死的时候，她就会开打开何翩然的微信聊天界面。

李纯洁："兄弟，干啥呢？"

何翩然："还能干啥，吃泡面，想选题呗，要不要一起尝尝贫穷的滋味？"

李纯洁："兄弟不必客气，小妹正是在这般滋味中浸泡，都是过来人，倘若你需要，我会帮助你。"

何翩然："果然是共患难过的好兄弟，怎么帮？"

李纯洁："大四那年，我和男朋友去威海旅游，花掉了我的奖学金和生活费，口袋里只有五十块钱，当时的局面是，还要再等一周才能放假，这时我灵机一动，含着热泪写下了一份价值万元的生存攻略——《如何用五十块钱活过一周》，现在我决定免费送给你。"

何翩然："……"

李纯洁："不必感激我，好兄弟就是要在贫穷的时候互相扶持一下的。"

何翩然："大恩不言谢。只是，这种连旅行都要女朋友买单的渣男，请问你是在哪儿找到的呢？"

纯洁在电脑前跳了起来——我去！何翩然杀人于无形的功力，非但没有因为贫穷而锐减，反而在贫穷的烈焰中愈发狂热了起来。

太猖獗了！

几秒钟的心口痛后，纯洁迅速在手机上做出了回复："何翩然，我给你十秒钟后悔刚才冒犯我的话，否则我准备借给你一千块钱，帮你熬过去的想法可能要在十秒钟后破灭了！"

"不需要。我有好选题了。爆掉请你吃爆浆大鸡排，十块儿。"

"你疯了吧？有选题饮水饱？"

何翩然没再回复，每当进入写作状态的时候，他听不到任何人说任何话。

纯洁回到电脑屏幕前，敲字的手指像是魔怔了一样，在后台的编辑框里打出来"完了完了完了"，她实在是写不动了。

一天写一篇短篇小说，让她感受到了被人强行挤奶的难堪。

是有那么一些死忠粉在催更，可阅读量依然很惨淡，后台粉丝已经接近十五万了，只要一不写热点，阅读量多数时候连一万都不到，每当她看到大量的营销号与鸡汤号随便写点矫情易消化的东西就能轻松来一篇"10万+"的时候，就会感到无比恶心。

她又拨通了何翩然的视频电话。

"你干吗？我正创作呢，挂了挂了。"何翩然接起来的时候，一脸的不耐烦。

纯洁的脑袋往镜头前一凑，赶紧拦着："别别别，翩然大爷，您听我说，不管您今天写啥，都给我开个白，我实在写不出东西来。"

"行行行，写完我整理一个作者简介给你，你得给我带上来源，规规矩矩地转。"

"没问题，职业操守姐姐还是有的。"

等待的期间，纯洁低头看了一眼那条似是而非的表白短信，出了一会儿神。

桌上的电话响了起来。是于秀花。

"你现在能不能来酒吧一趟？"于秀花小心翼翼地问。

"是陆晨出什么事了？"纯洁低下头，一只手捂住话筒的声量，快速往会议室走去。

"不是陆晨，是你。"

"我怎么了？"

"关伟在酒吧前台坐着呢！"

"关伟？"

"对，是他。"

"那……他是消费者……想消费就让他消费吧,我管不着。"

"不是,他向我打听你。"

"打听我什么?说我不在,很忙,今天的更新还没写出来呢……"

"纯洁,是我。"

纯洁哽住了,话筒那头,突然换成了关伟的声音,这个没用的于秀花!

"不忙的话,晚上来酒吧坐一下吧,我等你。"

"我很忙。"

"那是需要我等到几点?"

"算了,晚上七点半见。"

"好的。"

"慢着。"

"怎么?"

"单你买,提前说好。"

"当然……"

挂掉电话后,迎面撞上在饮水机旁假模假式地倒水的何琪。

纯洁知道,她常年通过这种方法窃听会议室里那些躲躲藏藏见不得人的秘密,然后把这些秘密无偿分享给需要的人,以期获取盟友的信任。

"你连我都监听?"纯洁恶狠狠地瞪着她。

"不是,不是,自家姐妹,我怎么会呢,你误会了。我这次是真渴了,就是这个窃听信息的臭毛病一时半会儿不好改,顺便听了听。"

"你听到什么了?"

"我听到你晚上有个约会啊!"

"嗯。"

"你这样不好吧?老板刚出国,你马上就红杏出墙,他会不高兴的吧。"

"我出什么墙了我,不要瞎讲……他高不高兴和我有什么关系啊,我们之间又没什么关系。再说了,他不是也带着别的女人出国了嘛!"

"你看,你看看。"

"有毛病啊。看什么看！"

"暴露了吧，你吃醋了。"

"滚。"

"你就是吃醋了，我都能拿你蘸饺子了。"

"你闭嘴！"

"你没必要吃醋，我给你一粒绝密安心丸。老板带梅汐汐这趟外出，十有八九是公干。机票是我们部门订的，去英国的不只是老板和梅汐汐两个人，还有商务部高涵宇和法务总监林中宣，我虽然不知道公司在英国还有什么业务，但你想啊，情侣旅行会带这么多电灯泡吗？肯定是公务，法务一般不会轻易出动，一旦出动了肯定就是公司的大事，我猜带高涵宇是为了业务谈判，带林中宣是为了规避风险……只是我唯一不明白的，为什么带上梅汐汐这样的花瓶啊，老板应该喜欢你更多一点才对啊，为啥不带上你出国趁机升温一下呢？"

"好了，你不要和我讲这些了。我不爱听。"

"那你晚上洁身自好啊，不要乱搞，搞坏了名声传出去老板会株连你的九族的，富二代都很变态的。"

"闭嘴吧！"

"好好好，我闭嘴……但是你晚上到底和谁吃饭啊，买个单还要提前说好，现在的男人撩女人也太不自觉了。"

"一个渣男。"

回到工位，何翩然的推文已经写好了——《买了一支口红，男朋友说我败家》。看到标题，纯洁就知道是一篇恶心的讨好女生的文章，她不明白何翩然为什么在现实生活中如此理性冷漠，写出来的文章却是如此卑微不堪。

管他呢，反正我写不出来，转之。

复制、粘贴、格式刷刷格式，文末加作者简介、文章来源，一气呵成，设定时发送。大功告成后，纯洁背上帆布包，径直奔向了驶向酒吧的地铁。

关伟坐在酒吧最角落的一个位置。小食盘里只放了几片奥利奥饼干。那个修长消瘦的身影,她曾在梦里无数次梦见,此时看到他靠在椅背上旁若无人地玩着手机,她突然觉得这好像不是自己一直在找的那个人。

"你从哪儿搞的饼干?"

她一屁股坐在了关伟的对面,嘴巴使劲咧了咧,可始终没有像提前想好的那样,朝他递过去一个毫发无伤的洒脱微笑。

关伟愣住了,本能地先把手机收好,羞涩一笑,说:"我自己带来的。"

"敢情你坐在这儿什么都没点?服务员都没赶你走?"

"于秀花是你舍友,她认识我,给你面子。我想等你到了再点吧,我也不知道你想喝什么。"

一股冰凉的记忆沿着血管直上脑门儿,纯洁突然发现,以前在大学里和关伟约会,每次都是她来点菜,她来点喝的,她来负责查旅行攻略,关伟每次都是徒手出席,遇上不满意的安排还会不留情面地批评她。

"我告诉你,今天必须你买单。"纯洁一边用食指重重地敲了一下菜单,一边再次提示他。

"我知道,我知道,你点吧,我买单。"关伟两颊一红。

当李纯洁不再娇羞可爱,他就失去了应对她的自如常态。

"一杯曼哈顿,一杯血腥玛丽,外加一个大果盘,一份坚果拼盘,隔壁烧烤店再帮我们要十个生蚝、三十串羊肉串,全部加重辣。"纯洁举手,过来点单的刚好是于秀花。

关伟瞪大了眼睛,他当然不明白为什么一向不吃辣的纯洁,突然变得这么凶狠。

"好的,尊贵的客人。但温馨提示一下,血腥玛丽里有胡椒粒,一向不碰胡椒的您,确定要自我突破一下吗?"于秀花俯下身子,嬉皮笑脸地提示道。

"谢谢您。血腥玛丽是给这位先生的,我喝曼哈顿。"纯洁挑了一下眉毛,解释道。

"啊？你确定？曼哈顿可是很男性化的哦！"于秀花再次提示道。

"少废话，你这个服务员话很多呀！这位先生比较娘，做事情却很血腥无情，他刚好配得上血腥玛丽。"

这下于秀花听明白纯洁话里有话了，赶紧道歉，连连退下。

此时关伟的脸已经黑成了一堵密不透风的水泥墙。

"纯洁，好久不见，何必一见面就这么羞辱我。"

"我？羞辱你？"冷笑一声，纯洁摇头，"不不不，我哪羞辱得了您啊，您腿多长啊，跑得比兔子还快，兔子跑起来还能蹦蹦跳跳给人看个背影呢，您就是化成一阵烟消失于无形的妖精、恶魔、王八蛋。"

关伟鼻头一酸，眼睛泛红，凝望着对面这个陌生又熟悉的姑娘。

他知道她恨他，但他不知道她恨他恨到这副样子，他甚至后悔自己主动邀请她出来坐坐了。

"干吗不说话？你倒是反驳啊！"纯洁眼圈也红了，原先设想的优雅、大气在这一瞬间全崩塌了。

委屈就是委屈，憋在心里久了，她都以为自己早就不委屈了，可当有一天洞口斜进来一缕阳光，一个人站在上边喊一声"下边有人吗"的时候，她突然想大声哭出来了。

洞口的人没有问"你还好吗"，也没有说一句关心的话，只是在洞里沉寂太久了，底下的人早想发出那一声哀号，给世界一个"我一直都还活着"的有力证明。

"纯洁，你想骂就骂吧。"他说。

这句话她实在是太熟悉了，以前两个人站在操场上争吵，她声嘶力竭，希望得到一句解释，他常常面无表情地说出一句"你想怎样就怎样吧"，然后扭头就走，跑步的同学像一阵风一样从她身边呼啸而过，她会跟着人家跑起来。

第二天她又会像一个没事人一样站在关伟的寝室楼下等他一起去吃早餐。她把初恋看得太过重要，要用尽全力把初恋变成自己一辈子的终极选择，可初恋只是初恋。

多数人的初恋，只是一场遗憾。

而她的初恋，更是荒诞一场。

那个时候她学不会好好说话，也不懂得好好放手，总是在感情出现危机的时候假装什么都没有发生，一味地纵容对方、麻痹自己。

想必关伟那个时候也并不快乐，即便他是被爱得更多的那一方。

"你叫我来是想要干什么？"

她突然平静了下来，托着脸蛋的那只手，偷偷蹭掉了眼角的泪水。

关伟双手交叉，看着她，又低下头，说："学校那个学妹的死，和我有关。"

纯洁一下从悲伤中惊醒："哪个学妹？跳湖淹死的那个？姚海燕？"

"对。但事情不像她家人想象的那样。我愿意把这一切告诉你，因为你毕竟是我最重要的人……至少曾经是。这些年我背负着这份压力生活得并不好，我也不是没心没肺的人，我当时并不想丢下你，实在是没有办法。"

纯洁皱起眉头，眼泪不争气地又要往外涌，她努力长吸一口气，力求把这些稀里糊涂的泛滥情绪强行压下去。

"那个学妹在你之前就追过我，喜欢我的年头比你都长，但我对她无感，后来就公开和你交往了，她知道你，但还是不死心，一如既往地往我教室里送吃的，她认识我寝室里的每一个人，我后来就认她做了妹妹。"

"妹妹？为什么我不知道你一直有个'披着妹妹皮的小情人'呢？"

"纯洁。我承认那个时候我比较贪心，因为你一直不喜欢和我好好沟通，什么事都让着我，我从我们的感情里得不到任何互动的快乐，其实我也很苦恼。这个学妹总是在我不开心的时候突然出现，把一包薯片、一瓶酸奶、一支带万花筒的幼稚圆珠笔塞到我手里，还会拉着我去打台球，她台球打得很好……"

"所以，你是让我来听你说你的劈腿对象比我有多优秀的吗？"

"纯洁。我不是这个意思。我说的是，学妹让我去她的公寓楼找她，让我帮她安慰一下她弟弟，她说她弟弟高考没考好，在家待得快抑郁了，跑来找她散心，让我过去开导开导他。"

"你和她弟弟认识吗？为什么偏偏要叫你？"

"我也纳闷儿，但她说她把我的照片给弟弟看过了，还说过她喜欢我，所以弟弟平常在家都会叫我'姐夫'，她说有些话只能男人和男人说，再加上平时她帮我太多了，我只是帮她安慰一下弟弟，就可以还她一个人情。我当时觉得只是一个小忙，就同意了。"

"那她勾引你都得逞了，为什么还要自杀？"

"纯洁，你不要这样说她，死者为大。"

一阵悲伤再次扼住了纯洁，她猛喝了一口曼哈顿，威士忌的威力从喉管慢慢流入胃里，胸口的灼烧感愈演愈烈。

她没再说话，白皙的脖子开始泛红。这些年纯洁太习惯这种处境了，明明自己是被伤害的那一个，到最后都会变成最不讲理的那一个。

"对不起！"关伟意识到自己的语气过头了，他接着说道，"那天我到了她的公寓后，发现她弟弟并不在家，她说可以在她家里等会儿，然后她突然就蹿到我怀里哭，说自己最近也不顺利，想报考加拿大的一所高校去读研，结果雅思只考了四分，学校要求是六点五分以上，本来家里什么都给她准备好了，这下折在雅思上，还不知道怎么和家里说。"

"我不想知道这些细节。你说的这些和我有什么关系吗？"

"纯洁，我想告诉你的是，你记不记得那天我们在湖边聊天，我突然收到了一条消息，那条消息就是那个学妹发的。这一切都发生在那条消息之后，其实我本来是要回去找你的，我知道你执拗，肯定还在湖边生气，但学妹她不让我走，我那个时候也很担心你，我陪了她一会儿后还是坚持要回去找你，她在门口拉着我不让走，说家里有摄像头，如果我今晚不留下来陪她，她就把我曾在她公寓里抱着她的监控录像发给你。我一直觉得她是一个心思单纯的女孩子，那一刻发现她简直心狠手辣，而且我最讨厌被别人威胁了，就强行下楼，她还是死拉着我不放手，我本能地用力甩开了她……"

"她母亲到处宣扬女儿非自杀，而是因为一男子在这之前对她动手，给她造成了精神创伤才跳湖的，你就是那个间接杀人犯？"

"我没有！我没有对她动手，我承认那天为了着急回去找你有些冲动，但也只是用力地甩开了她，她摔倒在楼梯上。她母亲拿着这段视频找了警方，警方看完之后认定不构成立案证据。我知道，法律上我虽然并不用承担什么，但道义上还是要对学妹的家人进行精神抚慰，所以，我这一年多工作的大部分收入托赵晖给她家人带了过去。"

"赵晖和她什么关系？"

"赵晖的爸爸和学妹的爸爸是好朋友，我和学妹认识，也是赵晖有一次强行拉着我陪他去打台球才认识。"

"学妹父母知道你？"

"知道。"

"那他们不会找你算账？"

"找了，不停地打骚扰电话，还找了黑社会的人威胁我，我的手机号码已经换了不下五次了。"

"为什么学妹跳湖的当天晚上，你就连夜逃走了？"

"那天晚上我确实回去找你了，那个时候已经到了寝室楼马上要关门的时候了，结果发现你已经回去了，我往回跑的时候，听到身后有人喊我，我一回头，发现学妹朝着我笑，笑得人毛骨悚然，然后她一头栽到湖里去了。我不会游泳，当时也很害怕，就直接跑回寝室哭着给我妈打了个电话，我妈让我赶紧包东西去实习单位，交代我没人问就当不知道，有人问什么也不能说。"

"你妈就是这么当妈妈的？"

"纯洁，我告诉你这一切，就是希望你放下，我没有不去找你，是事发突然。"

"关伟！你不觉得你是一个杀人犯吗？"

"你以为我这几年的日子好过吗？我经常晚上做噩梦梦见学妹，她临死前那个毛骨悚然的笑将毁我一辈子！我不冤枉吗？凭什么别人喜欢我，我就一定要接受，一旦不接受，对方出了事，所有的责任都变成了我的？这对我公平吗？"

"你没有责任吗？男生去女生的家里意味着什么，你自己不清楚？看到她跳湖，就算你不会游泳，你的第一反应不应该是喊人吗？为什么要连夜离开？你是有多自私，多没人性！"

"你有没有想过，如果我那天喊了人，全校都会知道我和学妹肯定有什么，一个女生为你男朋友殉情，到时候你不会变成一个被所有人耻笑的笑话吗？"

"我谢谢你！我真是太谢谢你了，这种时刻都在为我着想，你是怕自己被周围的口水射成筛子吧？那个时候你但凡顾得上我，至于一个电话都不打，一条消息都不回，连夜就空了号？说得可真好听啊你！我怎么能爱过你这样一个人渣！那个叫'围观'的公众号是你的吧，你这么内疚，这么为别人考虑，为什么还能旁若无人似的把整个案发过程剖析出来博人眼球？人血馒头换来的'10万+'阅读量很爽吧！垃圾！"

关伟颤抖着双唇，脸色发黑："我们学新闻的，没有代表作，还怎么找工作？"

"所以，你从头到尾都没去过上海，毕业后去上海工作只是你妈交代给你的一个说法，她是怕我跑去上海找你，纠缠你，对吧？"

"我妈妈那个时候对你有偏见不喜欢你，我本来是想在北京安定下来，再偷偷把你叫过来一起奋斗的，因为那天晚上我妈直接从老家来北京，她在北京站等着我，我没有办法带你。"

"我都没有见过你妈妈，我怎么招她了，她就对我有偏见？"

关伟哽咽了："对不起，我妈妈看到我和你的毕业旅行合影后就生气了，我当时也没有好好解释这件事，是我谈恋爱一直瞒着她，是我的不对。"

"呵，有点好笑。儿子谈恋爱，妈妈生气。我看不是生气，是吃醋吧？原来你不但是个杀人犯，还是个巨婴、妈宝男呢！我真是谈了一个宝藏前任！"

关伟猩红了眼睛,放在桌边的手颤了两下,突然跳过去扑倒了纯洁,两只手紧紧扼住了纯洁的咽喉,疯狂叫喊:"婊子,婊子,你为什么不理解我,你为什么不理解我,全世界的人都不理解我……"

纯洁扑腾着,脚下抽搐了几下,熙熙攘攘的人群声在耳边交织着。

一个大耳光甩了过来。

"醒醒,快醒醒……"

长长的睫毛下,这双眼睛终于睁开了。

"怎么是你?"纯洁长吸一口气缓了过来,感觉做了一个去了另一个世界的梦。

"怎么不是我?要不是我今天一时兴起来店里看看,你现在早就被关伟活活掐死了。这变态不是疯了吧?光天化日之下在我店里杀人,就算不爱你了,也不至于要杀了你啊,靠,你这都找了些什么玩意儿!"

"关伟人呢?人去哪儿了?"

"刚才被我们合力拿下,现在被Allen送到派出所了,他这就是故意伤害罪,判不了刑也得拘他几天,太猥琐了,等他放出来,找几个人打断他的狗腿,老老实实在家里抑郁而死得了,别阴魂不散出来祸害你。"

"你赶紧给Allen打电话,让他放了关伟吧,这事就算过去了。"

"李纯洁!你知不知道,对变态仁慈就是对自己残忍,想想农夫与蛇的故事,你好好想想,你不趁机让他知道你不好惹,过段时间他肯定还会用别的什么方法来骚扰你,万一再起杀心怎么办?"

"他不是想杀我。"

"我服了你这个脑回路,在别人那儿都挺理智的,怎么到了关伟这儿就整天犯糊涂?他不是想杀你,他掐你脖子干吗?要不是我们来了,他能停下来?说不定那时候我一进门看到的就是你口吐白沫了,几个小姑娘一起上都拉不动他,这种男人很危险!醒醒吧,我的姑娘!"

"我以后会小心的。麻烦你给Allen打电话,按照我说的做,算我欠你一个人情。"

陆晨翻了一个白眼,两手一摊,拨通了电话。

"你先起来吧,喝点水缓缓。"陆晨不情不愿地打完电话后,发现纯洁还在地上瑟瑟发抖,赶紧扶她起来招呼服务员给她倒了一杯热水。

纯洁捧着那杯热水,袅袅热气遮住了她脖子上深深的勒痕,一个人望着水面发呆,突然又抻直了脖子,朝向身边的陆晨问道:"我就是有一点没明白。"

"什么?不明白什么?"

"我把关伟来找我说的内容都讲给你,你帮我分析分析。"

陆晨拧着眉头听完纯洁的陈述后,大喊狗血。

"你控制一下情绪。我就是想问问你,你说关伟消失了那么久,为什么第一次见面就非要和我讲这件事?虽说这件事多多少少跟我沾点边,但他也没必要一五一十地讲给我听,他还是对当时一声不吭地离开我这件事在意的,对吧?他说这一切的原因都是为了解释当时为什么突然离开,对吧?"

"对你个大头鬼啊,你怕不是疯了吧?他刚才差点掐死你啊,你现在竟要想方设法地原谅他?他不是掐坏了你的脖子,而是掐坏了你的脑子!"

"那你说,他和我说这些是为了什么?"

"为了什么?你用脚底板想想都知道,他最后掐着你的脖子说的什么话,他恨的是全世界的人都把他当杀人犯看,他觉得说给你听,肯定能得到一丝理解,甚至还可能替他说两句'公道话'来安慰一下他,但你还是和其他人一样刺激了他。你以为他是在和你破镜重圆吗?他从头到尾说过一句这样的话吗?大傻妞!麻烦你醒醒,他只是在寻求自我安慰,但最后一丝希望也破灭了,只好恼羞成怒!他还是一如既往的自私自利、丧心病狂!"

窗外不知道什么时候飘起了雨点,一只流浪狗披着湿漉漉的毛发从房檐下走过,它好像知道有人正在凝望它一样,突然在路的尽头回眸一望,眼中盈盈有光,像雨水也像泪水,这丝不易察觉的悲悯从狗眼中释放出来显得格外凄凉。

纯洁踉跄到门槛旁,直了直身子,突然大声喊:"那只狗在看我哎,你们快看!"

一夜后，于秀花一鸣惊人

第二十章

第二天上午，纯洁请了病假。

她总感觉身子像一个发酵失败的面团，凑不成整，却也蓬松不了，就这样死气沉沉地压在盆底，无用而惆怅地向上仰望着。

她不确定自己是真的病了，还是自己太过矫情，非要用大病一场的方式去祭奠死去的初恋。

她不明白，为什么别人说起初恋都是眼中有星辰的怀念，而自己说起初恋，现在只会觉得毛骨悚然。

失去期待的滋味，像是被人抽空灵魂的空壳一般，她穿着睡衣躺在床上久久回味，却发现自己好像什么都想不起来，就只有一阵又一阵的悲伤，如电击她的胸口那般。

挣扎着醒来，浑浑噩噩地睡去，她当然记得那天在昏迷中潜意识里看到的那张清秀的少年脸，想到这里，泪水就又涌了上来。

她快要被自己的软弱与不争气淹没了，她烦得要死。

"纯洁！你今天回来得这么早？你们的Lisa女魔头今天心情这么好吗？"于秀花一回来就站在镜子面前左照右照，看到纯洁蒙头躺在床上，便笑嘻嘻地调笑，见纯洁毫无反应，便歪着脑袋往纯洁被子里张望。

"你怎么了？我的天呀！"于秀花蹑手蹑脚地拉下纯洁的被子，猛然看到了一张红肿、疲惫、毫无生机的死鱼脸。

"你真是瘦了一些了，下巴都尖了。"纯洁努力挤出一丝笑容，食指颤颤巍巍地伸出去，有气无力地勾了一下于秀花的下巴。

于秀花一把攥住纯洁的手，"我去，你有点烫啊，生病了？你今天是没去公司吗？吃饭了没有？"

纯洁不说话，只是眼睛里亮晶晶地看着她笑，用这种微笑说着无声的"不要"。

"纯洁，不是我说你，你在谈恋爱这方面真是一点长进都没有哦！从前失恋什么样，现在就什么样。而且还是被同一个人伤的，你自己说值不值当？我反正说不出什么大道理来，我现在打电话给陆总，让她来陪你聊聊天，舒缓舒缓情绪，我去给你找布洛芬缓释胶囊和退热贴去，热退下去后再看你情况，不好的话，还是得送你去医院的。"

"花花，别打。陆晨今天要过来的，被我撵走了，我和她说过没事了，就别再折腾她了。"只有在求她的时候，纯洁才会叫她花花，这一点，她和陆晨的操作手法完全一样。

"可你又不听我的啊，我肯定得叫陆总过来的。"

"你别打！这样吧，你帮我贴个退热贴，然后去厨房帮我煮碗泡面吧，我饿了，吃饱了啥事没有。"

于秀花怔了怔，将信将疑地拖着长音说了声"好吧"，这时敲门声突然响起。

二人对视一番后，"两脸雾水"不知所措，于秀花突然意识到很有可能是陆晨自己找上门来了，欢天喜地地去开门。

一个身材瘦小、眉眼冷清、烫着方便面头的男人一下晃了进来。

"你是谁？我告诉你，我男朋友在的……他在洗澡……我男朋友很壮的……"于秀花马上意识到自己开门开得太草率了，都没从猫眼里看一下，就放进来一个略显猥琐的男子，怕不是要上门抢劫的。

"你的男朋友叫李纯洁？"男子镇定地回击。

"啊……你、你是来找纯洁的吗？你认识我们纯洁？"于秀花还是横在走廊中央，试图拦截住来历不明之人，突然一股炸鸡的浓重香味飘满了整个房间，沿着这股邪恶的香气，于秀花锁定了他手中的两个包着白色油纸的大袋子。

"所以，你是？"她语气立马缓和下来，防备心瞬间被炸鸡的香味击得七零八碎。

"李纯洁，大鸡排吃不吃？"男子在门口高举起手中的两个袋子，大声朝里边喊道。

纯洁立马坐直了身子，歪着脑袋确认道："何翩然？"

"是哥哥我。"何翩然答应着，坏坏一笑，挑衅般贴着于秀花的胸脯一晃而过。

于秀花的眼球差点掉在地上，她万万没想到，自己竟然有点喜欢炸鸡味儿的男人。

"哟，状态不怎么对啊，生病了？"何翩然笑嘻嘻地调侃道。

"明知故问。"

"我给你打电话你也不接啊，问公司同事，说你今天请病假了，得亏何琪垂涎哥的美色，不然都骗不出来你的住址。鸡排这玩意儿，冷了就不好吃了，哥们儿我为了保温，一路捂过来的。"

"那你捂哪儿了？"纯洁马上上下打量了起来，何翩然穿的是一件卫衣，貌似除了拉开拉链捂在胸前，完全没有其他地方可以护得住这么大的鸡排。

何翩然像是看透了纯洁的心思一样，顺势指了指自己的胸前，"自然是这儿了。"

"滚，拿走，谁爱吃谁吃，都让你给捂出味儿来了。"

"得得得，我开玩笑的，带着哥们儿体香还不好？我放帽子里了，不信你闻闻，到现在还有孜然味儿呢！"何翩然赶紧收住，翻起帽子要自证清白。

"本宫在病榻之上，不便动身子。花丫头，你代本宫闻一下。"纯洁像是某宫难缠的娘娘附了体。

"愣着干吗？"纯洁朝于秀花招呼了一下。

于秀花左右看了一下，半张着嘴巴，弱弱问道："花丫头，是我？"

"放肆，不是你是谁，快去，本宫饿极了，等着验毒完毕好敞开肚皮品味一番饕餮。"

"哦。"

于秀花慢吞吞地走到何翩然的正面，刚要俯身下去，发现这个动作竟然有点像是要亲吻一样，动作戛然而止，从脸颊红到了脖子。

"干吗？"何翩然也开始不自在，马上后退一步。

"你俩有病吧？又不是让你们相亲，搞得这么纯情干吗？速度速度，迅猛，迅猛啊！"纯洁猛咽了一下口水。

于秀花冲着帽子猛吸了一口，像《西游记》里专吸人精气的女妖怪一样贪婪而认真。

"怎么样？"纯洁迫切地问。

"味儿！太味儿了！"这一闻差点把于秀花的魂儿给勾走。

"那便是极好的，花丫头拿去，娘娘赏你的。"纯洁扔了其中一袋给于秀花，自己拿起另外一袋，抽出大鸡排就野蛮地啃了起来。

半个鸡排下肚后，饥饿感放开了她，智商迅速回归了大脑，她满嘴泛着油光，一边被辣得直乱叫，一边警惕地白了一眼何翩然："说，为什么要突然讨好我？到底有什么事有求于我。"

何翩然坏坏一笑，从桌子上抽了一张纸巾递给她，"哥小爆了一把。"

"啥？"纯洁一时没反应过来。

"我说那篇口红推文，小小地爆了一下。都有六家商务加我约档期了，说好的，爆了请你吃大鸡排。"

"现在小号爆文章都这么容易了？你这是走了什么狗屎运？"

"小号爆出来从来都不容易。不是有你的神助攻吗？你转载的那篇文章已经'10万+'了，你有带文章来源，那些营销大号顺着来源找到我，我给他们——开了白，顺利涨粉快一千了，这篇文章在我的号上阅读量都已经有两万多了，这对一个只有百十来号粉丝的起步账号来说，妥妥地爆款的迹象了。我趁热打铁再推几篇热点，往其他几个平台上发一发助助力，争取这波最后的涨粉数据过万。做公众号，到一万粉丝量就是第一个门槛，过了这第一个门槛，哥们儿有可能会越做越顺。"

"我去，你这什么狗屎运，我感觉你写得很庸俗啊！"

"你感觉怎样并不重要，重要的是我踩到点儿了。前段时间，大火的小鲜肉褚宇凡上了一档综艺节目，讨论了口红与败家的问题，刚好他最近有部院线电影大火，电影火就带动了很多大号开始发他的人物稿找流量，人物稿通常要搜集大量事件性片段串联故事，所以我分析他讨论口红的这篇稿子，就被一部分有良媒体写上来源拿去用了，另外一部分无良媒体直接把观点提出来用了，总之各种机缘巧合，各种点子正，爆了一把。最重要的，还是得谢谢你的神助攻啊！"

"我……真是天理难容，这个号可是第一次转载啊，之前都是一个字一个字敲出来的纯原创啊，到你这儿就爆掉了？"

"中等量级的号爆东西还是容易的，没有你的转载，我就算踩中了各种可能，也不一定能被爆出来，毕竟能看到的人太有限了。"

"这种稿子都能爆出来，怕不是现在大家的鉴别力太差了吧。"

"李纯洁，不要人身攻击啊，你客观地想一想就能得出正确的结论，不是这个世界上大多数人的品位太烂，而是你写的东西没有落到大多数人的共鸣区。换句话说，就自媒体传播的效果来说，你写的东西非常之差，不符合自媒体的传播习惯。"

"我信你才怪！"

"你看看你，你要虚心听取我的成功经验，然后找出自己不足的地方，怎么能一味地侮辱成功人士呢？"

"滚，赶紧滚，我已经控制不住我的嫉妒心了，我太生气了！"

"那我带着我的大鸡排一起滚吗？"

"不需要，大鸡排留下，你独自滚！"

何翩然伸出舌头扮了个鬼脸，吹着口哨做了一个拜拜的手势后，走了。

纯洁低头看了看油腻腻的双手，抓过大鸡排又是一顿猛啃。

她困惑了。昔日战友、今日哥儿们杀出了一条"爆文"路，她本应该为他感到高兴的，但她一点都开心不起来，她不是嫉妒，只是困惑，困惑这个世道的成功法则，有点畸形，有点不走正道，这样无脑地煽动女性像寄生虫一样花男人钱的文章，为什么有那么多女孩会喜欢呢？

她点开何翩然的公众号"翩翩女子"，点开那篇文章，清一水的留言都在骂渣男，还有的读者让人头皮发麻地叫着"翩然哥哥"。

为什么何翩然可以知行不合一到如此自然的程度？他是怎么做到的？他不是一向吃鸭血粉丝汤都要坚持和同事们AA制的男人吗？为什么要在文章中说出"我这种男人赚钱就是为了给女朋友花"的鬼话？难不成，他对待女性朋友和女朋友的差别真的很大吗？不应该啊，毕竟这小子到现在连个女朋友都没谈过呢。

女朋友都没有过一个，恋爱都没谈过一次的臭小子，偏偏在网络世界上是一堆小妹妹小姐姐的情感导师，你说滑不滑稽？

呵。

于秀花把何翩然送下楼后，回来看到纯洁发呆了一会儿后突然又冷笑，被吓得后背发凉，小心翼翼地从镜子前转过身来望着她问道："你在想什么呢？热有没有退一点呢？"

"你确实瘦了不少呢！"纯洁一下回过神来，望着站在镜子前扭动腰肢的于秀花夸道。

为了让大家更直观地肯定她的减肥效果，她只穿一件修身的旗袍，外边包着一件长款驼色羽绒服，帽子领上围着一圈兔毛，这是她来到北京后给自己添置的第一件衣服，花掉了两千多块钱，这是她第一次穿这么贵的衣服。

还好这钱没白花，这么一打扮，浓妆艳抹后的一个回眸，颇有几分动人。

"是吧？是吧？我已经连续一个月没有吃过晚饭了，终于见到成效了！"于秀花立马冲过来，指着那一袋大鸡排说，"我就咬了一口，你看，我多自律啊！"

"可以可以，只是听说女性节食减肥，不该瘦的地方也会缩水，所以……"纯洁盯着她，挑了挑眉毛。

"就还好，毕竟咱底子好。"于秀花也冲着纯洁挑了挑眉毛，明显她是在说，"瘦"死的骆驼比马大。

木讷、简单的于秀花，自从去了酒吧打工之后，好像舌头也变利索了。

那天晚上，三个姑娘在女生公寓下的大排档坐着，围着一个炭火火炉吃着烧烤，这家老板早就习惯了营业到半夜，只是纯洁打电话把陆晨喊来表示要吃烧烤的时候，于秀花有点焦虑，因为她不能吃晚饭，虽然她可以拒绝大鸡排，但她完全不能拒绝烤肉。

"身材没什么大问题了，还好你没有减掉不该减的地方，但是……"陆晨一边给扇贝翻个儿，一边卖着关子。

"但是什么？快说啊！"于秀花一下急了。

"但是你的头发真是太难看了，毛茸茸一大把，像一堆稻草。"陆晨比喻得特有画面感。

"可我发质天生就这样啊。"于秀花有点沮丧。

"那你看纯洁的头发好不好看？"陆晨用下巴点点纯洁。

"好看，好看，太有女神范儿了。"于秀花忍不住摸了一把她的长发。

纯洁把吃完的扇贝壳扔一边，在炭火上烤着手，笑着说："别听陆晨的，你这样就很好，很有特点。"

"但是男人可不会这样想。"于秀花突然抬起头，讪讪地说道，"你们可不可以陪我去做个发型？"

"我可没空。我跟我家欧阳希的蜜月都还没度完，就被李纯洁这个扫兴的单身狗抓来街头吃烧烤，你们净拉着我干一些不符合我富家女身份的事。"陆晨说着，托起了下巴。

"你自己去呗，做发型的时间太长了，味儿也大。"纯洁也赞同。

她们虽然看上去和于秀花是好姐妹，但谁也不愿意在她身上花上一些时间，纯洁出身并不比于秀花高贵，但总是有一种莫名的优越感在作祟，女人可能天生就对皮囊有贵贱之分，她俩都不确定于秀花能不能感觉到，她俩和她只是伪友谊。

可于秀花显然并不太在意。

在北京这个城市，大家住在一起，有时候只是图个陪伴，根本不敢奢望真情。

"你和他怎么样了？"陆晨用抽巾抹了抹嘴巴，朝纯洁挤眼睛。

"哪个他？"纯洁明知故问。

陆晨不说话，直勾勾地看着她，嘴角挂着一丝坏笑，等着这个装疯卖傻的人自行交代一切。

"出国了，出差。"纯洁给自己添满了酒。

"带谁去的？"陆晨一下击中要害。

纯洁把瓶中的酒喝完，站起来说："账我结过了，撤吧，明天还要上班。"

"你还没说带谁去的呢？"陆晨追问道。

"还能有谁。"纯洁裹紧大衣，甩了她一个大白眼，几步就穿过了大排档前面的那条马路，夜晚幽暗、昏黄。

凌少给她发完那条表白消息后就去了英国，带着梅汐汐。但他既然已经想好了要和梅汐汐走入温柔乡，又何必在走前给我这一刀？他到底什么意思？神经病！

上午Lisa主编开例会时说，公司杂志项下的应收账款出了问题，最大的化妆品广告商"研美"的信誉一直都很好，虽说付款向来不及时，但一般年终都会结清，结果今年的广告全部上完了，一分钱都没付过来，总共欠债两百多万。

一开始倒也进行了平稳沟通，可没过多久就打不通电话了。

高层一度商议是不是客户短期内资金出现了问题，直到有同事在一个百万级的大号上看到了他们投放的公众号广告，高层才断定不是对方资金出了什么问题，而是对方改变了投放策略，加大了自媒体的投放比重，缩小甚至完全砍掉了传统媒体的投放量。

律师函发过去没听见响儿，大坤哥真急了，因为这是他的关系户啊！

从公司成立初期开始，"研美"一直是灵云传媒获取利润的顶梁柱甲方，说成公司曾经的衣食父母也不足为过，现在却闹得这么不堪，恶意拖欠广告费，在没有告知灵云传媒的情况下，单方面解除了协议。

这部分债务追不回来，公司的平面杂志部倒了大霉。

自媒体部在商务合作这方面就强势许多，都是等甲方找过来后，双方谈定档期，预先支付一半定金，预览给甲方确认完毕后，就马上付尾款。在正式发布之前，自媒体部就已经把全款都收到手了。

甚至很多已经合作的甲方，在定好档期后，看完预览链接，如果过了，他们就会直接全款付清。

每个领域内的优质公众号就那么几个，所以甲方在公众号领域内做投放时，都是当不成"爸爸"的，因为他们得给公众号负责人寄试用装，逢年过节还要寄礼物，这样才能优先得到档期。

也难怪人家梅汐汐每天活得如此硬气，生生把那个时尚女性号做成了百万级粉丝的优质大号不说，她一个号的商务年收都几乎要迅猛超过了公司传统媒体业务的商务总合了，何况今年杂志口儿的年收全变成了应收外债，那大坤哥的脸还能往哪搁？

其实也怨不得大坤哥办事不力。

平面杂志部近几年太难做了，很难有这个魄力，更没有这个规矩，他们就是和一些关系户甲方维系着商务关系，合约一签就是一年，付款也是商量着来,甲方手头宽裕,就会按时付了;甲方手头不宽裕,压下半年的款也是经常的事。自媒体势头兴起之后,甲方逐渐侧重可以立竿见影的公众号领域的广告投放,但和平面杂志签了一年的旧合同又不好毁约,所以只能赖着不付款。

凌总出差前就嘱咐过大坤哥把这事解决好。

说得轻巧!

两百多万的债,哪有那么容易就解决好的!

但高兴的事还是有的,散会后,大坤哥公布了新媒体部的季度提成,纯洁只分到了自己组的商务分成,她那个号的业绩跟人家梅汐汐那组的业绩天壤之别,人家梅汐汐参加行业大会都是坐前排的,而纯洁连邀请函都拿不到不说,她的号勉强能盈利下去不被公司无情砍掉已实属万幸了。虽说如此,但何翩然走后,就剩她一个人瓜分主笔提成,所以纯洁还是拿到了两万多块钱。

就这件事而言,纯洁还是觉得大坤哥比较好,他总是给大家带来好消息,而Lisa主编就正好相反,她总是施压、下达坏消息。

"研美"拖欠公司广告费的坏消息,明明是大坤哥该解决的事,结果公布这个消息的人却是Lisa主编。

何琪在茶水间给纯洁讲这里边的猫儿腻。这两派之争从Lisa主编一来公司就开始了,常务副总的位置一直空着,Lisa主编和大坤哥,一个是主编,一个是副总,在灵云传媒的职位评级上,俩人是同级别的,都有资格竞选常务副总一职,但这个位置一直空着,像是故意要看看他俩到底如何鱼死网破、明争暗斗。

而公司里的人一点都不含糊,基本都站了队,谁的人就站谁的队。财务总监何小小是大坤哥的人,自然站他的队;商务部因为盘根错节的利益关系分立成了两拨人,跟随了不同的老大……

连何琪都站到了Lisa主编的队伍里,纯洁对此十分好奇,"你当初那么厌恶Lisa主编,说她抢了你的英文名,为什么还站她的队?"

何琪说:"这叫大局观。Lisa主编虽然脾气烂,但至少做大事时黑白分明。大坤哥这种老好人对谁都不得罪,待谁都和善,最是危险。"

她还劝纯洁赶紧认清形势、站好队,以免招两边都不待见。这么久了,纯洁都没接到好任务就是最好的例子。

纯洁纳闷儿:"什么任务算是好的呢?"

何琪小声说:"你知道Lisa姐的身价是怎么提起来的吗?当年她其实就是个刚入行不久的小记者,平常出任务出了百八十个,都是那种甲方爸爸的软文采访稿,写了也就只有甲方爸爸看,每篇稿子抓着你改上十遍都不叫改,如果没有后来那次的好任务,她今天最多就是个出入一线最基层的老记者,到不了管理层。那个好活你知道是啥不?就是采访当红明星金希文,那会儿金希文最红,本来是她的老板亲自访谈,她做助手,结果她的老板临时有事去不了了,这种情况下Lisa姐都没上报,更没按照她老板说的,和金希文改约时间。你猜怎么着?她就一个人过去了,一个人采了,一个人写了。那篇采访稿,是金希文第一次向公众曝光私生活啊,金希文那天心情也不好,撵走了经纪人,人红脾气怪,愣是对着当时还是愣头青的Lisa姐一通大倒苦水。

咱Lisa姐是什么人?别让她抓住机会,一旦让她抓住机会,会往死里搏的那种人啊!金希文当时还没嫁给富商,但讲话的时候,一直抚摩肚子,Lisa姐也是贼,硬是把金希文的话给套出来了,未婚先孕了!多刺激啊!当红明星,事业如日中天的时候怀孕了!就这事已经够刺激了,加上Lisa姐的写作功底确实好,通告一发,她一下就在圈内火了。"

"她自己强出头,没有按照老板的意思来?她老板还能纵着她发稿子?"纯洁疑惑地指出其中的漏洞。

"你幼稚不幼稚?这种猛料式的稿子,发在哪个平台,哪个平台不得上赶着接着啊,一手资源,Lisa姐也是格局大、有胆识的,据说当时一个杂志社听到了风声,直接出三万块钱买断这篇稿子,那个时候对于纸媒来说,三万块钱是什么概念啊?你想想!但人家Lisa姐要的可不只是这三万块钱的稿费，而是拿着这个条件去找了当时最牛的杂志平台《亿万》，不但拿到了更高的稿酬，而且要到了联合署名权，就是第一个名字是Lisa，第二个名字是《亿万》杂志社小编，她要的才不是买断，她要的是名利双收。从那以后，她平步青云，好多甲方点名要Lisa姐写人物稿，她手头的明星资源，不是我等追星族能揣测的。"

纯洁一阵惊悚，为什么Lisa主编那天带她去采访金希文的时候，她完全看不出来俩人有什么旧相识的情分？她们之间的交谈，都是客气话，笑得都很有礼貌。

那篇稿子爆火之后，一个人过气，一个人身价倍增，她们两个人相互见证了彼此的人生起落。

下班之后，纯洁赶紧把奖金存到了卡里，然后花四十八块钱买了三块爆浆大鸡排，一条微信过去，陆晨就火速赶来。

按照惯例，纯洁每次发奖金，都得请客吃点东西。

陆晨就是这样，就算是自己喜欢吃的东西，也不肯排队，也不爱叫外卖，她从小被灌输了"吃外卖不健康"的思想，所以整个大学期间，纯洁简直为了她起早贪黑地把零食摊儿跑了个遍，她觉得委派同学替她买来的零食，一律不叫点外卖，整个寝室被她精妙的思维方式搞得哭笑不得。至今只要纯洁一说排队买了啥，她总是忍不住马上要过来吃。

用陆晨自己的话说，她没有什么太爱吃的，但看到纯洁吃得那么香，她就特想跟着吃两口，这样显得她也挺有追求的，她特羡慕纯洁能一口气说出来自己喜欢什么、不喜欢什么，她觉得这是天底下最难做到的事了，她总是不能确定自己的心意，因为她从小都是想要什么就有什么，她感受不到追求一样东西的艰辛，这让她十分痛苦。

而欧阳希时不时抽一下摇滚青年的风，反倒是让她感受到了步履不停的追逐快感。所以，纯洁一度怀疑，陆晨的深情，只是她对自己的误解。

"你又换车了？"纯洁大老远就被陆晨召唤，发现陆晨开了一款新车，黑色车身，黄色的车轱辘，怎么看都像是一只屎壳郎踩在了大便上。

"对呀,我觉得还是得自己买一辆。原先那辆是我表哥的,老开他的不好,毕竟我不是他的女朋友,没办法还他人情。"陆晨捧着鸡排,讪讪说道。

"觉悟这么高?不像你的风格啊!"纯洁打趣道。

"我那天拉着欧阳希去一个农场烧烤,结果路上碰上交警例行检查,行驶证在副驾驶的小箱子里,欧阳希递给我的时候,他看见了行驶证上的名字不是我,就一脸的不爽。我感觉他暗地里怀疑我不自爱,所以,我还是痛下狠手,自己入了一辆。"

"你爱得也太卑微了吧?他本身是个男的,该买车、该开着车带姑娘兜风的应该是他,不是你一个女孩子啊!再说了,跟他解释一下不就行了。"

"我解释了。可我和表哥这种八竿子打不着的表兄妹关系,还是让他吃醋了。"

"这倒是。你和凌少这种完全没有血缘关系的表哥表妹关系,确实疑点太多。"

"你该不会也想歪了吧?我去,不是吧,都跟你说了,我这样的表哥多了去了,我妈当年也是商界里有头有脸的交际一枝花,我爸负责做生意赚钱,我妈负责组织太太们一起参加舞会、酒会、交头接耳八卦会,总之我家一楼大厅永远乌烟瘴气的。我妈和凌少妈妈认识,是因为她俩都是嫡母身份,爸爸在外边都有庶出的太太,只是他家局面更棘手,他还有个私生子哥哥,我妈只有谢玉儿这一个狐狸精对手。反正俩妈惺惺相惜,拜了干姐妹,我小时候倒是见过几次凌少,那个时候他就是一个长得挺好看的小孩,只是特别胆小,脸可容易红了。紧张了,委屈了,他还会疯狂呕吐,这体质太神了。我和我们班里好多小男生都拉过手,见他挺好看的,也去拉了他,吓得他当场大哭,直接吐一地,我的妈,反正场面十分尴尬啊,想我当年花容月貌,好歹也是班花级别的品质……"

"竟然这么魔幻?凌然竟然是他的私生子哥哥,不是一个妈生的啊?

怪不得这么生分。"

"我表哥都带你见过凌然了？可以啊，看来这次是动真格的了啊！"

"你别瞎说，他就是利用我一下。"

"得了吧，李纯洁，承认吧，你这个倔强的女人，你心动了！"

"不造谣，不传谣，你别瞎说啊，都是姐妹一场，别逼我抓花你的班花级容颜。"

"恼羞成怒？恼羞成怒了这是！你说你这个人吧，喜欢有钱人也不犯法。"

"我喜欢他，不是因为他有钱！"

"那是因为什么？"

"因为……"

纯洁终于意识到自己掉进亲闺密挖的大坑里了，下意识地左右看看，赶紧捂住自己的嘴巴，凑到陆晨脸旁："口误，我这是被你绕进去了，这种误会你最好是烂在肚子里。"

陆晨诡异一笑："女人的好时候呢，就那么几年，你现在毕业没多久，还很清纯，能有个家境好、年轻又帅的男人喜欢你，这是你的最佳机遇。再往后等你混圆滑了，就只剩那种半富不富的、假有钱的老男人费尽心机地占你的便宜了。"

"好好好，我信了。我倒是挺服你的，执行力真强，车说买就买了。"

"你是不是也特想买？"

"是，但我可还不起你的钱。"

"我也没说要借你啊！"

"那你还问我，逗趣呢？"

"你这不是挺物质的嘛，装清高干啥？"

"你懂个屁。两码事，这是我的理想。"

"你的理想就是一辆车？"

陆晨都要笑喷了，后仰着拿后座上的可乐，还问纯洁要不要，纯洁当然不会要，她巨讨厌碳酸饮料。

"我可以帮你想办法。你想要什么价位的？"陆晨突然一脸认真。

"最便宜的车要多少钱？"

"这我哪知道啊，你看我是那种买便宜车的人吗？你上来就问这么没骨气的问题，我看你还是别买了。"看到纯洁有些失神，陆晨忍不住又松了口，"我回去帮你查查吧。"

陆晨把纯洁送回了公寓。

万家灯火处，正燃烧着谁的怅然若失。

十一月中旬，顾兰坤突然带着两个人来到了灵云传媒，其中一个年轻姑娘的脸上长着小雀斑。

Lisa主编说："顾总是凌总请来帮我们公司收账的，关系到全公司年终奖能不能顺利到手。"

其实也对，像这种流里流气的无赖，挺适合扮演要债的黑社会头目的。

凌少在大事上，还是有自己的决断的。

要不然指望温和的大坤哥？还是指望自恃清高的Lisa主编？

要无赖的事，还是得让无赖去做。

"你们凌总请我来干吗的，想必你们都清楚了，凌总回来之前，'研美'的追债事宜由我全权主持。目前的进展状况、往期的合作情况、合作合同相关资料，以及他们公司目前的经营情况，请大家整理一下，你们该汇报给谁就汇报给谁。最终，你们的Lisa主编和坤总会把情况统一汇报给我。我们请了蔡晶莹女士来参与财务工作，大家掌声欢迎。"顾兰坤给灵云传媒的全体员工介绍了那个雀斑女孩蔡晶莹。

但鼓掌的只有何琪一个人，看来多数人并不欢迎这帮强行介入的人，大坤哥和Lisa主编更刚，直接没出各自的办公室，财务总监何小小脸色发黑，"哼"了一声，就带着财务部的人离开了会议室。

纯洁不鼓掌是因为顾兰坤在后海那家饭店门口调戏过她，她觉得自己没必要向这种斯文败类谄媚，反正工资也不是他发。

顾兰坤只身进了凌少的办公室，过了一会儿，纯洁桌上的手机响起。

"你进来一下。"他说了这么一句就挂断了。

纯洁忐忑四望，唯恐被人发现有什么异样，可目光刚好与何琪相撞，她正在万年大明白一般地朝纯洁挤眼睛。

一个深呼吸后，纯洁敲了门，顾兰坤跷着二郎腿硬生生地准了她进入。

"你好。"顾兰坤竟然跟她说"你好"。

"顾总有事吗？"纯洁站在门口不肯往里再走半步。

他笑嘻嘻地站起来，把百叶窗帘拉上，门关上，突然一把抱住纯洁的腰，把她推到墙边。

"你疯了吗？"纯洁一怔，歪过脸去，努力躲避眼前这个男人急促的呼吸，继而是害怕。

"我很喜欢你，第一次见面就觉得你不错，跟了我吧。"顾兰坤倒是很直接。

直接到纯洁一时不知道对策，只好慌慌张张地骂："你有病吧你！"她试图挣扎，却被他死死按住。

"能看得出来，凌少那小子喜欢你，虽说本少爷向来不夺人所好，况且是我发小儿喜欢的女人，但我自愿做你的备胎，我对你算是一见钟情，凌少长得是比本少爷帅那么一点点，但本少爷家境也是显赫的，万一你俩不成，记得来本少爷怀里。"顾兰坤的小指尖从眼前这张白皙光滑的脸蛋上轻轻滑过。

纯洁一下挣脱出来，恶狠狠地大骂："我看你真是有病，赶紧去治！"

纯洁红着脸从凌少办公室出来，顾兰坤却肆无忌惮地在办公室里哈哈大笑，所有同事都在用奇怪的眼神看着她，既鄙视又仇恨。

何琪把纯洁拉到茶水间，挤眉弄眼地问："你和顾总是不是之前就认识？"

"不认识，就是见过。"纯洁满脸通红，用凉水狠狠地冲着双手，想努力地冲刷掉刚刚那恶心的一切。

"你知道不？他可是我们京城里有名的花花公子，专门祸害黄花大闺女,他是不是对你有什么误解?"

"你什么意思?"纯洁突然十分好奇。

"这个呀,我能闻出来。"何琪乐开了花。

"你说你也真是的,长得娇滴滴,这让哪个少爷能不心动啊!我觉得吧,虽然咱们凌总比这个花花公子更有魅力,但是人家被梅汐汐掐得死死的,你不行就从了这个吧,也能当上阔太太。"她试着劝降,慈眉善目。

"你还真别说,这世间喜欢劝嫁的姑娘还真不少。"

"纯洁,你这是怎么说话呢。你一个外地小女孩想要出人头地哪么容易,要不是我觉得你底子好,也不能和你说这些啊!"

何琪明显有些不乐意了,像她这种土生土长的本地姑娘,始终认为外地姑娘进京就是来钓金龟婿的。

"何琪,门口有人。"不知道谁喊了一声。

何琪瞥了一眼,拍拍纯洁的肩膀,长叹一声,奔跑着去了门口。

过了一会儿,她转过身来喊:"纯洁,有人找。"

可能是她喊名字的时候太大声了,把无所事事的顾兰坤给招了出来,他探头探脑地看着纯洁,像一只好事的土拨鼠一般。

"你怎么来了?"纯洁一看是于秀花,惊住了。

"我今天上晚班,刚好路过你公司,陆总让我把这些资料拿给你。"她不时地张望着办公室,目光中全是羡慕。

纯洁接过来,胡乱翻了一下,是陆晨帮她整理的高性价比的汽车介绍彩页。纯洁赶紧谢过于秀花,转身要回到工位上时,顾兰坤突然快步走过来,她尴尬地站在原地不知道该说什么,顾兰坤竟然直接搂上于秀花的肩膀,要跟她一起下楼。

于秀花先是一愣,继而脸一红,花痴般拘束着两条腿,最后乖乖地被顾兰坤一路搂下楼。

纯洁深感大事不好,赶紧给秀花发了一条消息:"千万小心这个色狼。"

之后还是不太放心，又给陆晨打电话，告诉她，如果于秀花没有准点上班，一定要给她打个电话。陆晨问怎么了，纯洁也说不清楚，陆晨那边吵得很，再加上她也并不关心于秀花的杂事，电话就稀里糊涂地挂了。

而那天晚上，于秀花真的没有去上班，纯洁回到女生公寓，整个晚上都在给她打电话，但她却关机了。

这个傻女人！

第二天早上，纯洁赶去公司，直奔凌少办公室，发现顾兰坤不在。

"何琪，你帮我查查顾总的电话。"纯洁恳求道。

何琪一脸的疑惑："他们那边人的通信方式还没有录入系统，我准备今天弄呢，要不你去问问那个雀斑小姐？"

纯洁急匆匆地跑去财务办公室，"那个，小……"完蛋，她一时想不起她叫什么了。

"小蔡。"她安静地提示，用中指推了推鼻梁上架的金丝边眼镜。

尽管纯洁超讨厌这种手势，但碍于有求于人，只好装作满不在乎。

"小蔡女士，你可以出来一下吗？"纯洁几乎要上手拽她了。

她刚起身，就被纯洁拉进了空荡荡的会议室，"那个，请问你有顾总的电话吗？"

小蔡突然脸色大变，一口咬定自己和顾总不熟，也没有他的私人电话。

纯洁一眼就看出她在撒谎，也许她已经被她家顾总警告过了，所以才如此紧张。

"那你知道谁有他的电话吗？"纯洁问。

"你们凌总应该有。"她说完就跑了。

这个时候纯洁也不管什么面子不面子的了，赶紧百度搜索了一下打国际长途的方式，发现还需要开通一个国际长途功能，超麻烦，也需要时间，思考了半分钟，马上找Lisa主编借来了手机。

她老公是英国人，跨国恋，她当然开通了这个功能。

"hello，Lisa？"电话那头的凌少一如往常的平静。

"不是，不是，我是李纯洁。"纯洁急促地说。

"纯洁？李纯洁？"她几乎能感受到他高兴地要跳起来，电话那头传来快步走的声音，他身边应该有不方便听到他们之间对话的人。

"你方便说话吗？"纯洁问。

"方便，你遇到什么事情了吗？"他依然很有礼貌。

"我想要顾兰坤的电话。"纯洁开门见山。

"为什么？"他像是有些吃惊。

"你回来我再告诉你。"

"不可以。"

"那我挂断了。"

"你等一下。"

"我没有时间了。"

"说你喜欢我，我就把他电话给你。"

"我喜欢你！"纯洁几乎破口而出。

电话那头和这边同时沉默了，纯洁后知后觉地发现自己可能干了一件连自己都不太相信的事。

半秒后，凌少把顾兰坤的电话发了过来，除了电话号码，还有一句话紧跟其后："纯洁，我处理完事情，会尽早回来，你等我。"

纯洁赶紧拨通了顾兰坤的电话："顾兰坤！"几乎是咆哮出来的。

"你谁呀你？"顾兰坤像是刚睡醒的样子。

"你和谁在一起？"纯洁质问道。

"哦，我知道是谁了，小妞，有人找你，来，接个电话……"顾兰坤在那边淫笑着，纯洁听到好像有人从洗澡间走了出来，吓得她一下子瘫软在地……

纯洁实在是想不清楚，一个如此保守、胆小、思想单纯的女孩子，为什么会这么轻易地跟了一个不着调的人渣。

晚上于秀花推门而入的时候，陆晨一下从纯洁的小床上跳了起来，围着于秀花上下打量了一圈，欣喜地拍了一下她的肩，问她："姑娘，感觉怎么样？"

于秀花满脸通红，粲然一笑："你们都知道啦？"

当然都知道了，陆晨接到纯洁的电话后，激动地放下手头的一切工作，跑到女生公寓来看笑话了，她完全不理会纯洁心中难以言说的悲伤与怜悯。

"那可不，感觉如何啊？"陆晨继续盘问。

"就还好吧，他很温柔。"于秀花把编织包往床上一扔，两颊带着红红的残晕，一下翻倒在床上。

"为什么啊？你遇到什么不得已的事情了吗？"纯洁走到于秀花的床边，握住了她的手，不落忍地问道。

"像他这种资质的男生喜欢花花，我觉得花花不吃亏啊！"陆晨笑嘻嘻地打岔。

"闭嘴！"纯洁打断了陆晨的调侃，她始终认为这件事应该会给于秀花造成终生的悔恨，于是殷切地望着她，希望她说出内心的委屈。

"陆总说得对……他风度翩翩，说话也温柔，而且没有亏待我。我长这么大，从来没有体验过被男生主动搭讪，看到有那么多优秀的男孩子围着你们转，我真的很羡慕，所以，我其实很感激他。况且……他还给我钱了。"于秀花翻了个身，不知道说这句话时是喜是悲。

"给了多少？"陆晨兴致勃勃地上去摇晃她。

"一万，他要我自己说个数，我就说了一万，他都没还价，直接给我微信转账了。"于秀花转过身来说道，脸上竟然挂着喜悦。

她看了一眼纯洁，又看了一眼陆晨，怔怔地问："你们怎么不说话了？是多了还是少了？"

陆晨点点头说："少是少了点，不过也是合理的。"

"这是从今往后我们彼此保证互不纠缠……一次性支付的费用。"

"这说明对方完全不想再看到你了啊，花花。"陆晨又忍不住往于秀花的胸口上插了一刀。

"我知道，我知道，他这样的男孩子，也不可能喜欢我这样的，有这一次，我就知足了，而且我也拿到了名义上的分手费，我觉得于情于理，人家都没亏待我。"

"你们两个！有精神病为什么不去治！"纯洁终于听不下去了，咆哮了起来。

陆晨和于秀花对视一秒，默契地不再说话了，她们极少看到纯洁这么失控的一面。

"顾兰坤这个王八蛋，简直了，就是个牲口！"纯洁白了陆晨一眼，气得穿上衣服就要往外走。

"你这是要去哪儿？"陆晨一把拽住她。

"去找顾兰坤！"

纯洁回头看了一眼于秀花，她怔怔地望着纯洁，那种疑惑与震惊的眼神让人误以为出问题的是纯洁。

"纯洁，可他没有骗我啊，是我自愿的。还是算了吧。"半晌，她和纯洁商量。

"算你个头！"纯洁摔门而出。

当天晚上八点多，纯洁把顾兰坤约了出来，在一家离公司不远的咖啡馆。

他喷了一种脂粉味儿特浓的香水，戴着一个灰格子礼帽，纯洁差点大声地喊出"衣冠禽兽"这四个字。

"纯洁妹妹，你终于想起哥哥来了？"他笑嘻嘻地问，还点了两杯拿铁和一块慕斯蛋糕，然后把蛋糕推到纯洁面前。

"你不祸害女孩子会死吗？"纯洁开门见山。

"你这叫什么话呀，妹妹。"顾兰坤说着，手不老实地伸了过来。

纯洁没有把手抽回去，继续问道："那你觉得我值多少钱？"

"你这身材、这容貌,哥可以给你十万。"顾兰坤高兴坏了,眼睛贼溜溜地打量着纯洁。

"那为什么你只给了于秀花一万?"

"于秀花是谁?"

"你……"

"哦……我知道了,在你公司门口遇到的那个姐,她自己要的这个数啊,一般女孩要多少,只要不是讹诈,我都会给多少,哥哥在这方面并不吝啬。"顾兰坤说这话的时候,开始拿起搅拌棒搅着拿铁中心的心形。

"你怎么这么无耻?你知不知道你这样会毁了她?"

"毁了她?我从来不会勉强任何一个姑娘,她们都是自愿的。"顾兰坤哈哈大笑。

"你真不要脸。"纯洁恶狠狠地盯着他,想在气势上给他点压力,可他一直一脸的无所谓,甚至用手指挠她手心。

"顾少爷,你摸我手了,定价一万!"纯洁把手往后一抽,手心向上,问他要钱。

顾兰坤一怔,继而又是一笑:"好呀,都是小意思,但你就不想多要点吗?"

"不想,快点给钱。"纯洁急不可耐。

顾兰坤从钱包里抽出厚厚的一摞钱来,扔到纯洁面前说:"你自己数吧。"

纯洁抓起钱就要往外走,只听见顾兰坤在她身后大声喊:"哎,李纯洁!坐地起价啊你,这一摞是两万多啊,我是让你自己数出一万!"

"你活该,刚才你摸我手也不止一下。"纯洁头也不回,逃跑时差点撞门上,像一个街头抢钱的坏人。

纯洁甚至加快了脚步,奔跑着穿过马路去坐地铁,唯恐顾兰坤会后悔把钱要回去,可他压根儿没追出来,透过玻璃,一个回望,她看到他站得笔直,还是那张特别无所谓的笑脸,朝着她挥手作别,文质彬彬。

看到纯洁气喘吁吁地跑进门，陆晨一个鲤鱼打挺从床上翻下来，搓着眼睛，一阵笑："你还从他那儿要出更多的钱了？"

"嗯。"纯洁说着就把那摞钱拍到了桌子上。

于秀花当时正在看书，脑袋从书上冒了出来，惊得半天说不出话来，纯洁伸手把钱塞到她怀里，她颤颤巍巍地摸了又摸，恍惚了一会儿，跳起来搂着纯洁一通亲，差点就要给纯洁跪下。

"这么多钱？不可思议！纯洁，这是多少钱？"她开心地仰着头问。

"我不知道，你数数看。"

"这一摞一共是两万六千五百块钱啊，我的天啊！"

"你太有能耐了啊，纯洁。"于秀花双手捂着这一摞钱，鼻子一吸一吸地嗅了起来，突然两眼放光，挺直了身子问道："这些钱加起来是不是能买一辆车了？"

"能买个屁！"陆晨毫不客气地回她，并从衣架上取下外套准备回酒店。

"那二手车呢？"于秀花不死心。

"这我哪儿知道，二十万以下的车别问我。"陆晨叼着烟就要往外走，突然回过头来说了句，"花花，虽然你现在有钱了，但你明天还是要按时上班的，知道吧？"

于秀花点着头，直到听到老旧木门的一声闷响，她才喃喃地说了句："我知道。"

"别灰心，我帮你找找，陆晨给我整理了一些买车的资料，就是你昨天给我送来的那个。"说着纯洁就去翻那一沓文件，打开看了半天，气哼哼地骂了出来。

"怎么了？"花花凑上来问道。

"她给我看的全是百万级以上的豪车资料。"

"哦，可是纯洁，我也不懂车，你能不能帮帮我？"于秀花眼神突然复杂了起来。

"可我也没买过车，不懂啊。"纯洁直言不讳。

"有一个人懂，你能不能找他帮帮忙？"于秀花眨着眼睛，开始摇晃纯洁的胳膊。

"谁？"

"陈回啊，你不是说以前在报社上班的时候，你负责时尚版，陈回经常负责汽车版吗？他肯定懂。"

"可他那都是纸上谈兵，他自个儿都没买过车。"

"我觉得他懂。"

纯洁想了想和陈回目前尴尬的关系，立马摇头，于秀花一看纯洁见死不救，急得一下单膝跪在纯洁的拖鞋上，"纯洁，我在一个城市扎下来的机会不多，如果你不帮我，我真的一辈子再无翻身的机会了，我好想做一个可以开车出门的女孩子，哪怕只是周末往郊区开着玩玩。"

"唉……"人人都把在大城市扎根看得比天大，纯洁一声长叹，"可是你买了车，你也上不了北京的牌照啊，现在都是要摇号的，你又没有北京户口，社保也不满足条件，你只能上个周边城市的牌照，高峰期你还是得乘地铁。"

规劝一番，见于秀花执意如此，纯洁还是给陈回打了电话，陈回说话的声音很小，好像还有点沙哑，但他一口应下了这事，周末便带了她们去二手车市场挑了一辆2005年出厂的二手车，过不了户，外观被人贴满了阿童木的贴纸，大灯还有一个不亮，但于秀花依然是喜欢得不得了，上赶着办了手续交了钱，还请他俩去东来顺吃了顿涮羊肉。

从此，于秀花便有了人生中的第一辆车，有了纯洁曾当成一生理想的东西。

她不会开，没有驾照，就把车放在女生公寓门口，每周都要自己接上水管子，里里外外地洗一次，还从网上买了新坐垫换上了，内后视镜上也挂上了一个丑丑的福字挂件。天气好的时候，于秀花就拉着纯洁去车里坐着晒太阳，非要让纯洁用心想象一下她将来在这个城市老有所依的样子。

纯洁笑个不停，人这一辈子如果能像于秀花一样知道自己一步步怎样走，也是挺美的一件事。

早上八点，疯狂的生活从免打扰模式中释放出来，手机在不停地震来震去，在几轮"这是做梦，这一切不是真的"的自我暗示结束后，闷闷的震动声完全没有放过纯洁的意思。

她抓过手机，满屏的未读消息提示。

滑开，被她置顶的陆晨优先蹦出来："快刷朋友圈，花花火了。"

僵直的手指迅速地帮她点开了朋友圈。

几乎所有人都在转发一篇标题为"那位先生，请多指教"的文章，纯洁没读内容，直接滑到底部看作者简介，作者名是"花花"，公众号名是"翩翩女子"。

花花什么时候开始给何翩然的公众号供稿了？

心里"咯噔"一下，又倒回去仔细看了内容，眼珠子差点掉地上。

感情之充沛，情节之真实，让人惊掉下巴。

最底部的阅读量，是"10万+"。

视频电话进来了，是陆晨。

"你就说可不可以吧，这是半天憋不出一句话来的花花吗？拿了钱，还给顾家嫡子搞出丑闻来了。"

陆晨像一只吮到了血液的蚊子一样，兴奋地挥舞着纤细的双臂。

"花花是不是疯了？她这么写，以后还怎么找男朋友？谁会不介意啊？谁敢娶她啊！"纯洁皱着眉头操心道。

"纯洁啊，亏你的工作还是写公众号的。写公众号什么最要紧？底线？尊严？隐私？这些对阅读量来说算啥啊，为了能红，不管是炒作，还是出卖隐私，很多人都愿意试试呀！"

"花花什么时候开始写公众号的？这公众号是何翩然的啊，他俩只见过一面啊。"

"我已经第一时间打视频电话问过于秀花同学了，作为她的老板，我有责任对员工的处境进行了解，你猜怎么着？"

"猜屁啊猜，快说。"

"头一个电话她没接，还给我挂了。"

"啊？"

"你说是不是要造反？我好歹是她的衣食父母啊，敢挂我电话。"

"嘴别那么毒，你也是花花的同学啊，啥父母不父母的。"

"你也甭操心了。人家花现在可不需要你这个小菜鸟来同情了，她现在成了'翩翩女子'的撰稿人了，那个什么翩然也挺仗义的，把花花吸纳过去，广告费给她分三成作为稿费奖励。"

纯洁想给何翩然打电话，可注意力却被视频里的陆晨吸引了过去。视频里，陆晨坐在酒吧吧台里，Allen像一头误闯人间的长腿斑马一样，在陆晨身后一会儿提着一个酒瓶子，一会儿托着一个酒水盘。

"看什么呢你？"陆晨意识到纯洁眼神有些迷离，表情也没有半点喜悦，往身后看了一眼，问道。

"看你身后那个烦人精。我认为你挑员工的眼光有问题。"

陆晨乐了，用皮筋把自己的大波浪绾成了一个乱糟糟的丸子，任它晃晃悠悠地立在头顶上，"那你倒是说说，你觉得我们酒吧谁差点意思了？"

"算了，又不是我的酒吧，你爱用谁用谁。"纯洁欲言又止。

"李纯洁，话到嘴边留半句也不是你的风格啊！你是不是想问，我为什么把谢雨霏招过来做调酒师啊？"

纯洁本来是想提醒陆晨Allen是个不仗义的娘炮，没想到她竟把话题岔到谢雨霏身上去了。

"嗯，那说说呗！"她索性将错就错。

"因为她帮了我大忙啊！"

"什么？谢雨霏帮你？她能帮你什么，简直胡扯！"

"这姑娘是跑北京来投奔陈回的不假，但她不也成功腐蚀了陈回吗？不然陈回这种挑不出什么错，又一心想用廉价的好来俘获天鹅芳心的男人，就凭你的段位，能甩得掉？知道你为什么能顺利搬出来吗？知道你为什么第一天上班就被老板带出去出差,他都没向你问责吗?因为他心里有鬼!"

"那跟你把她安排到酒吧工作有什么关系?"

"陈回上次和我喝酒时自己说的,想帮人找份工作,我说包在我身上,他犹豫了一下,让我保证不告诉你,我就假惺惺地保证了呀!"

"你有没有人性啊,践踏别人对你的信任。"

"纯洁你别没良心啊。要不是因为你这'包子'性格,想坏又坏不彻底、想好又不甘心的德行,我能出手帮你?我虽然不知道这个叫谢雨霏的之前跟你和陈回是什么关系,但那天陈回把她领过来,说这就是那个要找工作的朋友的时候,我就知道这里边有蹊跷。"

"他俩之间什么事也没有,你别想多了。"

"你怎么知道人家有没有?"

"要有早有了,陈回对她不来电,在《牧城日报》的时候,谢雨霏经常和他打情骂俏,但陈回也没怎么理她。"

"你真不了解男人。"

"呵呵,你了解。"

"我最讨厌别人和我'呵呵'了啊,你给我道歉。"

"凭什么?"

"凭你做了好几个月公众号,阅读量还没人家于秀花的第一篇高!"

"我也有一篇爆文的,你没事又扯到于秀花身上干啥?"

耍贫斗嘴过后,两个人的笑容逐渐消失,她们望着彼此,试图确认对方话里几分是玩笑、几分是认真,最后再见都没说,晚饭的事情也没再约,就不欢而散了。

纯洁不明白,陆晨为什么要用于秀花来打击她。

于秀花凭借出卖隐私、借富二代名气上位博取阅读量的手法,纯洁实在是不能接受,更不能理解,起初她还觉得是于秀花太单纯,不甘心好姐妹受委屈,所以才去找顾兰坤讨公道。现在看来,好像一切都是于秀花提前计划好的。

认识于秀花这么多年，纯洁一直没看出来，她还有这样工于算计的一面，难道这不是突然冒出来的，而是一直潜伏在她身体里最真实的？

晚上十点半，于秀花打来视频电话，问纯洁什么时候过去。

"去哪儿？"纯洁躺在床上，懒懒地问道。

"陆总约的局啊，说好了我请客的，而且你也帮我多要了两万多回来，我理应请你们吃一顿。"于秀花笑嘻嘻地，晚风撩着她纯白色的大摆裙，新烫成的大卷发也跟着飘动起来。

"陆晨到了？"

"没有，我先给你打的电话，时间本来是她约的，可她到现在都没来。"

"她还没去，凭什么我要先去陪你等她？"

"纯洁，你怎么了？看上去好像不开心。"

"没怎么，大姨妈来了，烦躁，你们吃吧，我今晚不过去了。"

本来是恭喜花花写出爆文的庆功宴，最后变成了闺密之间谁先低头的较量。

那天晚上，纯洁反复思忖了几遍让她和陆晨都猩红了眼睛开撕的原因，最终，她推断出了刺激到彼此的问题所在。

她的"呵呵"，让陆晨以为她在暗讽陆晨和欧阳希之间微妙的关系，她不清楚陆晨和欧阳希之间是否出了什么问题，但她确定今天陆晨对"呵呵"两个字有些过于敏感。

而纯洁的倔强，是因为陆晨用于秀花"剑走偏锋式的成功"讽刺了她在公司正经上班的努力，陆晨的嘴脸让纯洁觉得自己交友不慎。

纯洁明白局面何以至此，但还是沮丧。

因为从结果来看，纯洁的专业性确实输给了于秀花的运气和手段，但她又实在不太明白，于秀花怎么突然想到要用实录的形式，把自己与富二代少爷的故事发表在公众号上呢？

如果确实经过了高人指点，那么那个高人只能是何翻然。

但是，于秀花什么时候开始和何翻然走得这么近的呢？

凌少追随纯洁回老家
第二十一章

纯洁把没吃完的大碗面装好后扔进垃圾袋，顺手收拾了化妆台上的卸妆棉，给自己敷上面膜后，穿着睡衣提着垃圾袋就下楼去了。

掀开垃圾桶的盖子，后退三米，手上一阵加速画圈发力后，垃圾袋箭步飞冲，直入桶中靶心。

"耶。"这个扔垃圾的妙招，她已经屡试不爽，纯洁总能从中获得短暂的快乐。

"别出声，不然要你狗命。"突然一个人影闪过，从背后一手扼住她的喉咙，一手捂住她的嘴巴。

正在纯洁惊慌到要大哭的时候，背后的人突然松了手，大叫道："什么玩意儿，这么黏！你到底是不是人类！"

纯洁突然觉得这个声音有点耳熟，究竟是什么草包歹徒，绑架还嫌弃绑架对象？

于是缓缓转身。

"啊！凌总！怎么是你？"

"你晚上下楼倒垃圾可不可以不贴着面膜，搞得我手黏糊糊的。"月光下，他苛责她，突然又用手弹了一下纯洁的额头，弹完马上把手指收了回来，"实在是太黏了！"

"那你还又戳一下，黏说明面膜上都是精华！"

"我戳你怎么了？我戳你，你就有义务还我一个好的手感，凭什么让我手指黏糊糊的。"

天下竟有如此厚颜无耻之人。

纯洁突然想起来那条虎头蛇尾的表白留言,两颊一红,开始琢磨着如何在自己最不精致的时刻躲开这个男人。

"那个,老板,你是来找我还是找陆晨呢?陆晨她不住这儿,就我和花花住这儿,还有一些陆晨店里的服务生。"

"花花?哦,叫于秀花的那个姑娘吧,倒是有耳闻,兰坤最近被她害惨了。我来找你,你不用左顾右盼。"

这么直接的?

"那老板,您什么时候下的飞机啊?今天这么晚了,要不您今晚先回去休息,有什么盼咐,明天再来降旨也是来得及的。"

"我等不了,你和我走。"

"啊?去哪儿?"

"去我家。"

"你家?不好吧,太晚了,况且我现在穿着睡衣,不礼貌……"

"李纯洁,你废话真多。"

凌少皱着眉头不知道在想啥,几秒后突然抓起纯洁的手就往地下停车场方向走。

纯洁跟着他跑得一颠一颠的,"你慢点。"

"都说了叫你不要废话。"拉起的手没有松开,又很大力地拽了一下,示意她闭嘴。

到了凌少家里,凌少拉开了床底下的一个巨型储物抽屉,纯洁惊讶地看到,抽屉里全是果冻布丁。

"你不会是个变态吧?"纯洁有点诧异,开始联想一些变态杀人狂的电影里的画面,后背开始发凉。

"爱吃小布丁的变态,行吗?"他淡淡地回了一句,然后伸手从里边拿出来两个,左右口袋一边放一个,回身看着她,甜甜的笑挂在脸上,和纯洁之前认识的冷漠大少爷判若两人。

纯洁像被钉在了耻辱柱上的羔羊一样,直勾勾地盯着他,试图判断出他下一秒的变态行为。

"是不是发现我很帅?"凌少冲纯洁坏坏一笑,朝着纯洁走了一步,是可以听得到彼此呼吸的距离。

"没有没有……啊,不是,老板,你听我说,你要冷静,你是有未婚妻的人,要守夫道,要……"纯洁想要小碎步地往后撤,却被凌少低头吻了下来。

这张嘴熟悉又陌生,温热又湿润,她直愣愣地站在那里,双手下垂,一动不动,如惊弓之鸟。

他的一只手放在了她的发丝间,力道大到拼过洗头时按摩的小哥。

另一只手环着纯洁的腰,一直老老实实地放着。

纯洁突然伸手碰了一下他的脸,然后迅速收回,一句话不说,睁大眼睛看着他。

"你为什么要睁着眼睛?"他问。

"我……我不知道。"她太紧张了,完全不知道自己正睁着大大的眼睛看着他的一举一动。

"你这样看着我,我怎么继续?"他白了她一眼,脸红到了脖子。

啊!他肯定是假装冷静的,不然为什么会脸红,他一定和我一样紧张!这个男人!

"李纯洁,你在干吗?有一点接吻该有的样子好吧?这都能走神!"凌少瞪了她一眼,转身去了酒柜,给自己开了一瓶威士忌。

"你的脸颊很凉哦!是不是有一种叫鳄鱼的眼泪的物质分泌出来了?"纯洁还是问出了口。

凌少没说话,独自坐在吧椅上,过了好一会儿,大步走到她面前,俊朗白皙的脸贴过来,一字一顿地说:"消息,你看到了吗?"

"啊?什么消息?"她开始装糊涂。

他狠狠地瞪着她。

"哦,我看到了……"她不攻自破。

"嗯,我现在收回。"

"什么?表白还可以收回?"

"嗯,我收回我有一点喜欢你那句话,我现在告诉你,我非常喜欢你,你考虑清楚了吗?"

"我……我觉得……既然你把之前的话收回了,公平起见,我是不是也该拥有一次重新考虑的机会。"

"不行,你现在就要回答我。回答我之前,你要想清楚拒绝我的后果。"

"老板……你是不是在威胁我?"

凌少突然大笑,双手掐纯洁的两腮,强行弄出来两个滑稽的肉团,"我是在威胁你,无论哪个方面,我都不接受自己失败,表白更不行。"

"可我现在……不太适合被表白,我们改天再聊这个事情吧。"

"改天是哪天?"

"就是我没有穿着睡衣在你眼前晃悠的时候,我觉得我在最丑最邋遢的时刻被自己的老板表白,感觉怪怪的。或者,我只是给了你错觉。"

"什么错觉?"

"就是漂亮姑娘围着你转久了,你突然想吃口素的,我恰好现在很素,所以就……"

"李纯洁。"

"啊?"

"你就这么不自信吗?"

"谁说我不自信了,我就算素颜,我也能迷倒众生!"

"嗯,你说得对,你更邋遢的一面我都看过了,现在穿个睡衣又能算得了什么。"

"啊?你什么时候见过我……更邋遢的一面?"

凌少拉起她的手，默默说了句："我带你去衣柜找一件千鸟格大衣穿，然后送你回家。"

他果然没变，还是喜怒无常，还是忽冷忽热。

他家衣柜里竟然放着女款的衣服，真是不服不行。翻开衣领，咦？为啥吊牌还没剪掉呢？新的？S码？我的码数，大小刚刚好哎。

"不用了。"她突然很生气，你说亲就亲，你说走就走，还说见过我更邋遢的样子，都什么嘛，什么都不说清楚。纯洁气哼哼地把衣柜关上了。

"听话，穿好，不然着凉。"他走过来，又打开衣柜，摘下大衣，强行给她穿上，帮她一颗一颗扣好扣子。

"我给你一周的时间考虑，然后请告诉我你愿意做我女朋友。"关掉车门的前一秒，身后传来他浑厚温柔的声音。

纯洁回去一夜失眠，她和他之间的事情如电影一般，在她脑袋中疯狂地循环播放。

她忍不住给陆晨打了电话。本来想向陆晨求助，结果猛然想起她们刚发生了不可调和的矛盾，不行，还是拉不下脸来，立马又把电话挂断了。

陆晨立马打了过来。

纯洁屏住呼吸，准备迎战。

"说话！"嚯，好大气性，就这两个字都能听到呼呼风声般的怒气。

"你打电话来让我说什么？"纯洁努力保持着冷静还击。

"李纯洁，讲讲道理好吧。是你先给我打电话然后挂断的好吧。"

"那你干吗还打回来？"

"我是不想打给你这个毒舌女人的，但响一下就挂断，我怕万一你是被人刀架脖子上找人求救。"

"你怕我死，对不对？"

"对对对，老娘还没原谅你，你不能死。"

她俩好像就这么轻易地和好了。

"说吧，什么事？"陆晨催促道。

"就是……今天凌少带我去他家了……看到了小朋友爱吃的小布丁……"

"说重点！我都困了。"

"这些挺重点的啊，他有一抽屉小布丁，你说他是不是个变态啊！"

"我想听的不是这些。"

"那你想听啥。"

"亲没亲？"

"嗯……就一下下……一会儿会儿……"

"然后呢？"

"他嫌我接吻时睁着眼睛，所以就送我回家了。"

"啊？你是在搞笑吗？怎么可能因为这个。"

"那是因为什么？"

"我怎么知道！肯定是你说了什么不该说的话了。"

"有可能……但我发现，他吻我的时候，脸上有泪痕，都冰到我了，我有点慌，所以一直盯着他看。"

"嗯，那也难怪，他父亲去世了。"

"什么？"

"他没告诉你吗？他和他父亲的关系一直不太好，这次去英国其实是见他父亲最后一面的。"

"你早就知道他为什么去英国？"

"我不知道啊，他们这种家族企业，老大的生死都是影响企业命脉的大事，我怎么可能知道啊，都是对外保密的。只是梅汐汐这个女人沉不住气，跟我表哥一起去了他父母的家，还发朋友圈伤春悲秋的，故意告诉我们这些熟悉我表哥家世的圈里人，她已经一只脚踏进了凌家大门了。你朋友圈没看到？"

"我没有，她没加我好友。"

"我估计你们公司的人她谁也没加，梅汐汐骨子里还是大小姐脾气，家里实在太有钱了,从小养尊处优,要不是为了能与我表哥朝夕相处的机会多一些,能早一天成为凌太太,她才不愿意去公司做实习生呢!"

话筒那边没了动静,陆晨赶紧又问:"你俩确定没什么实质性进展吗?虽然梅汐汐占了先入为主的优势,但要能成的话,俩人早成了。两家关系是世交,她陪着回去也正常。"

还是没有回应,陆晨急了:"你到底在听没有?爱情这种东西就是这样啊,跨越了阶层,彼此之间就是会有很多问题和心理上的障碍,你应该理解的。他能对你说出'对你有点意思'和'可能喜欢上你了'这种话,已经算是很主动地迈出第一步了。"

"靠,于秀花这个大嘴巴。"

"李纯洁,你就是这个鬼样子,被自己老板喜欢很丢人吗?承认自己也喜欢他很丢人吗?为什么死不承认,推三阻四的?就因为他是你老板,他是富二代,他比你富有?就算这样,将来要担心、要后悔的也是人家凌大少爷好吧?你越是不能摆平心态对待他,你越是会暴露自己的自卑。"

"好了好了,我知道了。"纯洁愤愤地挂掉电话,一个人陷入无边的迷惘。

这个一下飞机就去找纯洁表白的男人,周一没有去公司,他在家里睡觉倒时差。

周一的例会,顾兰坤依然主持大局,Lisa主编又以身体抱恙为由缺席,没有人追问她为什么连续两周身体都抱恙。顾兰坤定好了追债方案后,让大坤哥安排执行。

顾兰坤做出的追债方案令人匪夷所思,竟然是派纯洁和平面杂志部的一个老编辑张兴盛去要债,张兴盛是出了名的窝囊,他和大坤哥毕业于同一所高校,俩人是师兄弟关系。他好歹是师兄,结果人家大坤哥早就在北京成家立业、独当一面了,张兴盛还拿着最底层的工资,被一些乳臭未干的小年轻领导使唤来使唤去。人到中年,倍加窝囊。

纯洁想不通，小心翼翼地站起来质疑了方案。

"为什么不派商务部的人去？或者请要债公司的人去要也行啊！我们这种靠笔杆子吃饭的人，到了那儿都不知道说啥，怎么可能要出钱来？"

大坤哥抓起茶杯喝了一口水，"业务部已经作为先遣部队去过了，耍赖、扔烟头、吃泡面，人家就是忍着恶心没给钱。要不要用追债公司那得看顾总的意思，我们无权过问，既然让我们先派自己人探探底，那就只能跟在业务部后边再去几个人卖可怜卖惨了，软硬兼施。年底了，哪儿哪儿都需要往回要钱，商务部大部分员工去'研美'总部了，你们就去分公司卖卖惨。毕竟公司总体奖金你们也拿了，总不能在公司最危难的时候不做点贡献吧？"

"大坤哥你还是换个人去吧，我肯定不行的，我什么经验都没有。"纯洁怯怯地试探。

"你的主要作用就是帮着张兴盛尽早熟悉地形。"

这时，纯洁才反应过来，原来他们是知道了自己老家和甲方分公司是同省的，所以才固执地认为她能帮上什么忙。

再加上，公司这次的派遣标准是卖可怜卖惨，可能在公司高层眼里，纯洁和张兴盛，一个可怜，一个惨吧。

另外的原因，很可能是，纯洁是Lisa主编的人，可Lisa主编这个时候以各种理由为托词拒不出现在公司，没人保她的情况下，顾总和大坤哥当然要优先动她的人，平媒和新媒体都在Lisa主编的麾下，商务部由大坤哥主管，以他的深谋远虑，为公司要账这事，他一定会拉编辑部一起下水的。

万一商务部收成不好，编辑部的人也别想好。

纯洁偷瞄了一眼张兴盛，他一脸的逆来顺受，看样子根本指望不上。

当天下午，纯洁就和张兴盛一起坐高铁来到了山东。一路上，纯洁一直在吃自己带的干脆面，张兴盛就是那种典型的四十岁出头的中年人，出门也不好意思吃东西，三十八块钱的高铁盒饭又嫌贵，就一直喝杯子里的枸杞水，一杯接着一杯，像他颓败的半生，绵延无尽，毫无指望。

一下火车二人就直奔"研美"分公司附近的一个连锁酒店，纯洁把身份证递给张兴盛后就坐在拉杆行李箱上滑来滑去，过了一会儿，张兴盛喊纯洁跟他一起上楼，但她惊讶地发现，他手上只有一张房卡。

"你什么意思？开一间房啊？"纯洁涨红了脸，"腾"的一下从行李箱上跳了起来。

"我也不想。"张兴盛羞涩地说，躲避着左右两边异样的目光。

"什么叫你也不想？我一个未婚姑娘，凭啥要跟你这个已婚老爷们儿住一个屋，传出去别人怎么看我？"

"我没结婚。"

"啊？你都四十岁了还没结婚？"

"北京像我这样的光棍儿有的是，你也别太看不起我们。"

当悲悯击中纯洁时，她突然发现俩人讨论的主题跑偏了，于是她马上掉转了话题："你结没结婚都不能和我住一屋。"

"可大坤哥说你入职公司还不到一年，暂时没有出差补助，吃住行都要蹭我的份额。"张兴盛拽着纯洁往边上去了去，小声说道，他看上去比纯洁还委屈。

纯洁本来想气愤地掏出银行卡自己去开一间，但一想到自己出钱住酒店替公司要债就特不甘心。她上下打量了张兴盛一番，"哼"，量他这种三脚踢不出一个屁来的男人也不敢把我怎么样。

犹豫三秒，她便拖着行李跟着他去了四楼。

因为是个偏僻的四层小楼，房子年久老旧，没电梯，纯洁自己扛着箱子一步一步地上到四层，她终于知道张兴盛为啥打了四十多年的光棍儿了，他一个人斜挎磨皮小公文包快步就上去了，根本没有帮助同事的想法。

一进屋，纯洁迅速霸占了靠窗的床位，并让张兴盛出去抽根烟，张兴盛说他刚抽完还不想马上抽，但被纯洁一把给推出去了，她反手挂上了防盗链，隔着门板，说："那你就去转转，我先洗个澡。"

他嘟囔了一声"我又不看"后，脚步声渐远了。

纯洁坐在床上给陆晨打电话："喂，我跟你说，我们公司真是死变态啊，出差竟然男女只给安排一个房间。"

"和谁啊？"陆晨笑得可开心了。

"你不认识，一个老男人，四十多岁了都没媳妇。"

"那你危险了啊！"

"你还真说错了，他一点眼力见儿都没有，那么大一个行李箱，眼看着我晃晃悠悠地往上搬，也没说搭把手，我觉得他不是男人。"

"啊，怪不得这把年纪没媳妇……不对啊，凌少刚回来，你怎么就被支出去出差了？"

"我哪知道，就说让我跟老男人出来要债。"

"不对，这里边肯定有事，谁安排你去的？"

"通知是大坤哥下的。"

"哪个大坤哥？"

"就是我们公司的副总，兼管人事的。"

"你说管人事的我就知道了。他是梅汐汐家公司的旧部，当年灵云集团出现财务危机的时候，两家有资金拆借，梅汐汐家的日子本来就不好过，但还是拆借给凌少家老爷子不少钱，让他渡过了这场危机。那时梅氏企业正面临大裁员，为了安抚老臣的心，他们推荐一部分人去了凌氏集团，大坤哥就是其中一个，被空降给了灵云传媒。这种人，没什么意外的话，你们公司是要给养到退休的。"

"怪不得大坤哥的资质一般般，大家还能那么尊重他。没人告诉过我这些啊！"

"你知道又能怎么样啊，不过你们公司这个局面啊，且有热闹看了，还挺像宫斗剧的。"

"我没听明白，什么宫斗剧？"

"这不明摆着的嘛，凌少一回来，脚还没迈进公司呢，你就被发配出去了，Lisa主编押你，大坤哥押梅汐汐，谁押对了，谁就能稳坐副总的宝座啊，像不像皇后娘娘和华妃娘娘一人培养了一个闺房丫头，然后给皇上献宝啊!"

"你说话怎么这么不中听。本姑娘凭什么就成了他们斗争的棋子了?Lisa主编确实比较照顾我,她没跟我说过大坤哥一句坏话。最近她都不来公司上班了,任由我们编辑部的人被大坤哥宰割。"

"还有这种操作?这么容易就放弃抵抗了?"

"我有点纳闷儿,你不也没上过班吗,怎么做到啥都可明白了的?"

"我跟你不一样,我从小看着家族争斗的大戏长大的,稍有差池就什么都没了,我肯定得是个人精啊……对了,这种鸟不拉屎的小县城,酒店挺脏的吧?"

"也没有,就当出来玩了,住的经济型的连锁酒店,不是那种三五十的小旅馆。又不用坐班,说不定我还能顺路偷偷回家一趟,省一趟路费呢!"

"李纯洁,你啥时候能长点出息,简直了,白跟我睡了那么多天威斯汀了?品位怎么一点都没提高呢?"

"行了,行了,我就跟你诉诉苦,你分分钟就把话题引到批判我的路线上来了,挂了挂了。"

"哎,你等等。"

"又怎么了?"

"算了算了,等你回来再说吧!"

"你有事,你倒是说啊!"

"没事……没什么大事……等你回来再说。"

"那你先说说到底是关于谁的。"

"我,是我的事。"

说完陆晨就挂了,纯洁从未见过她对一件事如此纠结,之前她挂电话总是特不干脆,不是飞吻一个,就是说上一连串的"再见、再见、再见……"但这次电话挂得却没有任何犹豫。

纯洁琢磨了一下,陆晨和欧阳希之间可能真出问题了。欧阳希出轨了?金希文不是他姐姐吗?另有隐情?陆晨是一个极要面子的人,平日里跋扈惯了，突然遇到这种被人绿了的事，完全不知道该跟谁说，怕丢人。嗯，八成是这样……

晚上十点多，张兴盛晃悠回来了，他说街上没什么好玩的，一想到明天还要厚着脸皮去甲方要钱，整条腿就像是被灌了铅似的，万一完不成任务，下个月的奖金估计都没处领了，交完房租手头就不宽裕了。

亏他一把年纪了，日子过成这个紧巴样。纯洁不禁唏嘘。

张兴盛往床上一躺，鼾声如雷，外套都没脱，半条被子盖在腿上，一身陈年老汗从未退尽的味儿，缓缓渗满了整个房间，单身汉的日子真是能有多糙就有多糙。

纯洁实在忍受不了，找了一件羽绒服披在肩上，跑到一楼前台的会客区坐着。

一开始，前台小哥哥向她投来很诧异的眼光，后来还主动给她端来一杯水，她撒谎说："您去忙，我没事，我就是……在等一个朋友。"

凌晨的时候，纯洁做梦梦见有人要入室抢劫，一直在敲门，她梦见自己让张兴盛去开门，结果一回身发现张兴盛已经死掉了，脸上挂了两行血，黑乎乎的，就像女人哭花了眼线液，她吓得一下蹦起来，这才发现，凌少蹲在她面前，昔日俊朗高冷的那张脸，看上去有些憔悴，甚至有些说不清的愠怒，平常秩序井然的头发都趴了下来。

"凌总，你怎么在这儿？"她吓得坐直了身子，迅速整理了衣衫，使劲搓了搓眼睛，确认不是在做梦。

他一言不发，拉着她就往外走，差点把她拽了个大跟头。

"你这是干吗呀？"他几乎是把她押送进车里，她没好气地问。

"是魏大坤把你安排出来要债的？"他直奔主题，伸手递给她一个戴着兔耳朵的暖宝宝。

她接过来，捂了一会儿，浑浑噩噩地点头。

"出差为什么男女开一间房？谁的主意？"他看上去非常生气。

"你当我愿意啊，张兴盛的呼噜声和汗臭味儿太大了，害得我只能睡大厅，四处漏风，冷得很呢！"

"不愿意，为什么还只开一间？"

"你问我，我问谁去，我作为入职不满一年的新员工，没有出差补助，只能蹭人家张兴盛的！"

"是谁告诉你新员工没有出差补助的？"

纯洁不说话了，她不明白，这个养尊处优惯了的大少爷，为何连夜自驾到这种鸟不拉屎的小县城里质问她出差待遇问题。

凌少带她进了一个郊外的别墅，一进门就紧紧抱住了她，她惊慌地闭上眼睛，完全不知道他受了什么刺激。

"说你喜欢我。"他的语气中透着殷切的期待。

"我不喜欢你！"

"你真是个坏女人，坏透了……"

第二天早上，凌少叫了两份美式早餐放在床边，他在床前坐得笔直而认真，看到纯洁醒来，笑了笑，眼中全是温柔的小星星。

"去洗漱，然后吃早饭吧。我都已经很饿了，但我还是决定等你醒来了一起吃。"

这个幼稚的男人是在向我邀功吗？

纯洁别别扭扭地将热牛奶一饮而尽，然后吃了三明治。凌少一直看着她笑，然后说："纯洁，从今天起，我不会允许任何人伤害你。"

"哦，可是没人伤害我，大家对我都挺不错的……"

"你今天有什么安排？"他走过来，俯下身子，用带着淡淡香气的碎发蹭了蹭她的脖子，双唇刚好贴在了纯洁脸部的轮廓上。

"我今天去要债啊！"说着她才反应过来，张兴盛肯定找她找疯了，果不其然，手机屏幕上满是张兴盛的未接电话。

"你不要管那个什么兴盛。我陪你回家吧！"凌少扳过她的肩膀，提议道。

"为什么?"她惊了。

"你老家不就是山东的吗?我陪你回家看看你爸妈。"

两个小时的车程,到达市区的时候,凌少突然让纯洁一起下车,说要去商场买点东西。

他拉着纯洁逛了一圈后,面露难色:"你家这里有没有好一点的商场?"

"什么是好一点的商场?这个商场就很好呀,是百货大楼,东西很齐全,还经常搞活动呢!"纯洁没太明白他的意思。

"没有卖奢侈品的商场吗?这里的品牌我都不认识,怕你爸妈不喜欢,昨天我听说你被派出来要账,就连夜开车出来,什么都没来得及准备。"

"哦,他们都是经济实用型的,不用买东西。"

"那不行,这可是女婿第一次上门,你们山东是礼仪之邦,当然要重视啊!"

"女婿?"纯洁"扑哧"笑了出来,这个词从这个男人的嘴中说出来,违和感太重了。

"怎么?你有问题吗?昨晚的事到今天就翻脸不认账了?"

"我……你……"她急了,试图寻找到恰当的措辞,"对……是你主动的……不是……我是说……我们都是成年人了,发生这种事情,不能回过头来找对方负责的,一定要各自负责,对,各自负责。"

"怎么个各自负责法?"凌少饶有兴致地看着她,眼中有什么东西在闪烁。

"我们去超市吧,我妈喜欢实惠的东西,你买米买油就行。"纯洁怕这个喜怒无常的男人突然又要发脾气,就赶紧转移了话题。

"李纯洁,我告诉你,你敢不对我负责,你就死定了!"他一把拽过她,贴着她的脸,声音中透着不容置疑的狠毒。

到了超市,凌少死活都不肯买纯洁说的东西,他买了货架上最贵的燕窝、人参、海参……然后还是觉得两只手空荡荡的,坚持打电话叫人搬了一箱昂贵的白酒到后备厢,又跑到附近的商场买了几件羊毛衫,才肯开车往纯洁家走。

车子穿过了一段很长的泥泞小路,两边都是光秃秃的杨树,未完工的二期工程还在尘土飞扬中赶工,凌少几度向窗外看,良好的教养让他闭了嘴。最后车子停在了小巷子外的一个未建完的私立幼儿园门口,然后两个人徒步走了六百多米,总算到家。

"妈,开门。"纯洁敲了两下,没人应,只好打电话。

"妈,你干吗呢?"纯洁问。

"打牌呢,没事挂了哈。"汪雪梅显然牌风正盛,不想让女儿这通电话挡她财路。

"我……我在家门口呢,你快回来开门。"她开始尴尬了。

"你咋回来了啊?"

凌少在一旁笑了出来,小声问:"这是你亲妈吗?"

"你少废话!"纯洁推了他一把,电话那头一下就炸了:"你咋和妈妈说话呢!"

"哎呀,妈,我不是说你,你在哪儿打牌呢,我去拿钥匙。"

纯洁挂掉电话,说:"你在这儿等着,我去拿钥匙。"

"我陪你。"他一把拉住她的胳膊。

"就在旁边的阿姨家,你在这儿等着。"

五分钟后,纯洁拿着钥匙回来了,凌少诧异地往她身后看了又看。

"别看了,我妈说不能拆人家台,得到八点多才回来。"

"你没告诉你妈我来了吗?"凌少白了她一眼问道。

"说了,她说晚点回来再看看你是个什么货色,让咱自己先弄点东西吃。"

"你妈真是和你一模一样啊!"

"你什么意思？"

"心真大。"

纯洁哈哈大笑起来。

一进房间，"你睡哪个卧室？"他急急地问。

"床头上有照片墙的就是。"

"那这张床就是你的了？"他追问。

"这不是废话吗！"

凌少一下歪在她的床上，还把被子拖过来盖上。

"晚饭还没吃，你就要睡了？"纯洁吃惊地问。

"我先占下，你以前带没带过别的男生回家？"真是要多幼稚有多幼稚。

"没有。"

"那你妈妈为啥对我这么冷淡，我可是头一个上门的女婿哦！"他显然对自己被冷落的待遇有些不满。

"我和我妈说是我的一个朋友，要是我突然不声不响弄一个男朋友回家，我妈肯定会多想的，就是……你懂吧？没有过渡，没有思想准备，怕吓到老人家，对老人家身体不好的。所以，你一会儿不要做出一些逾矩的事情来哦！"

"我想请问一下，李纯洁女士。"

"想问什么就问，干吗阴阳怪气。"

"什么算是逾矩的事呢？"

"就是……就是……"

"是什么？这样算不算？"他站起来往前走几步，"壁咚"了她。

纯洁从他的手臂下逃窜出来，一边往厨房走，一边结结巴巴地说："这个算！你不能再逾矩了。"

"这样都算啊，那昨天晚上……"

"啊……你不要再说了……我要去做饭了。"

"你去吧。咱妈回来前你提前叫我，我要把这张床的每个角落都躺遍，以后再有男人靠近这张床，那就得绕着走。"

纯洁"扑哧"笑了出来："你是狗吗！"

纯洁妈妈直到八点半才收手，一进门脸色不好，显然是又白忙了。

"吃过饭了吗？"她一边洗手一边问。

"阿姨好！"凌少一下从卧室里跳出来，鞠了一躬。

"天啊，家里怎么还有个男人？"纯洁妈妈狐疑地看着他，目光中闪过一丝惊恐，眨了眨眼，总算想起女儿和她提过家里来了朋友，然后露出了颇有深意的笑。

"妈，你都打牌打红眼了，我告诉你有一个朋友过来玩，你还说知道了、知道了呢！"纯洁无奈地往饭桌上端着饭菜，说道。

"你知道妈妈在玩牌，还不多说几遍……小伙子，你是我闺女的男朋友吧，这么帅啊！怎么被我女儿骗到手的？"纯洁妈妈对女儿蛮不讲理，转身对凌少和颜悦色。

"对的，阿姨，我是纯洁的男朋友。纯洁怕您看不上我，特意带我来让您'审查'一下。"凌少谦谦有礼，把"特意"二字咬得格外有力。

纯洁妈妈显然听出了话里的意思，她飞快地朝门口看了一眼，发现地上堆满了东西，马上喜笑颜开："哎呀呀，你说说，小伙子头一次上门，还不知道你俩能不能成，就着急下血本啊？"

"妈——"纯洁赶紧制止。

"阿姨，您快试试羊毛衫合不合适，因为来得匆忙，不知道纯洁提供的尺寸准不准确，如果不合适，我再重新给您买。"凌少乐滋滋地上前凑热闹，一本正经地推销着自己亲手给未来岳母选的礼物。

"嗨，你这孩子，合适合适，能不合适嘛……哎呀，这个手感，哎呀，得好几百块吧，孩子你破费了，就算不合适也是换个号的事，哪能重买啊，多浪费，以后和纯洁在一起，日子还是细水长流地过比较好……"纯洁妈妈喜上眉梢，仿佛一转眼就要安排女儿跟眼前这个第一次见到的人过日子了。

"妈妈，行了行了，吃饭。"纯洁唯恐她又说出什么十分尴尬的话来。

晚上，纯洁妈妈主动给女儿换了新床单、新被罩，纯洁心想：完了，她肯定是误会了。纯洁赶紧从衣柜里找出毛毯和被子往客厅走。被妈妈看到后，就又被推回了卧室，"都什么社会了，还在我面前演这个，你别不好意思了，你们还是一个屋睡吧。"

凌少在十五平方米的小卧室里乐得直弯腰。

"你干吗？有什么好笑的，都怪你，突然拉着我回家，我妈还以为咱俩已经好到能见家长了呢！"纯洁没好气地把被子和毛毯往床上一放。

"不然呢？咱俩都这样了还不见家长，不是耍流氓吗？"

"你说了要给我一个星期的时间考虑的，结果自己进行犯规操作！"

"你考虑得实在是太慢了，我一直在等你电话。"

"一个星期还没到。"

"那你现在告诉我，你考虑得怎么样了？"

纯洁脸一红，白了他一眼。

"干吗？咱俩一床被子就够啊！"他使劲把被子往上拉，只露出一个小脑袋，笑嘻嘻地说。

"一人一床。"

"你这人怎么翻脸不认人啊，昨晚还好好的，今天就和我划清界限，能不能有点最基本的责任心！"

"嘘——你小点声。"

"咱妈能让你和我睡一屋，说明早就做好了不堪入'耳'的准备。"

"我家的条件你也看到了，跟你门不当户不对的，差距太大了，灰姑娘嫁入豪门的故事没几个有好结果的，我就想过点普普通通的小日子。反正我们都是成年人了，我允许你后悔，你看这样行吗？"

"李纯洁，你真的很过分啊！我很不喜欢你这样。"

"我哪样了？"

"你明明就是喜欢我，但又怕我只是玩玩，你自己下不来台，所以不敢承认，对吧？你放心，我是真心喜欢你的，不信你亲我一下。"

"为什么啊？"

"你亲我一下就知道我是不是真心的了。"

"你幼不幼稚！"

"那我亲你！"

猝不及防的一吻，湿润，温暖，满目温柔。

"你摸摸我的心跳。"纯洁的手被他拉着放在他的胸脯上，隔着打底衫，感受到一通乱跳，"怎么样？是不是跳得很快？这下你相信了吧？"

"那梅汐汐呢？"纯洁大煞风景地问。

凌少一顿，反应过来纯洁在忌讳什么，"汐汐从小和我一块儿长大，我待她如亲妹妹一般，没有别的想法，她对我的心意我一直都知道，但我从未给过她半点希望，等她将来遇到一个真正能一心一意待她的男人，她自然不会在我身上浪费时间了……"凌少说着说着停住了，一阵欣喜涌上来，"你是不是吃醋我带她去英国了？"

"我没有。我就是……要指出你想脚踏两只船的卑劣行径。"

"大傻妞。我只上了你这一条船，现在回不了头了，清楚吗？"

纯洁一声叹息。

"你叹什么气啊，我就这么让你犯愁吗？我超懂事的，你的消息一定做到秒回；上下班早送晚接；以后我出差都带你一起；各种社交、酒会我都会提前找你审核，并在你盛装陪同和监督下进行；节假日要留三分之一的时间黏着你，其他时间，你想怎样就怎样，只要别和其他男人胡来就行。"

"我……唉……我不是那个意思。"

"那你是什么意思嘛，说啊，我一定把你想知道的都告诉你。"

纯洁纠结了一下，突然跳坐到凌少面前，长吸一口气："那你就别怪我，我不客气了。"

"放马过来。"

"我觉得你喜欢我的过程很奇怪。不像一见钟情,也不像日久生情,就像是突发奇想要喜欢一个女人,然后就跑去告诉她最近我要吃定你。这样的行为很花花公子,我实在没办法说服自己,你为什么会喜欢我这样的女孩子?"

"谁说不是一见钟情?"

"我第一次在大堂见到你的时候,你都没怎么拿正眼看我啊!"

"我是不敢,怕自己多看你一眼,就会露馅儿。"

"露什么馅儿?"

"酒店大堂,不是我们第一次见面。我很早以前就见过你,只是你没见过我。"

"啊?"

"嗯,那天你在'挥斥方遒'的寝室里吐了。头发毛毛躁躁的,缠着一个发带,前衣襟都沾上了脏兮兮的呕吐物,你也不擦,就挥动着纤细的胳膊,嘴里骂骂咧咧地说男人没一个好东西……"

"你怎么知道的?好了好了——你不要再说了,赵晖在游戏里叫'挥斥方遒'?他给你讲的?你和他一起玩游戏?"

"你忘了?那天你让他打开摄像头,让我们看你的,结果刚打开摄像头,你就吐了,吐完出来还破口大骂,号啕大哭。"

"你是他队友?"

"算是吧,我就是'零落成泥',你可能不记得我了……"

"我好像记得,我还骂了你……"

"对。你说你失个恋,就要骂尽天下负心汉的,太偏激了吧。"

"你连我失恋都知道……那这些跟你怎么喜欢上我的有什么关系啊?你喜欢看人直播发疯啊?"

"不是。我是看到了一个女版的自己,我小时候只要一受委屈想哭,就会呕吐,我看到你难过到呕吐,就很心疼,特别想抱抱你,告诉你没事的,一切都会好起来。"

纯洁后背一颤,突然瞪圆了大眼睛,"我有一个不太友善的揣测,不知当讲不当讲。"

"嗯，我直接讲给你听，你不必揣测。你的工作是'挥斥方遒'委托我找的，你的面试题是我让晨晨提前透露给你的。既然有这个机会，我当然不能错过。你在《牧城日报》的那些日子，我一直在想要不要找个机会去找你，我知道这样很冒昧、很唐突，只是通过队友的一个摄像头看过你一次，就对你念念不忘，但事实就是如此，我很痛苦。后来听'挥斥方遒'说，你和'蛔虫一号'是同事，你们要一起来北京找工作，'蛔虫一号'找到'挥斥方遒'，他觉得'挥斥方遒'是老北京人，肯定资源多，但'挥斥方遒'毕业后一直待业在家，没什么好招数，他知道我也在北京，就委婉地跟我打听，我一看机会来了，当然大包大揽了。"

"你说得我头都晕了，你不能说名字吗？一会儿'挥斥方遒'，一会儿'蛔虫一号'，他们没有名字吗？"

"我们在游戏里这么叫彼此都习惯了。'挥斥方遒'，你已经知道是谁了。'蛔虫一号'，你应该也知道是谁了……"

"陈回？呵，也是，还能有谁呢？我是跟他去的北京，他知道你是我老板吗？"

"不知道。"

"难怪。"

"难怪什么？"

"难怪他防你跟防贼似的，他警告过我，让我离你远点。"

"我知道他也喜欢你。"

"你知道？"

"我们有一个游戏死党群，都是'挥斥方遒'拉进来的，我们都没有私底下加好友，都在游戏群里直接闲扯。他总说自己喜欢一个女孩，那女孩的心思他摸不透，我知道他说的就是你。"

"你怎么这样啊你。"

"怎么了？"

"我感觉你监视了我的生活。"

"我没有啊,我也是被裹挟进风暴旋涡的人,我一开始不太确定我这样喜欢你有没有意义,直到你来了北京,我发现你和'蛔虫一号'的关系有点不清不楚,我又很纠结,但确定了你和他不是那种关系后,我当然就放心大胆地追求你了。"

纯洁扭动了一下发麻的膝盖骨,凌少一把将她揽入怀中,下巴轻轻抵在她的颈窝里,"喜欢一个人是一件大事,哪可能会太顺利,但真喜欢当然要全力以赴,我喜欢你很久了,从第一眼,到故意对你甩脸色,再到故意招惹你,都在喜欢你。纯洁,做我夫人好吗?"

"啊。"纯洁一下坐直,磕到了凌少的下巴。

"啊!你怎么了嘛?"凌少捂住下巴,皱起眉头。

"对不起,对不起,我不是故意的。我就是想说,我都还不是你的女朋友,怎么就一下到夫人了?这总得有个过程吧?"纯洁连连道歉,偷瞄着凌少长长睫毛下疼到眯起的眼睛。

"那你用实际行动好好道歉。"凌少指了指自己微微泛红的下巴,他要她吻他,她当然看得出来。

她犹豫了一下,微微嘟起的嘴巴凑上前去,落在了眼前这个男人的下巴上。

"你这个女人,真是下手很狠哎!"

"你要干吗?这可是我家哦,我妈就睡在隔壁。"纯洁发现他的眼神透着坏意。

凌少轻轻一笑,吻了下来……

第二天一早,纯洁妈妈主动做了早餐,还从街边买了本地特有的和乐面给凌少吃。以前买给纯洁吃的时候,她经常忘记向店家要小料包,纯洁每次都提醒她多加点甜蒜,可每次回来的时候,纯洁都发现甜蒜片依旧少得可怜。轮到买给凌少,她一下就记住了,一向不吃辣的凌少,眼睛里冒着被呛出的眼泪，不停地说"美味、美味"，不停地吃。

收拾完碗筷，纯洁妈妈假装无意地问了一句："你打算什么时候办婚事？"

凌少笑了笑，脱口而出："明年！8月16日！"

纯洁愣住了，8月16日？这是个什么日子？为什么他能张嘴就来？

"妈，第一次上门，你问这个，就像是你女儿嫁不出去了一样。他胡说的，我们还在互相考察阶段，不一定能结婚的，我们先回去上班了啊！"

纯洁推着凌少出门，一手赶紧带上了防盗门。

一回头，她看到了妈妈探出半个脑袋来，趴在窗户上拼命地挥手，交代了一声"注意安全"。

唉，怎么回事呢？"注意安全"听上去竟然有点刺耳。

车行驶在路上，纯洁突然忧伤涌上心头，泪如雨下。

这矫情的泪水，真是可恶。

她知道，她和凌少走到这一步，并不代表苦尽甘来、柳暗花明了，他们确定了彼此的心意，一切才刚刚开始，她不知道如何去面对公司同事的异样眼光，如何去面对Lisa主编押注她的传闻，更不知道如何去面对凌少的家人。

这种"门不当，户不对"的爱情，除了要不停地攀爬到对方的世界里，尝试着理解对方与生俱来的常态，还要不时地告诉自己出身不代表什么：嗨，姑娘，别这么自卑。

"傻妞，你又在想什么？"凌少靠路边把车停下，伸手抓住了她的手，温暖有力，十指相扣，似乎听得到他心脏奋力向末端传输过来的血液在流动的声音。

"为什么是8月16日？"她好奇地看向他。

"我第一次从摄像头看到你，就是8月16日，到明年8月16日，刚好是我们认识两周年的纪念日，我觉得这个日子蛮好的，适合我们的婚礼。"他说着说着，脸上不自觉地洋溢出了小男孩般的期许。

"老板，我可不可以跟你商量个事？"她小心翼翼地试探道。

"说吧！但是叫我凌少、宝贝、亲爱的、小可爱都可以，不要叫我老板。"一听到"老板"二字，他马上皱了眉头。

"就是一点小事。我们的事情，回到公司，可不可以先不声张？"

"你什么意思？为什么啊！刚才你突然神情凝重又抹眼泪，吓死我了！"

"嗨，不至于。你放轻松……我的意思就是……毕竟你是我老板，我是公司里的一个小透明，如果同事们知道我成了你的女朋友，一定会在背后胡乱议论你的，所以……"

"我无所谓。"

"啊？你无所谓啊？你确定吗？"

"对。所以什么，你接着说。"

"哦……所以……我觉得，为了你的声誉出发……在公司可以不公开我们之间的关系，毕竟谈女朋友是私事，我们可以每天下班后一起吃饭、约会、看电影，你看这样行不行？"

"所以，你一路都在想这个？"看到纯洁在点头，他瞪了她一眼，"我的声誉本来也不好，没什么好维护的。我凌少谈个恋爱还要顾及别人而藏着掖着吗？我就是要让所有人都知道，你是本少爷的女人，这样再也不会有人拿你当枪使，谁也不会再当着我的面惦记你。"

他连着用了两个"再"字，她当然听进去了。他在说谁？

"没有人拿我当枪使……大家对我都挺好的，我的第一篇爆文还是在Lisa主编的指导下改出来的呢……"

"我有说是Lisa吗？"

"啊，那大坤哥对我也是不错的，很和蔼，给我安排了很多长经验值的工作机会……"

"对，给你机会和一个男同事住快捷酒店，给一个刚涉世不深的女孩深入虎穴要债的机会？"

"也没有了……大坤哥对大家还是很好的，公司有难，商务部和编辑部出几个人也是情理之中的……"

"李纯洁，收起你的滥好心，谁是谁非，我不是傻子，你不必为谁解释。我知道你到底想和我说什么，你怕公司里的同事知道你是我女朋友后，会戴着有色眼镜看你，会认为我所有的决策都是你吹的枕边风，会有意无意地巴结你，从你这儿套话……可以，我可以给你一周的时间满足你的要求。但是，我只能做到自己不主动说，不当众和你有小动作。但这也只是为了你能舒适，为了给你一个短暂的适应期，而不是因为怕了谁、忌惮谁。我凌少爱一个女人，必须要爱得人尽皆知，爱得没有余地，没有退而求其次的方案。一周之后，我不会因为任何人的优柔寡断和死要面子，而藏着我的女人。"

见她皱着眉头、歪着脑袋一时语塞，他无奈长叹，伸出手指用力捏了捏她的脸，"傻丫头，有我在，不需要你承担什么，知道吗？"

"嗯，好疼啊，你放开我啊，脸都被你捏肿了。"

他一笑，摸了摸她刘海儿边上的碎发，一脚油门又涌入了车流。

欲盖弥彰的爱情
第二十二章

回到公司，刚好是上午，没有任何人为难纯洁，就像是她请了假旅游归来一样，张兴盛不问她的去处，大坤哥也不问她是否要到了钱。

公司的要债大部队还没回来，听说他们已经在人家公司楼道里堵了七天七夜，还趁员工出来吃饭的空当，溜进会议室，在里边大肆抽烟，狂妄拼酒，火腿肠的包装扔了一地，那个公司的人报了警，可警察来了又走了。

因为没有冲突，没有肢体接触，警察来了也只能批评教育。公司这帮人的年终奖全指望着这单回款了，他们与其回公司拉单子、搞关系、再上三五个版面，真不如在那儿耗着，反正公司给他们报销出差补助，多少还能再挣点钱。

他们在公司出入的时候个个西装革履，换了一个城市，就成了地痞流氓，有时候何琪会笑嘻嘻地给大家分享他们的现场视频，他们把这当成游戏。

是游戏，就有输赢。

最终，他们赢了。

他们把欠款都结了回来。违约金，甲方用几十个货柜的化妆品抵了，公司里的姑娘每人都发了三套。剩下的那些，大坤哥派商务部的人低价卖给那些小超市和便利店折现了。

所有人为此各抒己见，团队的气氛从来没有这么好过，这甚至让纯洁产生了美好的幻觉。

距离下班还剩下二十分钟的时候，纯洁收到了一封邮件——"全体人员会议通知"，她直起身子往周遭瞄了一下，大家的电脑界面几乎都停留在了这封邮件上，显然大家都收到了，果然不是何琪单独发给她一个人的恶作剧。并且，大家都是既蒙圈又沮丧的，所有人的第一反应都是看完邮件，环顾四周，察看别人的反应。

因为会议通知的内容实在是太含糊了，没有会议主题，没有会议主持说明，大家觉得公司掐着下班点发出这个会议通知，八成是有重大紧急事件要宣布。

纯洁看了一眼手机上的时间，端起杯子走到茶水间，茶水间与前台只有一个透明的玻璃墙隔着，她只是抻了抻脖子，还没挤眼睛，何琪就端起水杯一个箭步冲了过来。

两个人站在两台饮水机前，一个冲着挂耳咖啡，一个在给自己的红枣姜茶续杯，眼神自然地注视着各自的杯子。

"到底什么情况？"

"我不清楚，凌少的秘书杰西卡突然给我打电话来，让我尽快把通知发出去，好给很多在外办公的同事留足时间往公司赶。"

"那你这个会议通知发得也不清楚啊，开什么会都没说清楚。"

"我说不清楚的，从来没有过这种操作。我估计是大老板临时起意，要宣布重大的任免决定吧。不过他一向'会风'很好，从来不占用大家的下班时间，所以也不必过于担心'拖堂'……我猜啊，大局要定了，Lisa主编要下马了，她在这次的行动中从头到尾都缩着脖子放任不管，而人家大坤哥把平媒部门的烂账都清掉了，头功一件。今天是不是要当即升任他做常务副总了？"

"会吗？"

"怎么不会啊，你什么时候开始担心起这个来了，你是希望他上马，还是不希望啊？"

"你猜。"纯洁微微一笑，端着冒着袅袅青烟的茶杯往工位上走。

何琪暗自咕哝了一声："她今天怎么神秘兮兮的。"

纯洁倒不是很担心谁被罢免谁被高升，只是因为今天早上一起床，她就收到了凌少的甜蜜攻击——"今天下班后五分钟内必须看到你站在地下车库等着我，否则你就等着我上楼来亲自接你好了。"可这会儿，他又要着急上来开会，那万一时间赶不上了，算谁的责任？他不会当众做出不理智的行为吧？

啊！这个赶尽杀绝的男人！

"老板来了！"会议室的大门被两个高挑干练的女秘书优雅地打开，浅灰亚麻西装低调而修身，一只手插在裤兜里，走路带风，所到之处人尽退让出一条小路，犹如王者驾临千门次第开……

"李纯洁。"

是谁在叫我？

是凌少，他又喊了一声。

她恍惚了一下，赶紧站了起来，像个自动应激的机器人，"到！"这时她才注意到，半个多月没有在公司出现过的Lisa主编，不知道什么时候，已经出现在了凌少的左侧位置，而右边早就被大坤哥占住。

"你往中间坐一下，躲在人群后边，我根本看不到你。"凌少板着一张脸，冷冷地要求道。

她惊了，这个家伙到底在干吗？想要看我的话，要这么明显吗？

"愣着干吗，挪动一下位置，速度。"Lisa主编见纯洁愣着没动，便厉声催促道。

"哦，哦……"纯洁一边"哦"，一边把自己挪到了长方形会议桌一端的正中央，她的正对面，坐着正襟危坐的凌少，她疑惑地偷瞄了一眼，可能全场只有她看得出来，这张冷峻帅气的脸背后，藏着一个忍不住要大笑出来的坏分子了吧。她突然觉得这像是豪门大户的家庭聚餐，甚至有点期待女管家端上来一盘开胃点心了。

"我不会耽误大家的下班时间，快速地说几件事。前段时间，因为本人需要出国处理家中私事，所以公司上下事务暂由我的朋友顾总代为打理、大坤总执行，公司运转流畅，债务问题处理得十分妥帖。所以，经公司高层研究决定，论功行赏。杰西卡，你把研究结果给大家宣读一下。"凌少说完，便朝杰西卡示意了一下。

杰西卡立即从身后拿出一个朗读册一样的东西，红艳艳的，镶着金边，她打开，清清嗓，开念："公司决定：一、奖惩部分。个人奖励：奖励副总经理魏大坤现金100万元，年假3个月，请行政立即安排。部门奖励：商务部30万元、编辑部20万元、行政部10万元、财务部10万元。部门奖励由各部门主管领导统一分配，享受过个人奖励的不再重复享受部门奖励的分配；二、任免部分。何小小不再担任财务部总监一职，由蔡晶莹担任代理财务总监；三、架构部分。新媒体部从编辑部独立出来，不再归属编辑部统一管理，李纯洁任职新媒体主编，直接汇报对象是凌总。最后，公司今年的庆功宴预计在年初的1月15日举办，行政部做一下意向地点征集，公司会根据大家的意愿统筹决定。以上。"

长达一分钟的沉默，明明公司给大家发钱了，但没有人欢呼，没有人鼓掌，有人皱着眉头，有人憋着怒火，有人低下头去，还有人从牙缝中挤出了看热闹不嫌事大的鄙夷，梅汐汐直接拍桌子拎包摔门走人了。

"散会。"凌少看了下手表，起身往门外走，路过纯洁的时候，掉头停了下来，修长白皙的食指在她面前敲了三下后，下楼了。

她当然知道这是什么意思，三个字嘛，"别迟到"。

这个家伙，太猖狂了。

所有的同事都没有要走的意思，你是大老板可以无视你的员工啊，可我的领导都还没走，我哪敢……慢着……刚才杰西卡说我的直接汇报对象是凌少了，那么，是不是意味着Lisa主编已经不是我的直属领导了？我的天哪……

纯洁偷偷瞄了一眼Lisa主编，正碰上一个微妙的眼神……

随后起身的是大坤哥，看他的急切度，好像是追人去了。

一屋子人零零散散地走出会议室。

何琪收拾完，一蹦三跳地晃在纯洁面前，"李主编，请客！"

"嘘嘘嘘！"纯洁下意识看了一下周围，发现同事们都快走光了，才挽着何琪的胳膊小声说："你小声点，可不敢瞎叫。"

"嘿，你这人，这怎么能说是瞎叫呢，会上都当着大家的面宣读了，我不这么叫，你的兵也得这么叫，你提前适应一下，当领导就是要每天享受我们这种嘴甜小兵的溜须拍马，不然谁还巴巴地上赶着升职啊！"

"我哪有兵，我们组就我一个人。梅汐汐组里的两个人我哪敢奢望啊，她们不举着十五米大砍刀来追杀我就算是对我手下留情了。"

"你很快就有了。前几天Lisa主编给我扔了份简历，让我给她做入职，说是何翩然离职了，你组里缺个人，她直接给你补招了一个……看着是体谅你辛苦的好事吧，但是，我感觉貌似有一点蹊跷啊……"

"怎么了？"

"这个简历上的人，我看着眼熟，我去行政面试邮箱里看过，她一个月之前就来投过简历，当时何翩然已经离职了，完全可以面试她的，但我拿给Lisa主编后，她看都没看一眼，就说再等等。就在前段时间她称病在家没来上班的时候，她让我把邮箱里所有申请这个岗位的简历全部转给她，然后她一个小时之后就给我打电话了，说马上通知上次那个女孩来公司面试，这个人是她直接面试的，人事都没见过，她直接告知这个人被录用了，下周就可以来入职报到了。"

"这有什么蹊跷的？"

"你不觉得这个人像是Lisa主编单线联系的人吗？你要是看过警匪破案片你就知道，这是线人的思路啊，别人都不知道这个人是什么来头，就她知道，而且还不让她以外的人跟'线人'接触。"

"真有这么复杂吗？"

"呵呵，你品，你细品。"

谈话间，电梯来了。

门打开后,梅汐汐出现了。

"吓死人了!"何琪拉着纯洁的手,大叫着后退一步。

"汐汐……你是落下东西了吗?"纯洁也被吓了一跳,马上定了定神,客气道。

"没错,落下一个耳光。"一个山响的巴掌甩在了纯洁的脸上,五根红彤彤的指印留在了这张白皙通透的脸蛋上。

"梅汐汐,你有毛病吧!你凭什么打人啊!"何琪拉着正捂着脸恍惚的纯洁后退一步,大声斥责道,声音激动到几乎是哭腔喊出来的。

"你这个贱人,不知道给我凌少哥哥施了什么妖术,就知道用下贱手段往我们身边挤!我告诉你,别以为可以通过嫁入豪门改变自己,别以为他喜欢你,你就是凌家的人了。别做梦了,凌家的大门这辈子都不可能向你打开,我才是凌太太!"梅汐汐说完之后,白了一眼,从爱马仕铂金包里抽出来一张纸巾,用力地擦了擦手,像是一巴掌打出去,被那张脸玷污到了一样,然后将纸巾摔在电梯门旁,冷笑一声便走了。

"你没事吧?"何琪看到捂着脸半晌没有动弹过的纯洁,心里划过一丝恐惧。

"帮我看看几点了。"纯洁把梅汐汐扔掉的纸巾捡起来,扔进垃圾桶,冷静地问道。

"六点一刻了。"

"带我走楼梯。"

"为什么啊?不会再遇上梅汐汐了,她难不成打完人觉得没发挥好,再倒回来重打一回啊!"

纯洁缓缓抬头,瞪着这个随时抖机灵的姑娘,像是要用剔骨尖刀挖开她的良心来一探究竟。

"好好好,我扶你走楼梯就是了。"何琪被她瞪毛了。

从网约车上下来后,纯洁一个人朝着女生宿舍走去,昏暗的灯光和泛起的浓雾交织在一起,像是构建了一个虚拟世界一样,她不知道这样走下去是否有尽头，但她还是要步履不停地走下去。

"李纯洁，你好大胆子啊，第一次约会就敢放我鸽子！"一只手突然扳过她的肩膀，这张轮廓分明的帅脸迎面走了过来，长长的睫毛几乎就要扎进她红肿的印记里去。

他没等到她，从地下车库上去找她，发现公司里已经空了，只好气呼呼地直接开车来她家楼下堵她。

她本能地呻吟了一声，后退着，并迅速把脸扭向一边，"放你鸽子怎么了，多适应一下就不会大惊小怪了，我又没让你等我。"

"你脸怎么了？"声音中透出了一丝冰冷的杀气。

"天太冷了，我自己拿手捂的，捂过劲儿了，一会儿就恢复了。"

"当我是傻子吗？我再给你一次机会，你的脸怎么了？"一团火蹿到了嗓子眼儿，他几乎要被完全点着了。

"你别问了，反正你做什么决定都不会跟我商量，我的事情你也不用管。"

"你到底在胡说什么啊？我有什么决定不跟你商量了？我是你男朋友，我当然有资格管你！"

"你吼什么吼，万一让人听见。"

"让人听见怎么了，跟我谈恋爱很丢人吗？"

"我不想在自己这么狼狈的时候跟你吵架，你走吧。"

凌少气得脸都绿了，转身走了两步，突然又追上来，一把抱起纯洁就走。

"你干吗？光天化日……"

"现在是晚上。"

"晚上也不行……你要带我去哪儿？"

"去我家。"

"为什么？我不要去你家。"

"别闹，再闹我只能打晕你了。"

"我不要去……"

"乖,去我家给你擦药,傻女人。"

"去我公寓一样的。"

"你公寓有急救箱和医药包吗?"

纯洁说不上来:"但是……"

"不要但是了,你在担心什么啊,我还能把你吃了不成,乖一点。"

跟着凌少到了卧室,眼疾手快的管家第一时间送来了医药箱,把药水放在了最显眼的地方,一分钟后还送来了冷敷的鸡蛋。

"你们家是有什么煮鸡蛋的神器吗?怎么能这么快煮好一个鸡蛋?"纯洁看着优雅的管家出去后,伸手摸了摸已经剥了壳的鸡蛋,好奇地问道。

她住在公寓里,每天都要和于秀花轮班做早餐,隔一天才能多睡一会儿,看到有人竟然能如此高效地蒸好鸡蛋,注意力立即被吸引走了。

"你不打算从我身上先下来吗?"凌少坏坏一笑。

纯洁这才注意到,自己像一只小浣熊一样双臂挂在凌少身上。

"臭流氓,快放我下来。"两抹红晕飞上两颊,纯洁几乎是自己跳下来的,在泛着光泽的木地板上差点摔了个大马趴。

"你小心一点啊,你这个人真是的,整天毛手毛脚的。"凌少伸手要去扶她,被她一把推开,看到她梗着脖子,一副要不到答案誓不罢休的样子,只好补充说:"哪有这种一分钟煮好鸡蛋的神器啊,蒸蛋器也没有这么快的吧,我上车前给管家发消息了,让她提前准备的。

一种亮晶晶的东西在纯洁的眼睛里一闪而过,双唇微启,却始终没有说出一个字来。

"是不是想夸我?想夸就夸啊……李纯洁,你这个人吧,固执起来蛮可爱的,死要面子起来又白痴得要死。夸我又不会显得你掉价,承认我浑身是闪光点不是间接说明你眼光不错吗?而且你也不用太自卑,毕竟这个世界上比我优秀的人本来就数不出几个来。"

"哇!你这个自大狂可真是棒呢,棒极了。你看这样行吗?"

"别贫了。脸都肿成狗脸了,还这么贫。"

"喂！讲不讲道理啊，是你求我夸你的，你说我贫？"

"好了，你话好多啊，坐下。"

凌少从身后取过一条毛巾，对折了几下，便敷到了纯洁的左脸上。

纯洁一下蹦了起来，"你这毛巾凉死了，都冰到骨头了！"

"坐下，没那么夸张，冷敷当然要冷一些，毛巾是用冰水浸泡过的，乖，一会儿就适应了，如果你觉得冷，我把左手借你暖一下。"凌少不动声色地把左手放到了她面前。

"不用，你都说了，一会儿就适应了……"

"你这个女人，废话真的很多哎，给你用你就用，干吗推三阻四。"凌少说着就伸出一只温暖的大手握住了她正在微微颤动的双手。

她一下安静了，眼前这个男人，一只手正贴在她脸上，虽然隔着一条毛巾，却依然能感觉到他的坚定有力；另一只手死死握住她，盯了一会儿，这张冷峻的脸突然离自己的睫毛越来越近，越来越近，直到温润的唇再一次贴了上来，这次她没有抵抗，眨了眨眼睛，回他以热烈，只是两个人因为一边冷敷一边热吻的复杂性，一度有些释放不开。

"你的电话在响。"纯洁回过神来，眼睛往铃声的方向看了看。

"别分心。"他身上散发着甜甜的男性气息，温润的唇又贴了上来，但打电话的人像是下定了决心要扫这俩人的兴似的，让渐进声量的响铃充斥整个房间。

"接一下吧，我自己敷。"她接过冰毛巾，执意要他接。

凌少把手机丢了过来，"竟然是你的在响，哪个没有眼力见儿的？"

"人家又不知道我们在干吗。"纯洁一看手机，是陆晨，她迅速把视频电话切换成了语音电话。

她不想被陆晨看到自己在他表哥家里，至少现在还不能。

"你半天不接电话，干啥见不得人的事呢？"陆晨开门见山。

"啊？你在说什么，你不要胡说。"纯洁一下慌了，陆晨永远是防不胜防。

陆晨听出了她的心虚，赶紧降低了声量，坏坏一笑："你跟谁在一起呢？"

"哦，我一会儿就回去。"纯洁赶紧打岔。

"谁让你回来了？回来谁照顾你，花花今晚夜不归宿出去浪了，我也不在你们公寓楼里住，谁照顾你？就好好在我表哥那儿待着吧，那么大的别墅不香吗？那么帅的男人投怀送抱不香吗？回来干什么，你别回来。"

"我……"

"我什么我，赶紧和我说说，梅汐汐那个贱人都干什么了？"

"啊……你怎么知道的？"

"梅汐汐多猖狂多无脑啊，刚才她发了一条朋友圈，说'婊子必须亲自手刃才痛快'，我觉得她说的这个婊子啊，八成指的是你，咋的，真动手了啊？"

"不至于，手刃就是个说法，故意伤人犯法，她受过高等教育，人家当然不会知法犯法。"

"到底动没动手啊？不然她发那条朋友圈是什么意思？"

"手……嗯，是动了一下。"

"你打回去了没？"

"啊？"

"我问你还手没？"

"没有……我当时没反应过来，而且……"

"而且你真觉得自己抢了她的未婚夫？你脑子有病吧？男未婚女未嫁，我表哥从未承认过她的身份，就她一天恬不知耻地到处说自己是凌少的未婚妻，还真当自己是正房了！打你哪儿了？"

"嗯……"

"别嗯了，拍照。"

"啊？"

"啊什么啊呀，我说让你拍照，限你三十秒内发过来，不然我现在就杀到我表哥家亲自验伤。"

"我发,我发。"

一分钟之后,陆晨看完那张肿胀如猪头的脸,回过来一个表情,是一个喷火的小人:老子要为你报仇!

纯洁愣了一下,她不确定这是陆晨的表态,还是陆晨的行动指南,只是颤着手指发了一条信息过去:你别冲动,我自己会处理好的。

没有收到任何回应。

凌少拿着脱壳的鸡蛋在手心里滚动了两下,看到她发完消息一阵失神,便俯下身子把脸凑到她脸旁:"乖乖去床上躺平,我要用鸡蛋给你消肿了。"

以他的敏锐,他早就把她们的电话内容推测了七七八八,可他偏要故意装出一副若无其事的样子,甚至没再追问到底是谁动手打了她。

第二天一早,纯洁坚持让凌少把自己送回女生公寓。

因为她早上一睁眼就发现了何琪半夜发来的消息,说要明天一早来看望她。

明天一早?那岂不是今天,或者就是现在?

她可不想让何琪知道自己现在睡在大老板的家里,她必须回到自己的公寓。

凌少送她到公寓后不肯走,绕着三十几平方米的屋子转了一圈,开开衣柜,拍拍写字桌,拽拽窗帘,最后强行在她的床沿边上找了一个狭小的空间,安静地坐了下来。

"你赶紧走吧。何琪知道我住这儿,她八成会直接上来。"

"我怎么放心让你这样待着,我不走。"

"我没事啊,又没断胳膊没断腿的。再说了,咱不是说好了暂时不让公司同事知道我们谈恋爱吗?你能不能信守一下承诺啊!"

"我没说要毁约啊!她来了我会藏起来的,刚才我勘查过了,那个落地窗帘后面勉强可以站一个人。"

"你当跟三岁的小朋友躲猫猫吗?你快走吧。"纯洁听到这提议,差点以为他在和自己开玩笑。

"不信我躲给你看。"凌少说着就绕到窗帘后边去了，亚麻格子窗帘是陆晨当初找人从市场上买来的便宜货，又厚重又不透光，堆积在墙脚的时候，没有任何流畅的线条，就鼓鼓囊囊垂在窗边，非常不自然，加上长度当初量的时候就没量好，长出十五厘米拖在地上，真是完全看不出后边还藏了个人。

这个身高足足有一米八七的大男孩，为了让纯洁相信窗帘后真的可以藏下一个大活人，站得笔直，还认认真真地屏住了呼吸，一声不吭。她似乎可以想象到他一板一眼的样子，忍不住笑了出来。

"这个窗帘是不是好久没洗了，全是浮尘。"凌少从里边一下跳出来，一只手捂着鼻子，一只手用力弹着衬衫上沾着的尘土。

"那你还钻，赶紧回去吧，不用上班吗？"

"呵呵，真是情壮尿人胆，你都和公司行政请病假了，我还去公司干吗？再说了，公司是我的，我想去就去，不想去谁都管不着。"

"哇，这么幼稚的话你都能说出口。"

"那趁敌人还没来，我们来干点成熟的事呗！"凌少笑嘻嘻地朝着纯洁走来，两只手摆成了猫爪状。

"你疯了，何琪真的马上就到了。"纯洁一下躲开，惊恐地望着这个被爱情迷惑至深导致脑回路出现故障的男人。

"你想哪儿去了，别做梦了。我是想和你商量一下，要不要换个住处？"凌少停住他的双爪，一本正经地在她身旁坐下来。

"换住处？哦，我是想过租一个更好的房间的，毕竟公司最近发的奖金也够多。但陆晨这个房子要到月底才能到期，现在女生宿舍就我和花花住了一间，其他都浪费了，她不允许带家属，很多员工都是有家属的，没办法住进来，本来就闲置了一大半，我要是再搬出去，就更没人了，我寻思放着也是浪费，就先住下来，到期了再搬。"

"谁让你换个地方租房了，我是说搬去我家住。"

"啊？住你家？为什么？我租房子住挺好的，我每天从你家上班太不方便了吧。"

"有什么问题？我是你男朋友，你住进我家是理所当然的。"

"不行不行，这太疯狂了，发展速度太快了，我跟你讲，爱情发展得太快容易夭折，咱们得三思啊，对吧？你是想跟我天长地久的，对吧？除非——你想跟我玩玩就散伙？"

"闭上你的乌鸦嘴，李纯洁。再诅咒我们的爱情试试！别在这儿跟我声东击西的，你是不是觉得住别墅不自在？"

"啊！对，你说对了，一醒来发现什么都准备好了，这种生活不适合我。我这种人适合过小日子，就是那种很二人世界很温馨的小日子。"

她有点佩服自己的机智。

"那好说，给你时间慢慢来，分阶段实现。公司附近，我还有一套小一点的房子，九十平方米的两居室，精装修，空置了一年多了，没人住过。我们改住那里？"

"啊？九十平方米？小吗？这样也不太好吧，我白住别人的房子，老觉得不踏实，要不……我付你房租。"

"就知道你会提房租。我的房子从来不往外租，我有洁癖。我要把这个房子卖给你。"

"卖？卖给我……可我现在还买不起，要不你先问问其他买家。"

"李纯洁，你是真傻还是假傻？我如果真想卖掉房子，至于一年多让它空在那里吗？我是要送给你，但以你的自尊心和死要面子的臭德行，肯定不会要。那我索性卖给你好了，首付你想付多少就付多少，按揭就从你每个月的工资里扣掉一半打给我。喏，这是我的卡号。"

纯洁看着凌少从口袋里掏出一张银行卡拍在桌上，一时间不知道该怎么办。正在这时，门口响起了何琪上气不接下气的叫门声。

"你快躲起来。"她小声催促着，甚至上手推了一下凌少。

"你先答应我，不然我就不躲。"凌少踉跄一步，笑嘻嘻站稳，双手插兜，像一根决意扎根这片土壤的铆钉。

"我答应，我答应。快躲起来。"

"今晚就住过来，下午三点我来帮你搬家。"

"好好好，你快躲起来。"

何琪的叫门声越发大了起来，纯洁推着凌少一步步往窗帘后边去，他反手把她拉进窗帘里，又是一吻。

她挣扎出来，一脸惊慌地整理了衣衫，给何琪打开了门。

"你家里有人吗？"何琪一进屋就四处观望，像是打开了头部探照灯的工人一样。

"没有啊，就、就我自己在家。"

"我怎么好像听见你在跟谁说话似的。"

何琪放下手里的果篮，歪着脑袋看了一眼纯洁的脸颊。

"好像消肿了不少哦，不过还是能看出来手掌印。梅汐汐下手实在是太狠了，看上去是一个大家闺秀，怎么做事就像是一个市井泼妇呢！你还疼吗？"

"不疼了，就是有点发木，很快就好了。"

"放心，病假我都给你弄好了，你踏踏实实在家休息，等彻底看不出来了再去公司。别让梅汐汐的阴谋得逞！她打你脸，就是故意让你藏无可藏，就是要让全公司的人都来看你的笑话。"

"可我今天的更新还没写呢，再疼也要忍着，不过这活在家干也行。"

"你可真够兢兢业业的。你今天的活啊，八成是不用干了。早上，Lisa主编发现你的工位空着，马上找我问了情况，知道你请病假之后，提前让那个新员工入职了。"

"新员工长什么样？比何翩然还难搞不？"

"简历上的照片看着还行，但现在简历上的照片水分都大，明明是圆脸，非给自己修成锥子脸，不可信。没几个人跟你似的，照片整得还没本人一半好看。"

"我哪张照片不好看了？"

"你的角度有点刁钻好吧！一般人听到别人这么说，一准儿高兴自己本人被夸漂亮了，你倒好，为自己的照片鸣不平。就你来面试的时候，我当时都被你真人惊艳到了，真乃仙女下凡啊！我就知道，你这样的美女，只要留在了我们公司，肯定得掀起一场腥风血雨。"

"怎么被你说的跟红颜祸水似的。"

"你就是红颜祸水啊，不然大老板怎么亲自下水为你大开杀戒啊！"

"什么意思？"

"昨天杰西卡宣读的会议内容没听见啊？你耳朵是被堵住了吗？"

"昨天不都皆大欢喜吗？怎么我就成红颜祸水了？照这个逻辑，我该是全公司的福星呢！"

"呵，福星？现在大坤哥和Lisa主编都得恨上你了。"

"为什么恨我啊？大坤哥可是得到了一百万奖金和三个月的假期啊，拿着一百万出去玩三个月，要你你不开心？不过Lisa主编恨我倒是有可能的，公司把新媒体部独立出来，又没有提前跟我商议，我事先不知道，我回头跟她解释一下应该就好了吧？"

"就你这个段位，什么时候能升一升？大坤哥那一百万相当于就是遣散费了啊！三个月啊，你想想，哪个核心岗位上的人敢离开自己的位子三个月的？之前大坤哥为了跟Lisa主编竞争常务副总这个位子，都攒了两年的年假没休过了，他注重的是'勤勤恳恳'这个名号，没有功劳也有苦劳，他就是要让所有人看见自己的牺牲，以此来换取人心啊！我敢断定，大坤哥一定会推掉一百万奖金和三个月的假期。这种把人边缘化的手段太高明了，我虽然不知道老板为啥这么做，但这种体面的逼退手段，真是杀人于无形啊！至于Lisa主编，她更难缠一些，她看上去是个雷厉风行、豪气冲天的大姐姐，其实还是有一堆小心思的。前几天我去公司附近的美容中心做脸，发现她和梅汐汐在一起，躺在那儿敷精华，三米开外都能听到她俩笑得有多爽朗，她俩的关系怎么能如此突飞猛进了呢？不合逻辑，Lisa主编之前不都是一直押你的吗，倒戈了？"

"你太警惕了，这有什么啊，我不也约你一起去吃过串串吗？"

"你怎么一点斗争的敏感性都没有。Lisa主编之前一直称病在家，那个时候谁最需要她主持大局，不就是你嘛！没有她在，大坤哥当然要趁机通过打压你来打压她的势力了，不然让你一个姑娘家去要债干吗？你还真以为自己有处理江湖恩怨的通天本领？他这是把苦差事故意往你儿丢……"

何琪突然顿了一下："我去！"

"一惊一乍的，干吗啊你？"

"我找到了大坤哥败北的关键原因了。"

"说出你的高见！"

"他得罪了你。"

"得罪了我？没有啊，再说要债这种事，不也拉上平媒部的张兴盛了嘛，又不是针对我一个人的。"

"张兴盛只是个掩人耳目的陪衬，单独叫你去显得目的性太强，所以搭配上一个最没地位、最不敢有二话的老实人和你一起去要债。他知道你俩这样的人必然要不出什么来，而他的商务部里，个个都是人精，肯定能满载而归，到时候两边一对比，治罪你们，连带Lisa主编，一举两得。但他犯了一个致命性的错误——动了大老板心尖儿上的女人，大老板才不在乎他给公司要回了多少钱，反正外债总有办法要回来的。大老板最在乎的，是你！他敢动你，就是死路一条。而Lisa主编在该保护你的时候不作为，这种人也不值得提拔，所以在人事任免上，虽然大坤哥被贬斥了，但她也没有捡漏到升任常务副总的机会，相反，把新媒体部独立出来，把你调出来，直属领导是大老板，一方面大老板可以直接保护你，另一方面也削弱了Lisa主编的实权。"

"你这个解读竟然有点精彩。"纯洁听愣了，尴尬一笑，角落里突然响起了干涩的掌声，纯洁吓得赶紧使劲拍起了手。

"是你在鼓掌？我怎么感觉还有别的掌声？"何琪扭过头往四周看了看，茫然道。

"回声……对，回声！当然是我一个人的掌声。你还想要多少观众？真是精彩，佩服佩服。"

"承让承让，我这上百部的宫斗剧不是白看的，绝对可以理论指导实践，实践印证理论。"

"只是，'大老板心尖儿上的人'这种话，就私底下跟我说说就好了，可不敢跟其他人胡说啊！"

"这怎么能是胡说呢，梅汐汐动手就充分说明了一切。你动摇了她的地位，她有危机感了，气急败坏就动手了。老板真没跟你表白呢？你是不是在唬我呢？不然这一点说不通啊，你俩应该已经好上了才对啊！是不是你故意隐瞒了我什么？我告诉你，爱情这件事欲盖弥彰。"

何琪突然撑起下巴，目光紧紧盯住纯洁的眼睛，试图从这双躲闪的眼睛里捕捉到自己逻辑自洽的完美证据。

"你别瞎说了。中午要在这儿一起吃点东西吗？"

"你家里有什么？"

"什么都没有。"

"那你还留我吃饭？"

"可以点外卖啊。"

"得了吧，我还是回公司吃吧。我是偷溜出来的，让人帮我顶一会儿班。你自己一个人可以吗？"何琪起身准备给她洗点草莓吃，突然朝着窗帘的方向阔步走去。

"你干吗？"纯洁一个箭步冲上去挡住了她。

"拿果盘装水果啊！"何琪抓起小桌子上的果盘，一阵微风把窗帘掀起了波澜，"你好奇怪啊，紧张什么？家里藏男人了？"

"藏什么男人，这里就我和一个女生在住。"

"你最好是这样。大老板多好一个男人，多金、帅、深情，昨天为你当众拔剑斩奸臣的样子，简直帅炸了好吗？如果有男人肯为我这样做，我死都瞑目了。所以，你可不能跟其他的男人好，辜负了他啊！我跟你讲，偶像剧要敢这么演，女主是会被大家唾弃死的！"

"好了，好了。干吗说得这么吓人啊！赶紧回公司吧，时间久了，会被人抓住小辫子。"

"走了，走了，草莓记得吃啊。不过啊，英雄都是硬碰硬的解气，老板哪会想得到，当众护着你，其实就是把你推到了众矢之的的位置上了，像梅汐汐这种暗箭，他就未必能想得周到了，你受点委屈，只能这样了。"

"好了，赶紧走吧！"

纯洁关上大门，透过猫眼望出去，看到何琪蹦蹦跳跳下楼去了，才倚靠在门上长舒一口气。

"这小丫头来公司这么久了，倒一直没看出来有这两下子，屈才了啊，我差点忍不住给她喝彩了。"

凌少不知道什么时候站在了她后面，一脸的冷静如一池湖水般，看不出他是在开玩笑，还是在冷嘲热讽。

"你刚才已经鼓掌了好吧？不是差点，就不能克制一下？"

"我克制了啊！你也看到了，我爱你这件事欲盖弥彰啊，何琪这个小丫头说得很对。"

"那就大大方方谈。"

凌少愣了一下，马上凑上来，眼睛里亮闪闪的，"你说真的？"

"不然呢？反正都暴露了，干吗还偷偷摸摸的，好像真的是我抢了别人的男人一样。"

凌少"扑哧"一声笑了出来，抱着纯洁转起了圈圈。

窗外飘起了小雨，浓雾隐没了街角。

他喜欢她赌气的样子，比一板一眼和他较真儿的样子可爱多了。

"把手拿过来。"

两只手十指相扣在一起，凌少拿出手机拍了下来。

"你要干吗？"

"留证据。"

"呵，我李纯洁说话从来都是一言九鼎，随便你，小人之心。"

凌少走后，纯洁望着花花整整齐齐的空铺位，给陆晨打了电话。

"喂，花花昨晚没回来啊，她没事吧？"

"花花不是昨晚没回去，而是连续三个晚上都没回去睡了。"

陆晨那边窸窸窣窣，好像旁边还有别人。

"三个晚上不回来，你都能沉得住气？万一是遇到危险了怎么办？那种被坏人骗出去出事的新闻也不是头一回听了……"

"你放心了，花花每天都按时来酒吧上班，只是晚上不去公寓睡了——我说李纯洁，你到底什么时候和我表哥同居？我这儿光住着你一个人不划算，我准备到期就退租了，省点运营成本。"

"我……我什么时候说过要和凌总同居了？你不要乱讲哦！"

"装，接着装，我表哥朋友圈里炫耀的那只爪子不是你的？我比你妈还了解你好吧？中指第一个关节处有个突出来的小茧子，是你小时候写字太用力磨出来的，我认识的人里，你独一份。别耍赖。"

"啊，什么朋友圈？"

"你没看到？"

"没有啊，我一会儿看。没错，我是决定要和凌少光明正大地相处一段时间看看的，但还没到同居的地步，所以……"

"李纯洁，你是远古时代来的吗？男女朋友同居很正常好吗？你能不能落落大方一点，你这种扭扭捏捏的姿态，不但不会显得你矜持，反而会显得你很做作。"

"我不是这个意思——我觉得成年人谈恋爱住在一起没什么的，我怕的不是这个，我怕的是过早地住在一起，一点个人空间都没有，两个人的缺点都暴露无遗，会扼杀掉感情里最珍贵的东西。"

"感情里最珍贵的东西是真诚，不是伪装，谢谢。"

"好吧，好吧。我会慎重考虑的。对了，你上次说的和欧阳希的事情,你……"

"我先不和你说了,我这儿有点事,晚点电话。"

陆晨挂断了,纯洁一阵恍然,猛地发现自己其实是要问花花的下落的,结果怎么就绕到自己身上去了呢?

等花花下班,她要亲自过问一下,这个女孩太过简单,被人骗了、卖了都还在那儿高兴地数钱呢!

三点,凌少上来接她了。

纯洁站在公寓中央望着墙脚的几个行李箱和编织袋发愁,还有很多东西装不下。

"走了。"凌少拉着她就往门口走。

"等一下,我还没收拾完,只打包完了衣服和床上用品,洗漱用品和日常用品都还没收拾好呢,你再等我一小会儿。"

凌少望着一屋的凌乱,笑着说:"别装了,咱家的东西都是齐全的,洗漱用品和日常用品用一段时间也要换新的,你趁机淘汰一批吧。我的女朋友过得这么寒碜,我不要面子的啊?"

纯洁定了定神:"那好吧,至少让我把房间的地面扫一扫,不然陆晨带房东过来验房退租的时候,会显得上一个住客很无情。"

凌少点点头,叫搬家公司把东西拉走后,自己径直走进卫生间,拿出来一个扫把。

"你坐着,我来扫。我的女人除了给我做爱心餐,不可以受其他劳累。"他一把将她按坐在床边,开始一板一眼地清扫地面。

她看得出来,他应该从小到大没做过什么家务,不然扫把在他手里的样子,总觉着有一种反向的别扭。他认认真真地把地面上的零碎与浮尘都堆积到一边,并扫进簸箕,倒进了垃圾桶,还不忘把垃圾袋系了一个死扣。

纯洁心里一颤,走到他身边,跷起脚尖,温润的唇落在了他的脸颊。

他一怔,整个人乐开了花,笑嘻嘻地俯下身子,"太敷衍了吧?"

"快走啦!"

她挽着他往外走，垃圾袋在他手里转来转去，防盗大门在身后重重关上的那一刻，有一种老夫老妻的恍惚感。

她有点伤感，她知道自己无论怎样一身傲骨，无论怎样闹情绪闹别扭，她都好像是这场感情的弱势方，她是喜欢他的，是想要天长地久的那种喜欢，可他每当站在她面前，无论多温柔，她都会有一种随时会失去他的危机感。

这天晚上，凌少把纯洁带到了一栋距离公司三公里左右的房子里，复式结构，精装修，她看了看，其实该有三间卧室，只是其中一间被改成了一个装满了书的书房。楼上最大的主卧有落地窗，紧挨着窗户那儿摆着一张紫罗兰色的长沙发，阳光洒下来的时候，那张沙发充满了诱惑、明艳，勾引着主人坐上去休憩。

纯洁在沙发上坐了很久，默不作声，然后静静地蜷缩着。

凌少走到她身边，蹲下来握她的手，问："纯洁，你不要看看其他房间了吗？"

"一会儿再看。这个沙发的位置摆得真是绝了，我想黏在这儿。"

他哈哈大笑，勾住她的鼻子说："傻瓜。"

"你知道这张沙发为什么要摆在这儿吗？"他问她。

"为了让我天天趴在窗边等你回家。"

"说什么傻话。你往下看。"

纯洁支起身子，鼻尖贴在窗上，呵出一层雾气，然后拿袖口擦干净，顿顿地欠回身子，"看不出有什么。"

"是你的车。"凌少也坐了过来，回道。

"我的车？贵吗？"纯洁重新往窗边探了探，试图看得真切。

"不贵。"凌少回得干净利落，眼神中划过一丝疑惑。

"怎么了？"纯洁迅速捕捉到了。

"我以为你又要紧张地说一番推辞，还会责备我不尊重你的意愿，就自作主张给你买车了。"

"我一直想要一辆车的,随便什么牌子都行,我就想有一辆。谢谢你。"

"别说傻话。我怕你拒绝我,所以特意给你买了一辆便宜的,公司之前用车采购过几辆,轻车熟路。早知道你这么喜欢车,我给你买辆好一些的。"

"不要啊,再贵我就承受不起了。光房贷我一个月的工资全搭进去都还不起呢!这样刚刚好,说好了啊,车是送我的,我没有余力再还车贷了。"

"当然。那你怎么报答我?"凌少没想到纯洁会欣然接受他的馈赠,一下乐开了花,故意坏坏一笑,一张俊朗的脸凑了过来。

"用扫帚?再不行就晾衣架?"纯洁轻巧躲过,兔子一样跑到晾台上拿来一个淡蓝色的晾衣架。

"什么?"凌少愣了一下,马上会意,"好啊,你这个恶毒的女人,我要你报答我,你却要恩将仇报'爆打'我。"

凌少两步冲上去,把这个正在抓着晾衣架张牙五爪的女人抱了起来,假装用力地把她抱到了床上,他身上淡淡的香草味儿让纯洁觉得很安心。

他喃喃地轻声说道:"李纯洁,我爱你。"

窗外的呼呼风声卷着街角的纸片在空中飞舞,斑驳的树影在阳光的搅动下若隐若现。

深夜一点多,手机铃声响了。

她踹了他一脚,"你接。"

"又不一定是我的响。"他迷迷糊糊,反手从她身后紧紧环抱住她。

电话还是一直在响。

"下次我们在一起的时候都要调到免打扰模式,不然这种讨厌的事情总是要发生!"凌少生气地起身,从床头柜上一下抓过来两部手机。

"是一个陌生的本地座机号。"凌少望着屏幕。

"那你接啊!"纯洁一个激灵坐了起来。

"打给你的。"凌少把手机递给她。

纯洁刚要接起来,电话就断掉了。

两个人面面相觑时,同样的号码又打进来了,这次是凌少的。

这下两个人有些警觉了,对峙一秒,凌少接了起来。

"你好。你是陆晨的表哥?这里是朝阳派出所……"

派出所门口,停了一辆崭新的甲壳虫,银色车顶、银耳朵与八十度黑的完美搭配。

陆晨围着车子转了一圈。

"好看是好看,就是表哥你出手有点抠门儿啊,好不容易谈个女朋友,就买辆这个?跟虎落平阳的我一个档次,不科学啊!我以为你一出手,怎么也得玛莎拉蒂什么的呢,你又不像我家门败落了,你家还这么有钱……"

凌少刚要说话,被纯洁拦了回去:"你先去车里等我们,我有私房话要单独跟陆晨讲。"接着凌少便被纯洁强行推进车里,她把陆晨拉到一棵树下。

"你长点心好不好?没问题吧?"借着院子里的微光,纯洁仔仔细细地打量起陆晨。

"别看了,没伤着我。派出所还能随便打人啊?半夜三更抓进来一个绝色美人,他们高兴还来不及呢!"

"你干吗要去找梅汐汐动手啊,她对我出了气也就好了,我没事。"

"你有事没事,那是你自己的事。你选择当窝囊的受气包儿那你就受着。但她敢动本人的一号闺密,我陆晨要让她付出代价。"

"你到底把她打成什么样子了?警方说她可能要起诉你。"

"她敢!我就徒手打的,她怎么打的你,我十倍打了回去。"

"你疯了!等验伤报告出来,万一给她打坏了,你有可能要坐牢的。"

"不至于,就是表面上看着严重点,伤害力没那么大。"陆晨看到纯洁依然一脸的严肃,便有了正形,"放心吧,我之前问过我爸公司里的法务叔叔了，轻微伤根本不构成犯罪，但要受到行政处罚，或者行政处罚拘留！这两样我都受得住，罚款让你老公交，我反正没钱。拘留她也拘不了本宫，你们这不是把我给保出来了嘛！"

"你太冲动了，就怕梅汐汐揪着你不放。她这样的千金出身，娇气得很，哪受过这种委屈？再反咬回来，永远没完。"

"她不敢。我把你脸部伤的证据照片给她看了，她敢把我送进去，她就得陪着我一块儿进去。她是娇气，缺乏生活经验，但她可不是傻子。"

"你怎么不给自己穿点掩护装备，这么明晃晃地给她看见了，她能不收拾你嘛！"

"我穿了啊，穿得跟一只北极熊似的，帽子、围巾、口罩，还有防护镜，谁也认不出是我，我叫了Allen一起去的，我刚骂了两句，他就上来拉着我，'陆总别冲动，陆总别生气！'是他暴露了我！梅汐汐知道我和你认识，到了医院第一件事，就是打电话实名举报我。女人真是撕起来，智商都会直接登顶。"

"你酒吧那个Allen，成事不足，败事有余，开了吧。"

"哈哈哈，我知道你早就看他不顺眼了，你以为我陆晨这样的人精还能识人不明？他什么德行，我早就了然。但他这样温温柔柔、唯唯诺诺的型男，业绩好啊，这样的人当店长，说几句漂亮话哄哄那些失意的女人，我们的销售业绩就能'咔咔咔'地涨个不停。用人最终的原则，不是看人短处，而是看人长处。我又不是跟他交朋友，就是老板利用员工的优势通力合作，理性挣钱。再说了，对于这种品性一般、自己看不太上的人，最好的做法不是把他赶到敌人的阵营去，而是放在自己手底下。"

"好吧，你想在身边埋颗雷你就埋吧，就是快炸的时候，记得跑远点。"纯洁往车子里看了一眼凌少，"不管怎么样，谢谢你了，这么仗义。"

"咦，别这么恶心啊，我又不是为了你，我这是为了自己的面子。"

"梅汐汐是凌少家里世交的孩子，怎么说关系也不一般啊，这样做合适吗？"

"你动动你的脑子,刚才在里面,他都听到了我是因为打了梅汐汐才被梅汐汐送来的,他有什么过激反应吗?"

"那是在警察局啊,你让他怎么过激?也现场动手?"

"昨天晚上,我给你打电话,他知不知道?"

"知道,他帮我拿的手机,看到来电是你。"

"那不就得了,你给自己的脸伤拍照,发给我,都在他眼皮子底下进行的,他是不是没问你谁打的?"

"一开始问过,后来我不说,他就没再问了。"

"对啊,我表哥这么聪明的人,他肯定是知道了是谁,所以才不再问了,而且他知道以我这么虎的性格,肯定得找人打回去,但他也没有拦着。他如果真向着梅汐汐,他肯定会发个消息提醒一下啊。他没有吧?梅家在早些年是帮过凌氏集团大忙的,这份恩情不只是上一辈的,更是下一辈。凌少这种受过传统教养的富家公子,他在这件事面前很为难的,我这么做算是顺手人情了。他只要纵容了我,就等于在你和梅汐汐之间做出了选择。"

"走吧,我们送你回酒店吧。你安全吗?梅汐汐会不会再打击报复?要不要先住我们家?"

"啧啧啧,你们家?李纯洁,你有点不太矜持啊!"

"嗯……这就是一个泛指,就是我们那儿……"

"有什么好解释的,最讨厌你这种假正经,你现在住哪儿?"

"耀东方。"

"啊?"

"啊什么啊?"

"那不是别墅区啊,凌少哥哥家不是住在中央别墅区吗?耀东方也有房子?不过你住那儿也好。这以后咱姐妹串门可就方便了啊!"

"怎么个方便法?"

"我爸妈用我的名字也在耀东方买过一套房子,本来是投资用的,有高点就出手,但你既然住进去了,我就找人给它装修出来得了,反正面积不大,也快，先给我家欧阳希住着，总不能我们一直住酒店啊。"

"嚯，真敢说，我们陆晨对男朋友可真是出手阔绰啊！你们富人说的一无所有，真是不可信。没了吃大餐的钱，却暗暗还有房产。"

"我怎么听出来愤愤不平了呢？你俩放着大别墅不住，去那儿住干吗？"

"我住别墅不踏实，住这儿挺好的。"

"房产证加你的名字了吗？"

"加什么加？这还不是我家，得等我交完首付，开始按揭了才行。"

"不是吧？这是二手房交易现场了？我凌少哥哥有这么抠门儿？不对，一定是你这个女人死较真儿，你犯得着嘛，太较真儿了就不可爱了，再说了，这种地段的房子你按揭能按揭到死了吧，搞这些形式主义干啥！"

车门开了，凌少拖着懒洋洋的长尾音喊了一声："你们过分了啊，让我自己在车里等了这么久，什么私房话要说这么久啊，不冷吗？"

"不冷不冷。"陆晨赶紧插话。

"你不冷，我夫人冷。"猝不及防，撒了一把狗粮。

"啧啧啧。重色轻妹啊，你们太可恶了！我叫个车走。"

纯洁诧异极了，"欧阳希怎么没来接你？"

"我家希希不喜欢我打架斗殴，他喜欢温文尔雅的我，可不能让他知道我进警察局了。"

"你坐我们的车走吧，我们送你回去。"

"不要，刚才狗粮吃太饱，我得走两步消化消化再打车回去。"

凌少倒是干脆，阔步走过来，将纯洁揽入车中，对陆晨丢下一句"早点回家"，便开车离去。

"你这样会不会有点残忍啊，把陆晨丢在那里。"

"晨晨的性格比较直爽，要就是要，不要就是不要，她不会想跟我们的车走还故意推辞的，她说要打车走，自然是真想打车走。做朋友最重要的是尊重朋友的意愿，大家都有空间，关系才能长久。"

"这倒是。不过，我有个问题想问你。"

"你说。"

"你知道陆晨打的是梅汐汐,为什么还会无动于衷?"

凌少望着前方,红灯把他们拦了下来,十几秒后,起步。

"她该打。晨晨没有做错,如果晨晨不去让她知道自己做错了,我也不会放过她的。我可以忍受一切,但不能忍受任何人动我心尖儿上的女人。"

"我真是你心尖儿上的女人?"

凌少一笑:"不然呢?"

"那何琪说的,哪些是对的,哪些是错的?"

"都对。"

"何琪真是个天才!"

纯洁连连叹服。

"不是她是个天才,而是公司上上下下应该都能看出来是怎么回事。你对我太不自信,你就是不相信我会为了你挨个儿收拾这帮人。"

"你真是为了私情而不顾公司大局啊?"

"我不是为了私情,我是为了你。但我没做错什么,这些心怀鬼胎、不择手段捞油水的人,注定难当大任,职场的尔虞我诈我可以理解,我可以只看结果不看过程,但谁敢拿你做棋子,我必须让他付出代价。"

"大坤哥好歹跟了你这么多年了,而且大多数时候他在公司并没有针对过我,你这样做,会不会激起众怒,让你失去人心呢?"

"你确定现在要和我谈工作?现在又不是工作时间,我们谈恋爱不好吗?"

看到纯洁那双不为所动、求真若渴的大眼睛,凌少无奈道:"好吧。其实魏大坤在公司联合何小小私吞了不少,基本上每一单交易都是对方按照一个数付过来,他会以流程单项下支出为名,拿出高达30%的比例返还给对方公司的负责人,这个人再拿出50%的钱跟魏大坤平分。商务部的人对这件事心照不宣,我一直都知道,但魏大坤做得实在是太过分了。连这次去他的客户那儿要债,也采用了这种联合蒙蔽公司的手段谋私。这也是我为什么换财务的原因,何小小本来就是魏大坤家的亲戚,进公司的时候,却偏要装作互不认识。在财务的核心岗上安插上这么一个人,他倒是方便了不少。顾兰坤带来的小姑娘,虽然看上去木讷,但业务能力非常厉害,在财务部待了不到一个月的时间,就把过去五年内魏大坤私吞的数据给整理得清清楚楚。"

"啊?那他到底吞了多少啊?"

"两千一百多万吧。"

"我的天啊,这么多!一年四百多万往兜里扔,怪不得何琪说他会推掉那一百万的奖金,要求继续待在公司里呢。他推了吗?"

"当然。我一出会议室大门,他就追上来了。"

"那你早就起了疑心要调查他吗?"

"疑心一直有,但公司里的事,不能不给人留余地,我可以给空间,但要对方懂得适可而止,别太贪婪。前几天,有人匿名给我的邮箱发了一份邮件,把何小小和魏大坤的亲戚关系暴露给我。魏大坤是何小小的舅舅,附件是一张他们整个大家庭一起吃团圆饭的照片。不管是谁,也是颇费心机。而且,把你安排出去要债的事情也第一时间通知了我,还在邮件里告诉我你被安排和张兴盛住一个房间,我当时都要气炸了。这告密者不但时机抓得准,而且很懂心理学,我当天晚上就自驾去找你了,后来的事你就都知道了。"

"天啊,太烧脑了,我竟然感觉有点刺激!"

"李纯洁,我警告你,跟了我就要一心一意,不要为了寻求刺激而有什么非分之想。"

"你在说什么啊,我是说这些细节有点刺激。"

纯洁把手伸进凌少的衣服口袋里摸来摸去。

"你干吗?"凌少脸都红了。

"我找找有没有小布丁,口渴了。"

"回家吃。"他脚下油门一踩,加快了回家的节奏。

自杀式陨落
第二十三章

第二天凌少独自去了公司,他坚持让纯洁再多休息一天,等脸部的水肿完全下去了再去公司。

陆晨抓住时机,一溜烟儿跑到纯洁的住处来,丧着一张脸。

纯洁给她冲了一杯咖啡,隔着袅袅热气,她歪着脑袋催促:"有事说吧,扭捏什么,梅汐汐果真报复了?"

"唉,不是梅汐汐,我才不在乎什么西西还是东东呢,是我家欧阳希,他可能有问题了,怎么说呢,有点难以启齿……"

"到底怎么了?你倒是痛快说啊,外边有人了?"

"应该吧,应该是的。"

"谁?"

"我不知道他藏着掖着的那个女的是谁,但我知道他心里肯定有别人了。"

"你怎么知道的?"

"那天和我一起吃饭,他手机突然有消息提示音。他拿起来慌张地看了一眼,说他的一个同学想借钱,然后把手机翻过去了,过了一会儿他去上厕所,我偷着拿过来一看,微信里一个备注是'H'的女孩在最顶上,聊天记录是空的。"

"删了?"

"嗯,删了。"

"手够快的。唉,那你们现在呢?"

"我没揭穿他,耗着吧,他还不知道我知道了这件事。"

"你说你,赶上别人的事就手起刀落、雷厉风行的,怎么到自己这儿,连问问的勇气都没有了?你好歹问清楚啊,你也没有直接证据,万一是什么狗血的误会,多伤感情啊!"

"我不敢。我怕他都懒得骗我,直接跟我摊牌了怎么办?我还没做好心理准备。万一他怪我偷看他手机怎么办?"

"如果真没鬼,为什么要删消息?况且如果不重要,干吗置顶啊!被放在置顶的只能是你,好吧?是他理亏在先,还有脸跟你谈人权?"

"唉,你这么说的话,我就没什么愧疚感了。"

"陆晨,你得有个心理准备。我知道你特喜欢欧阳希,但他有可能已经跟别的女孩发生点什么了,这事你要不要原谅、怎么去面对,一定要提前想清楚,不能稀里糊涂地把自己陷入到被动的境地。"

"我大致想过了,当然是原谅。我们婚都没结,他有误入歧途的自由啊!"

"你真……脑子坏掉了吧?说不定他就把你当歧途呢!"

"我管不了那么多。酒吧都是为他开的,他跟我分手了,我人生的意义就没有了。"

"那你就这么耗着?"

"我想好了,找时间先去度个假散散心,回来再说。"

"你怎么看上去不悲伤啊?"

"可能是因为我还算很有钱吧。"

"你可以滚了。"

那天晚上,欧阳希又以晚上排练为由说不回来睡了,陆晨没有回酒店,一个人睡在了于秀花的铺位上,她说她不想回那个没有欧阳希的家,她会忍不住地等他回家,等不到就会很讨人厌地打电话,一直打到欧阳希关机,她像煎锅上的玉米饼子一样,接受了恋爱辗转的命运。

夜里一点多，陆晨突然打来电话，凌少迷迷糊糊地从后边抱紧了纯洁，纯洁拍了拍他，安慰道："没事，你接着睡，是陆晨。"

"花花刚才回来了。"陆晨听上去有些语重心长。

"刚才？夜里一点回家？"

"嗯，回来了又走了。说卫生巾没了，来大姨妈了，回来拿一下，拿完又蹑手蹑脚地走了。"

"大半夜回家拿卫生巾？拿完走人？这都什么操作啊？她都几天没回家睡了？"

"三四五六七？我记不清楚了，我看下手机日历啊，你等等，她差不多一周没回来睡了吧，我看枕头、褥子都摆放得整整齐齐，一个褶子都没有。其实回不回来倒也无所谓，就是我自己在这儿有点孤单。"

"她没和你说是什么情况吗？你和她聊聊啊，整天在酒吧见面。"

"我又不暗恋她，晚上十一点从酒吧下班走了，刚才又慌慌张张碰过面，这会儿打电话追着问，不好吧。有一天她还和我甩脸子了呢，说别人的事能不能少管，我都成'别人'了，我当时特生气。不过想想也是，人家也是二十好几的大姑娘了，谈个恋爱夜不归宿，被我像个家长似的问东问西，体验肯定不会太好，所以我干脆就不问了。"

"我觉得这事可没那么简单。要是谈恋爱了，肯定迫不及待地找咱炫耀啊，至少介绍一下吧，又不是什么丢人的事。"

"那你谈恋爱了，怎么不给咱介绍一下，怎么不炫耀啊？"

"我、我的情况不一样，再说，你们不都认识的嘛！"

"我只认识我表哥，不认识我闺密的男朋友。"

"行行行，哪天约个时间，再来我新家坐坐，正好把花花这事问清楚了，别让坏男人给骗了。"

挂掉电话之后，纯洁随意刷了一眼朋友圈，发现同事们都在转她负责的公众号上的一篇文章，阅读量是"10万+"，她暗自庆幸，新来的同事真给力，等明天回公司得好好感激一下她。

一推开办公室大门，纯洁就注意到何翻然的位置上坐着一个凹凸有致的女孩，白色衬衫的上半截儿是镂空的，里面的肩带隐约可见，圆润的丸子立在头顶上，一个亮闪闪的发簪垂着一串大小不一的粉色蝴蝶在阳光下微微晃动着，新同事还是古风范儿的小美人嘛。

"纯洁，你来了。"小美人转过身子。

纯洁看清了这张脸，眼珠子几乎都要掉在地面上了——谢雨霏。

"你怎么在这儿？"纯洁的嘴巴张开着，几乎能塞下一个剥掉壳的熟鸡蛋。

"我前天就办完入职了，今天是来上班的第三天。"

"我请假期间，更新的那几篇文章都是你写的？"

"正是。请多指教。"

纯洁的手颤了一下，赶紧龇牙咧嘴地客气道："哪里哪里，你太客气了，这里没有先来后到，就是能者多劳、谁行谁上，你这几篇文章踩的热点和拿捏的情绪都挺好的，是我要向你多学习才是。"

谢雨霏微微一笑，没再说话，转身继续打字——今天的文章，又被她积极地承包了。

纯洁坐回自己的位置上，身后一个既熟悉又陌生的人和自己背对背坐着，她隐隐觉得哪里不对，却又说不出到底是哪里不对。

她打开电脑，打开一个空白的文档，又打开了今天的微博热搜，试图寻找一个自己感兴趣的话题，但一想到谢雨霏那个写了一大半文章的界面，她又感觉自己现在是在给别人添乱，脑子里一团糟。

她不明白，为什么新员工是谢雨霏？明明现在她才是新媒体部的老大，为什么Lisa要越权帮她招新人谢雨霏？她真的是为她考虑的吗？

隔着明晃晃的玻璃，何琪一眼就看到了正在座位上发呆的纯洁。她一溜烟儿跑过来，恭恭敬敬地鞠上一躬。

"李主编，这是新来的实习主笔谢雨霏，周一的时候已经做了新人欢迎仪式,那天您请假了。由于您这几天不在,所以暂时没有把您的东西搬到独立办公室,因为有两个房间可选,不知道您喜欢哪个,只能等您来了之后再行动,您选好了,我就着手安排人把您的东西都搬过去。"

纯洁怔了一下,立即指着正前方的一个独立办公室,冷静回应:"就这间。"

"好的,收到。"说着何琪就喊了行政助理过来帮忙搬东西,然后用食指重重敲了一下谢雨霏的桌面,"新来的,有点眼力见儿好吧?帮你领导搬一下东西。"

谢雨霏皱了皱眉头,强行微笑道:"有你们行政就好了,我正写稿呢,下午四点前,我还要给Lisa主编审一下今天的稿子。"

"你最好马上就搬,耽误不了几分钟。还有,我得温馨提示您一下:李主编才是管着你每个月考核分数的直属领导,前两天她请假了,Lisa主编只是暂时代为帮忙。李主编回来了,你今天的稿子要给她审,明白吗?"

谢雨霏的笑容一下凝固住了,缓缓起身,嘴角轻蔑地撇了一下,眼睛直直地望向纯洁:"好的,李主编。"

趁着谢雨霏和行政助理搬运东西的空当,何琪用手指戳了一下纯洁,眼睛往茶水间瞟了瞟,纯洁立即会意,端起水杯跟了过去。

"纯洁,你这几天在家修炼成精了啊,竟然还升段位了。我以为你会傻乎乎地选东北角的那个独立办公室躲清静,结果你竟然选了正对这个谢雨霏的办公室,眼皮子底下,好管理呗?"

"我有什么好躲的,心怀鬼胎的又不是我,躲不了就正面交锋呗!"

"你也看出来了吧?她头一天报到,写完稿子直接去了Lisa主编的屋里,坐到了下班,这热情程度,她俩肯定有事,我今早看简历又仔细研究了一下,发现她以前在报社工作的履历跟你惊人的相似,她以前是你同事吗?一个部门的?你们认识?"

"嗯,不但是同一个部门,还同寝室过。你之前说,谢雨霏的简历是自己投过来的,但Lisa没录用,之后Lisa又自己翻简历把她找回来的?"

"对啊,我隐隐觉得这小妞来咱公司的目的不纯,昨天凌总来公司处理商务部的遗留问题,你没在,你猜怎么着?往老板办公室端咖啡的,竟然不是杰西卡,而是这货。紧裹着小细腿的长靴子、火辣辣的热裤,腿部线条清晰可见,上衣的V领开得很大,大冬天的真能豁得出去啊,就算屋里有暖气,也不至于这么夸张吧!最奇葩的是,她每天都在头上别个簪子,当自己穿越过来的啊,不伦不类的,给谁看呢!唉,不过也难怪,哪怕是小鱼小虾都会把进老板办公室端茶倒水当福利,咱大老板实在是太帅了,大老板每次出去按门禁按钮时,会在前台那儿停留几秒钟,虽然我知道自己没戏,可还是忍不住咽口水,那身形、那棱角分明的禁欲脸、那光滑细腻的皮肤,太可以了,人间尤物啊!"

纯洁皱起眉头,白了何琪一眼,不再言语,转身往自己办公室方向走去。

"你干吗去?"何琪急了。

"回去工作啊。"

"那你督促你们部门把年会目的地意向征集的调查问卷赶紧都提交上来。"

纯洁长吸一口气,差点把这事给忘了。

本来想在小组工作群里发一个催促公告,想了一下,还是先查看一下邮箱看谁还没交上来比较稳妥一些。

这帮家伙竟然这么积极,一牵涉玩,动作比兔子还快,都交上来了。咦,怎么还有两个商务部同事的邮件也抄送了她,其中一个是商务部老大高涵宇,另一个是他的下属栾安。

纯洁当然知道抄送意味着什么。抄送,意味着接受监管。而抄送的对象,往往是自己的顶头上司。

她迅速在企业QQ上悄悄问了何琪。

"商务部有两个同事的邮件抄送了我,怎么回事?"

"他俩以后是你的人了。大坤哥被强制休假,商务部没人带了。老板临时决定，把商务部拆了，让他们自主选部门，去平媒的以后就负责平媒商务，去新媒体的以后就负责新媒体商务，划江而治，互不侵犯。大部分商务业务员还是鸡贼的，平媒部有多年沉淀下来的大客户，不愁分红，所以他们大多数人去了Lisa姐的旗下。我比较奇怪的是，高涵宇这样的资深商务，为什么带了一个'95后'新人甘愿拜倒在你的门下。"

"高涵宇不是甘愿拜倒在我的门下，他是商务部的老大，每个月的报表都是他在做，他看得见新媒体部狂热的业绩上升趋势，再加上Lisa向来喜欢一人独大，他受不了压迫，相权之下，我这边估计是他最好的选择。"

"我的天啊，李纯洁，你休假三天是去盘丝洞'进修'去了吗？这种细腻的小心机，都能被你分析得如此透彻！"

"职场上的人不都是趋利避害的嘛，还不是被你和一些同事教育多了，耳濡目染，也能推测一二了。大坤哥不是还管着行政和人事吗？"

"人事暂时归到Lisa姐那儿了，但只是兼管，新的人事经理到位后，要还权的。我要趾高气扬地告诉你，我升官了，现在可不是小前台了，我是行政主管，行政这边的杂事，我都交给助理做了，以后咱大小也是个领导了。"

"哟呵，恭喜恭喜，我才几天不在，公司的变化真是翻天覆地啊！"

纯洁发出去一个小皮猴跪地撒花的表情，以表祝贺。

打开调查问卷页面，填写了心仪的目的地后，纯洁把整个部门的表格都发送了出去。

如果Lisa现在兼管人事的话，那招谢雨霏进来也算是分内之事，不算是越权，也谈不上是故意安插人手针对谁。

她在百叶窗前，把窗帘叶子往下拉了拉，发现商务部的两个同事正在电脑前看着白名单的页面，不停地添加，还不时地抓起电话在联络着什么。

谢雨霏的位置上是空的，她顺着猜测往Lisa的办公室看去，隐隐能看得清谢雨霏今天穿的那条浅咖色毛边热裤，簪子上的蝴蝶反射出了一道又一道刺眼的光芒。

这时，微信响了一下。

她迅速滑开，是陆晨发来的：金希文死了，欧阳希在酒吧里哭得都快晕过去了。

纯洁一阵失神，强行镇定后，第一时间查看了微博热搜。

果然爆掉了——著名影星金希文被网约车司机杀害。

纯洁迅速推门而出，敲开了Lisa的办公室。

"谢雨霏，你出来一下，有个选题大家需要讨论一下。"

"是金希文的事情吧？Lisa主编和我正在讨论的就是这个选题，太突然了啊，太刺激了啊！"

"刺激？"

"对啊，一个社会底层的普通司机，在现实生活中竟然遇到了这样一个身材火辣、气质绝佳的女人，他兴许压根儿不知道自己拉的是个大明星，就只是见色起意，况且金希文要去的是四十公里开外的郊区，这种长途活儿，路上随处都是丛林和小村落，很容易出问题的。"

"你说的都是什么话？有问题的是司机，为什么把错都归结于金希文勾引他？"

Lisa见纯洁有些激动，便挑着眉毛微笑道："纯洁别激动。雨霏说的也不是完全没有道理，金希文出事那天晚上穿的是低胸礼服，刚结束一个庆功宴。生活不比舞台，包容度没有那么高，穿得太过必然会让人想入非非。稿子我已经和雨霏讨论好了从哪个角度写，等写好了，她也会发你审核一下的。如果这次节奏踩好了，肯定又是一篇超级爆文。"

"你们定的角度是什么？"纯洁完全没有要让步的意思。

"以第一人称，用亲历小说的形式，来还原整个案发过程。"谢雨霏言语间竟然透着掩饰不住的得意。

"你是事件的亲历者吗？事情的整个过程和细节到底是什么，你说得清吗？靠自己的想象去还原过程？什么过程？被无端迫害的过程？有没有最基本的媒体人底线？懂不懂尊重死者？"

Lisa皱起了眉头："纯洁，你言重了，我们媒体人只是用专业的态度去写稿子而已，没必要把价值上升到那么高。那么以你之见，觉得应该用什么角度去写这篇稿子呢？"

"通过探讨女性人身安全问题，反过来问责网约车安全保障漏洞，并同时给予女性一些关于安全出行的有效建议与遇到危险时的应急处理办法。"

Lisa和谢雨霏面面相觑，突然对视一笑，鄙夷而出的唾沫甚至从指缝中喷射了出来，落在了明晃晃的地板上。

"纯洁，你知道为什么你写的东西一直不温不火的吗？你这一套老古板的正义现在已经行不通了，你必须站在好奇心的枪口上，热度来了不是谁都可以用得好的。"Lisa笑完后，用高高在上的语气说出了这一番话。

"你们知道自己在干啥吗？你们这是在吃人血馒头！热度是重要，那媒体人的底线就不重要了吗？"纯洁气得脸色发白，喉咙中几乎要发出来一种小女孩受委屈时才有的哭腔了。

"好了，好了，先各自回去忙吧，你们可以先按照各自的想法去写嘛，稿子出来后，可以内部评议一下，支持度高的优先发嘛，支持度低的后发，反正这件事的热度不会这么快就散去，怎么也能持续个三四天，再说了，公司旗下现在又不止一个公众号，雨霏发'高情商女子'，纯洁可以随便选一个自己喜欢的号推了就好。"Lisa拍了拍这两个人的肩膀，将她们送了出去。

她像是给两只狗拉架的和事佬一样，只要让她们散开就行。

喉咙处有什么东西感觉在往上泛，纯洁不知道自己是如何把自己置于这般田地的，她才是新媒体部门的老大，她们部门的事和Lisa有什么关系？为什么这件事最后变成了Lisa当和事佬，自己成了吃了瘪上门找理的小姑娘了？

顾不上那么多了，谢雨霏已经回到座位上开始炮制今日份的实录大戏了，她如果再慢下去，恐怕到了推文时间，就没得选择了。她不想和谁争流量，也不想争上稿率，她只是觉得自己于公于私，都应该守住这个公众号平台的底线，守住一个媒体人最基本的底线。

她回到办公室，打开文档，打开微博热搜，复制粘贴了很多网友的经典评论，在文档里大致列了一下文章的框架，临时敲定了一个题目，就在后台疯狂地码起字来，"嗒嗒嗒"的键盘声，像极了子弹不停地穿出枪膛射向远方，她从未有过这样奇异的感觉，几乎感觉有一道金色的光照射在了键盘上。

下午六点，她存好了稿子，走出办公室，惊讶地发现办公室里已经空无一人。

直觉告诉她，谢雨霏应该是在她之前就已经完成了稿子，她迅速打开后台，发现了谢雨霏提前一步存好的稿子，她点开了文章预览。

看完文章，她彻底震惊了，谢雨霏竟然详细描述了金希文被杀害的整个过程，迂回无果、求饶、司机锁车，在经过郊外的丛林处，司机撕裂她的衣服……几乎每个细节，都写得像是亲身经历一样，而且还真敢用了第一人称。

回到后台首页，更让她吃惊的是，这篇文章已经设置了定时发送，推送时间在当晚八点。

纯洁感到一阵恶心，气急败坏地在工作小组里"拍了拍"谢雨霏，要她立马给自己回电，谢雨霏毫无反应，电话打过去，依然是没人接听。

纯洁定了一下神，取消了自动推送，提起包就往门口走。

正好跟推门而入的一个高瘦的男人撞了个满怀，她尖叫一声，攥紧拳头刚要自卫，男人一下抱紧了她，并按下了灯的开关。

"就知道你要来这一手，幸亏我反应快，不然眼角又要被你打肿了！干吗黑灯瞎火地工作，加班又不丢人。"凌少的食指勾了一下她的鼻子，嗔怪道。

"是你啊，干吗一声不吭就进来，吓死我了。我出了办公室，关了灯以后，才想起来有个工作要检查一下，着急开电脑，忘了开灯了。"纯洁解释道，眉宇间依然没有因为取消了定时发送而松弛。

她感觉这个局面有些混乱，说好的集体评议其实并不存在，只是Lisa为了平复她、安抚她的借口，谢雨霏没有那么大的胆子不给她审稿，就直接定稿设置了定时推送。Lisa为什么要这样一意孤行？她不怕这种稿子发出去会失控吗？她到底在针对谁？

"想什么呢？"凌少见她出神，便问道。

"哦，没什么。"

"你确定？"

他伸出手来摸她的额头，没发热。

"都说了我没事。"

"这么凶？是你迟到哎，让我在地下车库等了十几分钟。"

"你干吗等我啊？"

"接送女朋友上下班是男朋友最基本的职责啊！"

"哦。那你白天干吗去了？"

"我父亲去世后，集团公司一堆收尾的事需要处理，凌然从上海飞过来和我谈了一些事情。"

"凌然——你哥？"

"对啊，你倒是记性好得很。"

"哼，你不说这茬儿还好，一说我就来气，那个时候我们都不熟，你带我出差，还让我假扮你女朋友，真够过分的。"

"本少爷相中的女人，早晚弄假成真。"

"你那个时候就……处心积虑啊你！那你们的事情谈得顺利吗？"

"没什么顺不顺利的，生意场上无兄弟，就是正常的利益谈判。"

"这么冷酷？"

"谈个生意要多柔情？当初去他公司谈合作，不过是按照我家老爷子的意思，兄弟二人尝试着一起做点事情，但我对跟他合作毫无兴趣。"

"没兴趣？那这次你怎么主动承欢了啊？"

"这次不一样啊！"

"怎么不一样？"

"以后告诉你。我把这辈子所有的温柔都给了你一个人，剩下的人只能直面我的冷酷了。"

"走啦走啦，你的情话含糖度太高，我听得眩晕。"

"晕不怕，我抱你走。"

凌少不容她满脸错愕与尴尬的推辞，一个公主抱，满脸宠溺的笑，阔步走向了地下车库。

凌少送她到家后，便又去找凌然了。

纯洁一进家门，就百般不安地冲向书房里的电脑，刚坐下来，便听到了一声清脆的消息提示音。

她长吸一口气，该来的还是来了——谢雨霏发现定时发送被取消了，提前手动推送了这篇文章出来。

纯洁几乎十分确定的是，谢雨霏没有回应她是故意的。她第一时间找了Lisa商量对策，然后在Lisa的授权下，趾高气扬地推送了这篇万恶的"实录稿"。

十五分钟后，阅读界面已经出现了"10万+"的标识，纯洁打开后台，发现阅读量早就已经飙到70多万了，她颤动着要删掉这篇稿子的手指，整个人像是被点了穴位一样，全世界只有她自己听得见内心在无助地哀号。

这时，她注意到"荒蛮故事"紧随其后转载了这篇文章，阅读界面的数据也迅速破了"10万+"，她迟疑了，甚至焦虑，是否真的是私心蒙蔽了判断？大家苦苦寻找的阅读量突破口已经出现了，她不跟任何人打招呼就删除文章真的好吗？

手机屏幕一亮，于秀花的电话打了进来。

"喂？"她说得小心翼翼。

"嗯。"

"纯洁，我回来发现你的铺位空了，你搬去哪里了？离开北京了？"

"我搬家好几天了。"

"啊，最近这段时间我也没回寝室睡，你是不是一个人住害怕啦？"花花试探着问道。

"不是，是陆晨的房子快到期了，反正也没人住，她不必再续租了，她要提前约房东过来看一下，好退押金。"

"那你现在住哪儿呢？房租贵不贵？"

"房子是我的。"

"什么！"于秀花几乎惊叫出来，纯洁知道她想问什么，但她从小懂事的秉性把唐突堵了回去，过了好半晌，她才继续问道："你要不要请我们过去给你暖暖房，庆祝一下乔迁之喜啊？"

纯洁扒开窗帘往外看了看，点了点头，说："就今天晚上吧。"

陆晨把欧阳希带来了，她白皙的手一直拽在欧阳希的灰色呢子大衣上，努力地修复着这段摇摇欲坠的关系，他俩一起"跌落"在沙发上，惊叹着房子的装修与摆设。

欧阳希眼神黯淡地坐在沙发的边角上，两根食指不停地缠绕，从进门到坐下来，没向任何人打过招呼，也没说过一句话。

陆晨把每一个角落都逛完之后，好奇地问："咦，今儿不对啊，就你一个人？"

纯洁白了她一眼，抱着一个西瓜便进了厨房。

于秀花提了一筐草莓来，扬言要做麻辣草莓，陆晨一听惊叹不已，直拍大腿，表示自己闻所未闻。

"纯洁，这真是你家吗？你的房子？"于秀花小心地抚摩着餐桌的边角，眼神中既有羡慕也有迟疑，手指从蕾丝餐布的尾端滑落。

"正在是。"纯洁说。

"正在是，是什么意思？"于秀花跑向厨房，开始找洗菜的盆，试图通过这种方式，把这种打探隐私的活动变成唠家常一般正常。

陆晨在客厅远远地插话："秀花，不该问的呢就不要瞎问。就像你每天夜不归宿，我们也没问你到底是去干吗了，是吧？"

"我……我……"秀花惊慌，转身望向纯洁，希望从纯洁的眼中看到一丝信任。

可惜纯洁只是用余光瞟了她一眼，微微一笑，没再说话。

"说说吧，晚上从酒吧下班之后都去哪儿了？"陆晨开始穷追不舍。

"我谈恋爱了。"于秀花结结巴巴，涨红了脸，眼神往陆晨的方向偷瞄了一下，继续在水槽边摆弄着几颗草莓。

"谈恋爱？我的天哪！纯洁你听见没有，咱们的花花同学出息了，谈恋爱这么大的事情都能背着咱进行了。说吧，跟谁？"陆晨一下兴奋起来，似乎在试图用秀花的八卦来活跃一下她和欧阳希之间的诡异气氛，发现没有人附和她后，只好扫兴地去酒柜那儿翻腾了起来，"哎，我说李纯洁，酒柜怎么是空的？你这是宴请贵宾的态度吗？"

"我又不爱喝酒。"纯洁讪讪说道，把陆晨提来的龙虾推进了蒸箱里。

"你不爱喝也得摆上酒啊，怎么连这点宴请礼仪都不懂。算了算了，我叫点酒吧。"

"还是我下楼去小卖店买吧。"秀花说着就要去拿外套，正好回避掉刚才差点就要深入的话题。

"我去吧，你们女生夜里单独行动不安全。"一声不吭的欧阳希突然发话了，陆晨诧异地看着他，像在看着一个突然头上长出角来的怪物——她好奇这个一向自我的欧阳希，怎么一瞬间变成了一个知道为别人着想的怪物？

"小卖店？买酒？都坐下，别闹！你们知道本贵宾要喝什么酒吗？你就老实坐着交代问题，酒我来叫。"陆晨阴阳怪气地跑去阳台，还把阳台的门给关了，鬼鬼祟祟地打了一会儿电话，然后得意扬扬地蹦进来，"好了，等着瞧好吧。"

"你打的什么电话？还能叫酒送上门？"纯洁狐疑地看着她问道。

"别管了，又不用你出钱，紧张什么。"陆晨从果盘里叉起一块西瓜就往欧阳希嘴里送。

欧阳希摇摇头说"不吃"，但还是被陆晨强行喂了进去。

"说啊，别打岔，我们这么多年的姐妹，还不配知道你跟谁好上了是吗？"陆晨起身脱掉了马甲，绕到于秀花身后，故意细声细语地问道。

"不是，就是现在我们还只是处处看，他也不一定真的喜欢我，再说他有女朋友了，我也不想为难他。"于秀花弱弱地回应，眼神不停地往某个方向飘出去又惊慌地收回来。

"嚯！第三者插足？可以啊你，花花，都看不出来你玩得这么惊险刺激。不过话又说回来，他们又没有结婚，还只是男女朋友，乾坤未定，大家都可能是最后的那匹黑马，况且我们花花好不容易有勇气喜欢一个人，放马去追，姐姐支持你。需要什么援助，尽管开口，他是你的初恋吧！"

"不要再说了。"于秀花惊慌失措地打断她，"换个话题吧，我今天真的不想和你们讨论这件事，以后我会找机会一五一十地赎罪。"

"傻了你，谈个恋爱赎什么罪，那叫坦白。"纯洁也笑着过来圆话。

欧阳希抓起打火机，冷冷说道："我去阳台抽一支烟。"

晚上八点一刻，有人敲门，纯洁正要往外走，被陆晨一把拉住，她雀跃地跑向门那儿，凌少出现在门口，门口的灯光在他身后照出来一道浮尘，像是一块可以制造出朦胧感的幕布。

"进来呀。"陆晨扯着凌少的衣袖。

"你忙完了？"纯洁怔怔地问。

凌少站在门口没动，手里提着两瓶洋酒，直勾勾地望着她——只是一会儿没见，他就想她想到发狂。

"我表哥就算再忙，一听说你馋酒了，也得大老远把酒送来呀！"陆晨白了她一眼，一低头便是满脸喜悦，"我的天哪，拿的路易十六的迷你版啊，不过这两瓶一共才100毫升，不够喝啊！"陆晨端详着这两瓶酒，抱怨道。

"过会儿司机会再送来两瓶大的，你给我打电话的时候我还在办公室附近的咖啡馆谈事，我办公室的酒柜上只有这两瓶迷你装的了。"

"这还差不多。"陆晨回身搂过欧阳希，"来，给你介绍一下，灵云传媒的大老板凌少。"又得意地介绍着，"这个是我男神欧阳希。"欧阳希努了努嘴巴，走上前要跟凌少握手，凌少瞄了一眼欧阳希的嘻哈衣着与一头的小脏辫，没有说话，转身就朝纯洁走去。

骄傲如斯，他一贯如此。

"哎，哥，你教养都去哪儿了，别瞧不起人啊，我家欧阳希很有才的。"陆晨急了，冲过来让凌少给欧阳希道歉。

凌少抚了抚陆晨的斜刘海儿，冷冷地说道："别闹。"

欧阳希冷笑了一声，坐回沙发，打开手机当众玩起了手游，像一只破罐子破摔的小仓鼠。

正在做麻辣草莓的于秀花直勾勾地盯着凌少看了一会儿，小心地蹭到纯洁身边，说："纯洁，这个是你男朋友？怎么会这么帅啊！"

没等纯洁开腔，凌少绕过来，干脆利落地抢话："是！"

"我的天哪，纯洁，你这是抄着了啊！"于秀花大叫一声，然后又捂住嘴巴，眼睛里冒着一股亲姐妹得了便宜的羡慕。

"这是怎么说话呢？"纯洁真为有这样的闺密感到无望。

"人家花花没说错啊，像我表哥这样的多金帅哥是男人中的极品，你李纯洁虽说长得也不差，但脾气臭啊，一板一眼多无趣，照这个外观标准找，上赶着要投怀送抱的姑娘能从你家排到我酒吧。"陆晨也跳出来插嘴。

"我倒觉得十分有趣，是你们不懂欣赏罢了。"凌少头都没回，淡淡地打断了陆晨对纯洁光明正大的贬低。

凌少打开水龙头洗了手，静静地站在她身边，说："我来帮你做饭吧！"

"天啊，这么帅的人还会做饭？"于秀花放下那盘被她搞得稀烂的麻辣草莓，一脸的花痴。

"嗯。"纯洁点点头，她恨死自己这让全世界都知道的害羞体质了。

"哇，纯洁这是沦陷了，完了完了，我闻到了爱情的酸臭味了。"于秀花识趣地从厨房中退出来，赶紧把空间让给这两个如胶似漆的热恋情侣。

九点半左右的时候，一群人干掉了那两瓶迷你路易十六，于秀花夸酒瓶好看，中途还给纯洁偷偷发微信，问她是否允许自己带走这两个空瓶放家里当摆设。

纯洁刚要回复她"随便"时，陆晨就像是会读心术一样挑着眉毛问："秀花，你知道这一瓶酒多少钱吗？"

于秀花脸一红，望向纯洁，纯洁也摇头。

"这样50毫升的迷你版一瓶4000多块钱吧。"

"什么？"纯洁和秀花同时惊叫了出来。

"这么一小瓶啊，陈酿时间可至少在40年以上。你是不是觉得这瓶子挺好看的呀？"陆晨转向于秀花问道。

"是很好看。"于秀花不安地乱夹着菜。

"嗯，这款酒的每一个酒瓶都是纯手工做的，瓶颈是镀金的，每一瓶的瓶身都能找到一个路易十三的专属酒樽号码，每一个都是独一无二的，就相当于白兰地里的爱马仕。"

"那……那这酒瓶我不要了，纯洁，我要不起。"于秀花低下了头。

"我也要不起，你们走的时候劳你们大驾带走。"纯洁看出了花花的窘迫，便以自己的方式调和着气氛。

"你看看你俩，我给你们普及点知识，你们就这样，难怪品位和见识总提升不了。"陆晨笑了起来。

那一如既往的清脆笑声，刺痛了几个人的自尊心。

之前陆晨经常隔三岔五地向纯洁展示有钱人的精致与奢靡，但她从未感到过有什么东西刺痛自己，毕竟她从来没有想过自己有一天能和那些有钱人一样，所以听陆晨讲富家公子的挥金如土、名门闺秀的纸醉金迷，纯洁都会瞪着眼睛鼓掌。可现在，她通过恋爱的方式好像离这一切近了一些，她害怕别人说自己无知，由此变得无比敏感。一瓶洋酒，刺痛着她，让她意识到自己和凌少之间难以追平的距离。

比这更要命的是，此刻尴尬的不只是她和于秀花，还有那个在一旁闷头吃饭的欧阳希，他手中夹菜的筷子停在半空，眼睛一直盯着手机屏幕，不时下滑一下，脸色一阵惨白。

送酒的门铃响了起来。

"老板，这是您要的酒。"司机吴光站在门口汇报，不敢自行进入。

"吴师傅，你快进来一块儿吃点吧，这么晚还要请你跑一趟，真是不好意思。"纯洁上前发出了邀请，阿光连忙回应："不了不了，李小姐，我这就走了。"

"阿光！"凌少说话了，"既然李小姐邀请你了，你吃一点再走吧。"

阿光缓缓地挪着步子进来，望着桌上的杯盘狼藉，红着脸说："既然老板发话了，那我坐一下就走。"

欧阳希突然从阿光手里夺过酒，开盖，像吹啤酒一样仰着脖子一口气吹下小半瓶后，打了一个超悠长的酒嗝儿，就像是来自内心世界的一声长叹般，让人无法忽视。

"你有什么好坐的，这帮人和你是一回事吗？"欧阳希突然冲着阿光咆哮起来，吓得阿光一下从椅子上跳了起来，像一个不知道自己到底错在哪里的孩子一样。

陆晨一愣，赶紧扯了扯欧阳希的衣袖，他以更大力气挣脱开，他摇晃着手中的酒瓶，"别动我，不光是你不配，我也不配，这屋里的人有几个配得上这瓶酒的！我们不但配不上这酒，更配不上你们这种有钱人。你们就是一群嗜血的怪物！"

欧阳希说完，把手里的路易十六高高举起："这华丽的光芒，这涌动的纹路，这幽幽的香气，这万恶的奢侈，这嗜血的环境！""哐啷"——酒瓶碎地，欧阳希晃晃悠悠地抓起大衣，冷笑一声，摔门而出。

剩下一屋子的死寂，阿光脸色惨白，结巴着告辞："老板，我还是先回去吧，您需要用车随时叫我，我就不打扰了。"

过了一会儿，陆晨回过神来，她赶紧穿大衣系围巾，并强行笑了笑："不得不说，就从刚才的一串小排比来看，我家欧阳希还是很有才的，对吧？"

桌上，欧阳希的手机屏幕还亮着，纯洁抬手拿起，正准备给陆晨，猛然间，她看到了那篇出自谢雨霏之手的文章。在吃饭的过程中，欧阳希刚好刷到，并看完了全部内容。

文章底部没有署名，可来源却是明明白白地写着"高情商女子"——才几个小时的时间，这篇文章就已经被上百家大号转载了。

纯洁深吸一口气，马上找到公司通讯录，当着所有人的面，打电话给高涵宇："喂，我是李纯洁，从现在起，《金希文之死》这篇文章拒绝给任何号开白名单。"

陆晨怔住了，缓缓停下，从纯洁手中接过被欧阳希落下的手机，快速地翻看了这篇文章，之后颤抖着手，猩红了眼睛："欧阳希说得没错，你们真是嗜血的怪物！"她戴好鸭舌帽，摔门而出。

于秀花被此刻的"严寒"冻成了结巴，识趣地把桌子上的零碎划拉了一下，然后说："我简单帮你收拾一下也走了，我回去还有事情。"

"不用了，放着吧。"纯洁拍拍她的肩膀。

于秀花迟疑了一下，马上说："那我走了。"

她转身又嘱咐："凌总，不管发生了什么事，请照顾好纯洁。"

凌少点点头，说了句："我会的。"

所有人都走了，一屋子的狼藉，一地的酒瓶碎渣，火锅还不时冒出来辣辣的味道，纯洁觉得透不过气来，想要去开窗，凌少的手早已经搭在了窗户把手上。

"谢谢。"纯洁深深呼出一口气，瘫软在沙发上。

凌少走到她跟前，蹲了下来，温柔地问："发生什么事了？"

短暂地犹豫了一下后，纯洁把整件事情一五一十地讲给了凌少听，凌少听完没有震惊，也没有愤怒，只是抚了抚她眼前的碎发，将她揽入怀中，"只要不是你出了什么事，那就不难办。"

纯洁伏在他的肩膀上，突然对他生出来一种前所未有的信任，她凑到他耳边，小声说道："我讲给你听，不是要你帮我什么，我总不能遇到任何事情都要躲在你身后。我是觉得出了这种事情，老板是有知情权的——这次你可不可以别插手，相信我，我有办法把这件事解决好。"

凌少吻了她的额头，鬓角的碎发压在她散发着丝丝香气的长发上："你说怎样就怎样。"

她很奇怪，他没有像往常一样责备她做事没分寸，而是乖得像只小猫一样，在她身边不停地蜷缩，她忍不住用唇去吻了他的耳垂，他瞬间感觉有一团火从手心烧到了脑门儿，眼中的荧荧之光将眼前的姑娘卷入了爱的洪荒。

会议室里，人们陆续进来，谢雨霏最后一个到——压着点儿进来的。

凌晨，纯洁发了一封邮件和一条消息。

邮件是给新媒体部全体员工的，她告诉部门所有人到岗后第一时间来会议室开会，时间是九点十五，迟到的人，去人事领一下辞退工资就可以走了。她不确定这么说是否符合公司章程，但她管不了那么多，她想过，如果这个公司的老板是她，她一定会这么做。

消息是发给陆晨的，她把这篇《金希文之死》推送的由来，一五一十地讲清楚，她不是想推辞自己的责任，她只想让陆晨知道一点：任何时候，她都不会为了博眼球、挣流量，而不惜拿自己的好朋友开刀。陆晨并没有回复她，她一开始等得很焦虑，但她不敢打电话过去，怕对方还没有看到这条信息，或者正在安慰欧阳希，自己这时候冒失地打电话过去，反而会把局面搞僵了。

纯洁抬头看了一下，除了梅汐汐这几天一直称病不在外，其他人都到齐了，她抬手摇了摇手中的杯子，夏未来像触发了开关的机器人一样，飞速地拿起她的水杯飞奔着去茶水间帮她倒满了水，又恭恭敬敬地放在了她的右手边。

纯洁微微一笑，说了两个字："谢谢。"

很多人都以为她新官上任，为了笼络人心，会摆出一副亲民又谦卑的样子给大家看，可她偏不。

她就是要在其位谋其政，她就是要让别人看到她心安理得的一面。

她喝了口水，十指相扣交叉在胸前，身子微微向夏未来侧了侧，说："今天你来做会议纪要。"然后坐正，下颌微微抬起，"各位，今天开会的主要目的是宣布一下部门决定。昨晚，本部门实习主笔谢雨霏擅自提前了公司规定的推文时间，并写出了一篇影响恶劣的文章，用小说手法编造还原金希文遇害的细节，文章中所述内容不顾及逝者的尊严，不顾及死者家属的感情，在内容上用词媚俗、赤裸，尺度之大，甚至出现了不堪的色情想象，把一个悲惨事件写成了一个意淫故事，给本公司的名誉造成了不可挽回的损失。公司决定，稿子立即撤销，夏未来你来执行，并且对谢雨霏处以两千元罚款，一周内的公众号内容更新全部交由夏未来接手，如果顾不过来，就隔天转载，公司人事会帮我们招聘兼职撰稿人，来减小单人日更的压力，以后公司所有推文必须提前两小时交给我审核，再出现未经审核就私自发稿的行为，公司会依法严惩。"

"哼！"谢雨霏明目张胆地发出一声不屑的抗议声。

"有意见可以直接提。"纯洁瞟了她一眼。

"我就是有意见。我没给公司造成损失，相反，今天激增的商务问询都是因为我这篇文章，未来一个月内，公司的甲方订单的数量会有明显的增长。你不但不奖励我，还反过来处罚我，我就好奇了，请问您这种奖罚不清的行为，依的是什么法？"

"高涵宇，我记得你的专业是学法律的，我给你三分钟的时间，给这位女士一个心服口服的说法。"

高涵宇突然被点名，整个人都是蒙的，看到昔日柔柔弱弱、不求上进的纯洁不但平步青云爬到了自己头上，而且处理起棘手的问题来还如此干脆利落，完全被唬住了。

还没等他开口，谢雨霏一下子从座位上站了起来："当我是傻子吗？公司里有谁因为这篇稿子受损失了吗？高涵宇你摸着良心实话实说，从昨天晚上到今天早上，商业问询是不是比平常多了？"

高涵宇面露难色地看了一眼纯洁。

"但说无妨。"纯洁伸出手，做了请的姿态。

高涵宇含含糊糊地点头："确实如此，有三家客户问询完毕后就直接定了档，今天之内付款。"

谢雨霏冷冷一笑："李主编，您要不要拢一拢您飘逸的长发呢，我担心您头发太多挡住了耳朵影响您的听力。您听到了吗？我不但没给公司造成损失，反而给公司带来了相当大的利益呢！您看到后台的粉丝增长了吗？'高情商女子'的粉丝量现在已超百万，公司矩阵内的相关公众号，都因为转载了这篇文章出现了大幅度的涨粉。您知道这叫什么吗？爆文体质！流量女王！只是嫉妒让您不愿意承认罢了，如果我没记错的话，您当初写金希文出轨的文章时，公司可是给了您一笔很客观的奖金呢，怎么到了我这儿，就变成了罚款！您确定不是在公报私仇？"

纯洁的目光像是一道被冰冻住的溪水般，清澈而尖锐，冷酷而平静。

"你才来公司几天，倒是把公司以前的事都摸了个底儿掉。Lisa对你也确实是用心良苦。但你不必太过得意，你没造成损失是最好的，如果真有了，那不是你这种狂妄无知之辈能承担的，决定就是如此。夏未来你把会议纪要整理完后，立即交给行政做公示，让财务做留档，散会。"

纯洁起身离去，留下身后一片唏嘘。

刚回办公室坐稳，便响起了敲门声。

"请进。"

是Lisa，她穿着咖啡色的裘皮大衣，踩着十厘米高的高跟鞋，缓缓向她走来。

"纯洁,我能不能和你商量个事?"

"您说。"

"你处罚谢雨霏,我没有意见。只是我有个请求,可不可以先不删除这篇稿子?我的意思是,能不能留到明天早上九点再删除,我想看看这篇文章能不能突破我们公司的历史阅读量的最高值。"

"您怎么知道我处罚了谢雨霏?消息可真够快的,如果您需要,谢雨霏可以放在您的部门里。"

Lisa听出来纯洁话里有话,但也只能装傻卖笑:"哪儿的话,我怎么可能和你抢人,新媒体部本来兵就不多。我就是路过会议室的时候,不小心听到了一点。"

"不可能,必须立即删。"

"纯洁,我没有私心的,公司花重金把我从别的公司挖过来,是希望我能带着手下的人将这两个号运营得比之前好。我知道,因为一些误会,公司现在把新媒体部门交由你管,这确实不是我的管辖范围了,但希望你能理解一下我的心情,我是真希望这篇文章能给我一份满意的答案,这样不管我将来在哪里工作,都不会有遗憾了。"

纯洁缓缓抬起头,试图从这几乎要急出眼泪的眼睛中寻找到一丝真诚,可她拼尽全力,也只能看到黑黑的眼线和假睫毛。

"可以吗?算帮我一个忙。纯洁,从你来公司,一直都是我带你,虽说没帮过你大忙,但我自认为和你无冤无仇,我人到中年,和你们这些视野新鲜、反应灵敏的年轻人不能比了,我也知道把我从新媒体推到平媒是什么意思,我没什么不服的,就是人年纪大了,履历需要漂亮一些,明天我把数据截图后,你就可以删了,算是送我下半生一个好的跳板,可以吗?"Lisa几乎是在哀求了。

纯洁望着她脸上厚厚的粉底和眼角再也掩饰不住的皱纹,心里泛起一阵哀伤,她不清楚,Lisa的卑微是否真的因为人到中年,但她不得不承认,自己的心还是软了下来。

但有一点,她听得很明白,Lisa的话语里几乎一直在向她暗示,她很快就要从灵云传媒辞职了。

她皱着眉头,指尖揉了揉太阳穴,"我可以答应明天早上九点再删稿,但我有个问题,希望您如实回答我。"

Lisa如释重负,急切地答应:"你说,只要我知道的,都可以告诉你。"

"您和谢雨霏是怎么回事?"

Lisa恍惚了一下,眼神躲闪不定,但看到纯洁那种必须知道真相的坚定,还是犹犹豫豫地张开了嘴:"谢雨霏应该是知道你来灵云传媒上班了,所以特意来公司应聘的,那个时候你已经转正而且高升了,实习名额又空出来了,是她主动找到我,和我说她之前和你曾一起共事过,在报社时每个月拿到的稿件分数也差不多,所以按照这个逻辑,你能在公司做得风生水起,她也一定是可以的。我倒是对这些不是很关心,我认为她想方设法来公司,还是有她的目的的,她起初不肯和我聊这个话题,后来索性直接和我说,她喜欢的男人被你抢走了,她不甘心,她想向那个男人证明,你做得到的,她也能做到。"

"所以,你就顺水推舟,想拿这颗棋子来制衡我?"

Lisa一下慌了,苍白着脸,赶紧摆手否认:"没有,没有,你想多了,我是觉得刚好我分管人事,你们部门的何翩然离职了,你又休假,确实需要人手,加上她写东西的底子确实不错,所以才留下她先用着。事实证明,她确实有写公众号文章的天赋的,大胆又敏感,你请假期间,她的稿子几乎篇篇'10万+',热点抓得准,标题也敢起,粉丝量突飞猛进。"

"我开玩笑的,您紧张什么?"当着Lisa的面,纯洁拨通了夏未来的内线电话,"是我,李纯洁。《金希文之死》这篇稿子的删除时间改成明天上午九点,嗯,对。"挂掉电话后,她看向Lisa,脸上浮出了一个平淡又刚刚适宜的微笑,"说好了的事情,就会算数,您回吧。"

Lisa这才放心地起身,欢喜地说了声:"那就拜托了。"然后心事重重地离开了纯洁的办公室,关上门的那一刻,她长舒了一口气,并向谢雨霏的方向默默比了一个V型手势,她揉了揉太阳穴——李纯洁的成长速度快得实在是惊人,昔日下象棋最多看三步的小白兔,现在竟然会谋篇布局挖坑让人跳了,她正了正衣领,快速走回到了自己的办公室。

第二天一到公司,纯洁第一件事就是查看文章是否还在。

当她点进去那篇文章,页面显示的是"文章被举报,违反有关规定,已做删除处理"。

她穿过各部门工作区的时候,莫名觉得有什么情况不对,好像有一些眼睛在诡异地盯着她看,她假装目不斜视地往前走,突然一个大转身,果然,所有同事都在盯着她看,看到她突然一个转身,大家马上慌慌张张地假装在远眺,并迅速把目光移回到自己的电脑上。

"搞什么啊!"纯洁暗暗嘟囔一声。

她走到新媒体工作区,敲了敲夏未来的桌沿,问:"怎么回事?"

"李主编,我正要和您说呢,昨天夜里我失眠睡不着,我想着去后台看一眼金希文那篇推文的数据情况,结果发现文章已被删掉,我以为自己看错了,因为我明明没有点删除,结果去正文链接一看,发现是被官方强行删的,显示是被举报的,出现了一次违规记录,说再有类似情况出现,会直接封号。"

纯洁眉间一冷,沉思了一下,俯下身子,在夏未来的电脑后台上查看了上千条未被精选到留言墙上的留言,几乎全是破口大骂的,问候小编全家不说,还直言不讳地表示这种吃相难看的号就该封杀。

"你检索一下,现在拿这篇文章开刀的文章大概有多少篇,留意一下他们在撕我们的时候,文中有没有我们的原文截图。"纯洁马上意识到了问题的严重性。

三分钟之后,夏未来双唇颤抖着说:"李主编,今天爆掉的文章基本上都是在骂我们吃人血馒头的,而且……都有截图,我们的原文已经被人家第一时间保存了,我们没办法要求对方删除,只能任由他们疯转。"接着,她又嘟囔了一声，"我们都被删文了，他们到底还想怎样，没完没了。"

深呼吸并没有让纯洁清除掉内心的焦虑，她恍惚地点了点头，准备回到自己的办公室。

夏未来扭扭捏捏，似乎还有什么难言之隐未说出口，就在她鼓起勇气准备说出来的时候，却发现何琪踩着亮闪闪的高跟鞋慌慌张张地朝着纯洁跑过来。

"那还是让何主管说比较好吧。"夏未来嘟囔了一声，长舒一口气。

"什么？"纯洁困惑地看了一眼夏未来，然后被何琪拉到了茶水间。

"大事不好，你看自己的公司邮箱了吗？"何琪左右环顾着，小声凑上来说道。

"怎么了？还没有呢，我一来就去夏未来那儿问删文章的事情了。"

"你完了，你完了，你要失宠了。不知道是谁，往公司全体同事的邮箱里发了三张你和一个帅帅高高的小男生抱在一起、牵在一起、嘟嘟嘴比爱心的照片，嘟嘟嘴那张的尺度尤其过分——凌总这会儿啊，估计都可以直接拿来蘸饺子了，吃醋的男人很可怕的，你要做好心理准备啊！这么私密的照片怎么会到别人手里去了，这男的到底是谁啊？"

纯洁听完，马上决断："你帮我查一下打卡记录，看下凌总进办公室了吗？我先回办公室一趟，你企业QQ上给我留言。"

她坐在电脑前，邮件查收完毕，一眼看到了她和关伟去威海旅游时的照片。

嘟嘟嘴那张照片，是一张很诡异的裸照，她扭着腰，双手抱胸。

她从未拍过任何裸照，这一点她是十分确定的，但她还是不自觉地看了一眼自己的胸，嘀咕着：脑袋是我的没错，可这身体哪来的？修图？那又是谁在不辞劳苦地添砖加瓦呢？

她记得，因为关伟不爱拍照，他俩之间的合影很少，这三张照片是他们两个人毕业旅行的纪念照，是找路人用关伟手机帮忙拍的，就存在关伟的手机里，她当时是拷出来过，但后来在《牧城日报》，不知道谁为了逼走她而使坏，将她的电脑重装了系统，导致什么都没了，她为此还大哭了一场。

按照这种逻辑，拥有这三张照片的，目前就只能是关伟。

那关伟为什么要这样做呢？

猝不及防地把两个人当初在一起的亲密照发给公司所有人，是想证明什么呢？

自从上次他在酒吧约她见面，恼羞成怒之后就再没有联系过了，怎么突然做出这样的事情来呢？

纯洁想不出他的动机，脑袋里"嗡嗡"响，一只手在太阳穴的位置使劲揉了几下，企业QQ跳出来何琪的消息：一级警报！老大早已打卡进了董事长办公室。

她扒开百叶窗，往他的办公室方向望去，那间房间此刻依然安安静静，两个房间只隔着十几米，可她感觉像是隔了一个碧蓝色的汪洋大海，她看不清他在岸的那头在干吗，是微笑还是难过。

放下百叶窗，她开始反复走动，过了好大一会儿，她索性推开了门，决定游过去，把事情解释清楚。

可还没走出去五米，纯洁就看到三个公职人员在何琪的带领下，率先抵达了董事长办公室。

她站在原地等了一会儿，不时地低头看手机上的时间——他们已经进去十五分钟了。这些是什么人？他们来干吗的？

突然，门被推开了，凌少穿上了外套，跟随他们开始往门口走，他似乎意识到纯洁的目光追着他，所以他突然停下脚步，回望了她一眼，嘴唇翕动了一下，眼神里透出了一种前所未有的复杂，像是在暗示她什么，但还是一句话没说，就继续往前走了。

脖子一凉，纯洁意识到有一些严重的问题正在发生，一个箭步冲上去，拦下走在最前面的那个公职人员。

"冒昧地问一下，你们是？"

"我们是网信办的。"

她一下明白了:"我才是公众号的负责人,所有的文章都是经过我的审核才发出去的,凌总并不清楚到底发生了什么,如果您需要了解什么情况,带我去比较好一些。"

"你是法人吗?"那个人淡定地问道。

还没等纯洁回答,凌少突然厉声呵斥道:"这个公司,还轮不到你当家,回去继续做你的工作!"

说完就按下了门禁,走了出去。

她站在原地,眼中有什么东西在不听话地往外渗,她知道他在保护她。裸照事件和被网信办约谈同时爆发,一定不是出于偶然,她知道有人——而且不止是一个人在整她,甚至不惜毁掉灵云传媒。

她皱起眉头,强行让自己的大脑回归思考,两分钟之后,她迅速回到新媒体部的工作区,果断部署。

"夏未来,你马上把公司矩阵内所有相关公众号的转载全部删掉,给你五分钟;高涵宇带领商务部的同事整理出一份微信公众号文章的敏感词清单,半个小时之内,发送我,抄送部门所有同事;谢雨霏,你去请张兴盛来排查所有已推送文章里的所有敏感词,含敏感词的文章全部删除,这项工作要在今天中午十二点完成。规定时间内没完成,年终奖一分钱没有。行动!"

大家一听到年终奖可能会拿不到,二话不说,直接"收到",开工。

只有谢雨霏急了:"我有异议,我除了请一个别的部门的外人协助我们的工作,难道没有其他工作了吗?我就这么无足轻重吗?"

"你不是无足轻重,你是能量大得很。还有,你只是个实习生,我信不过你,等你是这个公司的正式员工了,再来跟我提要求,现在别在这儿枉费口舌,快去执行。还有,心怀鬼胎、胳膊肘往外拐的人叫外人,能够踏踏实实为公司做事的,才是自己人。"

"我不去,张兴盛是Lisa主编的人,您这样使唤别的部门的人,是不是得事先和人家部门的领导打个招呼?"谢雨霏"哼"了一声,整个身子使劲往座椅上靠了靠。

"她把我的人当狗腿子使唤的时候跟我打过招呼吗？"纯洁白了她一眼，直接走向了张兴盛的工位，低语几句，张兴盛便连连应下。

谢雨霏直接从工位上站起来就走了，甚至故意摔摔打打，弄出了很大的声音，穿行过工作区的时候，还哼起了小曲——既然明面上撕破脸了，她便光明正大地找Lisa主编汇报情况去了。

过了一会儿，何琪鬼鬼祟祟地来敲纯洁办公室的门。

"进。"她早就知道她会来。

何琪晃动着脑袋，半个身子压在桌子上，把一杯冒着热气的美式咖啡放在桌上，故意大声喊了一声："李主编，这是您要的咖啡！"然后又降低音量说："Lisa要我立即给全公司同事发通告，宣布谢雨霏即刻转正，他们人事正在给谢雨霏办理提前转正的手续，让我同步把通告准备好呢！我猜她们根本没经过你的同意就在暗箱操作这事了，所以特意来给你提个醒。"

"谢谢。你马上去查一下公司员工章程，看看转正手续是否有明文规定必须经过直属领导签字同意后才能下发转正申请书，然后人事部相关领导审核才能予以转正。我在办公室里等你五分钟，五分钟后我就要出去办点事情。"

"好。"何琪迅猛转身，一个箭步冲回了自己的工位上。

半分钟的工夫，她就查到了转正规定的详细内容，她直接在企业QQ上留言："完全如你所说。"

"有白纸黑字的东西就好说，我马上出门，他们暂时拿不到我的签字，如果Lisa催促你发通告，你就拿文件制衡她，她可以趁着老板不在肆意妄为，但她没办法推翻老板认定过的公司文件，她现在是公司最大的领导，正是想要兴风作浪的时候，有什么情况你随时通知我。还有，人事部拿谢雨霏的转正手续过来的时候，你先想办法留下来，就说要对照一些信息撰写通告，让他们先回去，然后快速地把谢雨霏签字的那一页拍下来，拍好后发我，抄送凌总。再告诉他们，你查过公司文件，这个手续不完善，要等我回来补了签字才能生效，都明白吗？"

"懂懂懂。我就喜欢我们家纯洁这霸道女魔头范儿。"

纯洁说完就下线了,她直接冲到了陆晨的酒吧,把正在酒吧里抽烟的陆晨喊到了门口——酒吧里常年放的歌,都是欧阳希喜欢的那种,吵得她脑仁疼。

"欧阳希没事吧?"纯洁迟疑了一下,用欧阳希打开了话匣子。

"你急匆匆地来找我,就是来关心欧阳希的吗?"陆晨依然不改狐疑本性,上来就直指疑点。

"我关心欧阳希,还不就是因为关心你?"纯洁也不甘示弱。

"最近欧阳希和我闹冷战,又不是我让她姐姐死的,也不是我写的那篇文章,干吗都迁怒于我?这几天,我天天都守在酒吧,巴望着赶紧天降大雪,好预示我的冤屈。"

"你脑壳有坑啊,现在是十二月,就算突然天降大雪,那也是顺应自然,不能说明你冤啊!"

"哎,我不知道怎么和欧阳希解释,他单方面切断了和我的联系,我去他的住处,发现大门竟然换密码了,进都不让我进。搞得我也很憋屈,静静就静静,谁怕谁!"

"他的住处?他重新租的房子?你们不是一直住酒店吗?"

"我们不能总住酒店啊,之前我说的那套耀东方的房子,抢装出来先给欧阳希住了。"

"养小白脸,你还真是有执行力啊!不怕这么着急,甲醛把他毒死?"

"我怎么可能用那种廉价材料?我用的都是特贵的环保材料。"

"所以是你的房子,他住进去,还换了密码,不让你进去?这不叫厚颜无耻,这叫渣啊!"

"嗨,说这些干吗,我们不是在冷战嘛,冷战结束了就好了。毕竟他刚没了亲姐姐,总归是有伤心的理由的嘛。我反省过了,那天我做得确实不太对。他姐虽然看上去是个大明星,但圈子里都是星二代,也是有鄙视链的,哪怕你红了,别人也会嘲笑你的出身,所以,无论是金希文还是欧阳希,都是很忌讳这些戳他们脊梁骨的阶层嘲笑,我总是口无遮拦地炫富,肯定是戳着他了,但我也确实不是故意的,我平常就这样啊,也没针对谁。算了,还是我不够体贴,光图嘴上痛快了,我应该改正。"

"啧啧,你这是被爱情挟持了啊!我们陆晨竟然还有自己承认错误的时候了,欧阳希这魔力可真够大的。"

"嗨,毕竟总被他晾着,不冷静也得冷静了——不过,除了伤心,他还是有些怪怪的。"

"哪儿怪了?"

"一个月前,他就不爱和我说话了。"

"你不该进一步怀疑他出轨了吗?"

"我是怀疑过啊,一直没找到实锤啊!"

"哦——"纯洁沉吟了一下,终于忍不住了,"我来是想找你打听个事。"

"就知道你急匆匆地跑来找我的动机不纯,说吧,看你心不在焉的熊样,别跟我兜圈子了。"

"凌少被抓进去了。"

"什么?我表哥被抓进去了?因为什么?啊,算了,晚点再说吧,我去柜台拢一拢今天的现金,咱带着钱捞人去。"

"不是进警察局了,是被网信办的人带走了。"

"网信办?你早说啊,吓我一跳——不过,这几个字听着有那么一点耳熟啊,干吗的?"

"就是管着我们的,具体我也不清楚。我是想问你认不认识这里边的人,我想咨询一下,凌少被带去问话会有什么后果。"

"有点麻烦,我一个初入江湖的黄毛丫头,哪有这方面的人脉资源。我爸肯定是有的,但他躲赌债,都一年多联系不上了,也没给我来过电话——不过,我隐隐觉得,你说的这个部门,好像有谁和我提过一嘴,让我想想啊!"

陆晨拍了拍脑袋,还是没想起来,她跑到屋里让前台服务员给倒了半杯伏特加,一口闷下去,重新坐回酒吧门前的台阶上,叹了一会儿气。突然又一拍脑袋,跳了起来,"啊啊啊,我想起来了,是陈回,他不是在我这儿办的钻石会员卡嘛,晚上没事老来我这儿坐坐,估计也是幻想着能偶遇你,结果他也是点儿背,再没和你碰到一块儿过……"

"陆晨,说重点!都什么节骨眼儿上了,你还说这些陈芝麻烂谷子的事!"

"好好好。他有一天来我这儿喝酒,看上去红光满面的,应该就是十月份那会儿,我记得那个时候国庆节刚过,店里的生意到了淡季,晚上人不多,我看他心情不错,便陪他喝了一会儿,他说自己又辞职了,考上了公务员,报考的就是网信办,说他迫不及待地跑过来想看看你在不在我这儿,他想把这个好消息告诉你,让你对他刮目相看。啊,对了,我就是在那天晚上才知道,这货竟然也不是什么素人出身,人家也是具备拼爹的条件的。家里爸妈都是官场上的,他从小叛逆,想过诗情画意的人生,绝不依附于父母活在这个世上,所以发誓绝不从政,结果被你——他最最心爱的姑娘伤了之后,他就想成为一个被你看得起的人,所以就去考公务员了,他还真考上了。那天他喝得大醉,说自己没有给你打电话的身份了,只能经常来我这儿坐坐碰碰运气,他不想打扰你,因为害怕他和你连做朋友都做不成了。天哪,这小子够深情的……"

"嗯,我都知道了。谢谢,我先走了。"

"你干吗去?李纯洁,你这人怎么越来越势利啊,有用的就听,没用的一分钟也不愿意停留。"

"我去给陈回打电话。"

陆晨没再喊她,远远看着这个瘦瘦的身影穿过树影斑驳,拐进了小巷子。她发现,不知道从什么时候起,纯洁好像发生了一些微妙的变化,原来死要面子的她,宁可困顿死,也不会向谁说一句软话,更不会因为一个人喜欢自己就主动利用他为自己谋利。而现在,她的犹豫与顾忌,像一层壳一样慢慢蜕去，只不过，蜕掉这层保护壳之后，是更坚硬、更无敌的皮肤。

咖啡厅里，纯洁举着手中的咖啡杯，透过袅袅云雾，她远远地看到陈回朝着她走过来。

茶黑色的眼眸，浓眉下英挺的鼻梁，嘴角带着一抹笑意，一身斐乐的时尚运动衣，手里还提着大大的网球拍，他看上去依然像一个天真烂漫的大学生。

"嗨，你给我打电话的时候，我刚好在网球场。"他努力平复着自己的惊喜与激动，这是她在一年的时间里，第一次主动约他，不管是因为什么，他都是开心的。

"嗨。"一点微小的内疚感扼住了她的咽喉，最后化成了一声轻轻的招呼。

"纯洁，好久不见。"

十米开外的时候，他隔着窗户就看到了她眉宇间的淡漠与高傲，长长的睫毛下有一双泛着微光的大眼睛，失神而迷人，白衬衫下的脖颈白皙而干净，像刚刚下凡到人间的迷途仙女，她望向窗外的样子，就像是把自己和周遭的嘈杂都隔绝了一样——她一直都是这样的，眼中只有一个自己在意的世界，除此之外，她容不下其他任何。

"好久不见。"她只是附和着，并开始催促自己马上进入正题，她知道这样很势利，但她心里太过挂念凌少，这让她不得不露出自己最不能掩饰的一面。

"你是不是找我有什么事情？"陈回依然是那个识趣而得体的陈回。

谢天谢地，他先开口了。

"嗯。是凌少，他被网信办的人带去问话了。你知道最近金希文事件吗？她被一个网约车司机残害了，然后新来的实习生发了一篇言辞过激的文章，而且没经过我的审核，凌少更是不知道这件事情的始末，是我没把控好，是我犹犹豫豫没有马上删掉这篇该死的文章，导致它最后发酵了，被官方删除了，之后凌少就被网信办的人叫去约谈了。你现在是在网信办工作对吗？我可以问一下，他被叫去会发生些什么吗？我有什么可以帮他做的吗？他安全吗？会不会受皮肉之苦？"

陈回望着面前这个紧张而慌不择言的姑娘，突然一阵感伤："你怎么还是那么傻！网信办不打人的！"

他忍不住大笑，上一次看到她冒傻气，还是她要为罗老头儿的自杀负责时。时隔良久，她还是没变，只是他心爱的女孩，这次是在为另一个男人心碎，为另一个男人失去了思考的基本理智而冒傻气。

他伸出手，拍了拍她的衣袖，轻声说："没事的，他人身安全一定是没问题的。像这种情况，相关部门只会要求全面清理违规有害信息，严肃处理有关责任人，并限时提交整改报告。同时，你们的公众号可能会被平台封号一个月。"

她一听要封号，本能地打开手机点文章链接，发现出来的提示，不再是文章被删，而是因为涉嫌违规被封号了。

错愕像一条冰凉的毒蜘蛛，顺着她的尾骨一路爬到了她的耳垂上。

"那怎么办？公司做这个号是很不容易的，还有好几个人要靠这个号养着，现在平面媒体的状况很糟糕，广告主都开始侧重新媒体投放，不可能把他们安放进平面媒体了，他们要失业了。你能不能帮我们解封呢？我们以后不会再犯了……"她又开始口不择言，眼睛里渗出了眼泪。她被急切与焦虑抓住了神经，开始语无伦次。

"纯洁，现在国家的净网行动要求非常严格，你们这次做的也确实过火，你们最好能给出一个明确的态度，别人才能真正放过你们。"

"那该怎么做？"

"在公司官网上向社会公开道歉，并且自行注销你们目前运营的违规号。"

"你这是什么馊主意啊！"纯洁以为陈回在开玩笑，尴尬地望了他一眼，发现他目光中的坚定，才失落地回过神来，"你是认真的？"

陈回点点头，说："你们这次的情节非常严重，如果你们不主动反省，不及时采取相应措施，肯定会被列入黑名单，就算以后换个马甲，肯定也是会被抓住。现在自行注销，全网道歉，是最好的办法，而且要快！"

"那凌少什么时候能放出来？"

"约谈又不是拘捕，当天就回去了。"

"谢谢你。"

"干吗和我这么客气？"

"那我先走了。"

陈回抿着唇，用力地点头，眼神一刻都没从她身上离开。

"呀，我把你约在咖啡厅，可是你都没点喝的，你快点杯爱喝的，我买完单再走。"

"不用了，快走吧。"

"要的，要的，不然显得我太没人性了，找你帮忙，却连杯咖啡都不请。"

"你快走吧，别拿你对付陌生人的那一套来对付我，我不需要。"

纯洁听出了他语气中的不悦："你生气了？"

"我当然生气，我气这世界上竟然有这么一个人，可以让你放下面子、放下骄傲，来求一个让你觉得尴尬的人，我一直以为你就是油盐不进的高冷女人，原来我只是没办法让你心动而已。我不怪你，这一切都是我自找的。"说出这些话，对他来说，像是卸下了肩膀上千斤重的包袱，既感觉如释重负，又感到怅然若失。

"你别这么说啊……不管怎样，我真的很感谢你，你真的很好，恭喜你找到了适合自己的人生道路。"纯洁鞠了一躬，提起包匆忙跑向了窗外，跑入了人流之中。

陈回站在原地望着她，久久不肯离去，他知道他有一种神奇的能力，就是无论她混在人群中，穿了多么不起眼儿的衣服，扎了一个多么不起眼儿的马尾，他都能一下认出她来，因为他曾经用尽全部的欢喜与奢望，认真地等过她，等她发现他的好，等她爱上他。

可最后等来的，是她因为爱上了别人，才发现了他的好，由此，连"谢谢"都是匆忙的。

"我永远不会祝福你，但也不允许任何人伤害你。"陈回站立在原地喃喃自语，转身去点了一杯卡布奇诺捧在手心，阳光落在杯沿的泡沫上，亮闪闪得像给杯子镶上了金色的泪珠，他失声笑了出来。

既然你不肯让自己欠别人任何东西。

那就让你欠我一杯咖啡，也是好的。

协议背后
第二十四章

纯洁站在网信办办公大楼的大门口徘徊了一会儿，决定先给凌少发一条消息试探一下。

"你快要出来了吗？"她问。

"出去哪里？我在家呢！"凌少几乎是秒回的，紧接着补充了第二条："是我们家。"

她惊愕了一下，发现自己一厢情愿地跑来这里接他实在是愚蠢，查了一下这里距离小区的距离——三公里，还好，她决定跑过去找他。

十二月的天空蒙上了一层灰色的雾，马路上一辆又一辆的车在快速行驶，天桥下挤满了穿着臃肿被寒风吹到用手套捂住嘴巴的路人，天空中飘起了大雪，晶莹起舞，落入地面。

她边奔跑边暗暗笑着，果然陆晨是有冤屈的。

"干吗按门铃，你不是知道密码吗？"凌少穿着白色的浴袍，一边用毛巾擦着湿漉漉的头发，一边开门，看到站在门口的竟然是纯洁，非常惊讶。

"我不敢试，怕你换密码了。"纯洁的白色羽绒服的毛领上已经压上了一层雪花。

"瞎说什么，为什么要换？下着大雪跑回家干吗？我洗个澡就会回公司找你的，快进来。"他一把将她拉进来。

一股掺着冰碴子的寒气从门外冲进了屋子里。

"你的手怎么这么凉？没开车？"他眉头皱起，心疼地问道。

"我跑过来的，反正那里离这儿也不远。"

他起身给她倒了一杯热水，要她抱住热水杯取暖。

"哪里？"他听得出来，她不是从公司来的。

"网信办办公大楼那边。"

"你去那儿干吗啊？如果想等我，回家等就好了。"

"我怕你出来的时候，看到没有人接你会难过。"

"傻丫头，我就是怕你看到我会多想，才特意回家洗个澡、换身衣服再跑去公司帅帅地找你。你还偏偏自己跑去那里等我。以后没有我的命令，不准擅自行动了。"

"哦。"她坐在沙发上，双手捧着热水杯，双腿不自然地并拢到一起，像个犯错的小女孩一样，低下了头。

"李纯洁，你在干吗呢？我又不是怪你，我是不想让你为我做任何傻事，知道吗？"凌少显然是看出来她小心翼翼的不安与内疚。

"嗯。"她点头，还是不敢看他。

"你冒着大风跑来找我，就是为了跟我'哦'一下、'嗯'一下的？"凌少无奈地笑了，把湿掉的毛巾扔到一边，坐在她身边，歪着脑袋，偷偷看她躲在刘海儿后边的眼睛。

"你真的不问我照片的事情吗？我可以解释。"纯洁还是没忍住。

"我相信你。"他打断她。

"啊？"她一下没反应过来。

"我相信你，况且这都是你认识我以前的事情，我无权过问，只是遗憾没有更早一点遇到你，让你早点爱上我。我知道你的初恋是关伟，你失恋的时候，哭到呕吐的那天，我就向赵晖问了你的所有事情。我那个时候就想暴打一顿关伟。"

"你知道关伟？"

"知道啊。我还知道他约你出来后对你动过手，我直接给顾兰坤打电话，让他看着办，后来关伟就失业了。"

"这样啊,怪不得呢,那他也应该恨我。"

"成年人要为自己的冒失付出代价,因为他替我照顾过大学时候的你,我才手下留情的,不然他会更惨。"

"我说他怎么会这么恨我。"

"你在说什么?"

"我是说,他不惜修了一张裸照来羞辱我呢!"

"哈哈哈哈。"

"你笑什么啊?这很羞耻的。"

"我看照片的时候,先看了那张裸照,一眼就知道是假的。"

"那你还挺聪明的。"

"公司的邮件不可能是关伟发的,他没这个胆量,动机也不成立,肯定是谁找到了他,出了钱买走了这些照片,想让我看到照片后嫌弃你。我基本有了判断,这件事你不要再操心了,我会处理好。"他温柔地打消了她内心的疑虑。

她望着他,目光盈盈,鼻头一酸,说了声谢谢。

他抿嘴一笑,凑到她的唇边,眨着长睫毛,心跳开始加速,"那你打算怎么谢?"

她脸色一红:"就是'说'谢谢啊。"

坐客梯上来的时候,凌少在公司门口突然牵住了纯洁的手。

纯洁惊愕地望着他,一秒之后,她便定下神来,长吸一口气,按下了门禁开关。

他们手牵着手走进办公室,凌少先是把她送到了她的办公室门口,然后在她的额头上轻轻吻了一下,抚了一下她的长发,才径直走去了自己的办公室。

从前台助理,到正在茶水间冲咖啡的何琪,再到躲在办公室里扒开一条缝偷看的Lisa,都是一张天降十亿现金的惊恐脸,大家既掩饰不住溢于言表的惊讶,也不敢光明正大地盯着看,所有人的余光如夜空下被点燃的仙女棒,噼里啪啦地交织到一起,然后心照不宣地交换眼神,再装作什么都没发生的样子回到自己的座位上去。

谁也不敢闹出动静来,毕竟这是在公司。

只有何琪,神经大条地放下水杯,鼓起掌来:"恭喜老大和李主编修成正果!恭喜恭喜!"

办公室里的气氛一下降到了冰点,大家都紧锁着眉头,结果凌少从办公室里突然走了出来。

"谢谢,请大家吃糖。"他竟然提了满满一口袋糖果出来,朝着工作区随意撒了一把,糖果雨下完,便示意何琪过来把剩下的糖果领走分给大家。

纯洁隔着百叶窗看到这一幕吓得没敢出来,赶紧给凌少发消息:"你什么时候准备的糖果?干吗请大家吃糖,订婚或者新婚才有的环节,会不会让大家误会?"

"现在,这么多人已经见证我们在一起了,省得你这个女人反悔。"消息回了过去。

"中午约了凌然吃饭,你一块儿去。"他接完一个电话后,又给纯洁补过去一条消息。

发完消息后,凌少拨通了杰西卡的内线电话。

Lisa从凌少的办公室出来,她望着云雾般的一群人笑笑,回到自己的办公室开始收拾东西。

何琪五分钟前收到了杰西卡发来的通知,告知她拟一份通告:Lisa主编未经授权,私自破坏公司的用人章程,限责令停职自查,复职时间等待公司通知。

何琪盯着助理写通告的过程中,Lisa过来敲了敲她们的桌面:"别废那个工夫了,我愿赌服输,直接发我的主动离职通告吧,我会告知凌总我的决定。"

何琪尴尬地点点头:"好的,好的。"

全公司收到Lisa的离职通告后，都震惊不已，但这种情况下，大家都不敢站起来凑到她跟前帮忙拿东西，只有谢雨霏一脸无所谓地走了过去，把Lisa手中的箱子接了过来。

Lisa迟疑了一下，小声说："你不必这样做，以后还想在公司混，就不要做出这种违背主旋律的事。"

谢雨霏冷笑一声："呵，谁稀罕，不就是个工作嘛，我本来也不是冲这个来的，送完您，我就递交辞职报告。"

Lisa摇摇头，正了正衣襟，朝着大家微笑了一下，却发现并没有什么人在目送她，她谢过了谢雨霏，在前台上交了自己的工牌，便离开了这个她曾满怀激情的战场。

看着谢雨霏眼含泪光转身离去，Lisa左右环顾了一下，拨通了凌然的手机号。

中午的用餐，约在了什刹海附近的瞭望楼饭庄，这是一家至今还保留着传统榫卯结构的古建筑。

纯洁被凌少牵着，踩着"吱吱呀呀"的木梯来到二层，不远处看得见静谧的湖水，泛着微光，北侧就是鼓楼，趴在围栏上仔细看，还能看到老北京胡同。

只是目光落定在直挺挺坐好的凌然身上时，纯洁还看到了一个熟悉的女人，她穿着一件黑色的旗袍，坐在凌然旁边，正在徐徐递过来谜一样的笑容。

Lisa怎么会在这儿？她怎么会和凌然认识？

"吃饭非要选这么远的地方。"凌少为纯洁拖开一把椅子后，朝着凌然冷言道。

"这家鲁菜做得好。"凌然痞痞地一笑，眼睛直勾勾地看向纯洁。

凌少立马会意凌然的意思，他知道纯洁老家是山东的，所以特意选了一家吃鲁菜的地方。

他也淡然一笑:"那很好。"

Lisa微微低头,依然用着优雅的腔调对凌少说道:"凌总好。"

凌少抿嘴一笑:"恕我眼拙,但我确实是有点看不明白,你和Lisa认识?"

"认识,她以前在我的翻译公司做商务总监,我那个时候被老头儿扔进这家公司做实习生,是Lisa带的我。严格来说,我们是师徒关系。你这个小女朋友真是有两下子,把我这么重要的棋子都给拔掉了。"

"你是说,Lisa进我公司,是你的安排?不太可能吧,她是我自己挖来的。"

"你不是从猎头提供的三个备选人员里选的吗?凭Lisa这么出众的简历,你当然会选她。猎头是我派去给你打电话的,反正你们公司的招聘信息是挂在网上的,猎头主动打电话给你,并不唐突吧?"

凌少摇头冷笑:"所以,你把Lisa处心积虑地放到我公司里,是想做什么?"

"当然是要毁掉你的公司啊!你不一直都是老头儿最得意的嫡子嘛,灵云传媒不是你自己一手创办的吗?我就是想毁灭给他看啊!"

"呵。"

"不过我忙活这一通,又有什么用?还不是被你聪明漂亮的女朋友拿下了,真不简单,上次你带她来上海找我,我还以为这只是一只小白兔,没想到还挺腹黑的嘛!"

纯洁整个人都凌乱了,红着脸刚要反驳,被凌少修长的手给按下了。

"注意你的语言,对我太太放尊重点,不然交易取消。"凌少冷冷回应,目光凛冽,寸步不让。

纯洁好奇地看了看身边的人,又疑惑地望向凌然——交易?什么交易?

凌然示意Lisa去点餐,从口袋里掏出两个小布丁推到凌少面前,俯下身子小声说道:"你确定要在你的小女朋友——不,是你所谓的太太面前说这些？"

纯洁看得眼珠子都要掉下来了，原来吃小布丁并不是凌少的专有癖好，原来这两个大男人都爱吃小布丁。

"我既然带她来，就是为了让她了解自己有权利了解的事，家丑不可外扬，但她不是外人，是我太太。"凌少把小布丁推过去，强硬地回应。

"你一口一个太太，难不成我乖巧的弟弟跟这姑娘偷偷领证了？"

"快了。"

"好。爱情的力量果然很伟大。"

"协议你带来没有？"

"带了，当然带了，不然今天这顿饭是为什么而吃？你说是吧？"

凌然说着，就从公文包里掏出来一份协议和一支笔，对准桌面齐了齐边角，便笑吟吟地递给了凌少，紧跟着拿出来随身带来的印泥，举在手中，像是要马上扔出去的手榴弹一样让他兴奋得两眼放光。

笔尖落在白纸上的前一秒，凌少的手被纯洁的手握住了。

"什么协议？是你的卖身契吗？"她不安地问道，从小到大，只要看到有人在落款签名，她的心就马上提到嗓子眼儿，心跳"咚咚咚"的像是被魔琴掌控了人格一般恐慌。

"你要看看吗？"凌少温柔地看向她，他感觉得到她手心里在冒汗。

"嗯。"

她接过来，一目十行快速看完，下巴差点掉到茶杯里。

协议的内容太匪夷所思了，凌少答应将父亲留下来的一半遗产划到凌然名下，前提是凌然要在一周之内取梅汐汐为妻。

她诧异地看向凌少，手中的文件在颤动着，她觉得所有事情好像和她没什么关系，但又觉得好像有什么违反道德的事情在这对豪门兄弟之间发生着，她甚至都不知道说什么好，就只是哽在那里，举着文件一动不动，眼睛睁得大大的。

"弟妹如果有异议的话，可以再考虑一下，但下次我什么时间有空，那就不一定了。"凌然看到纯洁呆呆的样子,黯然一笑。

"没异议,我现在就签。"凌少抿了抿嘴唇,伸出手抚了抚纯洁的脸,抽过文件,签字,按手印,一气呵成,"可以吃饭了。"

"非常好。我就欣赏我弟弟这一点,从小到大,说得出,就一定做得到,哪怕是打掉牙齿和着血往肚子里吞。好了好了,吃饭,吃饭。"

Lisa刚好回到座位,饭菜被服务员一一端了上来。

纯洁望着Lisa,突然问道:"Lisa前辈,我可以问你一件事吗?"

Lisa笑着摆出了一个请的姿势。

"谢雨霏是你们计划中的棋子吗?"

"不是。她就是偶然和我们撞到了一起,不是我们团队内的一员。"

纯洁点点头,说了谢谢,站起身来,拿起盛牛肉羹的大勺子,拿过凌少的碗,盛下满满一碗,又给凌然盛了满满一碗,小心翼翼地分别端放在他们面前,说:"多喝点汤,对良心好。"

凌少口中的茶水差点喷出来,不安地看向她,弱弱地说了一声:"谢谢。"

他知道她有气,气他做这些事情之前没有提前告知她,虽然看上去和她没什么关系,可她还是气。

凌然和Lisa在他们对面就像是在看大戏一样,笑得前仰后合。

在公司的地下车库停车时,纯洁推门就要下车,被凌少一把拦住。

"我想主动交代,夫人可以给个机会吗?"

"我不是你夫人,不要乱叫。"

"别挣扎了,你很快就是了。夫人先听完事情的始末,听完后,是打是杀,任凭夫人处置。"

纯洁白了他一眼,从包里拿出来一块口香糖,跷起二郎腿,往后放倒了座椅靠背,嚣张了起来:"那你说,好好说,细细地说,不能有任何纰漏。"

"遵旨。"凌少被她幼稚的行为逗笑,继而深吸一口气,把事情的始末一一道来。

"你记得我前段时间飞英国去见我父亲最后一面吗？梅汐汐是我父亲指定我必须带去的，我起初并不知道他为何执意如此。到了之后，我父亲临终前有一个嘱托，就是要我娶梅汐汐为妻。这是他们父辈之间的君子之约，早在我父亲创业之初，凌家和梅家就在生意场上互相扶持。凌家刚创业那几年，第一个大单就遭遇了巨额诈骗，至今没追回来，我父亲以为我家会就此败落，把家里的房产都抵押出去了，我们全家几乎要沦落街头，当时他厚着脸皮求助了梅家，因为资金缺口巨大，梅叔叔说愿意拆借这笔钱给我父亲，助他渡过难关，但他唯一的要求就是自己的独生女梅汐汐必须嫁入凌家，这样这笔钱就等于投给了自己家人，短期内还不上，他也并不担心。否则在凌家两手空空的时候借出这么大一笔钱，他还是会担心。我父亲当时一口答应下来，本来担心包办婚姻会让梅家独女受委屈，所以安排了双方子女见面，如果不排斥，就按照这个方案把事情定下来。

"那一年我刚好在国外读书，凌然是国内一所大学的翻译学教授，为了把事情快点推进，家父只能让凌然母亲尽快做凌然的工作，勉为其难地安排了凌然跟梅汐汐见面。你应该听说了，凌然是我父亲的私生子，但父亲非常爱他母亲，最终却因为事业心作祟，娶了门当户对的我母亲。凌然放荡不羁，而我乖巧听话，我父亲自然喜欢我多一些。加上我和凌然的长相颇有几分相似，我父亲当时就想，先让凌然见，反正就一面之缘，梅汐汐也不一定辨得清，之后等我学业完成回国后娶梅汐汐。只是他万万没有想到的是，梅汐汐喜欢的本来就是凌然，不然他父亲也不会提出那样的要求。当时凌然是有女朋友的，他喜欢上了一个大他十几岁的女高管，女高管当时是有夫之妇，所以整个局面就是个连环死结，梅汐汐经常去凌然执教的高校听他的选修课，被他在讲台上的魅力完全迷住，甚至给凌然发过求爱信，但被凌然断然拒绝，回去大哭后，梅叔叔就知道了事情的前因后果，本来他就想好了要帮自己的女儿搞定心动男神，当时我父亲又恰好找上门来，他就想出这个方案。梅叔叔当时并不知道凌然是私生子，我父亲户口簿上唯一的儿子，其实是我。这个事情就变成了凌然母亲哄他说替我去相亲一个姑娘,结果要他代替弟弟娶这个姑娘,凌然肯定不干。他那个时候为了那个大他十几岁的有夫之妇都处于痴迷癫狂的阶段,怎么可能移情别恋,于是就和我父亲大闹,公然去我父亲的公司,当着所有员工的面跟他大吵了一架,骂得很难听,说他自己无能,却要拿着自己儿子做筹码,还要和我父亲断绝关系。我父亲当时气得当场倒地昏厥,在医院住了两周才算是慢慢恢复过来。从此,两个人的梁子就结下了。但君子之约不能不执行,梅汐汐毕业后,他就有意安排梅汐汐来我的公司上班,汐汐也是奇怪,明明喜欢的是我哥,明明知道我不是凌然,可她还是欣然答应。她神神叨叨地告诉我,就算不能嫁给凌然,那嫁给和凌然长得很像的人也是不错的选择。"

"天——也就是说,你其实是梅汐汐的备胎啊!"

"对啊,很惨吧?"

"那她为什么对我敌意那么重啊,你又不是她心仪的对象。"

"因为她已经把自己预设成了我的未婚妻啊,她的占有欲作祟,一样东西她不喜欢可以扔掉,但不允许别人从她手上抢走。在养尊处优的家庭里长大的独女,这种意识还是很强烈的。"

"那你和凌然为什么突然要签下那么奇怪的协议啊?"

"我父亲做事情也是很绝。他手里的公司产业和所有的房产,一样都没有留给凌然。凌然读书的钱以及凌然母亲这些年阔太太的消费,都是他一人承担下来的,他自认为除了没有娶凌然母亲为妻,其他从未亏待过他们母子,既然凌然已经说了和他断绝父子关系,那就没必要留给他一分钱的遗产。他遗嘱里规定好了所有的遗产统一归在我一人的名下,但唯一的条件就是让梅汐汐嫁入凌家大门,遗嘱是在我父亲去世后,他的律师读给我们听的。我当场就拒绝了,除了你,我谁都不会娶。"

"你是不是傻了?你父亲留给你很多钱吗?"

"总资产合计加起来接近160多亿吧。"

"啊?160……亿?我的天啊,你为了娶我,所以放弃了这样一笔天文数字的遗产？"

"我不是还有自己一手创办的灵云传媒嘛，这家公司和老爷子没有任何关系，经营好了，也够养你了。怎么，发现我是个伪富二代，后悔啦？"

"可不是后悔嘛。你不心痛吗？我要是你，都不一定推得开这么多钱，160亿啊，我一直以为你就是个极普通的小富二代，没想到你家这么富有啊，我的天啊！"

"李纯洁，你非要表现得这么爱钱吗？你不觉得，我和160亿比起来，我更重要吗？"

"啊？真的吗？我觉得这辈子离160亿最近的一次，就是现在这一刻，我的天啊，世界上真有那么有钱的人吗？"

"财迷！你想要很多钱，我以后赚给你就是。"

"我想要很多钱，也想要你。"

"怎么这么贪啊，本来想爱一个一点都不物质的女孩子，没想到到头来爱上了一个最物质的女人，我这什么命啊！"

"那你退货呗，支持七天无理由。"

"不退，我这个人超认命的，尤其认命中注定。"凌少一笑，照着她的额头就是一吻，颇像小鸡啄米般迅猛。

纯洁用衣袖假装恶狠狠地擦了擦，突然回过神来："不对啊，如果你为了我放弃了那么多钱，那凌然怎么还跑来跟你分钱？"

"我还没说完啊，是你一听到160亿就激动地打断我的，其实160亿在资产层面没那么扎眼的，我父亲只是一个算得上成功的一般创业者，资产只能说还过得去，跟头部的企业家还是很有差距的。"

"反正钞票上升到一定数字后，我就反应不过来了。你继续说啊！"

"凌然听说我要为了一个女人放弃继承权，就立马从上海飞来，向我提出来一个两全其美的方案，既没有让我家老爷子食言，也让我们各有所得。因为我家老爷子答应梅家的是，要让梅汐汐嫁入我们凌家，没有说一定要嫁给我。这个方案，就是你看到的协议内容，他来娶梅汐汐，我继承全部遗产后赠予他总遗产的50%，很公平。"

"怎么公平了？一点都不公平啊！凌然好鸡贼啊，为了分钱，竟然出这种馊主意，这对梅汐汐很不公平啊！"纯洁忍不住打断了他。

凌少摇摇头，又莫名被她戳中笑点："我以为你说不公平，是分给凌然50%不公平，原来是为梅汐汐打抱不平啊！你不是和她势不两立吗？"

"是她对我不友好，上来就跟我建立敌对关系，我对她就还好吧，她虽然牙尖嘴利，说话不留情面，但至少没有像Lisa那样暗地里放冷枪、给我挖坑什么的，女人相中了哪个男人都会护食，这点我理解她。"

"哟哟哟，我们家纯洁的格局这么大呀！"

"不是，干吗讽刺我？我是就事论事，本性坏和嘴上坏是两码事。就像谢雨霏和Lisa，两个人看上去炮筒都朝着我开，但两个人的出发点和动机不一样，就不能定一样的罪。"

"这就是你为什么要放过谢雨霏，却要一心留下Lisa违反公司规章制度的证据，借此还击她的原因？"

"哇，被你猜中了。"

"这件事，你做得很漂亮。但是纯洁，很多人并不是表面上表现出来的样子。你知道你的照片是谁群发给公司里的每一个人的吗？"

"谁？反正我觉得不会是关伟。"

"当然不是关伟，他能对公司里每一个员工的邮箱掌握得那么清楚？连保洁阿姨的邮箱都不放过。"

"那一定是公司内部的人干的，不然怎么可能对我们员工架构这么熟悉。"

"这下反应过来了？是梅汐汐！"

"啊？为什么是她？她至于这么恨我嘛，她不都给过我一记耳光了嘛，虽然陆晨又给她打回去了，但这不就扯平了嘛，为什么啊！"

"梅汐汐的确没有这样的手段和心机，但Lisa有，她之前有一段时间和梅汐汐走得很近，就是在博取她的信任，然后在适当的时机，把你和关伟以前谈恋爱的把柄亲手送到梅汐汐手里,让她决断。汐汐没能战胜心里的魔鬼,晨晨打她那一记耳光的仇,她不报不快,在气头上就把照片捅出去了。"

"那我谈过恋爱,就活该成为别人的把柄吗?"

和女人聊天的时候,她们更关注的,永远是不利于自己的字眼。

"不是我认为这是你的把柄,是Lisa认为,这是破坏你在我心中印象的最佳利器。她以为我长期拒绝身边各种烂桃花的骚扰,是因为对女人有着完美主义的妄想。而她只猜中了一部分,我确实想去爱一个完美女孩,但我想要的完美,不是绝对没有恋爱史、脑子里空无一物、每天就只知道描眉画眼喷香水的无脑小白兔。我要的完美女孩,是虽然会迷茫、会退缩、会胆怯,会有很多女孩都有的小毛病,但她从来不会躲在角落里一直逃避问题,她会积极追求自己想要的东西,会直言不讳地表达自己对金钱的喜欢,并独立有序地通过自己的努力得到它。不管她有多少力量,都会在爱的人需要的时候,倾尽全力去保护他。她热爱读书,积极解决问题,不会因为我富可敌国而自卑,也不会因为我空无一物而疏远我。她历经欺辱、尝过人间不如意,但依然秉承初心,依然心底善良。我要的完美女孩,就是这样的——你。"

"你这是在向我表白吗?"

"是表白的加强版。"

"你文采有些斐然,我竟然对你生出一丝敬意。"

"你是不是疯了!什么乱七八糟的,还敬意。我凌少这辈子都没对一个女孩说过这么肉麻的话,你此时不该和我抱头痛哭以示感动吗?"

"我不要和你抱头痛哭,我要——"纯洁突然将两只纤细的胳膊勾住了他,亲吻了五分钟,他们与车窗之外的世界隔绝了。

凌少的脸颊红红的,把头埋进她的颈窝里。

"好啦,再这样下去,我们都要迟到了。"凌少坏坏一笑,拿上包,牵着纯洁便往电梯走去。

等电梯的空当,纯洁偷偷瞅了他一眼,小心翼翼地问:"那你哥喜欢梅汐汐吗？"

"他喜欢一半遗产。"

"那梅汐汐会不会太惨？"

"嫁给自己魂牵梦绕的男神，惨吗？"

"话是这么说，可你哥不喜欢她啊！"

"凌然当年疯狂迷恋的那个大他不少的女人，现在不也翻篇了吗？未来的事，谁说得准。"

"我好奇这个女人长成什么样子，会把凌然迷成这样。"

"你已经见过了。"

"啊？我见过了？"

"嗯，如果我没猜错的话，应该就是Lisa。"

"我的天哪，你这样一说，我感觉真的只能是Lisa，她在我们公司兴风作浪、机关算尽，竟然全是为了凌然，看来他们还是相爱过的。"

"应该是吧，不过很多人在婚姻面前，权衡的标准并不是爱不爱，就像我父亲和凌然的母亲，他爱她，却不肯娶她。Lisa对凌然也会心动，但不会为他放弃自己的婚姻，Lisa有一个很漂亮的混血儿子，现在跟着她的英国老公一起生活。女人有了孩子以后，可能就会把爱情放在孩子后面的位置上了吧。"

"哦。"

"哦个鬼啊，想问的都问完了吗？"

"嗯。"

"嗯嗯嗯，你又来，是不是还想问我和凌然的口袋里为什么会装着小布丁？"

"啊，你怎么知道我想问这个的，可我怕这个问题太犀利，会伤你的自尊。"

"你的小脑袋里到底在想什么呢？这和自尊有什么关系？我小时候是在家教严格的环境里长大的，大人们不允许我吃会危害健康的零食的，凌然母亲每次带凌然来找我父亲，凌然都会偷偷跑到我屋里去，给我的抽屉里放几个小布丁，我知道他是故意的，故意用我想要的东西引诱我，引诱我变成一个让我父亲不再喜欢的孩子。那几个小布丁在我看来就像是闪闪发光的星星，我时常拿一个放在手心里入睡，时常会因为自己可以离小布丁那么近，做很甜很甜的梦。他给我的小布丁，我渴望吃却不敢吃，一直藏在抽屉的角落里，偷偷地看上一眼。直到我长大以后，我给自己买了很多小布丁，和凌然送我的小布丁混在一起。我经常提醒自己，不同的人有不同的命，各自得到和得不到的东西本就不同。"

"那你因为我而失去那么一大笔钱，甘心吗？"

"这有什么不甘心的，他本来也是我爸的儿子，我们再不合，他也是我的哥哥，这是他应得的。我爸知道我的性格，即便是全给我，我也不会独吞，我想这是他留给我们兄弟两个最后的考题，希望这份答案，他能够满意。"

"太飒了，我的哥！"纯洁伸出大拇指，蹦起来就冲他脑门儿上点了一个赞。

凌少白了她一眼，一本正经地说："电梯要来了，从现在起，你不要讲话了，不然我的表情就恢复不到工作状态了。"

话音刚落，一张棱角分明、皮肤紧绷的禁欲脸又出现在了纯洁面前。

"哇，太神奇了，原来你每天的死鱼脸是这么来的。"纯洁惊叹不已。

这时电梯来了，"叮咚"一声，凌少"扑哧"一声笑了出来，一秒破功，还是没忍住。

和这个女人在一起，人设随时要崩。

在一起

第二十五章

纯洁的办公桌上,放着谢雨霏的辞职报告。

谢雨霏正在低头收拾桌面上的东西,手边全是"窸窸窣窣"的声音,垃圾桶一会儿就被她扔满了——她找不出几样要带走的东西,她觉得所有沾着公司痕迹的东西,都该叫作垃圾。

"谢雨霏,你进来一下。"纯洁在门口喊了一声,便回到了座位上。

谢雨霏抬起头来望向她的背影,手里的便利贴正准备塞进箱子,她怀疑自己听错了,不自觉地看了夏未来一眼,夏未来朝她点了点头——李纯洁确实是在叫我?

她犹豫了一下,还是决定进去——无所谓了,反正她也要走了,有什么想说的、想骂的,掰开了揉碎了说吧,不就是伤害嘛,来啊,谁怕谁!

便利贴飞进了箱子,她按压了一下纸箱表面的折痕,迈着傲视一切的步伐走进了纯洁的办公室。

"有事?"谢雨霏就那么远远地靠在门边站着,言语中充满了挑衅。

"坐。"纯洁用下巴点了点客座的位子。

"不必了,有事你直接说,我着急收拾东西。"

"坐。"纯洁平静地坚持着。

谢雨霏长吸一口气,不耐烦地坐到了位子上。

"说吧,什么事?"

"你还在因为陈回恨我吗?"

谢雨霏瞪大了眼睛,她万万没想到,这个昔日里胆小到不敢承认任何恋情的女人,竟然在办公室公然和她谈论一个男人。

"恨!为什么不恨,我对你恨之入骨,恨不得剥了你这张皮,看看底下的良心是臭了还是烂了!你没来之前,陈回是喜欢我的,你来了,他就把所有的好感和关心都给了你,凭什么?你就擅长抢别人的男人是吗?以前抢我的男人,现在又来抢梅汐汐的男人,请问这位惯犯,战无不胜的感觉很好,对吧?"

"陈回如果是你的男人,为什么你都追到北京来了,他也没回到你身边?为什么我现在是别人的女人了,他还是不肯接受你?"

"他贱!他瞎!"

"他这么不堪,那你为什么还放不下他?"

"我不是放不下他,我是咽不下这口气。我不知道你到底有什么好,走到哪儿都能迷住男人的心。论长相,我不比你差;论能力,我比你优秀多了,可你一个人占有了所有的幸运,这公平吗?"

"你是比我优秀多了,可你却比我傻多了。"

"你说什么?"谢雨霏几乎被纯洁的轻描淡写给激怒了。

"我说你比我傻多了。我知道别人对我好,我却没办法爱上他,就果断地离人家远远的了。可你对别人好,别人没爱上你,你却不知道自己早该停止犯傻行为了。"

谢雨霏猩红着眼睛,泪水顺着鼻翼流了下来,她知道纯洁说的是对的,但她不知道自己爱一个人,并不远万里地追随他而来,最终却换不来对方的喜欢,这件事到底该怪谁。她只能怪纯洁有一天突然穿着白衬衫、毛呢方格裙,踩着长皮靴,一头垂肩长发,戴着一个大大的太阳镜,心不在焉地踢着脚下的石子,出现在了《牧城日报》社的楼下。

那天几乎所有的同事都挤在二楼的大飘窗上看她,她古灵精怪却不自知,她在微风中发光也不自知,赋予了别人关于美好的想象亦不自知,这种女孩真的很气人。她只是散发着一种天然的魅惑气息,迷住了趴在窗户上正在嚼口香糖的陈回，谢雨霏叫了他好几次："走了走了，有什么好看的啊！"可他还是一动不动，像灵魂逃离了肉体一样，喃喃地说："你别推我，让我再看会儿。"

因为一个人的出现，改变了几个人的生活轨迹，她实在不知道该找谁讲理去，她从第一天就伪装自己和她做朋友，她一直都防着她，唯恐她也喜欢上她喜欢的男生。

可万万没想到的是，纯洁没有喜欢上陈回，纯洁的心里一直装着一个甩掉她的人，可陈回这个大傻子却无可救药地跳入了深渊。

陈回和谢雨霏，是一样的人。

谢雨霏经常设想，如果纯洁没出现，陈回会不会选择的是她？

纯洁来报到之前，陈回出去采访总是带着她；他俩中午吃饭总是坐在一起边吃边笑；连她回老家之前，陈回都会往她的背包里塞满薯片和可乐……他没说过喜欢她，可这些对一个女孩来说，不算爱情又能算什么呢？为什么纯洁来了之后，和陈回双入双出的搭档就变成了纯洁？为什么陈回买回摩托车后，坐在后座搂住他的成了纯洁？她需要一个解释，而陈回对此从未对她做过解释，没有承诺就不需要解释，是这个道理吗？她不知道纯洁算不算是小三，但她懊恼这个秩序的破坏者。她恨她。

可后来她想明白了，这事和纯洁没什么关系，和任何人都没有关系，她只是在以自己的方式——卑鄙、算计、攻击……任何可以刺伤"敌人"的方式去获取内心的安宁——而最终，厮杀结束，云烟散去，只有她一个人停在原地，在苦苦等待着安宁的降临——而这份安宁却迟迟没来过。

"你说完了？"谢雨霏红着眼睛站起身来，她觉得在"敌人"面前落泪很丢脸。

"没说完。我希望你留下来。"纯洁也站起身来，走向了谢雨霏，距离她只有一步之远的时候，她停了下来。

她们之间没有隔着任何东西，但还是感觉有一道无形的网横亘在彼此之间，她们很识趣地尊重着这道网。

"留下来？留在哪里？"谢雨霏迷惑了。

"留在灵云传媒。"

"呵！"谢雨霏冷笑一声，"你在开玩笑吗？你是不知道吗，我完了，灵云传媒也完了，两个公众号都自行注销掉了，新媒体业务板块消失了，剩余的传统媒体板块的业绩也在萎缩，你以为你们能撑多久？还让我留下来，留下来做什么？同归于尽？"

"灵云传媒不会完蛋，我们会重新注册一个号，主攻读书、拆书，长期温和作战，正向积累一些不浮躁、忠诚度高的用户。另外我们正准备收购一个粉丝量二十万的号，这个号的日常更新需要你和另外一个人合作完成，你们需要保持对热点的高度关注，但要永远守住媒体人的底线。渴望投机、丧失底线、吃相难看的灵云传媒确实死掉了，但保持敬畏、嗅觉灵敏、底线先行的灵云传媒正在来的路上，你愿意加入我们吗？我们的资金实力是圈内顶尖的，凌少依然是投资人，而促成我们快速成为第一梯队最重要的因素，就是人——见过风浪、吃过亏的人；被毁灭过，但还能站起来的人；在一线城市绽放过光芒，再也没办法回到小城苟且的人。"

谢雨霏站在原地，良久不动，缓缓提问："你不恨我，反而要留我和你一起工作，偏要找这份不自在吗？"

"我不恨你，但也不喜欢你，这样做战友最好。"纯洁直直地看着她。

谢雨霏无奈一笑："这样最好，我最讨厌那些冰释前嫌、握手言和的恶心戏码。"

"所以，你同意加入我们了，对吗？"

"对，那个读书号是你负责写，对吗？"

"没错。"

"很好，你能把读书号写成一个有规模的大号，我便叫你一声'李主编'。否则，我只能叫你一声'李纯洁'。"

"没问题，成交！"

"我想请问一下，收购的是谁的号，另外一个和我合作更新内容的是谁？"

"是这个公司的一个老员工，回头介绍给你认识。"

谢雨霏点点头，朝门外走去，推开玻璃门的一瞬间，回头看了一眼正望着她的纯洁，笑了笑，便回到了工位上。

有些"谢谢"说出来显得矫情，于是"谢谢"便会以另外一种形式浮现在脸上。

满天繁星的时候，高跟鞋撞击青石板的声音就像一首情绪起伏的诗。

纯洁抵达酒吧的时候，何翩然已经在和陆晨谈笑风生了，这一幕纯洁一点都不奇怪，陆晨总是能在最短的时间内把纯洁朋友的底细搞得一清二楚，鉴定不是坏人后，迅速与其打成一片。

何翩然看上去清秀了许多，原先匪气十足的板寸变成了乖巧温顺的奶奶灰齐耳发，长长的毛衣袖口遮住了手腕和半个手掌，修长的手指上挂着两枚宝格丽戒指，看上去像韩国男团里的一员。

"何翩然！干吗把自己搞得这么妖里妖气的。"纯洁一屁股坐在了何翩然的对面。

"还不是拜纯洁大佬所赐，收购了我这微不足道的小号，让我过上了财务自由的好日子，哥哥我自然是要改头换面庆祝一下了。嗨，你们还别说，我以前钻进地铁里，小姐姐从来都不看我一眼的，自从换了风格，很多小姐姐都会偷瞄我。"

"当然会，谁见到了你这样的神经病，都会忍不住偷瞄一眼的。"

"怎么说话呢！嫉妒我羽化登仙啊！"

"是嫉妒你翻身农奴把歌唱。"

陆晨在一旁看这俩人连珠炮似的你来我往，笑得像一个啄米的小鸡："真是神了，我竟然觉得你俩才是传说中的欢喜冤家。"

"可不敢瞎说，人家纯洁现在是霸道总裁的准夫人，我一个小垃圾，不配。"何翩然赶紧打圆场。

"暴发户,你不要妄自菲薄,拉低自己的层次。"纯洁调侃道。

"我这不是见于秀花戴,看着眼馋,也想试试,你们付完收购定金后,我第一时间就去专柜买下来了。"

"你说谁?"陆晨和纯洁几乎同时脱口而出。

何翩然一下被双箭齐发的阵仗搞蒙了:"于秀花啊,有问题吗?这戒指还是她帮我挑的呢!"

"你怎么还和我们花花有一腿?花花藏着掖着的神秘男朋友就是你?"陆晨开始启动了八卦模式,饶有兴致地盘问起来。

何翩然警惕地双手抱肩:"不要瞎讲啊,我们根本就不是彼此的菜,是她非要和我做好哥们儿。再说了,她不都有男朋友了嘛。有一天她男朋友还来工体接她了,虽然没看清正脸,但看背影就知道是个挺帅的小伙子。啊对了,于秀花还说他会弹吉他,两个人黏得不行。"

"会弹吉他有什么了不起的,我家欧阳希才真的称得上会弹吉他,弹唱一流,下次让你见识一下什么是真正的才华。"陆晨一听"吉他"二字,马上来了精神,忍不住又提起欧阳希,目光中闪烁着星辰。

纯洁往酒吧里看了一圈,望向陆晨:"花痴!醒醒!欧阳希是不是换了密码之后再也没来店里找过你?"

"嗯,我打电话也不接。消息有时候是回一下的,说让我再给他一些时间疗伤。"

纯洁突然缓过神来,食指勾了勾鼻子:"何翩然,你什么时候和花花搞在一起的?"

"你们说话真的很难听啊,我和她真的是纯洁的兄弟情义,就上次去你的公寓送大鸡排,于秀花不也在嘛,送我出去的时候,她主动加了我微信,然后隔三岔五地和我扯点闲篇,还跑到我住处把她的一些隐秘的小秘密讲给我听,让我帮她写成稿子,首发在我的公众号上,我还付了她一千块钱的素材使用费呢!她一高兴,非要请我吃饭答谢我,一来二去,就混熟了。"

"她那稿子是你写的？"纯洁惊了。

"对啊，她把想法告诉我，然后我也蛮感兴趣的，就由她讲述我来执笔了，后来好像数据还可以吧？"

"我去，花花连这种小钱都不放过，我们花花长大了，会规划收益了。"陆晨举着手中的香槟杯转了又转，酒水绕过内壁，挂上一圈浅浅的痕迹。

纯洁皱着眉头，眼珠子缓慢地转了一圈："我总觉得，有什么地方不太对。"

"哪儿不对了？"何翩然有点困惑。

"花花家里条件比较有限，她平常生活的吃穿用度都很朴素，也不攀比，更没有那份闲钱去买奢侈品，你说你是看她戴着好看，才去买了宝格丽的戒指，你是在哪儿看到她戴过的？"说完又转向陆晨，"你借她戴过？"

"没有啊，花花从来没和我借任何奢侈品，你知道的，我买来不喜欢的裤子和外套，她倒是来者不拒都收起来，能穿的自己留着穿，不能穿的就寄给老家的亲戚穿。奢侈品花花不感冒的。"陆晨回应道。

何翩然发现两个人这时齐刷刷地看向他时，赶紧解释："你们用这种眼神看我干吗？我没撒谎，我是在朋友圈看到她戴的，不信我给你们看。"

说着，何翩然抓起手机，打开朋友圈，反举着把界面朝向了对面两个女孩。

她的手指上确实戴的是宝格丽的戒指，还和另一只男性的手比了一个甜蜜的心。纯洁下意识地翻动了于秀花朋友圈的更新：擦了口红后上唇微翘的性感嘴巴，逛商场时和男朋友一起高高举起的冰激凌，深夜里十指相扣的双手，以及惊天地泣鬼神的表白宣言——"从今往后，我们一起走在阳光下，再也不怕失去。"十指相扣的背景里，一个白色漆面的风车隐约可见。

纯洁仔细地看了下日期，迟疑了一下，马上又翻开自己和钟点工阿姨的对话框，果然是那天大家在她家庆祝乔迁之喜，局面被欧阳希搞得不欢而散后发的。那天晚上，纯洁专门给保洁阿姨发短信，预约了第二天的打扫，一地路易十六的玻璃碴儿,满屋子的叫嚣,她记忆犹新。

她伸出手掌,将手机推还给何翩然。

"何翩然,你喝完这杯酒,就先回去吧,我想和陆晨聊点女孩间的私房话。"

"别呀,私房话我也爱听,你们把我当闺密就行。"

"回去!"

"嚯,李纯洁,是你把我叫过来说要为顺利收购庆祝一下的啊,现在我都没尽兴呢!"

"顺利过渡完收购事宜,你会重新回到灵云传媒,和另外一个同事一起担任你这个号的主笔。一月中旬的时候,我们的年会会在巴厘岛举办,到时候我请你好好喝个够。"

"我去,一回公司就赶上这么好的福利啊,可以可以,那我选择就地立刻原谅你,毕竟补偿方案还是很有诚意的。"

"你快回去吧,需要我帮你报销打车费吗?"

"去去去,哥现在有钱了,车都买得起了,走了走了。"何翩然仰头喝尽杯中酒,摇了摇瓶子里的余酒,发现喝不完了,索性带上出门了,"拜拜,拜拜,薄情的总裁夫人。"临走他都不忘再损一下纯洁。

看着何翩然消失在视野中,陆晨讪讪地望向纯洁:"这哥们儿还挺好玩的啊,干吗把他赶走,一起玩呗!"

"接下来的内容,他不适合旁听。"纯洁咽了一下口水,似乎在调整陈述一件事情的方式。

"什么事情嘛?"

"于秀花和欧阳希的事情。"

陆晨一时没反应过来:"花花——和我家欧阳希有什么事情?"

你用自己的手机翻看一下于秀花的朋友圈。

陆晨点开之后,于秀花的朋友圈更新日期停留在了三个月之前,一张戴着兔女郎的发卡在酒吧端着托盘的天真脸。陆晨使劲往下滑了两下,都没有更新出更新的状态来——她现在能确定，不是自己手机网速出了问题导致没加载出来了——是她能看到的于秀花的朋友圈，只有这么多。

"没有屏蔽我，没有设置仅三天可见，也不是只显示的一个月以内的朋友圈，为什么我这里显示的朋友圈内容，和在何翩然的朋友圈里显示的完全不一样？"

陆晨茫然地抬起头，看向纯洁——她需要一个解释。

纯洁举起自己的手机，把于秀花的朋友圈拿给她看——纯洁这里显示的界面和她微信里显示的界面是一样的。

"我们被分组可见了？"陆晨一下反应过来。

"确切点说，我们是被设置成了不可见的人。"纯洁说道。

"好啊，这个花花，有什么事还和咱们藏着掖着的，连何翩然都能看她所有的朋友圈，我们却不能，太过分，我现在就给她打电话，倒休别休了，赶紧给我滚回来说明白。"

陆晨说着就打开通讯录准备拨电话，被纯洁一把将手机抢下来："你最好不要。"

"为什么不要？我们这么多年的闺密关系，她凭什么单方面把咱们剔除出去，我们还跟大傻子一样被蒙在鼓里，过分了！"陆晨气得使劲敲打着桌子，手掌朝着纯洁晃动了两下，要求对方把手机还给她。

"重点不是她不给我们看朋友圈，不管关系有多近，她都有权利把任何一个人设置成不可见的对象，微信是她的，她有这个权利，我们无权指责她。重点是，她有可能就是欧阳希的出轨对象。"

像是被一道惊雷劈到了眉心，陆晨一下傻了，强颜欢笑道："你逗我呢吧？花花不会做这种对不起我的事——再说，我家欧阳希的品位不会这么——独特吧，花花和我，完全就是两种风格的女人，对，是风格迥异，一个是南极的企鹅，一个是北极的大白熊，差得很远，没可能。"

"那谁是企鹅，谁是白熊呢？"

"这有什么关系？当然我是企鹅，花花是大白熊了，我比较可爱，花花比较憨厚。"

"那你怎么知道去南极喂过企鹅的人，不会再跑到北极和大白熊一起打滚？"

"你这是什么烂比喻！你这就是猜测，嚼自家姐妹的舌根，会烂舌头的，李纯洁！"

"你有仔细看花花晒宝格丽照片的那条动态吗？和她一起比心的还有一只男生的大手，比心的时候，小指、食指、中指上各戴着一枚戒指，除了欧阳希，有几个人还会这么做？"

"我没注意……就算你说的是对的，三指连戴戒指的人也不在少数，只不过你认识的人里就只有欧阳希罢了。"

"你没听何翩然说他会弹吉他吗？"

"那会弹吉他的也不止欧阳希一个人啊，也许花花的男朋友就是一个和欧阳希很像的人呢！"

"你们去我家庆祝乔迁之喜的那天晚上，你紧跟着欧阳希出去后，追上欧阳希了吗？"

"追上了，但他太狂躁了，一直赶我走，他说需要喘口气，我虽然不知道他为什么突然发这么大的火，但每次他发火的时候我都离得远远的，所以我就先回家了。"

"他当时站在哪儿？"

"什么？"

"我问，你当时和他分开的地点，是不是风车咖啡馆门前。"

"对啊，你怎么知道的？"

"因为你们离开后没一会儿，于秀花也离开了，当天晚上，他们在风车咖啡馆前的白色漆面风车前，十指相扣、拥抱，甚至热吻在了一起，然后'从今往后，我们一起走在阳光下，再也不怕失去'。他着急发脾气赶走你的原因，是要等于秀花过来和他在一起，他在等人！他要等的人，就是于秀花！"

太阳穴处的血管紧绷得厉害，甚至发出了"嗡嗡"的响动，这种响动就像是有人在陆晨的太阳穴上支起来一个架子鼓，声音从低语慢慢嚣张成了狂欢，陆晨强行撑住脑袋。

她突然挺直了身子，嚷道："你胡说，全部都是胡说！为什么要编这个无聊的故事来破坏我们姐妹这么多年的感情！你为什么啊！"

说着便失声痛哭了起来，看到纯洁不为所动地坐在她旁边，像是一个静待湖面上的涟漪自行退去的老人。

"把眼泪擦干。你想过花花为什么买得起宝格丽的戒指吗？"纯洁抽出一张纸巾递给她。

陆晨没有接，只是用一种哀怨的目光看着她，像是要万箭齐发将她射死在这茫茫夜色中，过了半晌，沙哑着声音："花花上了这么久的班了，攒一攒，她总能买得起的。"

"是吗？"

"不然呢？"

"欧阳希支教回来以后，没有找过工作，但他在日常的衣食住行上却大手大脚，这些钱是你给的，对吗？"

"是我愿意的，有问题吗？再说我家欧阳希的自尊心一直都很强，他说只是暂时跟我借钱花，以后赚了钱都会还给我的。"

"借？有借条吗？"

"借条？和自己爱的人之间，还要写借条？要你，你会吗？"

纯洁目光灼灼地摇头："你想就此翻篇，当作什么都没发生，还是想亲眼见证一下我的推测到底是对是错？"

陆晨揉了揉眼睛，将杯子中的香槟一饮而尽，"见证就见证，谁怕谁，你最好证明你的推测是错的。"

"如果是对的呢？"

陆晨摇晃着杯子，睫毛上挂着泪珠，静静地说："那就让他们见识一下什么是血染的风采。"

纯洁伸过手握住了陆晨冰凉的手指："直面疾风吧。"

陆晨点点头，突然又号啕大哭了起来。

纯洁急了："也许我的猜测真是错的，你先别哭啊！"

"我知道，我知道，可我忍不住啊！"陆晨哽咽了一下，无法控制内心的恐惧。

酒吧里的鼓点声和摇滚乐的声音太奔放，所有人都沉浸在酒水与荷尔蒙的迷乱中，服务员脚步轻盈地穿梭在桌子与桌子间，其中一个服务员手脚麻利地给老板娘的桌上又添了两支酒后匆匆离去，没有人听见她撕心裂肺的哭声，没有人看到她脸上的泪痕。一个人的悲伤很容易溶解于多数人的快乐之中，这让悲伤的人保持悲伤，快乐的人继续快乐，大家互不打扰、互不理解、互不指望，他们用各自的方式，举起斧头，砍向各自内心冰封的大海。

在巴厘岛丽思卡尔顿酒店前台处，行政部登记完了所有人的入住信息。

何琪拽了一下身边的行李箱，带着小助理往大堂休息区那边走，还高声喊道："大家在休息区先站好，公司内部员工的护照，助理会一一给你们送过去。我们尽量少制造噪声，注意素质啊！家属的护照，我来发，我叫到名字的，是哪位同事的家属，哪位同事就过来领一下。"

"于秀花。"

纯洁过去领走了于秀花的护照，并交还给了站在大堂，正望着印度洋出神的于秀花。

"谢谢，谢谢纯洁，你们公司的福利实在是太好了，这种好事你总想着我。"于秀花收起护照，想要抱抱纯洁，却被纯洁很自然地躲开了。

"陆晨。"

凌少从人群中走出来，温文尔雅地举手示意了一下，主动走过去接过护照，朝何琪说一声"谢谢"，转身拿给陆晨的时候，陆晨拽着凌少的衣袖，故意用超大声喊道："谢谢表哥！"

凌少皱起眉头："小点声。"突然又用更低的音量补充道，"要谢就去谢我夫人，我带你是被胁迫的，实属无奈。"

陆晨一听，跳起来就锤了凌少一拳，引得众人纷纷侧目，大家小心翼翼地看向纯洁——老板娘，你确定这个漂亮火辣的女孩只是凌总家的亲戚？你看，他们在打情骂俏呢，管管不？

中间隔了几个其他员工家属的名字后，何翩然终于听到了"欧阳希"的名字，这是纯洁交给他的任务，因为公司定好出国办年会的计划后，还给大家发了一项额外福利，就是公司管理层以及特殊引进人才，可以每人带一名家属，往返机票与住宿、餐食，公司一并报销，其他费用自理。年会通知出来的第一时间，纯洁就把何翩然叫到了公司楼下，要他帮忙带一个名额。

何翩然当然不乐意："凭什么啊，一个人就一个名额，我好钢必须用在刀刃上。"

"你有啥刀刃，你有女朋友吗？再说了，要不是灵云传媒收购你的号，叫你回来继续写推送，你连你自己的名额都没有。报恩的机会来了，帮我带一个，算我欠你的。"

"那你怎么还？"

"大不了，我年会的奖品归你。"

"你怎么知道你能抽到大奖啊！"

"最小的奖是幸运奖，有一千块红包啊，就算是把幸运奖让给你，你也不吃亏啊！"

"中奖率100%？"

"只有5%的空奖率，我一向不会那么倒霉，你放心吧。"

"那行吧，一等奖是什么呢？"

"是欧洲多国十日游的旅游大礼包啊！"

"哇，圣彼得堡大教堂、香榭丽舍大街、罗浮宫、巴黎圣母院，那万一你运气爆棚，你可不要反悔！"

"绝不反悔。"

只是，在拿到家属随行登记表确认函的那一刻，何翩然发现，纯洁要他帮带的家属名额——欧阳希。

在客房休息得差不多后，纯洁脱掉淡粉色的吊带长裙，换上泳衣，披上浴袍，便要往外走。

这个时候门铃声响起，纯洁不耐烦地开门："都说我马上就去你房间找你了，干吗这么着急？"

"这么巧？你是去找我吗？"

门口的人竟然是凌少，他也换上了浴袍，英挺的鼻梁，长长的睫毛，若隐若现的胸肌，淡淡的男性清香，笑眯眯地站在了她门前。

"怎么会是你？"纯洁惊愕了，被眼前这一幕搞得脸颊发烫。每次他故意靠近她挑逗她，她都觉得自己的心脏要造反，"怦怦怦"跳动得像小鹿撞到了心仪的大树，心猿意马却满心欢喜。

"那你是在等谁啊？"凌少脸色一变，突然恶狠狠地凑上来，吻了她的额头。

她整个身子都在颤抖，"你——你不要让同事们看见了，我没等谁，我约了陆晨和花花去游泳，餐厅下边有个无边泳池，她俩游，我就套上救生圈泡会儿。"

"是吗？带我去。"他的双手已经绕到她的背后，一个一脸淡漠的男人，正在用她最无法抵抗的方式，向她提出要求。

"好。"她双手莫名高举起来，像只被吓坏了的兔子，闭着眼睛把脑袋扭到了一边，几丝碎发散落在脖子上面，他觉得迷人又好笑，便双手环到她脖子后边，等她惊讶地回过头来看他要做什么，突然感觉到脖子上好像多了个什么东西。

她伸手摸了摸，是一条项链，她红着脸不好意思地说："你来我房间就是来给我送项链的啊？"

"不然呢？"

"不不不,你误会了,我——我要你帮我拿一下手机。"

"干吗?"

"看一下我戴它好不好看!"

凌少抿嘴一笑,乖乖地给她当了手机支架。眼前这个女孩,摸了摸玫瑰金色的吊坠,又在心形的几颗小钻那儿停留了一下,歪一歪脑袋,使劲咧嘴笑了笑,"嘻嘻"笑了出来。

他知道,她喜欢简洁有质感的东西。可当她开心完,脸色又有点复杂,翕动了一下唇,似乎想说什么又不太好意思张嘴。

"你放心好了,这个并不贵,不信我把网址给你,你自己去看一下咯,我谨遵你的教诲,不随便拿钱砸你。"

"嘻嘻,为难你啦,我的少爷,这个惊喜我很喜欢呢!"纯洁终于放心下来,她现在并不畏惧自己和另一半之间的财富距离,但她还是希望能够用合适的节奏、合拍的步调,一起走好每一步。

"当然为难啦,又要便宜又要好看,又要能表达我的心意,感觉被你搞得像一个畏首畏尾的清纯男孩。"

"清纯男孩,偷偷和小姐姐谈恋爱,开心吗?"

"你在挑逗我!"凌少一点就着,一下就"壁咚"了她。

"走了走了,我是真的和陆晨约好了游泳啦,要一起就赶快,不然又要被陆晨骂我重色轻友了。"

纯洁拉着凌少的手就往外走。

"喂,出来开年会,你坚持让行政给咱俩开两个房间,现在又光明正大地拉我的手,你说你到底是放不开还是放得开呀。"凌少被她牵得跌跌撞撞,嘴上还不忘趁机吐槽。

"办年会这是公司行为,是出差啊,就算我们是男女朋友关系,也不好光明正大地住一起吧。而且你已经为我滥用职权很多次了,明明大多数人选的目的地是大理和丽江,全公司只有我一个人选了巴厘岛,你就直接和行政定了这次年会在巴厘岛。"

"你很不懂为公司节省成本哎。"

"我当时遵从了自己的内心,没想过那么多嘛。"

"我是说,你让我们分睡两个房间,真的很不懂为公司节省成本哎。"

"该省的钱一分不少省,该花的钱一分不少花,放心啦,新的一年,本宫一定会为老板您赚很多很多钱的。"

"哼,那样最好。"

企业年会在酒店配套的教堂里举办,也是闻所未闻。

可女生们却十分喜欢,因为教堂的正前方就是大海,白色的浪花不停地拍打,这种浪漫牵引着所有女生的神经。现场的舞台区布置满了白玫瑰,坐席区也布置成了亲戚朋友参加婚礼的模样。

"这哪是年会啊,这简直就是集体婚礼现场啊,太美好了。"何琪惊叹道,"老板看上去这么禁欲,实际骨子里竟然这么浪漫,放着会议室不租,重金租个教堂来开年会,酒店方找人布置完现场,我进来一验收,差点当场抓住负责装修的小哥和我就地结婚了,太美,太太太美了!"

纯洁穿着礼服款款入场,小心翼翼地蹭到何琪身边。

"何主管,你这现场布置得有些夸张了吧?是你办婚礼啊还是公司办年会啊?"

"我只是遵旨而为,老板说了,今年的年会可以一改往年死气沉沉的批判风格,要明朗、要浪漫、要充满朝气。"

何琪突然定睛看了看纯洁的礼服。

"李主编,荷叶边、蕾丝、珠片、裹胸、长拖尾……这不是你的风格啊,你平常不都喜欢穿得利利索索、干练一点嘛,今天这一身啊,怎么穿得……"

"穿得怎样?"

"还能怎样,就是和咱们年会现场的布置很搭啊!"

纯洁长舒一口气。

昨晚她在泳池泡完躺在床上，肚子突然袭来一阵饿意，自己一个人吃夜宵，独自长肉，有点过意不去，于是给陆晨和花花发消息，可她俩谁也没回复。她只好小心翼翼地找了凌少，凌少倒是秒回了，但是拒绝了和她一起去餐厅共进夜宵的邀请，她正在暗地里咒骂闺密和爱人在关键时期不顶用时，服务生就敲开了她的房间门。

服务生说着怪里怪气的、带着口音的英文，将餐车送到她的客厅，金汤燕麦海味、银丝蒜蓉蒸虾、飘香滑嫩鸡……她看呆了，用英文和服务生求证，这些硬菜是怎么来到自己房间的，首夜入住大礼包？不然这么短的时间内，也做不出来这么多菜啊！

服务生笑着说："这是凌先生帮您预先点好的，让我们这个时间送过来。"

纯洁也"嘿嘿"笑，心想：他怎么什么都能预料到，连我这个点忍不住想点吃的都能预料到，只是夜宵谁有心思吃这些高端到离谱的正菜啊，我该如何向他普及夜宵就该吃铁板烧和小肉串呢？唉，出身不同，连对吃的认知也不一样。

正想着，服务生从餐车下边的储物柜里，拿出来一个大大的手提袋，"这个也是凌先生拿给您的。"

她犹豫着接过来，付了十万印尼盾小费后，从手提袋里拿出了一套洁白如雪、手感如丝的礼服，她看了一下时间，晚上十一点半刚过，她快速地抄起餐具一顿操作，肚子不再发出不争气的"咕噜噜"声后，她马上打开微信列表，准备给置顶的凌少打视频电话。

结果又一盆匪夷所思的冷水泼了下来，凌少率先发消息过来："公司年会的穿戴标准是男士西装、女士礼服，你的行李箱我检查过，并没有带礼服，所以把我给你的礼服穿上，别从源头上坏了一锅汤。"

我——他是把我比喻成老鼠屎了吗？她气急败坏地回了他："你才是老鼠屎，你才是老鼠屎，你才是……"

回完之后，凌少没再回嘴，她突然觉得自己幼稚的行为竟然有点索然无味，于是去洗了澡，试穿了这套雪白的礼服，她看到镜子中的自己，一瞬间有些沉醉。

年会开场后，老规矩，各部门负责人汇报过去一年的业绩和主要工作内容，以及未来一年的计划；财务总监公布过去一年中，公司整体的财务状况和未来一年的走势预期；最后是大老板总结过去一年中公司整体侧重点与布局的得失，以及未来一年公司的战略部署。

"过去一年中，我们经历了过山车式的发展与陨落，我们创造出了行业里一个又一个流量奇迹，让我们从一个名不见经传的小号，变成了业内人人知晓的新锐大号，但也因为我们没有守住媒体人的底线、写作者该有的原则，擅自以流量作为唯一业绩指标，导致我们成了行业内的众矢之的。于此，我们不该埋怨，有那么多触线的号，为什么被约谈、被封杀的偏偏是我们？不是我们有多倒霉，而是我们率先受到了应有的惩罚，我们率先迎来了转型与重新定位的挑战，我们应当反思，应当感激时代洪流帮助我们走向了更长远、更严谨的远方，这也是未来所有头部大号该承受的最基本的考验。

"自媒体发展到今天，已经不再是新事物，但我们依然要秉承敬畏，要对自己笔下的每一个字负责，要对自己的观点可能造成的任何后果负责，这不是在暗示我们要回到传统媒体的死气沉沉中去，而是让我们意识到要更高效地讲真话、讲实话、讲最接地气的代表普通人的话。所以，在未来一年，我们对新媒体板块重新做了战略部署：第一，公司收购了前员工何翩然的公众号，并重新聘用他作为我们过渡期中的一分子，继续维系这个号的写作风格，搭档是谢雨霏，希望你们能够一起努力，把20万粉丝的瓶颈捅破，冲击100万、200万甚至1000万；第二，公司将安排李纯洁以个人名义注册一个公众号——纯洁读书会，以读书、拆书、经典电影分析作为主要内容，做成一个积淀深厚、经得起考验、对得起时间的文化类公众号。灵云传媒将以首轮注资200万的形式，为这个号的发展与推广提供资金支持、人力支持、管理支持。也就是说，这号的号主不变，我们灵云传媒作为投资方、合伙人的形式来孵化一个文化号，让所有人知道新媒体的世界里虽然有出轨、小

三、明星绯闻，各种一地鸡毛，但还有这样一方净土，还有这样一群人在踏踏实实地读书、写字，在引导相似的人相聚在一起，一起踏踏实实读书、写字、认识世界。前期的财务事宜，由财务总监测算后，报备至总经理办公室。李纯洁需要尽快出一个项目计划书。后期我会亲自监督项目执行工作和增长节奏，一期投资到位，按照时间节点预估，能够达到预期，灵云传媒会追加投资，达不到预期就停止投资，及时止损。"

台下的员工面面相觑，然后一起看向纯洁，继而疯狂鼓掌。

纯洁一脸蒙，尴尬地点头示意，心里恨透了这个自作主张的家伙，但她同时又明白，凌少为什么兜兜转转地做了这些安排。

他知道，她在自己男朋友手下打工的日子持续不了太久，所以他得想办法，既能让她留下来，又不会有一种贸然插手她人生规划的唐突感。为此，凌少才做出了这样的部署，让纯洁独立去写东西，写她真正擅长的东西，让她成为自己的合伙人，而不是员工，这样她才会放下局促与不安，放下焦虑与瞻前顾后，和他光明正大地走在一起。

纯洁突然站起来，恶狠狠地走上台去，把在场所有同事都吓了一跳，凌少更是冷冷地站在台上，双唇微开，两腿像被砸入了钉子般——他这时太想逃跑了，鬼知道这个神经大条的纯洁突然跑上来要干吗，老板正在台上讲话，你突然跑上来砸场子？就算对安排不满意，回头私底下说啊！

额头上的汗珠细密地挂满，他想好了，他一定要厉声把她呵斥回去，把她这么不合时宜的小脾气先撅回去再说。

只是，他正要开口，纯洁突然握了他的手，然后后退两步，一个深鞠躬，大声说了句："谢谢老板。"

之后阔步返回座位，留下凌少站在台上，刚被一只小手抓过的大手，还悬在半空中。

过了好一会儿，他听到了员工的又一波掌声，才缓过神来，尴尬地说道："不客气啊！"——这个笨蛋纯洁，突然杀气腾腾地跑上来，就是为了答谢我？

会议一直开到下午四点，女生们开始补妆，准备进入晚宴阶段的抽奖和游戏环节。

凌少在洗手池前洗了很长时间的手，终于从镜子里看到了纯洁慢吞吞地从女卫生间走了出来，他左右环顾，确定没有人后，拉着她就往教堂后边的草坪上走。

"干吗干吗，你竟然在卫生间蹲我，变态色魔啊你。"她甩开他的手，一下蹦开。

"我色魔也不是色魔一天两天了，但论变态，谁能比得上你。"他也停了下来，脸上又是一副禁欲的严肃。

"我怎么变态了？"纯洁的气势一下软了下来。

"我在上边讲话，你干吗突然跑上去？"

"以其人之道还治其人之身呗！"

"什么意思？"

"你做任何决定，都从来不和我商量，送项链、送礼服、送我一个投资了200万资金的独立号，这些都是为我好的东西，我又不能生气，但感觉还是怪怪的，我猜你没品尝过，所以临时起意让你尝尝猝不及防是什么滋味。"

"哇，你这个女人，报复心很重啊！"

"没有，我就是好奇。怎样？你感觉怎样？"

"还不错，甚至有点刺激呢！"

"刺激？你怕不是受虐体质？"

"你这叫什么虐，你这叫送惊喜。不过你玩得还是不够大。"

"还能怎么大？背上炸药包上去和你同归于尽？"

"还有比这更刺激的玩法？"

"什么啊？"

"告诉你了还怎么玩。"

"你告诉我啊，不告诉我，不让你走了。"

"反正我讲完年终总结也没什么事了,不走就不走。"

"你不走,我走,我还要赶着去抽奖呢!"

"我是金主啊,你可得对我好点。"

"大局已定,金主算个屁!"

李纯洁蹦蹦跳跳地回到了年会现场,留下凌少在原地哭笑不得——这个丫头,是什么时候变得这么粗鲁的,还有什么是我不知道的?真的是谈恋爱越久,馅儿就露得越多哎,他摇摇头,笑着跟了过去。

这一轮的幸运奖名单是:何翩然、谢雨霏、张兴盛……

主持人念了十个人的名字,何翩然和谢雨霏面面相觑,对视一笑,为了让我们一个组工作,老天爷分配缘分也是煞费苦心。

"恭喜我们喜中幸运奖,喝一杯。"谢雨霏举起酒杯,朝何翩然点头。

何翩然看着眼前的女孩,俏皮的抹胸汉服,发髻上别了一根亮闪闪的簪子,在长长的颈上投下一丝丝耀眼的光亮,何翩然脸颊一红,慌慌张张地一口干掉了杯中酒。

"我就知道我撑死就是个幸运奖了,还好李纯洁那份也归我了。"他忍不住讨好似的向谢雨霏透露了自己的小秘密。

谢雨霏一脸迷惑地笑道:"嗯?你说什么?"

因为舞台上的贝斯声太大,所以何翩然趴在她耳朵上捂住了双手,她似乎是听清了他在说什么,笑得像一个千娇百媚的公主。

"一曲终了,下面进入游戏环节,看着大转盘,落在谁的名字上,谁就选择真心话还是大冒险。"主持人晃动了写满名字的大转盘,指针最终不偏不倚地指在了陆晨的名字上。

她在人群中恍恍惚惚地站了起来,看了一眼身边的纯洁,纯洁往四周确认了一下,朝她点了点头。

"我选大冒险。"

场内一片欢呼。主持人从大冒险那一摞卡片里随便抽出一张,望着卡片上的字，满脸洋溢着不可言说的兴奋："我的天啊，不知道是谁出的大冒险内容，内容竟然是——挑选十名同事，陪你去3401房间找到一条内裤，然后含情脉脉地送给十名同事中的任意一位。"

陆晨看了一眼何翩然，嬉笑着说："你们同事，我就认识你和纯洁，我表哥拒绝和我们一块儿瞎胡闹，剩下的你帮我挑吧，人齐了就走，大家跟我走起。"

一帮人坐着酒店电瓶车，蜂拥至目的地楼下。

"我有一个条件，电梯上去到客房门口的时候，大家保持安静——是绝对的安静，我得带一个服务生上去，之后邀请何翩然帮忙叫一下里边的人开门，纯洁马上帮我打电话和餐厅那边定一个最简单最速度的果盘。所以请大家安静，保持绝对安静，看我手势行动，好吧？"按下电梯向上按钮后，陆晨突然拍了拍手，和大家谈起了条件。

"哇，邀请这么多外援，算不算大冒险违规啊！"何琪好奇地插话。

纯洁赶紧杵了一下她的胳膊，说："这怎么能算违规呢？进屋找内裤，还是陆晨自己去呀，其他环节只能算是辅助策略，不算违规。"

"好的好的，不算就不算，你杵我干吗，怪疼的。"

"不好意思，我给你揉揉。"纯洁推搡着何琪。

何翩然也不解地嘟囔："我也微弱地觉得，你貌似有点多此一举啊，我同屋作为随从家属，对酒会不感兴趣没参加也是情理之中，但也不一定就是回来睡觉了，这才五点钟，晚饭时间都还没到，谁这么着急睡觉啊，兴许啊，自个儿包车出去玩去了，你放心大胆地进就是了，整这些兴师动众的没必要。"

"你把嘴闭上，没人会把你当哑巴。"纯洁有些激动。

一帮人蜂拥着挤进电梯，还即兴征用了负责按楼层的工作人员。

"叮咚"，工作人员按照陆晨和她沟通的，将陆晨预定好的果盘接到手中，提前用楼道里的电话拨通了3401的内线电话——通了："你好，我们酒店给今日入住的客人赠送了精致果盘，将于五分钟之内给您送到。""好的，谢谢。"

工作人员挂掉电话后，纯洁赶紧用英语沟通："接电话的是男的女的？"

"是男的。"工作人员如实相告。

陆晨眼神恍然，朝向纯洁小声嘀咕："万一是他自己在，会不会很尴尬。"

"如果是他自己在，你更不用尴尬，女朋友过来拿走他一条备用内裤去应付大冒险，也没什么大不了的。"

"那我们不就白来了吗？"

"那不是更好？你去医院做体检，还非得查出点毛病来才满意？"

"这倒也是，不管了，走走走。"

所有人按照陆晨的指示，安安静静地贴墙面站在了拐角处，整整齐齐站了一排，连呼吸都轻得能感受到绒毛颤动，看到陆晨点头，工作人员走过去，双脚踩在毯子上，按下了3401的门铃。

来了——里边传出来一声欢快的女声。

"谢谢，哇，你们的服务可真周到。"一只纤细的手塞给了工作人员五万印尼盾小费，欢笑着关上了门。

陆晨看了纯洁一眼，眼眶中突然有东西往外渗。

"看清了吗？"纯洁在问她，是否确定出来拿果盘的女生就是于秀花。

陆晨摇摇头。

纯洁说："摇头是没看清，还是不想说？"人太多了，她不能问得太直白。

何翩然在一旁脸色开始发黑，他似乎多少明白了这屋里的是非。

"我闹肚子，得去解决一下，我先走了。"他太无辜了，来之前他完全不知道要发生什么，还傻乎乎地一口答应下来，现在他猜到了其中一二，他不想里外不是人，他想跑。

"你站住！"纯洁一把拦住了正捂着肚子准备跑路的何翩然，一字一顿地说,"就算你今天拉裤子里,也得把接下来的事给办了。"

"你们干啥呀,紧急情况啊!"何翩然抱怨道。

"人有三急的嘛!"谢雨霏看不下去,在一旁帮腔。

纯洁就这么拦着何翩然,一动不动,丝毫没有商量的余地,她望向陆晨,看到陆晨猩红着眼睛,愣愣地点了点头。

"去,发射。"纯洁推了何翩然一把。

"我不去。"何翩然又要跑。

纯洁一把拽住他的衣角,一脸严肃地说:"一周的早餐,我包了。"

"那也不行,缺德事不能干。"何翩然坚持要走。

"谁缺德还不一定呢!你必须去,两周早餐,不能再多了,不然今晚我的奖和你没关系。"纯洁使出了撒手锏。

"我去,有你这么做事的嘛,这都是老早之前就定好的了,怎么说变卦就变卦呢!"

"你别废话了,赶紧去吧,同事们都严阵以待,等待你凯旋的好消息。"

何翩然望着一双双云里雾里不明所以但却饱含期待的眼睛,长叹一声,将衣服的拉链拉到了嘴巴的位置。

"不怕憋死你。"何琪看到这一幕便打趣道。

"我怕溅一身血,壮士去也。"何翩然双手举过头顶,拜了一拜,走到门口,回头朝着那个隐蔽的墙角处看了一眼,使劲拍了拍木门:"哥们儿,开下门,我拿下泳裤,房卡忘带了。"

里边没什么声音,何翩然把耳朵贴在木门上,听到里边传来一阵"窸窸窣窣"的声音,于是提高了音量,一边大声喊,一边拨通了欧阳希的语音电话,声音从屋内传了出来。

终于,里边不再装死,而是故作镇定地回应:"我刚在睡觉,才听见,我帮你拿出去吧。"

"你不知道在哪儿,我自己进来拿吧。"何翩然心虚地按照陆晨给的剧本进行着。

"不就在阳台上挂着呢吗,我给你拿出来就是。"阳台上的门似乎被拉开了,不一会儿,欧阳希就开门送出来了何翩然的泳裤——门是半掩着的,只能看到他用浴巾包着下体,上边裸露着腹肌。

"哥们儿你裸睡啊!"

"哦——是,没人的时候,裸睡舒服一些。你怎么这个点儿去游泳啊?"

"嗨,大冒险输了呗,那我走了,你继续。"何翩然的声音都在颤抖,看上去他更像正在偷情的那一个。

话音刚落,门就被关掉了,他像一只叼到胡萝卜的兔子一样,撒开腿就跑回了组织中。

"你就是个废物。"纯洁照着他小腿使劲踢了一脚。

何翩然疼得"嗷"一声,纯洁赶紧捂住他的嘴巴:"干吗叫那么大声?"

"疼啊,姐姐,你们太不讲理了啊,我这不是让他开门了嘛,也确定就是欧阳希本人在里边了啊!"

"让你自己进去拿,怎么没进去?"

"我去,我昨天晚上游完泳之后,把泳裤随便洗了几下就挂阳台上了,这显然易见的位置,给他看见了,我也不好拒绝啊!"

"算了算了。"纯洁摆摆手。

谢雨霏皱着眉头把何翩然拉到自个儿身边:"你们到底在干吗?我怎么觉得不太对啊,这大冒险也太曲折了。"

何翩然赶紧举起食指,"嘘"了一声,一句话都没再说。

陆晨这时已经独自一个人趴在了窗户处,拨通了一个电话。

铃声是从3401传出来的,响了很久,直到挂断也没人接,她继续拨,里边继续响,第二次挂断再打,里边没了动静,似乎是调成静音了。

陆晨苦笑一声,缓步走向3401的房门,从窗户到房门只有不到十米的距离，她却感觉有一辈子那么长，她从没有感觉到，自己这辈子走过这么长、这么慢的路，脚下暗黄的图腾毛毯，乖巧地吸走了本该清脆的高跟鞋的脚步声，每一次纤细的鞋跟陷进柔软的包容中去，她都几乎以为自己要跌倒了，可她依然平稳地前进着，一直到她的手已经可以恰好放在了门铃上边。

只要她按下去，敲开这扇门，所有的真相都会大白，所有的羞耻都会在众人的注目下化为灰烬，所有的故事都会有了该有的结局。

墙那边所有的人都屏住了呼吸，像是在目送着心爱的姑娘上战场厮杀一般紧张。

三分钟过去了，那个按钮依然没有按下去，陆晨突然转身朝着大家走去，茫然地说了一句："我愿赌服输，我喝。"

所有人都诧异在那里，不知道这个兴师动众的姑娘，为什么突然放弃了大冒险的最后一步，而是跑回去自罚三杯白兰地，但听到喝酒，不知内情的人还是会欢呼，于是错愕转为起哄，他们簇拥着她，高高兴兴地推着她回去执行惩罚，何翩然一路不敢抬头看她，只有纯洁看清了她眼角有一滴没有忍住的泪珠，顺着鼻翼滑到了嘴角，她伸出舌头舔了一下，咧着嘴笑了笑，好像品到了甘露。

年会现场的抽奖环节已经到了公布一等奖的时候，何翩然惊叫着，四处询问同事李纯洁在之前的环节有没有被抽中，得到否定答案后，他兴奋地屏住了呼吸，甚至口中念念有词地重复起了：李纯洁——李纯洁——李纯洁……

"今晚的超级幸运者，一等奖获得者是——何琪！"主持人用着拉长音报出了何琪的名字。

正被陆晨连灌三杯白兰地，眉头都不皱一下的何琪，听到自己名字突然转过身来，看到大家疯狂鼓掌看向自己，一脸蒙地又看向大屏幕，自己的名字和一等奖三个字齐平在一起，顿时明白了刚才发生了什么，她突然蹦蹦跳跳，陆晨晕乎乎地看着何琪，恍惚中像是看到了一团火焰在炉灶的上方正缓缓升起，她甚至伸手去摸了她的手臂，何琪冲着她的脸蛋亲了一口。

她愣愣地捂住自己的左脸，陆晨感觉这种突如其来的吻很奇怪，虽然她和何琪一点都不熟悉，甚至这是现实生活中第一次见面，但她把兴奋的口水沾在她脸颊上的时候，她依然会感受到唾液中的开心，不然她怎么感觉两颊都在火辣辣地烧呢！

陆晨使劲鼓掌，目送何琪走上台去，何琪使劲伸展着双臂费尽全力抱着那个大得离谱的印着欧洲十日游的板子——这个板子对她来说太难以掌控了，但她还是开开心心地张开双臂使劲抓着。

只要自己喜欢，再难都可以克服——原来女人都如此，陆晨一阵失笑。

纯洁伸手拍了拍她的胳膊："接下来，怎么打算？"

"去新西兰。我爸妈的风浪翻过去了，他们在新西兰等我。"

"哦——那也很好，那——花花和欧阳希他们俩的事情呢？"

"算了。"

"唉，你太惨了！"

"你以为你的日子会好过呀，凌少连招呼都不打就和你在一起了，他家太后那一关，你早晚要过的。"

纯洁刚要说什么，却被何翩然抓住了胳膊，"哇，女骗子！你竟然什么奖都没抽到，那么低的空奖率，你竟然什么都没抽到，老子信了你的邪，你赔我……"

纯洁看到何翩然张牙五爪耍赖的样子特别像个三五岁的熊孩子，刚要安慰他，她却意外地听到了主持人口中说出了自己的名字。

何翩然也震惊了，他们一起缓缓看向大屏幕：特等奖——李纯洁。

"耶！"何翩然跳起来，突然又迷惑地嘟囔了一声，"怎么突然冒出来个特等奖？公司没说啊，奖品是什么？"

纯洁也是一脸迷惑，这时主持人又开腔了："请大家从宴会厅移步到今天开会时用的那个教堂，我们的特等奖，将在那里现场发放。"

大家面面相觑，想不到到底是什么神秘大奖，还得挪到教堂那边才能公布，看热闹的心情推动着所有人簇拥着赶紧跑过去。

大家按照上午开会时的座区安排坐好之后,灯光突然熄灭了,借着月光,透过落地的透明大窗隐约看见暗影中涌动着的海水,拍打着沙滩,然后离去,再来,再去,循环往复。

正在一屋人在猜测中几乎焦躁了起来时,灯光突然亮了,凌少穿着一身笔挺的白色西装,一本正经地给自己扎了一个领结,捧着一束花站在台上,大长腿的流线与定制西装的质感相衬在一起,完全就是一个从神话中走出来的白马王子。

一阵起哄与唏嘘,大家似乎预料到了什么,纷纷看向坐在位子上一脸蒙的纯洁。

"我想邀请李纯洁女士走上台来,我有一些话要对她讲。"凌少朝着面前的人海伸出手去,目光中透着坚定。

纯洁红着脸坐在那里,一动也不敢动,正在她犹豫的时候,突然被陆晨一把推了出来,她一个趔趄差点摔个狗吃屎,带着一丝俏皮的仇恨,从牙缝里挤出来四个字——"我谢谢你。"

她拖着长长的裙摆走上台去的时候,大家看了一眼台上的白马王子,又看了一眼款款前来的仙女,一下爆发出来了前所未有的亢奋,掌声呼啸着穿越了人海,她最终来到了他面前。

"准备好了吗?"他小声说道,像是耳语般。

"啊?"她没反应过来,不太确定接下来局势将被推向哪一步。

凌少一笑,话筒举到嘴边:"一直以来,我对自己未来另一半的认识很迷茫,甚至认为自己可能这辈子都没办法走进婚姻,我从小认识的婚姻,是利益争夺、是尔虞我诈、是爱情虽无亲情犹在的责任,这种婚姻对我来说,没有任何吸引力,我宁可一辈子远离婚姻。很多人都说,我在寻找一个完美女孩,确实如此。但我想要的完美,不是绝对没有恋爱史、脑子里空无一物、每天就只知道描眉画眼喷香水的无脑小白兔。我要的完美女孩,是虽然会迷茫、会退缩、会胆怯,会有很多女孩都有的小毛病,但她从来不会躲在角落里一直逃避问题,她会积极追求自己想要的东西,会直言不讳地表达自己对金钱的喜欢,并独立有序地通过自己的努力去得到它。不管她有多少力量,都会在爱的人需要的时候,倾尽全力去保护他。她热爱读书,积极解决问题,不会因为我富可敌国而自卑,也不会因为我空无一物而疏远我。她历经欺辱、尝过人间不如意,但依然秉承初心,依然心底善良。我要的完美女孩,就是这样的——你。"

纯洁听着听着,突然察觉到一丝微妙的不对,她低声靠近他:"你这算不算作弊,后半段话你以前对我讲过,这次拿来用算不算抄袭?"

凌少"扑哧"一声笑了出来,右腿一退,单膝跪地,变魔术般举起手中的钻戒,含情脉脉地望着这个在任何时候都能莫名抓到他笑点的姑娘——"李纯洁,嫁给我!"

她愣在原地,鼻头一酸,人海中传来一声高过一声的"嫁给他,嫁给他——"

她从他手中夺过话筒:"我最讨厌的就是这种胁迫施压式的求婚把戏!"

台下,饱含期待的起哄声,变成了面面相觑的一片死寂。大家大概从没见过有人在被求婚的时候,不但当场拒绝,而且一巴掌呼下来的时候,一个都不放过。

从地心传来一种撕裂的疼痛感一下击中了凌少的膝盖,他惊恐地望着眼前这个不按常理出牌的姑娘,不知道这一切到底该如何收场。

"但恰好因为我乐意,所以你们这就不叫胁迫,也不叫为虎作伥,你们这叫顺应民意。"纯洁看到现场突然变得不对了,赶紧解释说道。

他缓过神来,小心翼翼,将钻戒从她的指尖穿过,固定在她的手指上,她却迟迟没有说"我愿意"。

纯洁突然一把拽起正在跪地求婚的凌少。

"求婚算什么?敢不敢和我拜天地,求婚还能反悔,拜完天地,我和你讲,这就是天地可鉴的事了,永远反悔不了,你敢不敢?"

凌少望着眼前这个倒过头来逼婚的女人,忍俊不禁:"我有什么不敢,要死一起死。"

"呸呸呸——陆晨,你往前来,帮我们把仪式给办了。"

还沉浸在痛失一个爱人、一个闺密的悲痛中的陆晨,从座位上迷迷糊糊站了起来,要死了,这个李纯洁,狗粮当众撒还不够欢腾,非要亲自喂我一嘴。

她气哼哼地走上去,拿起麦克风仰天长号:"一拜天地!"

纯洁拉着凌少便往前深鞠一躬。

陆晨这时才惊讶地发现,双方父母都不在,这可怎么拜高堂,于是她把麦克风拿得离嘴巴远远的,对纯洁小声商量:"少一拜行不行?双方家长都不在!"

"不行不行,你想办法,少一拜不吉利,少一拜这事就算没成。"纯洁一本正经地拒绝了她,惹得凌少差点笑喷。

陆晨皱了皱眉头:"这可是你们逼我的!"

接着便继续第二号:"二拜陆晨!"

凌少和纯洁一下傻在那儿了,两个人面面相觑,台下一片死寂——拜堂这事还有临时替补高堂一说?

"拜,拜拜拜。"纯洁拽着凌少就对着陆晨一个深鞠躬,那阵仗就像是两条绑在一起的鱼双双往深海里扎了一个猛子。

陆晨得意得差点飘起来,刚才忧伤还没持续到丹田,一口气又给反上来了,她努力憋着心口汹涌而上的大笑欲望,用十分卡壳而怪异的语气,大声喊出了第三个指令:"夫妻对拜!"

凌少与纯洁对着彼此深深鞠了一躬,他低头偷瞄她,发现她也在偷瞄他。

"好,礼成!入洞房吧!"陆晨毫不客气地将这一对冲动的新人推上了风口浪尖上。

"瞎说八道什么,这奖发完了不得回宴会厅把年会办完啊!"纯洁一听陆晨急不可耐地要他俩入洞房,一下害羞了,脸涨红。

"不，奖品发下来，你还是得领回去的。"凌少插了一嘴，俯身就是一个公主抱，将纯洁当众抱起，身后一片"嗷嗷"哗然。

回到各自的房间后，有人恍然大悟，原来有些奖项别人让了自己也拿不走，有人相拥着走进了殿堂，有人站在不远处失神凝望，有人举起酒杯碰撞了另一个人的酒杯，有人蓬松着头发陷落在背叛的深渊……

又在某一天清晨醒来，在一片豆蔻林的上方，巴厘猕猴在跳跃着穿梭，有三扇窗户被推开，他们努力呼吸着丛林中伊始的气息，却不得不撞上了彼此的目光，在时空中，甜蜜、仇恨、背叛交织在一起，岁月的电影如一辆去往俄罗斯的绿皮火车开过，她们看见过彼此盛极一时的光芒，也宽容过彼此丑陋人性里的灰暗，一场倾盆大雨下来，她们只能关上窗，去走上各自截然不同却又命中注定的道路。

渴望相逢的人总会相逢，不能原谅的人，我们习惯把它叫作"一场大梦"。